Süß ist der Tod

ECON Krimi

Beim nächsten Mord wird alles anders
Die besten ECON-Frauenkrimis

Dorothy Cannell, *Femmes Fatales* (TB 25972)
Kathy Hogan Trocheck, *Saubere Geschäfte* (TB 25974)
G. A. McKevett, *Nicht ohne meine Schokolade* (TB 25975)
Andrea C. Busch, *Mord stinkt zum Himmel* (TB 25976)
Janet Laurence, *Gift für liebe Gäste* (TB 25977)
Janet Neel, *Der leuchtende Engel des Todes* (TB 25978)
Jill Churchill, *Schmutz und Sühne* (TB 25979)

Zum Buch

Goldy Bear, Besitzerin eines erfolgreichen Partyservices, scheint das Unglück gepachtet zu haben. Nicht nur, daß sie vor den Belästigungen ihres Exehemanns fliehen muß, auch ihre neue Liebe mit dem Psychiater Philip Miller findet ein jähes Ende: mit seinem Tod. Als man ein Aphrodisiakum bei ihm findet, das sich als tödliches Gift entpuppt, geht Goldy dem Rätsel nach.

Zur Autorin

In ihrer Goldy Bear-Reihe hat Diane Mott Davidson bereits sechs kulinarische Krimis geschaffen, bei denen dem Leser das Wasser im Munde zusammenläuft: *Angriff der Killer-Pfannkuchen* (TB 25169), *Hochzeitsschmaus* (TB 25093), *Müsli für den Mörder* (TB 25047), *Partyservice* (TB 25003) und *Ein Mann zum Dessert* (TB 25212). Die 47jährige Autorin lebt mit ihrem Mann und drei Kindern in Colorado und leitet einen Catering Service.

Diane Mott Davidson

Süß ist der Tod

Ein Goldy Bear-Krimi

Aus dem Amerikanischen
von Dietlind Kaiser

ECON Taschenbuch Verlag

Veröffentlicht im ECON Taschenbuch Verlag

Der ECON Taschenbuch Verlag
ist ein Unternehmen der ECON & List Verlagsgesellschaft

Neuausgabe 1998
2. Auflage 1998

First published by Bantam Books, New York
Titel des amerikanischen Originals: Dying for Chocolate

Aus dem Amerikanischen übersetzt von: Dietlind Kaiser
Umschlaggestaltung: Init GmbH, Bielefeld
Titelabbildung: Reiner Tintel, Bielefeld

Druck und Bindearbeiten: Ebner Ulm
Printed in Germany
ISBN 3-612-25973-3

Für meine Eltern,
Admiral und Mrs. William Mott

»Ich würde nicht zuviel von ihr verlangen«, versuchte ich einzulenken. »Sie können die Vergangenheit nicht wiederholen.«

»Nicht wiederholen?« rief er ungläubig aus. »Wieso, natürlich kann ich!«

F. SCOTT FITZGERALD, *Der Große Gatsby*

Die Autorin möchte den folgenden Personen für ihre Hilfe danken: Jim Davidson; Jeffrey Davidson; J. Z. Davidson; Joey Davidson; Sandra Dijkstra; Katherine Goodwin; Kate Miciak; Karen Johnson und John William Schenk; J. William's Catering, Bergen Park, Colorado; Rob Esterbrook, Respond Security, Denver; dem Personal der Zweigstelle der Jefferson County Public Library in Evergreen; Heather Pashley; Melinda Thompson; William Graf; Dr. Emerson Harvey; Dr. Richard Drake von der Historischen Fakultät an der Universität von Montana, Missoula, Montana; Deidre Elliott, Karen Sbrockey und Elizabeth Green; Pfarrer Connie Delzell; Lee Karr und der Gruppe, die sich in ihrem Haus traf; Triena Harper von der Gerichtsmedizin in Jefferson County und Ermittler Richard Millsaps, Jefferson County Sheriff's Department, Golden, Colorado.

Privatschule Elk Park
Elk Park, Colorado

Juni-Brunch
für die
Ehemaligen

Champagner

*

Obstsalat aus Melone,
Erdbeeren und Kiwis

*

Englischer Käseauflauf

*

Speckstreifen

*

Sally-Lunn-Brot,
Wurstkuchen

*

Macadamianußkuchen,
Heidelbeermuffins

*

Verschiedene Marmeladensorten,
Honig

*

Kaffee, Tee

Brunch ist etwas Mörderisches. Ich hasse Brunch, und unter Kochexperten bin ich in guter Gesellschaft. James Beard hielt den Gedanken einer schweren Mahlzeit zwischen den Mahlzeiten für idiotisch. Er sagte: »Es gibt doch schließlich auch kein Mittagabendessen, oder?«

Der Grund, aus dem professionelle Partylieferanten den Brunch nicht mögen, ist die Tatsache, daß man zu einer unchristlichen Zeit aufstehen muß. Als ich am Morgen des 3. Juni um Viertel vor fünf im Bett lag, war mir bewußt, daß ich in nicht mehr als vier Stunden sechzig Leute verköstigen mußte. Berge von Obst mußten geschnitten werden. Muffins und Brot mußten gebakken werden. Dicke Speckscheiben mußten gebraten werden. Die Eiersauce mußte langsam gekocht werden, bis die Schichten aus Chesterkäse schmolzen. Und schließlich mußte ich Kaffee mahlen und kochen. In diesem Fall jede Menge Kaffee, in dem ich lieber ertrunken wäre.

Mit geschlossenen Augen stellte ich mir vor, wie ich in einem warmen Cappuccinosee trieb. Der Kokon aus Baumwollaken und Daunendecke flehte mich an zu bleiben, die bevorstehende Mahlzeit zu ignorieren.

Aber nein. Mein frühmorgendlicher Bewußtseinssee

schlug ein paar sorgenvolle Wellen. Der Brunch in der Elk-Park-Privatschule war ein beliebtes alljährliches Treffen, für das mein Exmann Dr. John Richard Korman möglicherweise eine Einladung ergattern konnte. Kein Vergnügen für irgendeinen der Beteiligten.

Unwillkürlich berührte ich meinen rechten Daumen, den er mir einen Monat vor unserer Scheidung mit einem Hammer dreimal gebrochen hatte. Das war vor vier Jahren gewesen. Alle Welt hätte gesagt: Vier Jahre ohne Mißhandlung? Jetzt mußt du dich doch sicher fühlen.

Aber ich fühlte mich nie sicher. Und jetzt schon gar nicht.

Im letzten Monat hatte John Richard damit angefangen, sich seltsam zu verhalten. Oder besser gesagt, seltsamer als üblich. Abends war er langsam an meinem Haus oberhalb der Main Street in Aspen Meadow vorbeigefahren. Er rief immer wieder an und legte dann auf. Eines Nachmittags rief sein Anwalt an und drohte mit einer Kürzung der Unterhaltszahlungen für unseren elfjährigen Sohn Arch. An jenem Abend fuhr John Richard besonders langsam am Haus vorbei.

Angesichts von John Richards gewalttätigem Temperament hatte ich beschlossen, daß Arch und ich das Haus eine Zeitlang räumen sollten. Ich hatte einen Job für den Sommer angenommen. General Bo und Adele Farquhar waren vor kurzem aus einem Vorort von Washington, D. C., in die Gegend des Country Club von Aspen Meadow gezogen. Sie hatten auf einem Grundstück, das Adele seit vielen Jahren gehörte, eine Villa im viktorianischen Stil gebaut. Dort war ich jetzt, zwischen Laken, die ich nur aus Anzeigen kannte, unter einer Decke, von der ich nur hatte träumen können. Arch und ich bewohnten zwei Zimmer im obersten Stockwerk des riesigen Hauses (drei Geschosse plus Keller), das verziert war wie ein

Lebkuchenhaus. Ich wußte nicht, wozu die Farquhars, reich, kinderlos und Anfang Fünfzig, derart viel Platz brauchten. Aber das ging mich nichts an. Mich ging nur eins an: daß beide ungern kochten.

Adele hatte gesagt, sie brauchten jemanden, der in der Riesenküche mit den Geräten – alle auf dem neuesten Stand der Spitzentechnik – das Regiment führte. Zu meinem Glück hatte ihre Küche vor den Adleraugen des Inspektors vom Gesundheitsamt bestehen können. Deshalb hatte ich die Gelegenheit beim Schopf ergriffen, im Austausch gegen eine Zuflucht im Haus wohnende Köchin auf Zeit zu werden. Während des Sommers betrieb ich hier außerdem mein Geschäft: Goldilocks' Catering, alles vom Feinsten. Außerdem war es ein Glück für mich, daß die Einnahmen aus dem Job und dem Geschäft dafür reichten, Arch zum Sommerunterricht in die Privatschule von Elk Park zu schicken, wo ich heute morgen den Partyservice übernehmen sollte.

Am allerbesten war, daß das Haus der Farquhars über mehr Alarmanlagen verfügte als die Münzanstalt von Denver.

Ich machte die Augen auf und musterte die schräge Decke meines neuen Schlafzimmers. Das graue Fünf-Uhr-morgens-Licht sickerte durch belgische Spitzenvorhänge und leckte an den Kanten der Möbel. Im Stock darunter rührte sich nichts; Adele und der General schliefen noch.

Ein heftiger Juniwind stürmte gegen das Haus. Zweige peitschten die Dachrinne vor dem anderen Gästezimmer im zweiten Stock, aber von Arch war nichts zu hören. Als er klein gewesen war, wachte er auf, wenn es an der Tür klingelte. Jetzt schnarchte er bei Sturm und Hagel, beim ungewohnten Knarren des Hauses.

Arch hatte nicht umziehen wollen. Ich hatte ihm versprochen, es sei nur für zwei Monate, während in unserem alten Haus neue Türen, Fenster und eine Alarmanlage eingebaut wurden. Soweit möglich, hatte ich versucht, Dr. John Richard Korman – den seine zweite Ehefrau und ich seines Verhaltens wegen »Kotzbrocken« getauft hatten – aus meinen Gedanken und aus meiner Nähe fernzuhalten. Leider wußte ich nicht, ob er beim alljährlichen Brunch in der Privatschule von Elk Park auftreten würde.

Mein zweites Problem bei diesem Essen, über das soviel geschrieben wurde: ein Mann, mit dem ich mich traf, war auf jeden Fall dort. Die Erneuerung meiner Beziehung zu Philip Miller, einem hiesigen Psychiater, ähnelte den Silberminen, die in Colorado ständig neu eröffnet werden. Die Ader könnte noch ergiebig sein, und der Silberpreis ist eben gestiegen. Philips große blaue Augen und sein hocherfreutes Lächeln, wenn er mich sah, hatten mein gesellschaftliches Leben heftig erwärmt, daran gab es keinen Zweifel. Deshalb nennt man das eine alte Flamme, stimmt's? Wie auch immer. Ich wollte Philip sehen, aber nicht um den Preis eines Zusammenstoßes mit dem Kotzbrocken.

Der Wind schlug gegen das Haus, brachte es zum Knarren und Ächzen. Ein abgebrochener Zweig rutschte über das Dach. Gegen Ende des Frühlings weht oft eisige Luft von den Rocky Mountains und kündigt eine Kaltfront an. Der Wind pfiff durch die Fensterrahmen. Dann legte er sich, und der nicht einzuschüchternde Balzruf eines Rotkehlchens durchdrang die Luft.

Ich machte ein paar Streckübungen, ehe ich auf das Thermometer auf dem Fenstersims schaute: ein Grad. Schönes Juniwetter! Ich glitt auf den Boden und entspannte meinen Körper mit den drei Yogahaltungen Kobra, Morgenstern und Heuschrecke. Mein spirituelles Leben ist ein Mischmasch aus Yoga, transzendentaler Meditation und Episkopalismus. Wahrscheinlich nahm daran allenfalls die episkopalische Kirche Anstoß.

Und dann dachte ich über Philip Miller nach.

Eins hatte ich als einunddreißigjährige alleinerziehende Mutter gelernt: Mochte der Körper auch altern, die Gefühle alterten nicht. Man konnte sich jederzeit so verknallen wie in High-School-Zeiten. Und die Liebe in den Dreißigern hatte noch einen Aspekt der Jugendjahre: Man konnte das Gefühl haben, zwei Menschen gleichzeitig zu lieben.

Seit sieben Monaten traf ich mich mit Tom Schulz. Er war ein Polizist, der mir während einer schweren Zeit geholfen hatte, in der zwei Vergiftungsversuche mein kaum flügge gewordenes Geschäft bedrohten. Er hatte den Körperbau und den Appetit eines Mannes der Berge. Tom Schulz vergötterte Arch und mich und gab mir das Gefühl der Sicherheit.

Aber in den letzten Wochen hatte sich Philip Miller wieder in meine Seele und meine Tagträume geschlichen, vielleicht weil ich versuchte, den allgegenwärtigen Kotzbrocken auszusperren. Vor einer Ewigkeit waren Philip und ich an der Universität von Colorado miteinander ausgegangen. Ausgegangen? Hören Sie sich meine altmodische Ausdrucksweise an.

Jedenfalls sah Philip gut aus, hatte Geld und war intelligent. Er sah aus und kleidete sich wie ein Golfprofi. Wenn ich sprach, hörte er mit intensiver Aufmerksamkeit zu. Seit Anfang Mai unternahmen wir verrückte Dinge, gingen zum Beispiel mit Rucksäcken, die von ausgefallenem Essen überquollen, auf lange Sonntagswanderungen. An einem Montag morgen hatte mir Philip zehn Päckchen goldfarbene Luftballons geschickt. Aus keinem besonderen Grund. Vor dem Umzug hatte ich morgens meine erste Tasse Espresso auf die Holzveranda getragen, wo die Ballons, am Geländer festgebunden, zwei Wochen lang schwebten. Ich saß da und schaute zu, wie sie sich träge in der kühlen Morgenbrise bewegten. Ich lauschte dem seidigen Streifgeräusch, wenn sich die Ballons berührten. Ich dachte: Jemand liebt mich.

Ich hatte John Richard aus meinen Gedanken vertrieben. Schulz lag emotional auf Eis. Ich erfand kunstvolle Ausreden, wenn ich mit Philip Ausflüge machte. Und ich hatte ein schlechtes Gewissen. Aber kein allzu schlimmes.

Jetzt raffte ich mich widerstrebend auf, um mit Melonen, Erdbeeren und Kiwis zu kämpfen. Was für ein Durcheinander. Mein Privatleben, meine ich; an das Obst war ich gewöhnt. Aber manchmal hielt ich das Problem Philip Miller – Tom Schulz für ein erfreuliches Durcheinander. Das war sehr viel besser, als mir wegen des Kotzbrockens Sorgen zu machen. Dieser Krise war ich ausgewichen; ich war umgezogen. Aber das Durcheinander mit den beiden Männern ... das war das Dilemma einer verfressenen Frau. Nach jahrelanger Diät stopfte sich ein Vielfraß mit Marmorkuchen und Eisbechern mit heißer Schokoladensauce voll. Gleichzeitig.

Ich duschte, zog meine Partyservicekleidung an und erinnerte mich daran, daß Völlerei zu den sieben Todsünden gehörte. Von Wollust ganz zu schweigen.

Ich kämmte mir die blonden Korkenzieherlocken und überschminkte die Sommersprossen auf den leicht pummeligen Wangen. Mit Stepschuhen und einem dicken Lächeln hätte ich als Shirley Temple auftreten können. Ja, leicht pummelige Wangen, ja, gelegentlich verfressen. Aber was die Wollust anlangte, war ich in den vier Jahren seit der Scheidung enthaltsam gewesen. Die Geschichten meiner Freundinnen hatten mich davon überzeugt, Gelegenheitssex sei nicht das Wahre. Leider stellte mir niemand Fragen über die Promiskuität. Und dabei war es doch ein hochinteressantes Thema.

Ich ging die Hintertreppe hinunter, schlich den Flur im ersten Stock entlang, vorbei an den gerahmten Fotos von General Farquhar mit Jimmy Carter, Ronald Reagan und Margaret Thatcher, und ging dann auf Zehenspitzen die Haupttreppe hinunter. Zu meinen Aufgaben in diesem Haus gehörte es, jeden Morgen die Alarmanlage im Erdgeschoß außer Gefecht zu setzen. Ich drückte auf die Knöpfe, mit denen die Bewegungsdetektoren im Erdgeschoß und im Umkreis des Hauses ausgeschaltet wurden. Dann stieß ich die Tür zur Küche auf, die so groß war wie ein Basketballplatz.

Na ja, vielleicht nicht ganz so groß. Aber sie war himmlisch, die Art von Küche, bei der einem das Wasser im Mund zusammenläuft, wenn man sie auf einer Doppelseite in einem Wohnmagazin sieht, mit Bildunterschriften wie *Küchen nach Maß!* Geranien heiterten die tiefen Fensterbretter auf. Neben dem sechsflammigen Herd mit Grill und zwei Backöfen glitzerten die Arbeitsflächen aus italienischen Fliesen in leuchtendem Gelb und Grün im Licht eines Kronleuchters aus Glas und Messing. Von der Decke hingen polierte Kupferpfannen herunter, und die Reihen von maßgefertigten Eichenschränken schimmerten makellos, ohne einen einzigen schmuddeligen Fingerabdruck. Es war perfekt, wie für einen Fototermin, typisch für ein Haus ohne Kinder.

In der Mitte dieses riesigen kulinarischen Meers erstreckte sich eine Insel von der Größe der Antarktis. Ich wäre jede Wette eingegangen, daß kein Küchendesigner je mit Hausarbeit seinen Lebensunterhalt hatte verdienen müssen. Aber die Aufgabe, den weitläufigen Fliesenboden zu putzen, blieb der zweiten Haushaltshilfe überlassen, einem Teenager, der in das Kellergeschoß der Farquhars eingezogen war. An mir war es, Muffins und Brot zu backen, ganz zu schweigen von dem auf der Antarktis gestapelten Obst. Ich nahm die glatten Klumpen des Sally-Lunn-Teigs aus dem Kühlschrank, damit sie noch einmal aufgehen konnten, dann griff ich zum Messer.

Ich zerteilte saftige grüne Kiwis, dicke, rote Erdbeeren

und Ananas, die so süß war, daß man sich fragte, warum die Leute in Hawaii sie außer Landes ließen. Zu den Geheimnissen meines Geschäfts gehört es, daß man Zugang zu Zutaten hoher Qualität hat, die man im Lebensmittelladen nicht bekommt. Wenn man einen guten Lieferanten hat, kann man sogar Delikatessen kurzfristig bekommen.

Die Melonen waren köstlich, das saftige, dunkelorange Fruchtfleisch innen dicht angefüllt mit einem Kaviar aus Samen. Um halb sieben hatte ich zehn davon als Servierschalen ausgehöhlt und allen einen gezackten Rand geschnitten. Ich nahm die Sally-Lunn-Brote aus dem Ofen und legte sie auf Gitter, wo sie die Küche mit dem üppigen Duft nach gebackenem Brot erfüllten. Der letzte Schritt bestand darin, Sauerrahmteig mit tintenblauen Heidelbeeren in Muffinförmchen zu löffeln und zum Backen in den Ofen zu stellen. Das restliche Essen war in der Schule. Wenn ich den Champagner eingeschenkt und das Büfett aufgebaut hatte, konnten die Ehemaligen essen, während der Rektor seine Bettelrede hielt.

Das Küchentelefon klingelte. Leider war das kein normales Klingeln, sondern ein hartnäckiges Piepsen aus einer komplizierten Funkanlage mit drei Leitungen, einer Gegensprechanlage und verschiedenen anderen Funktionen, die mir unbekannt waren. Mit zwei Leitungen bei mir zu Hause kam ich zurecht. Aber dieses Spielzeug von General Farquhar – ich war überzeugt davon, daß er es aus dem Pentagon mitgebracht hatte – bereitete mir Kopfschmerzen, seit es vor zwei Tagen installiert worden war. Das Telefon war wie die Alarmanlage. Es mußte außer Gefecht gesetzt werden.

Ich starrte das blinkende rote Licht an und versuchte mich daran zu erinnern, wie die Knöpfe funktionierten. Das Telefon klingelte dauernd – entweder General Farquhars Geschäftspartner oder Leute aus den diversen

Komitees, denen Adele angehörte. Wer wohl um diese Zeit anrief? Zweifellos jemand von der Ostküste. Bestimmt dachte dieser rücksichtslose Mensch: Ach, der Zeitunterschied. Macht nichts, vermutlich sind sie schon auf.

Ich nahm den Hörer ab und drückte auf den Knopf, von dem ich hoffte, daß es der richtige war.

»Bei Farquhar?« sagte ich zögernd und betete, daß ich nicht in die Gegensprechanlage sprach.

»Goldy«, sagte Philip Miller.

Sofort überfluteten mich Erleichterung, Verlangen und andere typische Teenagergefühle. Ich hatte keine Ahnung, warum er so früh anrief.

Ich fragte: »Fehlt dir was?«

»Ich habe vor dem Brunch einen Arzttermin«, antwortete er. »Ich verspäte mich.«

»Wir treffen uns zwar in deiner High School, Philip, aber ich kann dir keine Entschuldigung schreiben, wenn du zu spät kommst.«

Ich konnte sein Grinsen hören, als er sagte: »Besten Dank auch. Hör mal. Kann ich dich hinterher sprechen? Ich muß dich was über das Essen fragen.«

»Klar«, sagte ich vorsichtig und überflog meinen Terminkalender auf dem Schwarzen Brett in der Küche. Am 3. Juni stand hinter einem hastig hingekritzelten *Brunch* als nächstes: *Aphrodisisches Abendessen bei Harrington.* So gut meine Lieferantin auch war, es war ihr nicht gelungen, mir bestimmte Zutaten für dieses Abendessen zu besorgen, ehe sie in Urlaub gefahren war. Ich mußte im Laufe des Vormittags Ersatz dafür einkaufen. Der Nachmittag gehörte der Kocherei für die Einladung bei den Harringtons, die am Samstag abend steigen sollte.

»Kein Problem«, sagte ich, als wolle ich mich selbst überzeugen. Philip hörte sich nicht gut an. In seiner Stimme lag Vorsicht. Ich sagte: »Treffen wir uns vor deinem ersten Termin? Ich muß sowieso in der Nähe deiner Praxis einkaufen. Wir könnten im Aspen Meadow Café Kaffee trinken.« Ich zögerte, während der Wind Espenzweige gegen die Küchenfenster peitschte. »Bist du sicher, daß du jetzt nicht reden willst?«

Er sagte: »Nicht am Telefon.«

»Werd' mir bloß nicht paranoid, du Seelenklempner.«

»Mach du bloß keine Witze über psychologische Fachausdrücke, du Küchenfee.«

»Witze?«

Aber ehe er etwas erwidern konnte, blinkte eine weitere Leitung im Haus der Farquhars. Während es hartnäkkig piepste, sagte ich zu Philip, er solle dranbleiben. Dann holte ich Luft und drückte auf ein paar Knöpfe.

»Bei Farquhar?«

»Miss Goldy«, sagte Tom Schulz.

Ich schaute auf die Uhr: zwanzig vor sieben. Was war denn hier los? Ich sagte: »Es ist ein bißchen früh, Tom.«

»Du bist schwer zu erreichen«, sagte er. Ich sagte gar nichts, hatte aber wegen meiner kreativen Ausreden in letzter Zeit ein schlechtes Gewissen. Er fuhr fort: »Davon mal abgesehen. Wenn ich mich recht erinnere, bist du manchmal eine Frühaufsteherin.«

Ich konnte mir vorstellen, wie er das Gewicht seines kräftigen Körpers auf einem der zu kleinen Stühle im Büro des Sheriffs von Furham County verlagerte. Ich sah vor mir, wie er den Kopf schieflegte und in seinen Kaffee schaute, als könne die dunkle Flüssigkeit ihm Antworten auf alle Fragen geben.

Er sagte: »Bist du gerade beim Kochen oder so?«

»Entschuldige, Tom, allerdings«, sagte ich und tarnte mein schlechtes Gewissen mit Gereiztheit, während Philips Leitung weiter blinkte.

»Ich halte dich nicht lange auf. Es geht nur darum, daß ich eben die heutige Ausgabe des *Mountain Journal* vor mir habe. Ich glaube, sie stellen es dem Büro des Sheriffs zuerst zu.«

»Und?«

»Na ja, ich hab mir gedacht, diese Ausgabe solltest du dir schenken.«

»Rufst du deshalb so früh an?«

»Hör mal, Miss G., schnapp doch nicht gleich ein. Ich wollte dir nur sagen, daß du dir die Zeitung von heute nicht besorgen sollst. Um dir eine unangenehme Überraschung zu ersparen.«

»Worüber redest du?«

Er räusperte sich, dann sagte er: »Lies die Zeitung nicht, Goldy. Der Kerl ist verrückt.« Wieder eine Pause. »Du weißt, daß ich dich für eine großartige Köchin halte. Die beste.«

»Komm zur Sache, Tom. Ich muß Obst schneiden.«

Er holte tief Luft. »Sieht so aus, als wäre unser Käseblatt über sich hinausgewachsen und hätte einen Küchenkritiker engagiert. Heißt Pierre; muß ein Franzose sein.« Er trank einen Schluck, vermutlich Kaffee. Dann sagte er: »Pierre hat was gegen dich, Goldy.«

Philips Leitung blinkte immer noch. Mir brach Schweiß auf der Stirn aus. »Lies es mir vor.«

»Keine gute Idee, Miss G. Genau das wollte ich vermeiden.«

»Lies es mir vor, sonst backe ich dir meinen Supererdbeerkuchen nicht. Das wäre ein Jammer, wo doch Erdbeerzeit ist.«

Er ächzte, dann las er vor: »›Die Partyservicekönigin von Aspen Meadow mit dem unglücklichen Namen Goldy Bear erhebt zu Unrecht Anspruch auf ihren Thron, befürchten wir.‹« Er machte eine Pause. »Bist du sicher, daß ich weiterlesen soll?«

Ich biß die Zähne zusammen. »Ja.«

»Na schön.« Weiteres Räuspern. »Bei einem Fest des

Symphonieorchesters von Colorado bildeten jüngst mit dicker Sauce überzogene Eier das Horsd'œuvre, dann quälen wir uns durch Avocadosuppe mit Sahne, Bœuf Stroganoff, Fettuccine Alfredo, Salat mit Mayonnaise und schlossen völlig benommen mit Schokoladenfondue. Wo hat diese Frau Kochen gelernt, beim Nationalen Cholesterininstitut?« Schulz machte wieder eine Pause. Er sagte: »Ich habe noch nie gehört... ich meine, gibt es denn so etwas?«

»Oh, bring mich nicht zur Weißglut. Natürlich nicht.« Ich hörte zu brüllen auf und holte tief Luft. Mir war, als hätte ich einen Boxhieb in den Magen bekommen. Meine Stimme schwankte, als ich sagte: »Und es war kein Stroganoff, es war Filet vom Grill. Mit Eiernudeln. Kommt noch mehr?«

»Leider ja, aber nicht viel.« Er las: »Wie viele von uns haben sich zu Hause übergeben? Von mir weiß ich es. Und dann ist es mit ›Pierre‹ unterschrieben. Was für ein Vollidiot.«

Ich musterte das schimmernde Messer, das ich neben die Melonen gelegt hatte. Ich sagte: »Noch mehr gute Nachrichten?«

»Du fehlst mir.«

»Ach, wirklich?«

»Natürlich. In letzter Zeit waren die Abende so schön warm. Tolle Frühlingssonnenuntergänge. Ich hab' mich gefragt, ob du mich nicht mal mit Arch besuchen willst. Wir könnten im Garten grillen, weißt du.«

»Laß mich darüber nachdenken. Wir könnten Hamburger grillen. Direkt aus dem Nationalen Cholesterindingsbums.«

»Während du darüber nachdenkst, habe ich noch eine Frage – «

Die *dritte* Leitung im Haus der Farquhars blinkte und fing mit der hartnäckigen Piepserei an.

»Tom, könntest du einen Augenblick – «, sagte ich voller Panik und drückte auf weitere Knöpfe. Jetzt war es bestimmt irgendein Arsch von der Ostküste.

»Bei Farquhar!« schrie ich ins Telefon.

»Hast wohl zuviel Koffein intus, Goldy?« Die rauchige Stimme gehörte meiner besten Freundin Marla Korman. Obwohl Marla und ich beide mit John Richard verheiratet gewesen waren – zu verschiedenen Zeiten, denn wir waren hier in Colorado und nicht bei den Mormonen in Utah –, waren wir nach der zweiten Scheidung Verbündete geworden. Marla verdankte ich meinen gegenwärtigen Job. Adele Farquhar war ihre ältere Schwester.

Ich sagte: »Herrje, Marla, warum rufst du denn so früh an?«

»Keine Zeit zum Reden?«

»Nicht, wenn es um die Zeitung geht.«

»Um welche Zeitung? Ich habe zwei Nachrichten für dich hinterlassen.«

Noch ein Stich des schlechten Gewissens; ich hatte sie zurückrufen wollen. Aber ich war keine Sekretärin; ich konnte nicht vor sieben Uhr morgens mit drei Telefonleitungen jonglieren.

»Ich kann nicht reden«, sagte ich atemlos. »Ich habe Tom Schulz auf Leitung zwei und Philip Miller auf Leitung eins –«

»Du liederliches Frauenzimmer.«

»Sag mir, was du willst.«

Marla seufzte. Sie sagte: »Meine Liebe, du hast mich darum gebeten, Arch zum Einführungsgespräch in diese versnobte Schule zu fahren. In die Schule, in der du heute morgen die Bewirtung übernimmst. Ich habe nur angerufen, um zu hören, wann ich kommen soll.«

Das hatte ich vergessen. Nicht den Sommerunterricht, sondern das Einführungsgespräch. Arch schlief vermutlich noch; ihm war das schnurzegal. Er sollte wann in der

Schule sein? Ich zermarterte mir den Kopf; es stand nicht auf dem Terminkalender. Gegen neun?

»Tut mir leid«, sagte ich. »Paßt dir halb neun?«

Marla war einverstanden, und ich wollte mich wieder Tom Schulz und Philip Miller zuwenden.

Beide Leitungen waren tot.

Ich ging über die knarrenden Treppen in den zweiten Stock hinauf und schüttelte sanft Archs Schulter. Keine Reaktion. Ich versuchte es noch einmal. Eine geballte Faust und ein Arm im blauen Sweatshirt kamen protestierend zum Vorschein. Ich seufzte. Der Arm verschwand, zog sich unter die Decke zurück wie der Kopf einer Schildkröte in den Panzer.

Der Jogginganzug gehörte zu einer Entwicklungsphase. Arch trug Tag und Nacht Jogginganzüge. Der elterliche Trick bei dieser Allzweckgarderobe bestand darin, gelegentlich auf einem Wechsel zu bestehen – zum Beispiel einen verdreckten grünen gegen einen sauberen grauen Anzug zu tauschen. Nachdem er gestern abend im beheizten Pool der Farquhars geschwommen war, hatte ich ihn dazu bewegen können, den blauen anzuziehen. Damit war ich einem Streit über die Kleidung am ersten Morgen des Sommerunterrichts aus dem Weg gegangen. Jetzt mußte ich mich nur noch an den Gedanken gewöhnen, daß mein Kind den Tag im Schlafanzug verbrachte.

Ich sagte: »Zeit zum Aufstehen, Sohnemann.«

»Oh, warum, warum, warum?« sagte Arch, während er sich streckte, stöhnte und unter Kissen und Laken vergrub. »Warum muß ich aufstehen?«

»Sommerunterricht.«

Er vergrub sich noch tiefer. »Ich gehe nicht hin«, lautete die erstickte Antwort.

»Arch.«

»Nein, nein, nein, ich gehe da nicht hin. Ich hasse diese Schule. Ich habe noch Ferien. Geh weg.«

»Du weißt überhaupt nichts über diese Schule.«

Er knurrte.

Eins der Probleme im Haus anderer Leute bestand darin, daß man nicht laut werden konnte, wenn es nötig war. Vor allem dann nicht, wenn die anderen Bewohner schliefen. Ich beugte mich zu der Stelle, an der ich sein Ohr vermutete. »Arch«, sagte ich leise, »du hast gesagt, daß du gern hingehst.«

Ein paar Augenblicke verstrichen schweigend. Ich kannte ihn und wußte, daß er seine Strategie neu überdachte.

Dann hörte ich seine Stimme hinter mir. »Bitte, Mom«, sagte mein Sohn. »Bitte, zwing mich nicht dazu.«

Ich fuhr herum. Er hatte sich vollkommen lautlos bewegt. Jetzt kicherte er über meine Verblüffung. Ich sagte: »Könntest du bitte diese Spielchen lassen, während ich mit dir rede?«

Er schaute mich mit zusammengekniffenen Augen an. Sein Gesicht bestand nur noch aus weißer Haut und Sommersprossen, seit er sich einen Bürstenschnitt hatte verpassen lassen. Diesen neuen, militärisch kurzen Haarschnitt schieb ich dem Einfluß General Farquhars zu. Aber Arch war so dünn und bleich, daß er wie ein kleiner Kriegsgefangener aussah. Ich gab ihm seine Brille.

»Du bist gemein«, sagte er. Er schob sich die Brille ins Gesicht und schaute mich aus vergrößerten braunen Augen an. »Diese reichen Kinder werden mich nicht mögen. Die spielen alle Tennis, geben schicke Partys und laden Kinder wie mich nie ein.«

»Was für eine Art von Kind bist du denn?«

Er stöhnte, ein tiefer, gutturaler Laut, der davor warnte, tiefer zu stochern. Er schaute die Wand an und sagte dann mit leiser Stimme: »Nicht cool. So eine Art von Kind.« Er wandte sich von der Wand ab, wich aber meinem Blick aus. Er sagte: »Ich hab' wieder schlecht geträumt.«

Ehe ich antworten konnte, trottete er an mir vorbei ins Bad. Ich starrte die Wand an. Die üppigen rosa Rosen auf der heiteren Tapete der Farquhars starrten zurück. Ein paar Andenken an unser Haus – Archs neue Requisiten für Zaubertricks, sein Klassenfoto aus der Sechsten und ein Glasbehälter mit Würfeln für seine Rollenspiele – waren über die Regale im Zimmer verteilt, boten aber wenig Trost.

Schlecht geträumt.

Ich dachte an die Nacht vor drei Jahren, ein Jahr nach der Scheidung, in der John Richard die Reifen meines Lieferwagens aufgeschlitzt, meinen Briefkasten schrottreif geschlagen und meine Haustür eingetreten hatte. Er war betrunken. Arch schlief, und ich stürzte in sein Zimmer, verbarrikadierte die Tür mit einer Kommode und dem Schreibtisch und schrie so laut, daß John Richard ging. John Richard hatte seinem Sohn nie etwas getan. Und doch hatte Arch immer noch gesichtslose Alpträume, in denen ich starb. O ja, die Einfachheit unseres Hauses im Vergleich zu einer Woche im Palast der Farquhars hatte Arch und mir gezeigt, was es hieß, nicht reich, nicht cool zu sein. Aber alles würde gut werden. Wir würden in Sicherheit sein, sobald der Alarmanlageninstallateur von Aspen Meadow mit unserem Haus fertig war. Und bald würden die schlechten Träume aufhören.

»Hör mal, Arch . . .«, fing ich leise an, als er aus dem Bad kam. Aber mir fehlten die Worte. »Schau, ich muß zu diesem Brunch nach Elk Park fahren. Danach treffe ich mich mit Philip ...« Ich machte eine Pause, um ihn anzuschauen. Er rollte die Augen, ein bescheidener Ausdruck seiner Meinung von Philip Miller. Ich fuhr fort: »In der Küche sind frische Heidelbeermuffins für dich. Marla holt dich ab. In vierzig Minuten.«

Er warf mir einen ganz kurzen Blick zu und zog den blauen Jogginganzug glatt. Dann ließ er die großen braunen Augen, die hinter den dicken Gläsern so verletzlich wirkten, voll auf mir ruhen. Er sagte: »Ich komm schon zurecht. Mach dir keine Sorgen um mich.«

Kurz vor der Abzweigung nach Elk Park trieben Regenspritzer über die Windschutzscheibe von Adeles Thunderbird. Ihr Auto war das Transportmittel des Tages, weil mein VW-Lieferwagen eine neue Kupplung bekam und bis zum Montag in der Werkstatt war. Die Fahrt den Colorado Highway 203 hinauf, der bis auf zweitausendfünfhundert Meter über Meereshöhe ansteigt, hundertfünfzig Meter über Aspen Meadow, würde zwanzig Minuten dauern. Aus den Bergen gesprengt, hat der 203 nur wenige gerade Strecken, hart am Rand steiler Abhänge. Ich steuerte den Thunderbird vorsichtig um die Bergkurven herum und wurde auf dem Wiesenland der Hochebene etwas schneller. Auf den Wiesen sprossen goldgrünes, üppiges Berggras und Goldrute wie grüne Zwiebeln in einem Teich aus zerlassener Butter...

Ich biß die Zähne zusammen. Zerlassene Butter. Wie sie im Nationalen Cholesterininstitut serviert wird. Wie konnte jemand so etwas behaupten? Dieser Pierre hatte das Menü nicht einmal richtig mitgekriegt. Für das Abendessen des Symphonieorchesters hatte ich gefüllte Eier gemacht. Weit entfernt von einer dicken Sauce. Die Suppe war ein Gazpacho gewesen, mit Avocado garniert. Das gegrillte Fleisch war hauchdünn geschnitten gewesen, mit verschiedenen Beilagen, unter anderem Sauerrahm mit Meerrettich. Und die gedämpften grünen Bohnen hatte er überhaupt nicht erwähnt.

Was für ein Einfaltspinsel! Ich bremste in einer der tödlichen Kurven. Ich würde diesen Pierre finden, wer er auch sein mochte, und wenn ich eine Woche lang vor dem Büro des *Mountain Journal* Posten stehen mußte.

Denk an die Landschaft, sagte ich mir. Beruhige dich. Schau dir die Berge an. Die Leute ziehen hierher, um dem Streß zu entkommen, weißt du noch?

Die Berge, die Wiesen, Aspen Meadow, Elk Park – sie waren im Sommer die kühlen Zufluchtsorte reicher Leute aus Denver gewesen, ehe die Bundesautobahnen gebaut wurden. Hier war ich erst letzte Woche mit Philip gewesen. Wir waren bis zur Privatschule von Elk Park gegangen, der Villa mit Stuck und Ziegeldach, die Anfang des Jahrhunderts als elegantes Hotel gebaut worden war.

Wie idyllisch die Schule ausgesehen hatte, als an jenem Samstag nachmittag ein kurzer Schneeschauer aufhörte. Das elektronische Tor, das äsendes Wild aussperren sollte, hatte offengestanden. Philip und ich stapften schweigend die schlammige, gewundene Einfahrt entlang. Wir atmeten Luft, die wie Milch war. Der Dunst des schmelzenden Schnees auf dem roten Ziegeldach verlieh der Schule etwas Überirdisches, das mich an das Internat im Süden erinnerte, in dem ich fünf Jahre lang gewesen war. Bis zum letzten Jahr hatte die Schule von Elk Park auch Internatsplätze angeboten. Philip fragte, warum ich Arch nicht hierher schickte, ihn aus den großen Klassen der staatlichen Schule herausholte. Großartige Idee, sagte ich, das wünschte ich mir seit Jahren. Bloß hätte John Richard die Kosten übernehmen müssen. Aber mein Ex behauptete, ich wolle Arch hierherschicken, weil ich im Innersten ein Ostküstensnob sei. Privatschulen, sagte ich wehmütig zu Philip, seien wie Geld. Man wisse sie erst zu schätzen, wenn man sie nicht mehr habe. »Aber was hast du dabei für ein Gefühl?« fragte er, stets der Seelenklempner. Ich sagte: »Rat mal, was für ein Gefühl das ist.«

Jetzt, als ich den Thunderbird durch das offene Tor lenkte, vorbei an der hohen Steinmauer mit dem massiven geschnitzten Schild »PRIVATSCHULE VON ELK PARK«, lief mir ein Schauer über den Rücken. Es war, als filme eine unsichtbare Kamera mein Eindringen: *Schafft diese Frau hier raus! Sie ist von der Geldklasse in die Dienstbotenklasse abgerutscht!* Erst als ich die Hälfte der langen Einfahrt hinter mir hatte, wurde mir bewußt, daß ich die Abzweigung mit dem Schild LIEFERANTEN noch gar nicht erreicht hatte.

Die Telefonistin und die Schulsekretärin, heute meine Partyservice-Helferinnen, machten sich eifrig in der Küche zu schaffen. Seit das Internat geschlossen war, existierte das große Küchenteam früherer Jahre nur noch in der Erinnerung. Übrigens war das zweite Mitglied des Personals der Farquhars, ein Achtzehnjähriger namens Julian Teller, ein Opfer dieser Stillegung. Er war einer der letzten Internatsschüler gewesen und jetzt eins von Adeles Wohltätigkeitsprojekten. Seit Arch und ich eingezogen waren, hatte General Farquhar den Teenager mit dem Zusammenbau hochmoderner Gartengeräte und anderen Aufgaben auf Trab gehalten. Julian hatte nur einmal mit uns gegessen, aber Arch hatte mir getreulich ausgerichtet, Julian habe gesagt, meine Reste seien das Beste, was er je gekostet habe. Leider hatte ich noch keine Gelegenheit gehabt, den Teenager kennenzulernen.

Aber Arch hatte ihn kennengelernt. Er vergötterte Julian. Was Julian machte, wollte Arch auch machen, was Julian trug, fand Arch so cool, daß es gar nicht in Worte zu fassen war. Natürlich hätte ich Arch liebend gern darauf hingewiesen, Julian sei zwar cool, aber nicht reich, was der Grund dafür war, daß der Teenager während seines letzten Jahres auf der High School einen Job mit Wohnrecht hatte annehmen müssen. Aber ich wollte nicht allzu moralisierend wirken. Und Julian gab Arch im Pool der Farquhars Tauchunterricht. Wenn Arch schon seine Kumpel aus der Nachbarschaft fehlten, konnte wenigstens Julian sein Freund sein.

Ich schlüpfte in die Schürze und konzentrierte mich wieder aufs Kochen. Ein hiesiges Restaurant hatte den Brunch ausrichten sollen, aber erst gestern abgesagt. Der Rektor hatte mich voller Panik angerufen. Natürlich lehnte ich nie einen Auftrag ab. Ich hatte Wurstkuchen aus dem Tiefkühler geholt, in aller Eile Käseauflauf gekocht und Kuchen und Auflauf in die Schule gebracht. Ich hatte Elizabeth Miller angerufen, die nicht nur Philips Schwester, sondern auch eine hervorragende Bäckerin war, und sie gebeten, ein halbes Dutzend ihrer himmlischen Macadamianußkuchen zu backen.

Meine beiden Helferinnen hatten daran gedacht, den Auflauf in den Ofen zu stellen. Die glatten Schichten aus Ei und Sahne blubberten um ein Meer aus geschmolzenem englischen Chester herum. Wir legten dicke Speckscheiben zurecht, kochten Kaffee und schoben die Brote und die Kuchen zum Wärmen in den Ofen. Ich wollte eben das Obst in den Speisesaal bringen, als die Telefonistin mir sagte, dort warte jemand auf mich.

Ich stellte den ersten Schwung der Melonen auf ein großes Tablett und schob mich durch die Schwingtür in den riesigen Speisesaal. Die Dunkelheit draußen dräute gewaltig hinter den hohen Fenstern aus Wellenschliffglas. Drei Kristallkronleuchter schienen hell auf polierte Kirschbaumtische und cremefarbene Wände. Was für ein Kontrast zum Erfrischungsraum in Archs Schule. Wenn dort ein Treffen stattfand, bei dem Spenden gesammelt werden sollten, hingen knallige Transparente mit Botschaften wie *Wir schaffen es nicht!* an jeder verfügbaren Wandfläche. Hier war alles elegant; der einzige Hinweis auf das Bevorstehende waren ein Diaprojektor und die Leinwand. Hinter der Leinwand kam der Kopf von Elizabeth Miller hervor. Sie zeigte auf ihre aufgebauten Kuchen.

»Danke, daß du so früh gekommen bist«, sagte ich zu ihrem Kopf mit dem goldenen Haar, so kraus, daß ich immer an die Cartoons denken muß, in denen jemand unter einem Stromschlag zittert.

Elizabeth begrüßte mich mit einem schrägen Lächeln und einem Zurückwerfen der Krause, das zehn Zentimeter lange, baumelnde Silberohrringe enthüllte. Sie kam mit dem auf den Zehen wippenden Schritt auf mich zu, den Frauen bevorzugen, die nur Ballerinenschuhe tragen. Ihre lässige Aufmachung – schwarzes Trikot, schwarze Strumpfhosen, wadenlanger Lederrock – biß sich mit der formellen Umgebung. Aber das war typisch. Elizabeth Miller gefiel sich in der Rolle der Zigeunerin.

»Du darfst keiner Seele erzählen, daß ich die gebacken habe.« Ihr Lächeln entblößte leicht schiefe Zähne.

Ich sagte: »Dein Geheimnis ist sicher bei mir aufgehoben.« Elizabeth gehörte der letzte Laden mit Vollwertkost, der in Aspen Meadow übriggeblieben war. Weißes Mehl *verkaufte* sie nicht einmal.

»Haben wir eine Chance auf einen Schwatz, ehe der offizielle Teil losgeht? Sobald der Rektor anfängt, um Spenden zu bitten, will ich bloß noch weg hier.«

Ich sagte: »Versteh' ich.« Der Bioladen ging nicht gut. Als ich das letzte Mal dort gewesen war, um getrocknete Papaya zu kaufen, hatte Elizabeth versucht, mir einzureden, ich brauchte einen Zentnersack Hirse. Als ich sagte, sie solle sich auf Feinschmeckerartikel umstellen, starrte sie mich an, als hätte ich Sex mit einem Außerirdischen vorgeschlagen.

Jetzt sagte sie: »Ehrlich. Ich werde für dieses Essen

blechen müssen, und die Hälfte davon bringe ich nicht hinunter. Tut mir leid, Goldy, nicht persönlich gemeint. Es ist nur, weil ich strikt vegetarisch lebe, um in Form zu bleiben, und du weißt doch, daß Champagner Gehirnzellen zerstört.« Sie streckte eine Zehenspitze aus. »Ich bin nur hergekommen, um Freunde zu sehen. Aber Gott im Himmel! Ich hasse es, mir sechs neue Methoden anhören zu müssen, wie wir Geld für etwas, was die Schule unbedingt braucht, auftreiben können. Davon bekomme ich Schuldgefühle. In den nächsten beiden Tagen muß ich den Streß mit Buntnessel-Cocktail und Kamillentee bekämpfen.«

»Du kannst ihnen doch jederzeit einen ungedeckten Scheck geben«, schlug ich vor, während ich schwungvoll die letzte Honigmelone aufbaute.

Sie sagte: »Keine schlechte Idee«, dann schaute sie mich aus großen blauen Augen an, die mich an die ihres Bruders erinnerten. »Hast du was von Philip gehört?«

Ich sagte, er habe sich gemeldet und komme später. »Hast du was auf dem Herzen?«

Sie sagte: »Nein«, ohne Überzeugung.

»Alles okay?«

Sie nickte. »Bestens.«

Jetzt tat Elizabeth so, als rücke sie eine Melone zurecht. Sie sagte: »Mußtest du für dieses Essen viel kochen?«

»Ich habe jede Menge Köstlichkeiten produziert. Halt dich an den Käseauflauf. Der Chester bringt dich in Hochform.«

Ich hatte noch eine Menge Arbeit vor mir und konnte mir kurz vor der Ankunft der Gäste keinen Plausch leisten. Was auch immer Elizabeth wollte, ich wünschte mir, sie käme zur Sache.

»Goldy . . .«, fing sie an. Sie legte den Kopf schief und preßte dann die Lippen zusammen.

Irgend etwas sagte mir, daß sie nicht über die Schule

oder das Essen reden, sich nicht einmal über den Rektor beklagen wollte. Ich sagte: »Wollen wir uns nicht setzen?«

»O nein«, sagte sie und beugte sich hinunter, um ein Melonenkörbchen zu inspizieren. Aus der Küche kam der einladende Geruch von Speck und Kaffee. Ich wußte, daß ich dorthin mußte, und sie wußte es auch. Sie sagte: »Es ist nur ...«

»Nur ...«

»Ach«, sagte sie mit einem Grinsen, »ich mach mir Sorgen um Philip. Ich glaube, ihm wächst da bei einem Patienten etwas über den Kopf. Ich meine, steht ihr euch so nahe, daß ihr über so etwas redet? Du weißt schon.«

Die Leute sagen immer *Du weißt schon*, wenn man nicht die leiseste Ahnung hat. *Du weißt schon* ... füll die Lücke. *Du weißt schon* ... mach's mir leichter, erspar mir, es zu sagen.

Der riesige Speisesaal hatte etwas Einschüchterndes. Ich beugte mich vertraulich zu Elizabeth hinüber. »Du meinst«, sagte ich, »ob er mit mir über seine Patienten spricht? Oder ob wir miteinander schlafen? Die Antwort lautet in beiden Fällen nein.«

Sie zuckte die Achseln und sagte: »O nein, das habe ich nicht fragen wollen. Du weißt schon.«

Ich wußte es immer noch nicht. Ich sagte: »Du meinst, ob wir uns so nahe stehen, daß wir heiraten wollen?«

Sie war erleichtert. Sie schloß die Augen und hob dann leicht die Schultern, als wolle sie sagen: Du hast damit angefangen.

Ich sagte: »Wir haben es nicht vor. Zufrieden?«

»Na ja, weißt du ...«, sagte sie noch zögernder, dann schwieg sie.

Ich dachte: Spuck's aus, Elizabeth.

Sie fuhr fort: »Ich muß einfach mit euch reden, mit ihm meine ich ..., und ich habe nicht gewußt, was er für Pläne hat.«

Ich sagte: »Ich weiß nichts über Philips Pläne, außer daß er zum Brunch herkommen will. Wenn du mit ihm über Vollwertkost reden willst, kannst du das hier tun. Wenn du mit mir über Vollwertkost reden willst, ich komme heute nachmittag in deinen Laden, um für das Abendessen morgen einzukaufen. Jetzt sei eine gute Vegetarierin und komm mit mir in die Küche, um nachzuschauen, ob der Speck durch ist.«

Sie rümpfte die Nase. »Speck! Ich ertrage nicht mal den Geruch – «

Aber sie wurde von der ersten Schar alternder Schuljungen unterbrochen, die mit gezwungener Heiterkeit lachten, während sie sich durch die Tür in den Speisesaal schoben. Es war die Art von Gelächter, das besagte: Wir sind nicht zu alt, um uns zu amüsieren. Plötzlich war es zu spät, nach dem Speck zu schauen oder sonst etwas zu erledigen. Ich nahm die erste Flasche Champagner aus dem Eiskübel und machte sie auf.

Ich flüsterte Elizabeth zu: »Tu mir einen Gefallen. Geh in die Küche und hol eine der beiden Frauen; ich brauche Hilfe. Dann schweb zu deinen Freunden und gib dich gesellig, damit sie nicht jetzt schon über das Obst herfallen. Ich schenk den Champagner ein.«

»Oh, klar«, sagte sie, wieder geistesabwesend. Sie schüttelte den Kopf; die Ohrringe schaukelten wie Christbaumanhänger. »Nur . . . bitte, laß mich selbst mit Philip sprechen.«

»Elizabeth«, sagte ich, »er ist dein Bruder. Was auch immer dich beunruhigt, ich glaube, du solltest selbst mit ihm darüber sprechen. Du weißt schon?«

»Und wenn wir die Wasserleitung hierher verlegt haben«, sagte der Rektor mit einem routinierten Schwenk des Zeigestabs auf die erleuchtete Leinwand, »kommen wir zur Durchführung von Phase zwei . . .« Am Tisch des Rektors fuhr sich Adele Farquhar unter den strengen, dunklen Pagenkopf. Ich hatte so viel zu tun gehabt, daß ich gar nicht gesehen hatte, wie sie der General im Range Rover herbrachte. Es war fast elf. Die Ehemaligen rutschten auf den Stühlen herum, schauten auf ihre Rolexuhren. Jeder Trottel wußte, daß die Durchführung von Phase zwei mehr Geld bedeutete. Die Ehemaligen wechselten Blicke – *Wie lange schafft er es noch, darüber zu reden?* Von den Tischen stieg ein verblüfftes Gemurmel auf. *Ewig.*

Mir taten vom Stehen die Füße weh. Der Büffettisch sah geplündert aus. Das Essen war so gut wie ganz verschwunden, bis auf das, was ich für Philip gerettet hatte. Aber er war noch nicht da. Wenn er nicht bald kam, hatte er Pech gehabt.

Und dann schlenderte er herein, benahm sich, als gehöre die Schule ihm. Mit dem schwarzen Blazer, den weißen Hosen und dem blonden Haarschopf sah er wie ein Dressman aus. Hinter seiner Ray-Ban-Sonnenbrille musterte er den Raum. Bei den Frauen stieg ein bewunderndes Summen auf. Ich holte tief Luft, stieß sie wieder aus. Wenn *ich* mal einen gurgelnden Laut der Anerkennung aus weiblicher Kehle erntete, dann nur, weil der Gemüseaspik Anklang fand.

»Wie geht es meiner Lieblingsköchin?« sagte Philip leise, als er den Servierwagen erreicht hatte. Als er den schlanken Körper über den Tisch beugte, kam er mir so nahe, daß ich die eingravierte Inschrift in der goldenen Anstecknadel an seinem Revers lesen konnte: SCHÜTZT UNSERE BERGE! Der politisch korrekte Seelenklempner schenkte mir ein besonders strahlendes Lächeln.

Ich schüttelte den Kopf und schaute die Sonnenbrille an, dann sagte ich zu Philips aristokratischer Nase: »Bestens. Wie geht's meinem Lieblingspsychologen? Hungrig?«

»Heißhungrig.« Er nahm einen gelben Umschlag aus seiner Aktentasche. »Spendensammeln, eine echte Plage«, sagte er mit leiser Stimme. »Die Aufkleber sind ihnen ausgegangen, ich mußte neue mitbringen.« Er winkte dem Rektor mit dem Umschlag, dann fragte er: »Kommt er allmählich zum Ende? Können wir uns nachher immer noch treffen?«

Ich beantwortete beide Fragen mit einem Nicken. Philip ging zum Prominententisch hinüber und reichte dem Rektor, der sich große Erleichterung anmerken ließ, den Umschlag.

Elizabeth fing meinen Blick auf und winkte, als hätte sie einen Zauberstab in der Hand. Während Philip durch die Tische hindurch zurückkam, ließ sie ihren Bruder nicht aus den Augen.

Der Rektor sprach jetzt über Geld, indem er versuchte, so zu klingen, als sei von Geld nicht die Rede. Er hatte den Zeigestab weggelegt und schwafelte jetzt weiter über die für Phase eins notwendigen Investitionen. Offenbar war die in diesem Jahr dringend erforderliche Verbesserung ein beheiztes Schwimmbecken von olympischer Größe. Im vergangenen Monat hatten Ehemalige, Eltern und Freunde der Schule einheimische Geschäftsleute angehauen (okay, er sagte »bei ihnen die Runde gemacht«) und ihnen die Bettelpredigt für das Schwimmbad gehalten. Wenn sie etwas spendeten, bekamen sie den Aufkleber mit der Aufschrift SCHWIMMEN SIE MIT! Die Eltern wurden daraufhin Stammkunden in den Geschäften mit diesem Aufkleber. Der Rektor griff in den Umschlag und hielt einen Aufkleber hoch.

Ich dachte, das klinge irgendwie illegal, als Philip sich mir zuwandte und verschwörerisch grinste. Ich gab ihm seinen Teller, dann räumte ich ruhig Gläser und leergefressene Platten weg. Philip ging zur Wand, damit er den Rektor besser im Blick hatte. Ich beobachtete ihn, wie er den Teller hob und ihn dann beim Essen dicht unter das Kinn hielt.

Ich stellte die Platte ab, die ich in der Hand gehabt hatte. In jenem Augenblick sah ich nichts außer Philip. Ich sah ihn, wie er vor über zwölf Jahren gewesen war, als wir von einer Party der Studenten im zweiten Studienjahr abgehauen waren. Ich war eben von einem Mädchencollege im Osten an die Universität gekommen und kannte keinen Menschen. Dieser blonde, attraktive Junge war auf mich zugekommen und hatte gesagt: »Willst du hier raus?« Und ich hatte gesagt: »Klar.« Wir waren durch die kühle Abendluft gegangen, die nach Rauch aus Holzfeuern roch. Philip zeigte auf Vögel, die zwischen den Bäumen herumflatterten: Ammern, sagte er, Zugvögel, die in die winterlichen Nester zurückkehrten. Er kaufte uns Gyrossandwiches. Wir ließen Sandwichsaft und nach Minze schmeckenden Joghurt auf Papierservietten tropfen, während wir am Boulder Creek entlanggingen. Ich erinnerte mich daran, daß Philip die Serviette vorsichtig unter dem Kinn hielt und weniger wie ein Student im zweiten Jahr aussah, eher wie ein wohlerzogener Vierjähriger.

Er hatte mich flüchtig geküßt, nach Minze schmekkend. Aber unsere Verabredungen waren zufällig und kurzlebig. Ich konnte mich nicht einmal daran erinnern, daß ich Philip gesagt hatte, ich verlasse die Universität, um zu heiraten. Ich ließ ihn einfach los, wie einen Luftballon.

Der richtige Zeitpunkt, sagte ich mir immer wieder. Damals war es der falsche Zeitpunkt gewesen. Hier war Philip, hielt sich den Teller unter das Kinn, wollte wieder mit mir zusammen sein. Aber ich empfand etwas für Schulz, ganz zu schweigen von meiner Unschlüssigkeit, was Beziehungen im allgemeinen anlangte. Ich war mir auch nicht sicher, ob der richtige Zeitpunkt jetzt war.

Elizabeth quetschte sich durch besetzte Stühle zur Rückseite des Raums. Als sie am Serviertisch ankam, flüsterte sie: »Das Essen ist hervorragend, und die meisten meiner Freunde sind hier.« Sie lächelte, um ihre Klagen von vorhin zu entkräften.

Ich hätte sie am liebsten darum gebeten, das *Mountain Journal* anzurufen, um eine Kritik durchzugeben, wollte aber den langweiligsten Rektor der Welt nicht unterbrechen. Mir fiel auf, daß Philip seine Schwester musterte. Ich sagte: »Dein Bruder ist da.«

Sie sagte: »Und?« Ich lächelte.

»Noch nichts Neues«, sagte ich. »So was darf man nicht überstürzen. Du weißt schon«, fügte ich hinzu.

»Ich bin darauf angewiesen, daß du ihn im Auge behältst«, sagte sie mit leiser Stimme.

Philip kam zurückgeschlendert. Er sagte: »Willst du hier raus?«

Ich sagte: »Unbedingt.«

Elizabeth bot ihm ein Stück Wurstkuchen an. »Ungesund«, sagte sie mit einem verschlagenen Lächeln, »aber Goldy hat ihn gebacken, also schmeckt er super. Hast du jetzt Zeit für einen Schwatz?«

Er kaute, zwinkerte mir zu, dann schüttelte er den Kopf. Er sagte: »Soll ich dich anrufen?« Als sie nickte, grinste er und warf mir einen Blick zu, der hieß: Zeit zum Gehen. »Wenn wir nicht verschwinden, bleiben wir im Gedränge stecken.«

Ich schaute auf die Uhr: halb zwölf. Immer noch trieb Regen gegen die hohen Fenster des Speisesaals. Wenn wir uns anstrengten, konnten wir die Platten und Kisten auf einmal in den Thunderbird laden. Das Schulpersonal hatte versprochen, den Abwasch zu übernehmen. Der Rektor kam allmählich zum Ende: er ging vom Spendenaufruf zu einem Vortrag über die Meinung seiner Schule zu Drogen über (sie waren dagegen), zu Partys mit alkoholischen Getränken (dito) und sexueller Freizügigkeit (dito). Beim letzten Thema schien das Interesse der Ehemaligen etwas lebhafter zu werden. Philip und ich stellten die letzten Kannen in eine Kiste und trugen meine Sachen durch den Schlamm und den Regen zum Kofferraum des Thunderbird.

Philip winkte kurz, ehe er sein Auto anließ, einen BMW 325 IX in der Farbe von Vanillepudding. Mindestens zum hundertsten Mal dachte ich, ich hätte Seelenklempnerin werden sollen statt Partylieferantin.

Kalter Frühlingsregen peitschte unsere Autos, spülte und trieb über sie hinweg, als wir auf schlammigen Fahrspuren vom Personalparkplatz wegfuhren. Wir fuhren an den Bussen und Autos vorbei, mit denen die Schüler zum Einführungsgespräch hergebracht worden waren, dann kamen wir zur Baustelle des Pools. Ein zwei Meter hoher Maschendrahtzaun umgab das ausgehobene Gelände. Der Rektor hatte uns eben mitgeteilt, die Leitungen seien verlegt, und in den nächsten Tagen werde der

Beton gegossen. Der Aufsichtsrat der Schule drängte darauf, den Pool zu bauen, ehe das Geld dafür beschafft war. Kein Luxus, hatten sie gesagt, eine Notwendigkeit. Ach, Republikaner.

Als wir an dem Baustellenzaun vorbeifuhren, winkte ich und blinkte Philip mit der Lichthupe an. Er reagierte nicht, blinkte aber, ehe er auf den Highway 203 einbog.

Als wir die schmale, zweispurige Straße hinunterfuhren, verwandelten sich die Regentropfen in weiße Flokken. Ich seufzte; ich hatte gewußt, daß das fällig war. Am 3. Juni ist der Schnee in Colorado nicht das weiße Pulver, das die Skihänge im Winter überzieht. Statt dessen fielen dicke, feuchte Frühlingsflocken wie Kartoffelbrei auf das Auto. Die Scheibenwischer des Thunderbird kämpften gegen das Gewicht. In dieser Höhe war das – meine Verwandten in New Jersey hörten es immer mit Entsetzen – ein für die Jahreszeit typisches Wetter. Während wir abwärts fuhren, fragte ich mich, ob der Thunderbird Winterreifen habe.

Der BMW stieß eine schwarze Rauchwolke aus. Ich beschleunigte sacht; die hundertfünfzig Meter Höhenunterschied zu Aspen Meadow auf der kurvenreichen Strekke waren viel gefährlicher, sobald der Schnee liegenblieb. Hinter uns war das rote Ziegeldach der Schule schon weiß überzogen. Die Scheibenwischer des Thunderbird summten, während sie dünne Schneedecken wegfegten. Ich schaltete den Entfroster ein und verlor einen Moment lang Philip aus den Augen, der um eine Kurve flitzte.

»Macho«, sagte ich mit einem Knurren und brachte Adeles Auto auf fünfzig.

Neben der Straße huschte ein Rotfuchs, im allgemeinen ein Nachttier, aus dem Gebüsch. Ich erschrak und wich weit aus. Nicht nötig: beim Anblick des Autos lief das Tier zu seinem Bau zurück. Sogar das Wild war vernünftig genug, bei diesem Sauwetter zu Hause zu bleiben.

Als ich die Kurve hinter mir hatte, erhaschte ich fünfhundert Meter vor mir einen Blick auf den BMW. Mein rechter Fuß trat aufs Gas.

Wir waren ein paar Augenblicke lang gefahren, als Philip unvermittelt nach rechts schleuderte. Seine Reifen wirbelten am Straßenrand eine Schmutzwelle auf. Das Straßenpflaster wurde eisig. Ich fragte mich, ob er weggerutscht sei oder auch ein Tier gesehen habe.

Der Schnee fiel stetig. Ich beschleunigte äußerst vorsichtig. Philip wurde einen Augenblick lang langsamer und bog über die Mittellinie nach links. Dann fuhr er direkt auf der gepunkteten Linie weiter.

Ich hupte. Stimmte etwas nicht mit seinem Auto? Machte ihm der Schnee zu schaffen? Vielleicht funktionierten seine Scheibenwischer nicht. Ich hupte wieder, aber es kam keine Antwort. Philip kannte die Gefahren dieser Strecke. Falls er Schwierigkeiten mit der Lenkung hatte, war es jetzt an der Zeit, am Straßenrand zu halten.

Statt dessen wurde er schneller. Wir kamen auf der linken Straßenseite an einer Felswand vorbei, dann an einer steilen Böschung, wo ein sich überschlagendes Auto fast die ganze Leitplanke weggerissen hatte. Gelbe Polizeibänder markierten noch den Schauplatz des tödlichen Unfalls. Wieder scherte der BMW nach rechts aus. Eine Welle der Angst machte meine Hände feucht. In der nächsten Kurve mußte ich gut aufpassen. Einen Augenblick lang sah ich von dem Auto vor mir nichts als heiße Luft. Mir wurde flau im Magen.

Als ich die Kurve bewältigt hatte, brachte ich den einem Schiff ähnlichen Ford auf Touren, um die eckigen Rücklichter des BMW einzuholen, die im Grau, das uns einhüllte, aufleuchteten. Ich tastete nach der Lichthupe und blinkte.

Keine Reaktion.

Wir fuhren Richtung Süden, auf der Achterbahnstrekke zum Highway 23, der Nord-Süd-Verbindung zwischen der Interstate 70 und Aspen Meadow. Als wir eine weitere Kurve hinter uns hatten, sah ich ein paar Autos, die aus Aspen Meadow herausfuhren, zur Interstate 70.

Wattige Schneeklumpen klebten auf der Windschutzscheibe. Ich kniff die Augen zusammen und glaubte zu sehen, wie Philip den Kopf schüttelte. Mein Herz schlug im Takt mit den Scheibenwischern. Ich gab Gas und beschloß, ihn zu überholen. Ihn zum Anhalten zu zwingen. Aber als ich links auf seiner Höhe war, wurde er schneller. Rechts waren nur ein schmaler Randstreifen und ein Stacheldrahtzaun zwischen uns und einer zehn Meter tiefen Böschung zu einer weiß überzogenen Wiese. Ich drückte auf den Knopf, um mein Fenster einen Spalt weit aufzumachen. Vom Highway 24 her durchbrachen ein gelegentliches Hupen und das Zischen von Reifen das wehende Geräusch des Schnees.

Vor zwanzig Minuten war Philip noch kerngesund gewesen. Jetzt bekam er entweder einen Herzinfarkt oder sorgte dafür, daß ich einen bekam.

Das letzte Stück auf dem Highway 203 nach Osten führte steil nach unten. Philip fuhr wieder zwischen den beiden Fahrspuren. Vor uns sah ich einen Traktor mit Anhänger und einen Lebensmittellieferwagen, die auf dem Highway 24 Richtung Norden fuhren, zur Interstate.

Gegen Ende des Highway 203 hupte Philip wild. Die Bremslichter blitzten auf, als das hellgelbe Auto nach rechts rutschte. Ich versuchte abzuschätzen, wo ich ihn wieder überholen konnte, aber er fuhr zu schnell.

Durch das Schneetreiben zeigten die bernsteingelben Zahlen der Digitaluhr 12.00 Uhr an. Wir waren nicht mehr weit von Philips Praxis entfernt, die in der Nähe der Interstate lag. Bald würde diese Qual vorbei sein. Ich blinkte rechts, als wir zum Halteschild an der Kreuzung kamen.

»Nein!« schrie ich, als der BMW am Schild vorbeiraste und mit quietschenden Reifen nach rechts auf den Highway 24 einbog, statt nach links zu Philips Praxis.

Ich hielt, schaute nach links, drückte aufs Gaspedal und zerrte das Lenkrad nach rechts. Der Schnee kam herunter wie Haferflocken. Philip raste auf der linken Spur direkt auf die entgegenkommenden Fahrzeuge zu. Als der Traktor ihn wütend anhupte, scherte er im letzten Augenblick aus der Spur aus. Die beiden großen Fahrzeuge holperten vorbei. Philip schaltete die Nebelscheinwerfer ein und schien langsamer zu werden.

Ich jagte den Thunderbird nach vorn und holte den BMW auf dem Randstreifen von Highway 24 ein. Ich hupte. Durch die getönten Fensterscheiben konnte ich sein Gesicht nicht ausmachen. Er verhielt sich, als hätte er mich weder gesehen noch gehört. Wieder wurde er schneller, als wolle er entkommen.

In dem Schneematsch würgte ich den Thunderbird ab.

Ich drückte auf die Hupe und ließ das Fenster ganz herunter. Kalter Schnee kitzelte mich im Gesicht.

»Philip!« schrie ich. »Komm zurück!«

Der BMW wurde noch schneller und schwankte und schaukelte den Highway 24 hinunter. Auf der rechten Spur sah ich einen schwarzen Porsche, der einen silberfarbenen Bus überholte. Ich holte tief Luft und drehte den Zündschlüssel um. Wenn ich von hinten auf Philip auffahren konnte, vielleicht hielt er dann.

Ein Ford ist kein BMW. Der Thunderbird fuhr ruckend an. Ich drückte aufs Gas und prallte mit dem rechten Scheinwerfer gegen eine Notrufsäule. In dem vielen Schnee hatte ich sie nicht gesehen. Ein dumpfer Schmerz schoß mir ins Rückgrat. Als ich wieder auf die Straße schaute, raste Philip die linke Spur entlang, auf Kollisionskurs mit dem Bus. Ich ließ den Alarm heulen, öffnete den Sicherheitsgurt und sprang aus dem Auto.

»Halt!« schrie ich durch den Schneevorhang. »Halt!«

Aber er hielt nicht. Der Porsche und der Bus hupten. Der Porschefahrer fuhr schleudernd auf den Randstreifen. Eine Schneewand spritzte hoch. Die Bremsen des Porsche kreischten. Der BMW raste weiter. Der Busfahrer drückte auf die Hupe. Philip hörte die Hupe und bremste, rutschte auf den Schotter auf dem linken Randstreifen und kam ins Schleudern.

Der Bus rammte den BMW auf der Fahrerseite. Glas brach. Reifen quietschten. Ich hörte, wie die Fahrgäste im Bus schrien. Der Porschefahrer kletterte heraus. »Es ist aussichtslos«, dachte ich im Laufen, »es ist aussichtslos.«

Meine Füße rutschten durch den Schnee. Vor mir standen der Bus und Philips Auto, dünner Rauch stieg aus den Fahrzeugen. Mein Körper schlug gegen die Kühlerhaube des BMW. Die linke Vorderseite des Autos war völlig zerschmettert. Ich schaute durch das kaputte Glas in der verzweifelten Hoffnung, etwas bewege sich.

Philips Oberkörper war in einem unnatürlichen Winkel abgeknickt; der Aufprall hatte ihn nach hinten geworfen. Sein Gesicht und seine Brust waren voller Blut und Glasscherben. Die Sonnenbrille war fort, seine Augen waren weit offen, rot, leer. Die untere Körperhälfte war unter dem eingedrückten Metall des BMW verschwunden.

»Rufen Sie einen Notarztwagen!« schrie ich dem Busfahrer zu.

Aber ich wußte es. Ich konnte es nur nicht akzeptieren. Ich konnte Philip nicht noch einmal anschauen. Ich konnte nichts denken, nichts sehen, nichts hören, ich wußte nur eines.

Philip war tot.

Zeitlupe, Zeitraffer. Die Zeit zersplitterte. Zeitraffer: Menschen bewegten sich rückwärts und vorwärts. Rückwärts und vorwärts. Sie stellten mir Fragen und riefen mir etwas zu, als wäre ich auf dem Grund eines tiefen Brunnens. Ein Mann zog mich weg, als ich versuchte, die Tür des BMW aufzuzerren. Ich riß mich von ihm los und lief. Sanfte Hände führten mich fort und legten mir eine Decke über das Haar und die Schultern, ein Schutz vor dem Schnee. Ein Mann und eine Frau stellten Warnleuchten auf. Dirigierten den Verkehr. Winkten das Polizeiauto heran.

Zeitlupe: Der Schnee fiel. Der BMW rauchte. Der Körper hinter den dunklen Scheiben rührte sich nicht.

Mitten im Leben sind wir vom Tod umfangen ...

Ein Polizist sagte meinen Namen. Seine Stimme war weit weg. Ich schaute ihn aus Augen an, die nicht die meinen zu sein schienen. Ich legte die Hände zusammen und blies hinein.

Er sagte: »Nur ein paar Fragen, falls Sie das schaffen.«

Du, o Herr, kennst die Geheimnisse unserer Herzen ...

Ich nickte und folgte ihm, langsam, ganz langsam. Ich überließ Philip Fremden, fremden Männern in Anzügen, die über ihn verfügten. Es war unerträglich.

Wieder mein Name. Ja. Ich stieg in den Streifenwagen. Ich versuchte, mich auf den Polizisten zu konzentrieren, aber Philips Gesicht drängte sich in mein Bewußtsein. Können Sie schildern, was geschehen ist. Ja. Selbst da sagte etwas in mir: Schildern kann ich es. Ich kann es nur nicht erklären.

Außerhalb des Autos fiel der Schnee wie weiche Federn, blieb an manchen Stellen liegen, schmolz an anderen. Wenn ich versuchte, mir zu überlegen, was ich mit Adeles Thunderbird machen sollte, sah ich das Heck von Philips BMW vor mir, den schwarzen Rauch, seine mit Blut bespritzte Stirn und Wangen.

Der Notarztwagen kam. Sanitäter stapften durch den Schlamm. Jemand brachte mir einen Pappbecher Kaffee, sagte zu dem Polizisten, das Notarztteam habe das Opfer an eine Maschine angeschlossen und die Messungsergebnisse einem Krankenhaus in Denver mitgeteilt. Ein Arzt habe bestätigt, daß Philip Miller tot sei. Jemand von der Gerichtsmedizin sei unterwegs.

Jetzt fragte ein zweiter Polizist, ein Streifenpolizist, nach meinem Namen, dem Standort meines Fahrzeugs, und ob ich diejenige sei, die den Unfall aus der anderen Richtung mit angesehen hatte. Als ich antwortete, gab er mir ein Notizbuch und sagte, ich solle alles aufschreiben, was ich gesehen hatte. Ich schrieb und gab ihm das Buch zurück. Während er las, klopfte jemand an das Fenster des Streifenwagens. Der Streifenpolizist, auf dessen Namensschild nur *Lowry* stand, stieg aus dem Auto. Als er zurückkam, war er gereizt.

Mein Kopf hämmerte. »Kann ich jetzt gehen?« fragte ich. Mich packte ein Anfall von Panik wie damals, als ein Klassenkamerad von Arch bei einem Schulbusunfall ums Leben gekommen war, vor zwei Jahren. Ich mußte Arch sehen, mich vergewissern, daß ihm nichts fehlte. Ich sagte: »Ich muß nach Hause. Zu meinem Sohn.«

Wo genau er sei, wollte Lowry wissen, und wo zu Hause sei? Ich zermarterte mir den verwirrten Kopf. Wo Arch jetzt sei? In der Schule. Er müsse zu den Farquhars kommen. Ja, sagte Lowry, die Polizei werde anrufen und Arch ausrichten lassen, er solle nach Hause kommen.

Nach Hause. Mit diesen Worten kamen endlich die Tränen, als setze die Erwähnung eines Verlusts Trauer um alle anderen Verluste frei.

»Elizabeth, Elizabeth Miller«, sagte meine Stimme, »jemand muß Elizabeth finden, jemand muß es ihr sagen.« Und wieder brachte Lowry durch mein Schluchzen die wesentlichen Einzelheiten aus mir heraus und versprach, etwas zu unternehmen.

Ich holte tief Luft.

Lowry sagte: »Ein Freund von Ihnen war in der Gegend und hat den Notruf wegen des Unfalls mitbekommen. Er ist vom Büro des Sheriffs, ein Untersuchungsbeamter namens Tom Schulz . . . Er wollte wissen, ob Ihnen etwas passiert ist.«

»Er hat den Notruf gehört?«

»Hat nicht gewußt, daß Sie beteiligt waren, ehe er herkam. Wollen Sie ihn sehen?«

»Ja«, sagte ich, während mir wieder Tränen in den Augen brannten. »Bitte, ich möchte Schulz sehen.«

»Bald. Was diesen Unfall anlangt . . .«, sagte Lowry.

Ich schaute aus dem Fenster, konnte aber Tom Schulz in der Menge nicht sehen. Der Schnee fiel jetzt in einem schrägen Wirbel auf die Bergwiese, wie Millionen winzige Pfeile, die zur Erde schossen.

»Wie schnell ist das Opfer gefahren?« wollte Lowry wissen.

»Das steht hier«, sagte ich und deutete auf das Notizbuch. »Etwa sechzig.« Auf dieser Straße lag das Tempolimit bei vierzig, aber wenn man vorsichtig war, konnte man auf den meisten geraden Strecken sechzig fahren. Allerdings war Philip Miller nicht vorsichtig gefahren.

»Wissen Sie«, sagte ich, »es lag mehr an seiner Fahrweise.«

»Und seine Fahrweise war...?«

»Er fuhr zickzack. Als ob er kcine Kontrolle über das Auto hätte.«

Lowry schaute mich aus zusammengekniffenen Augen an. »Und was haben Sie gedacht?«

Ich schüttelte den Kopf und murmelte, ich wisse es nicht. »Vielleicht ein Schaden am Auto«, sagte ich.

»Warum hat er nicht angehalten?«

»Ich weiß nicht. Ich kann mir das nicht erklären.«

Dann mußten wir wieder von vorn anfangen, bei dem Brunch, den ich ausgerichtet hatte und zu dem Philip zu spät gekommen war.

Officer Lowry sagte: «Wissen Sie, warum er zu spät kam?«

»Er hatte einen Termin. Einen Arzttermin, glaube ich.«

»War er krank?«

Ich zuckte die Achseln.

»Hat er etwas über sein Auto gesagt?«

»Nein.«

»Hat er nach irgend etwas gerochen?«

Ich kniff die Augen zusammen und sah Lowry an.

»Zum Beispiel nach Alkohol«, sagte er.

»Nein.«

»Hat er sich in irgendeiner Weise seltsam verhalten?«

»Er...« Ich dachte nach und rutschte unbehaglich auf dem Vinylsitz herum. Hatte er sich seltsam verhalten? Ich sagte: »Er hatte noch nicht gefrühstückt... Er hatte Hunger. Und er wollte mit mir sprechen, deshalb bin ich ihm nachgefahren. Wir wollten in der Nähe seiner Praxis Kaffee trinken.«

»Was hat er bei diesem Brunch gegessen?«

Ich sagte es ihm. »Wissen Sie, ob Ihre Leute seine Schwester schon erreicht . . .«

Lowry sagte: »Der Assistent des Gerichtsmediziners ist schon unterwegs in die Schule, um die Schwester zu suchen. Das hier wird nicht mehr allzu lange dauern.«

Mir war das Rasierwasser des Polizisten bewußt, der Kampfergeruch der Decke um meine Schultern, das Quietschgeräusch, wenn sich Lowry auf dem Fahrersitz umdrehte, um mir ins Gesicht zu schauen. Von alledem drehte sich mir der Magen um. Ich wollte dort sein, wo mir die Dinge und die Menschen vertraut waren. Wollte sehen, ob es Arch gutging.

Vor uns fuhr der Wagen der Gerichtsmedizin langsam auf den Highway 24. Keine blinkenden Lichter. Keine Sirene.

»Sie haben mir gesagt, war er gegessen hat«, soufflierte Lowry. »Ich muß auch wissen, was er getrunken hat.«

»Ich habe Ihnen alles gesagt, was ich gesehen habe. Vielleicht hat er Saft oder Kaffee getrunken; davon weiß ich nichts.«

»Hat er über Magen- oder Kopfschmerzen geklagt, Fieber, Schwindel, Brustschmerzen, irgend etwas in der Richtung?«

»Nein.«

»Okay«, sagte Lowry. Er fragte mich, wie er mich erreichen könne, und sagte, möglicherweise komme später jemand vorbei. Ich gab ihm die Adresse der Farquhars in der Sam Snead Lane im Meadowview-Teil auf dem Gelände des Country Club von Aspen Meadow.

Ich wollte aussteigen, dann sagte ich: »Ich glaube nicht, daß ich Ihnen vermitteln konnte, wie unheimlich dieser Unfall war. Vor einer Stunde ging es ihm blendend. Er ist wie ein Irrer in die Stadt gefahren, und jetzt ist er tot. Kommt Ihnen das nicht merkwürdig vor?«

Lowry schaute mich an. Er sagte: »Manchmal, wenn

irgendwas nicht in Ordnung ist oder wenn die Leute betrunken sind, rasen sie einfach los. Sie denken: Ich halte nicht an, ich fahre einfach weiter, und dann wird schon alles gut werden.«

»Aber es war so . . . seltsam.«

Seine Hängebacken bebten, als er den Kopf schüttelte. Er sagte: »Eine Menge Autounfälle sehen seltsam aus, Lady.«

Ermittler Tom Schulz sprach mit einem kleinen, dickbäuchigen Rothaarigen, als ich herankam.

Er schenkte mir einen mitfühlenden Blick und sagte: »Bist du okay?«

Ich nickte. Mit einer großen Hand winkte er eine Art Vorstellung.

»Das ist jemand von der Gerichtsmedizin.«

»Ich bin eben erst hergekommen«, murmelte der Mann in Richtung Schulz. »War der Typ da sternhagelvoll oder was?«

Ich starrte den Rothaarigen an, dann stürzte ich mich auf ihn. Jemand schrie los. »Sie Schwein, Sie –«

»Aber, aber, Goldy«, sagte Schulz, während er mich geschickt um die Taille packte. »Das war doch nicht so gemeint.« Aber der Rothaarige schaute Schulz an, der ihm mit einem Blick signalisiert haben mußte, er solle sich trollen.

Er murmelte: »Bis später, Schulz« und verzog sich.

Tom Schulz drehte mich sanft um und drückte mich an seinen kräftigen Körper. Er zog mir die Decke zurecht, dann hielt er mich ein Stück weit von sich weg, um zu sehen, ob mir auch nichts fehlte. Tom Schulz konnte seine Größe einsetzen, wenn er Menschen bedrohen wollte, denen er nicht traute. Er konnte breite Flächen seines Gesichts in eine düstere Grimasse, ein höhnisches Grinsen oder in Gleichgültigkeit verwandeln. Aber jetzt waren seine grünen Augen voller Sorge, jetzt bildeten seine fröhlichen, sandfarbenen Augenbrauen vor lauter Besorgnis einen Strich. Er zog mich an sich und umarmte mich. Ich schloß die Augen und ließ mich von seiner Wärme umfangen. Er sagte: »Hast du nicht gesagt, du bist okay?«

»Nicht, wenn ich einem Idioten zuhören muß.«

»Tut mir leid. Wenn man für die Gerichtsmedizin arbeitet, muß man nun mal auf Distanz bleiben.«

Wir stiegen in sein Auto, einen unauffälligen Chrysler, wie man das von einem Polizisten erwartete. Ich schaute auf meine Schuhe hinunter. Sie waren durchnäßt, fleckig von Schnee und Schlamm. Ich wandte mich Schulz zu und hörte, wie meine Stimme schwankte. »Eben ist ein Freund von mir gestorben.«

Schulz drehte sich um und schaute mich an. Er streckte die Hand aus, die ich nahm und festhielt. Sie war warm und fleischig und umschloß die meine ganz.

Nach einem Augenblick zog er die Hand weg und beugte sich herüber, um meinen Gurt festzuschnallen. »Okay, Miss G., ich bringe dich jetzt in die neue Wohnung. Du mußt mich dirigieren, denn ich war noch nie dort oben.«

Ich sagte ihm, er solle Richtung Club fahren. Ich schaute den eingedrückten BMW nicht an, als wir vorbeifuhren. Wir schwiegen. Der Schneefall hörte so plötzlich auf, wie er angefangen hatte: Juni im Hochland. Die tiefhängenden Wolken hoben sich allmählich vom Boden und teilten sich über Elk Park und Aspen Meadow. Gelegentlich brach die Sonne durch und brachte die Wiese zum Glitzern.

»Tageslicht«, sagte Schulz. »Wird um eins auch Zeit.«

Ich kämpfte unter dem Sitz mit meiner Handtasche, an die ich mich wie durch ein Wunder erinnert hatte, dann wühlte ich darin nach meiner Sonnenbrille. Mitten in der

Suche vergaß ich, was ich gewollt hatte. Ich holte tief Luft und warf die Tasche auf den Boden.

Tom Schulz sagte: »Du hat gesagt, Philip Miller war ein Freund von dir?«

»Wir haben zusammen studiert, an der Universität Colorado.«

Wir fuhren wortlos weiter. In das Schweigen hinein sagte ich: »Ich bin mit Philip Miller ausgegangen.«

Wieder Schweigen. Dann sagte Schulz: »Was macht denn dein Exmann in letzter Zeit so?«

Ich schnüffelte, schaute aus dem Fenster. »Im letzten Monat hat er mich schikaniert, ist dauernd am Haus vorbeigefahren. Hat angerufen und aufgelegt, dauernd juristische Schwierigkeiten erfunden. Ich hatte Angst, daß er sich betrinkt, angefahren kommt und Ärger macht. Deshalb habe ich diesen Job angenommen. Das Haus der Farquhars hat jede Menge Alarmanlagen.«

»Kommt er immer noch mit Arch zusammen?«

Ich nickte und schaute auf meine Nägel. Sie sahen ausgesprochen merkwürdig aus. Ich wollte über dieses Thema nicht sprechen und sagte das auch.

»Sag mir nur eins.« Schulz schaute zu mir herüber. »Hat Korman gewußt, wohin du heute morgen gefahren bist?«

Ich konnte nicht denken. Ich sagte: »Ich weiß es nicht. Er war nicht bei dem Brunch, obwohl ich gedacht habe, daß er vielleicht dort auftritt.«

Wieder erfüllte Schweigen das Auto. Wir fuhren an den Steinmauern mit dem holzgeschnitzten Schild ASPEN MEADOW COUNTRY CLUB vorbei. Auf dem Clubgelände würden die Telefondrähte bald heißlaufen, weil Philip Miller ein Bewohner dieser Gegend war – oder gewesen war.

Die Benommenheit nach dem Unfall umfing mich wie eine Decke. Szenen aus der letzten Stunde drangen in mein Bewußtsein: die Kurven auf der Straße, das Gefühl des Gaspedals unter meinem Fuß.

Philip.

»Ich bin hier oben, weil ein Irrer angerufen hat«, sagte Schulz. Mit gewaltiger Anstrengung drehte ich mich um und hörte ihm zu. Er überlegte einen Augenblick lang, ehe er sagte: »Da kommt dieser Anruf, und der Typ kriegt grade mal zwei Sätze raus, ehe er auflegt. Sagt: ›Sie müssen mir helfen, ich wohne oben im Country Club von Aspen Meadow. Sie müssen mir helfen, mein Leben ist in Gefahr.‹ Klick.«

Ich seufzte. Ich sagte: »Na großartig. Habt ihr eine Nummer, irgendwas?«

»Wenn jemand den Notruf anruft, speichern wir die Nummer automatisch. Das Problem ist bloß, daß der Typ aus dem Clubhaus angerufen hat. Da gibt es jede Menge von Nebenstellen. Sie haben einen Wagen hingeschickt, aber da lief nichts Verdächtiges. Egal. Ich schaue da mal nach dem Rechten, wenn ich dich abgesetzt habe. Ist dort, wo wir hinfahren, übrigens jemand zu Hause?«

»Weiß nicht. Vermutlich.«

»Hast du einen Hausschlüssel?«

Ich war so daneben, daß ich mich nicht daran erinnern konnte. Und dann fiel mir ein, daß der Schlüssel im Thunderbird war. Ich sagte: »Keinen Schlüssel.«

»War wohl ganz gut, daß ich aufgetaucht bin, was?«

Ich gab keine Antwort. In der Ferne war der Golfplatz ein Aquarell aus durchnäßtem Grün und eisigem Weiß. Der Schnee schmolz schnell, und Golfwägelchen kletterten wie Käfer den gepflasterten Weg hinauf.

Aus einem unerfindlichen Grund kam mir das wie Wahnsinn vor. Wie konnten die Leute heute Golf spielen? Wie konnten sie einfach weitermachen?

Ich stöhnte. Schulz langte herüber, nahm mir die linke

Hand aus dem Schoß und hielt sie fest. Er sagte: »Soll ich anhalten?«

Ich nickte, und er hielt. Ich machte die Tür auf und kotzte. Als ich mir mit Papiertaschentüchern, die er mir diskret reichte, den Mund abgewischt hatte, sagte ich: »Tut mir leid. Das ist mir so peinlich.«

»Mach dir darüber keine Sorgen. Jetzt will ich dich erst mal dort abliefern.«

Ich schloß die Augen und murmelte die Wegbeschreibung zur Sam Snead Lane, einer Sackgasse. Als ich mich etwas besser fühlte, schaute ich wieder auf die Greens des Golfplatzes hinaus, aber dann überlegte ich es mir anders. Es war besser, wenn ich mich eine Zeitlang auf das Autoinnere konzentrierte.

»Ich frage mich, ob sie diese Typen um Erlaubnis gefragt haben, ihre Namen zu benutzen«, sagte Schulz. Ich wagte einen Blick nach draußen. Schulz rümpfte die Nase, als er in die Arnold Palmer Avenue einbog. Ich sagte ihm mit einer Stimme, die immer noch nicht wie meine klang, das sei die Idee des Bauunternehmers gewesen. Als Entschädigung für den Verlust eines zweiten Golfplatzes mit achtzehn Löchern habe er die Straßen nach berühmten Golfspielern benannt. Schulz schüttelte den Kopf. »Kein zweiter Golfplatz, aber ein Segelboot auf dem Trockenen. Die Häuser hier sehen aus wie Boote. Große, dicke Yachten, die auf dem Rasen vor Anker liegen.«

Ich schaute hinaus auf die hellgraunen und hellbraunen Villen, die an uns vorbeisegelten. Während die anderen Häuser in Aspen Meadow im allgemeinen dunkle, ländliche Farbtöne in Grün und Braun hatten, war die Palette hier hell. Die prächtigen Anwesen waren tatsächlich wie Schiffe aus hellem Holz und Glas; sie ruhten auf Wellen aus Berggras, das von den Hügeln in der Umgebung herunterwucherte.

Schulz kniff die Augen zusammen, lenkte das Auto nach links in die Sam Snead Lane und steuerte dann in die Sackgasse der Farquhars. Das große, weitläufige perlgraue viktorianische Haus stand auf der höchsten Graswelle. Die leuchtendweiße Holzverschalung schimmerte im plötzlichen Sonnenschein.

»Code, Miss G.?« fragte Schulz, als wir an das Tor kamen, das den Zaun um den Hektar der Farquhars sicherte.

Ich starrte die Videokamera und die Knopfreihen an. Nach einem Augenblick erinnerte ich mich an das Kennwort und sagte Schulz, auf welche Knöpfe er drücken müsse.

Auf der Veranda drückte Schulz auf die beleuchtete Klingel. Drin hallten die Surrlaute klagend wider. In der Gegensprechanlage dröhnte General Farquhars Stimme: »Ja?«

»General«, sagte ich, »es hat einen Unfall gegeben. Ich bin mit einem Polizisten hier. Ich habe meinen Schlüssel nicht dabei.«

»Augenblick«, knackte die Stimme.

»Hübsche Alarmanlage«, sagte Schulz. »Wohnst du in einem separaten Teil des Hauses?«

Ich sagte: »Sozusagen. Wir haben Zimmer im zweiten Stock, mit einer eigenen Hintertreppe zur Küche und zum Pool.«

»Ein Pool in diesem Klima? Erstaunlich.«

»Beheizt. Adele hat eine eingeklemmte Bandscheibe im vierten Lendenwirbel und degenerative Arthritis. Sie muß jeden Tag schwimmen.«

»Oder Schlittschuh laufen«, sagte Schulz.

Hinter der Tür klickte es: General Bo Farquhar bereitete sich darauf vor, der Welt gegenüberzutreten.

»Ja?« Seine scharfen Züge waren angesichts der Gegenwart von Schulz vor Verwirrung angespannt. »Bitte«, sagte er, als er mich erkannte, »bitte, kommen Sie herein«, und er machte die Tür auf.

»Ich erinnere mich aus den Nachrichten an den Kerl«, flüsterte Schulz mir zu.

Ich schüttelte den Kopf und warnte mit den Augen: *Nicht jetzt.*

»Ist Ihnen auch nichts passiert, Goldie?« bellte der General.

Ich holte tief Luft und schüttelte unter dem forschenden Blick aus den blaßblauen Augen des Generals den Kopf. General Bo Farquhars Augen waren nicht hellblau, sie waren nahezu farblos, genau wie seine weiße Haut und das kurzgeschorene weißblonde Haar. Er überragte mich, hielt sich so aufrecht wie im West-Point-Jahrgang 1960. General Bo Farquhar war kein schöner Mann. Seine Lippen waren dünn, sein Kinn stand zu weit vor, seine Nase war zu lang. Aber er hatte die Art von natürlichem Charisma, für das die Leute Tausende von Dollar an Institute zur Imagebildung bezahlen. Und glauben Sie ja nicht, er hätte das nicht gewußt.

»Sie haben ja ein tolles System hier«, sagte Schulz nach der Vorstellung.

»Man darf es gar nicht erst auf einen Hinterhalt ankommen lassen«, sagte der General mit einem grimmigen Lächeln. »Was ist denn passiert?« fragte er.

Ich deutete auf das Wohnzimmer.

Der General wollte uns in diese Richtung führen, dann drehte er sich um und sagte: »Gehen Sie hinein und setzen Sie sich. Ich hole Kaffee. Und Cognac«, fügte er hinzu. Dann machte er kehrt und verschwand über den Orientteppich im Eßzimmer, einen flieder- und lachsfarbenen Kirman.

Wir nahmen im grün-rosa Ozean eines Wohnzimmers Platz, das an die Halle stieß. Ich setzte mich auf eins der beiden rosafarbenen Sofas; Schulz ließ sich unbehaglich in einen der mit hellgrünem Damast bezogenen Backensessel sinken. Noch ein Kirman, dieser in Schattierungen aus Rosa und Grün, breitete sich unter uns aus, während an den Wänden grüne und rosa Fächer und Trockenblumenkränze mit Ölbildern im Stil Renoirs wetteiferten.

Schulz sagte: »Für einen General wirkt der Kerl ziemlich jung.«

»Er war der führende Mann der Army bei der Terrorismusforschung. Methoden und Material«, sagte ich mit leiser Stimme. »Aber niemand hatte ihm aufgetragen, sein Wissen mit den Afghanen zu teilen. Es hat es einfach gemacht. Er mußte sich zur Ruhe setzen, eine Art Kompromiß. Er forscht und schreibt immer noch über Terroristen. Ich vermute, er will sich im Pentagon wieder Respekt verschaffen. Er ist ein bißchen seltsam«, fügte ich hinzu.

»Mhm«, sagte Schulz, während er auf die Regale zu beiden Seiten des Kamins schaute. »Sieh dir das an.« Er zeigte auf die Stereoanlage der Farquhars. »Bewegungsdetektor.«

Ich sah hin, aber ich sah nur ein kleines rotes Licht an der Seite des Lautsprechers. Ich wußte, wie man die vier Leitungen der Alarmanlage ausschaltete; das war aber auch alles.

Schulz unterbrach die Inspektion des Zimmers und befingerte ein Stück Konfekt auf dem Couchtisch. »Ist es okay, wenn ich mir ein Stück davon nehme?«

»Klar.« Das letzte, woran ich denken wollte, war essen. Dann fügte ich hinzu: »Ich habe es nicht gemacht.« Und dann dachte ich mit jähem Schmerz an die goldenen Ballons von Philip, die er mir mit einer Schachtel Pralinen gebracht hatte.

Schulz beäugte das Konfekt skeptisch. »Heißt das, es ist nicht besonders gut?«

»Es heißt nur, daß ich es nicht gemacht habe. Das war

Julian Teller. Ein Teenager, der im Haus wohnt. Sein Vater hat einen Süßwarenladen. Julian gehört zu Mrs. Farquhars menschenfreundlichen Projekten, so ähnlich wie Arch und ich.«

Schulz kaute und sagte: »Nicht übel.« Dann zwinkerte er mir zu. »Aber nicht so gut wie deins.«

Ich nickte gleichgültig. Die Müdigkeit kroch an meinen Beinen hoch wie kaltes Wasser. Mein Magen krampfte sich zusammen. Philips Bild kam wieder.

»Mir ist ganz schwindlig im Kopf«, flüsterte ich Schulz zu. Er nickte mitfühlend.

»So«, sagte General Bo, als er mit einem Silbertablett hereinkam. »Cognac und Kaffee.«

»General Farquhar«, sagte ich, nachdem ich mich geräuspert hatte, »ich wollte dem Menschen helfen, der ums Leben gekommen ist. Er hieß . . . Philip Miller. Es tut mir leid, ich habe . . . den Thunderbird gegen eine Notrufsäule gefahren.«

»Philip Miller.« Der General schaute mich ungläubig an. »Julians Psychiater?«

»Ja«, sagte ich, obwohl ich das nicht gewußt hatte. »Und mein Freund.«

Der General runzelte die Stirn. »Heiland.« Er reichte mir einen Cognacschwenker. »Unglaublich. Was ist passiert?«

Während ich die Geschichte des Unfalls von neuem erzählte, schüttelte der General bei jeder Einzelheit gerade noch wahrnehmbar den Kopf, als wäre ich ein untergebener Kommandooffizier, der ein Gefecht verloren hatte. Als ich zum Thunderbird kam, fragte er, wo er stehe, damit er ihn abschleppen lassen könne. Und wo waren die Schlüssel? Er werde sie später holen, weil am Bund auch ein Hausschlüssel hing.

»Hat Arch angerufen?« fragte ich.

Der General hob eine Braue über dem blaßblauen

Blick. »Ja. Sie haben ihm nur gesagt, er soll sich nach Hause fahren lassen, von dieser Geschichte hat er nichts gewußt ...« Er legte den Kopf schief, und ich hatte das Gefühl, in die tiefen Falten auf seiner Stirn hineingezogen zu werden. »Goldy. Machen Sie sich keine Sorgen. Ich habe hier noch etwas zu erledigen, aber nachher, wenn ich zur Schule fahre, hole ich die Schlüssel und schaue nach dem Auto. Adele hat meine freiwilligen Dienste an der Poolbaustelle zugesagt.« Sein Blick wurde väterlich. »Gehen Sie nach oben und ruhen Sie sich aus. Einer von uns bringt Ihren Sohn nach Hause.«

Und dann stand er auf, als seien wir entlassen. Ich trank den Cognac, obwohl ich ihn gar nicht wollte. Ich wollte schlafen. Als sich niemand rührte, sagte General Bo bedauernd: »Heute legen wir den Garten an«, als müsse er gleich zu einer Besprechung mit dem Generalstab. Er schaukelte in seinen neuen Freizeitschuhen auf den Ballen und schaute mich aus großen Augen an.

O Gott! Ich sprang auf. Der Garten wurde angelegt!

»Du mußt gehen, du mußt gehen«, drängte ich Schulz.

Schulz rührte sich nicht. Er saß auf der Kante des auf absurde Weise zerbrechlich wirkenden Sessels und musterte mich und dann den General. »Nichts ist so aufreibend wie der Ruhestand«, sagte er verständnisvoll.

Ich packte Schulz an der Hand und zerrte daran. »Du verstehst das nicht, es ist eine Riesensache, er will –«

»Offengesagt«, erklärte der General in tiefem Ernst und mit einem Blick auf die Uhr, »bin ich dabei, zwei Fliegen mit einer Klappe zu schlagen.«

»Tom Schulz«, sagte ich in meinem flehentlichsten Ton, »wir müssen *sofort* gehen. *Jetzt.*«

Schulz schaute mich an, als ob ich den Verstand verloren hätte. Er sagte nichts und rührte sich nicht.

»Sehen Sie«, sagte der General verbindlich, »mein Fachgebiet ist terroristische Technik.«

Schulz machte »mhm«, während der General auf die Uhr schaute.

»Wieviel Zeit, wieviel Zeit?« wollte ich wissen.

Der General runzelte die Stirn. Er sagte: »Ich fürchte, der Countdown nähert sich dem Ende.« Dann sagte er unvermittelt zu Schulz: »Ich muß Sie bitten zu gehen.«

Es war wirklich nicht der richtige Zeitpunkt für Schulz, sich dem General genauer zu widmen. Ich kannte den Mordermittler so gut, daß ich merkte, wie sich sein Rückgrat leicht straffte, wie er die Augen zusammenkniff. *Ein andermal,* flehte ich Schulz im Geiste an, *ein andermal.* Mein Blick raste durch das rosa und grüne Wohnzimmer. Weiße Kissen tüpfelten die blumige Landschaft wie Marshmallows, die plötzlich ins Schwimmen kamen, während ich um Konzentration kämpfte. Der Countdown nähert sich dem Ende . . . wohin sollten wir?

»Steh auf«, sagte ich scharf zu Schulz und zog jetzt an seinen beiden großen Händen. »Steh auf, du mußt fort, wir müssen hier raus.«

Endlich hievte Schulz sich aus dem Sessel. Ich warf einen Blick auf den General. Er schaute ängstlich aus dem Fenster, die Stirn wieder in Falten, dieses Mal aus Beunruhigung.

Eine Explosion erschütterte das Haus.

»Verflucht!« schrie der General und stürzte hinaus.

Ich verlor das Gleichgewicht und fiel auf die Knie. Schulz packte den Sessel. Staub und Rauch wirbelten vor den Wohnzimmerfenstern auf. Eine Waterford-Vase auf dem Kaminsims wankte und fiel. Das Dröhnen hallte mir in den Ohren wider.

»Was zum Teufel war das?« brüllte Schulz.

Ich richtete mich auf und schaute ihn an.

Ich sagte: »Ich habe versucht, dich zu warnen. Du wolltest nicht hören. Das war das Anlegen des Gartens. Terroristische Technik.«

»Aha«, sagte Schulz. Er blickte sich im Wohnzimmer um, musterte den wirbelnden Staub vor den Fenstern. Dann schaute er mich an und schüttelte den Kopf. Er streckte die Hand aus, um mir aufzuhelfen.

»Du wohnst ja bei interessanten Leuten«, sagte er, als ich wieder auf den Beinen war. »Fast so gut wie dein schwieriger Exmann. Hast du mir etwas dazu zu sagen?«

Ich rieb mir die angeschlagenen Ellbogen und murmelte etwas Verneinendes. Schulz zuckte die Achseln und drehte sich um. Ich folgte ihm zur Haustür. Schulz' Gegenwart, seinen großen Vorrat an Ruhe wollte ich noch nicht missen. Als wollte ich mich selbst beruhigen, sagte ich: »Mir wird hier schon nichts passieren.«

Er schüttelte wieder den Kopf, holte tief Luft. »Ist sonst noch jemand im Haus? Oder kümmern sich alle um die Folgen der Gartenbombe?«

Ehe ich antworten konnte, quäkte das Telefon in der Küche. Ich bat Schulz zu warten und ging, um herauszufinden, welcher Nachbar sich als erster beschwerte.

Aber es war kein Nachbar. Als freiwillige Mitarbeiterin half Adele bei der Organisation einer Kirchenmusiktagung, die im Juli in Aspen Meadow stattfinden sollte.

Der Anruf kam von einem Organisten und Chorleiter der Episkopalkirche in Salt Lake City. Mit näselnder Stimme wollte er wissen, wann Adele zurückkomme.

Zu meiner Überraschung schaffte ich es, ihn in der Leitung zu lassen und auf der Suche nach dem General die Knöpfe der Gegensprechanlage zu drücken. Er war nicht im Haus. Ich schaltete mich wieder in die Leitung mit dem Chorleiter.

»Ich weiß nicht, wann sie kommt«, sagte ich, dann fügte ich unvorsichtigerweise hinzu: »Ich habe gar nicht gewußt, daß es in Utah episkopalische Kirchen gibt.«

Der Chorleiter brüllte: »Hören Sie! Ich muß wissen, ob sie fünzig Exemplare von *Lobgesänge* bekommen hat!«

Ich sagte: »Darüber weiß ich nicht Bescheid.« Ich wußte auch nicht, warum ich erwartete, daß jemand, der für die Kirche arbeitete, höflich war, wenn schon nicht christlich.

»Und wer sind Sie?« fragte er.

»Die Köchin.«

Stille, dann ein Ächzen. Ob Adele, bitte, so schnell wie möglich anrufen könne? Klar, sagte ich und legte auf.

Schulz stand in der Diele und musterte die Knöpfe der Alarmanlage.

»Nachbar?« fragte er, ohne mich anzuschauen.

»Schön wär's. Es war für Adele. Die Frau des Generals.«

»Hätte ich über sie schon mal was hören müssen?«

»Ich glaube nicht. Erinnerst du dich an meine Freundin Marla? Ihre Schwester.«

Schulz schaute zur Treppe, dann auf die Knöpfe der Alarmanlage.

»Ihr habt hier vier Leitungen«, sagte er. »Wofür – Feuer, Umgebung, Hintertür, Bewegungsdetektor im Erdgeschoß?«

»Ausgezeichnet«, sagte ich müde und fügte hinzu: »Ich fühle mich scheußlich.«

Schulz legte mir den Arm um die Schulter und führte mich in die Küche zurück.

»Habe ich richtig gehört?« fragte er und schenkte mir sein patentreifes Nikolausgrinsen. »Ob ich mich an Marla erinnere? Wie könnte ich sie vergessen? Meine Ohren haben sich immer noch nicht erholt. Warum fragen wir Miss Maschinengewehr nicht, ob sie zu dir kommt?«

Ich sagte etwas vage Zustimmendes, und Schulz wühlte in der Küchenkommode, bis ein Telefonbuch auftauchte. Er murrte, fixierte das Telefon mit den vielen Knöpfen, runzelte die Stirn und drückte dann auf die Tastatur. Seine Stimme murmelte ins Telefon, hallte von den glänzenden Töpfen und Pfannen wider und brach sich an den leuchtenden Fliesen der Arbeitsflächen. Ich schaute mich in der Küche um, machte dann aber die Augen zu. Alles wirkte zu hell.

Mit geschlossenen Augen versuchte ich, nach innen zu sehen. Was empfand ich? Nichts. Absolut nichts.

»Zwanzig Minuten«, sagte Schulz, als er aufgelegt hatte. Und dann machte er sich ohne zu fragen in der Küche zu schaffen, öffnete weitere Schränke, bis er Tee fand. Er brachte Wasser zum Kochen und wärmte eine Kanne vor. Schließlich goß er dampfende, bernsteinfarbene Flüssigkeit in dünne Porzellantassen. Der tröstliche Duft von Earl Grey erfüllte die Küche. Als ich mich bei Schulz bedankte, war meine Stimme belegt.

Er setzte sich auf einen Barhocker, und wir tranken schweigend. Nur das ferne Geschrei von General Bo und Julian durchbrach die Stille.

»Goldy«, sagte Schulz schließlich mit seinem angedeuteten Lächeln, »erzähl mir mehr über deinen General.«

Ich machte ts, ts und seufzte. »Er war in Afghanistan«, sagte ich, »als Beobachter oder so. Vorher war er Sprengstoffexperte.«

Schulz stieß einen leisen Pfiff aus. »Jetzt fällt es mir

wieder ein. Er ist der Typ, der den Afghanen beigebracht hat, wie sie mit den erbeuteten raketengesteuerten Granaten die sowjetischen Panzer in die Luft jagen können. Er war der Typ! Ich wußte doch, daß ich ihn im Fernsehen gesehen habe.«

Ich wandte mich wieder dem Tee zu. »Niemand hat rausgekriegt, woher die Afghanen die rückstoßfreien Gewehre hatten und den C4, einen Sprengstoff, den Terroristen benutzen.«

Schulz lächelte. »Danke. Ich weiß, was C4 ist.«

Ich zuckte die Achseln. »Jedenfalls hat General Bo den Mund gehalten. Vielleicht wollte die Army nicht, daß er was sagt. Marla hat gesagt, Bo hatte angeblich was mit dem Schwarzmarkt für Sprengstoffe zu tun. Jetzt ist er Zivilist und Berater. Er experimentiert. Wenn er es überlebt, schreibt er darüber.« Ich sprach nicht weiter, war erschöpft von der Anstrengung.

»Ich weiß nicht, ob ich im obersten Stock eines Hauses wohnen möchte, das einem ehemaligen Sprengstoffexperten gehört. Betonung auf ehemalig.«

»Tausend Dank.«

»Jetzt erzähl mir was über John Richard Korman.«

Ich trank Tee, versuchte zu überlegen, wie ich mich ausdrücken sollte, damit es nicht nach einer großen Sache klang. Ich hatte weder Philip Miller noch Tom Schulz vom Verhalten des Kotzbrockens im letzten Monat erzählt, nicht, welche Angst er mir gemacht hatte. Daß er der Grund für den Umzug zu den Farquhars gewesen war. Wozu sollte ich über John Richards Verhalten sprechen? Philip hätte versucht, es zu erklären, und Schulz hätte versucht, es abzustellen. Philip. Der Name tat weh.

Schließlich sagte ich: »John Richard ist jede Nacht langsam am Haus vorbeigefahren. Hat mich schikaniert, wegen Geld, und weil er Arch sehen wollte. Etwa einen Monat lang.«

»Hast du ihn angezeigt?«

Ich schüttelte den Kopf.

Schulz sagte: »Hast du irgendwas unternommen?«

Ich sagte, schärfer, als es meine Absicht war: »Ich habe mich von ihm scheiden lassen, oder? Ich lasse eine Alarmanlage in mein Haus einbauen, okay?«

»Schau«, sagte er, »wir haben einen merkwürdigen Anruf bekommen, und jetzt haben wir einen Toten. Jemand, den du gekannt hast. Du hast einen gewalttätigen Ex mit schlechten Anlagen. Ich will, daß du mit mir in Verbindung bleibst. Du bist nicht sicher. Verstehst du?«

Ich nickte betäubt.

Das gesicherte Tor summte: Marla, Gott sei Dank. Ich schaute auf die Uhr. Halb drei. Kaum zu glauben. Ereignisse und Gespräche flossen zusammen, waren meiner Kontrolle entzogen.

Marla kam in einem ihrer mit Pailletten und Federn besetzten Jogginganzüge an die Haustür. Hie und da hielten juwelenbesetzte Spangen ihr flauschiges braunes Haar. Sie sah aus wie ein molliger exotischer Vogel. In den Händen hielt sie Einkaufstüten. Sie waren zweifellos voll von hastig eingekauften Feinschmeckerartikeln, schon zubereitet, damit mir das Kochen abgenommen wurde. Bei Marlas Anblick wurde mir warm ums Herz.

»O Goldy, mein Gott, ich kann das nicht glauben«, sagte sie, als sie die Tüten auf dem Dielenboden abgestellt hatte. Ihre üppigen Arme umfingen mich. »Bist du okay?«

Ich hob mein Kinn von ihrer Schulter und sagte: »Nein.«

»Kein Wunder. Wo ist Adele?«

»Bei einer Besprechung.«

Hinter uns sagte Schulz: »Ich gehe jetzt.«

Ich löste mich. »Nein, warte . . .«

Marla spürte das Unbehagen in der Luft, griff nach den

Lebensmitteltüten und murmelte, sie müsse die Sachen in die Küche schaffen. Schulz und ich gingen durch die Haustür hinaus.

Vögel kreischten und flatterten zwischen den Kiefern. Die Sonne war warm. Ein Vogel stürzte sich in einen Sonnenstrahl und ließ den weißen Bauch aufblitzen. Der Nachmittag war in vollem Gang. Um uns herum schmolz überall Schnee, hörbar, während wir zum Auto gingen. Von Ästen tropfte es, die Erde schmatzte und hob sich, während sie die Feuchtigkeit in sich aufnahm. Hie und da lagen auf dem Rasen und in den neuen Blumentöpfen des Generals Dreckklumpen, die von der Explosion im Garten hinter dem Haus über das Dach geschleudert worden waren. An Schulz' Auto bedankte ich mich bei ihm dafür, daß er mich nach Hause gebracht hatte. Ich wich seinem Blick aus und sagte: »Du warst lieb. Vielen Dank.«

Er wartete auf mehr, darauf, daß ich sagte, ich wolle ihn sehen. Aber ich sagte nichts.

Er sagte: »Goldy?«

»Ja?«

»Ruf mich an, wenn du über den Unfall reden willst. Oder über etwas anderes.«

»Du mußt nach Hause kommen«, sagte Marla in das Küchentelefon, als ich zurückkam. Sie legte auf. »Adele«, erklärte sie und rollte mit den Augen. »Wollte wissen, warum ich in ihrem Haus ans Telefon gehe, also habe ich ihr von dir und Philip und dem Unfall erzählt. Von wegen verblüfft. Sie war sprachlos.«

»Wo war sie denn?«

»Immer noch in der Schule in Elk Park. Meine Schwester, die sturmerprobte Spendenbeschafferin. Das ist, als ob man General Bo in so ein Spiel mit bunten Kügelchen steckt.« Sie schwieg einen Augenblick und holte einen durchsichtigen Plastikbehälter mit Salat aus einer Tüte. »Apropos Bo«, sagte sie, »ich habe was gekauft, das nach einer Uniform klingt: Feldgrün. Meist du, das kriegt man auch auf dem schwarzen Markt? Hat jemand schon mal eine Studie über Terroristennahrung gemacht?«

Ich wandte mich ihr mit offenem Mund zu. »Feldgrün?« Ich kapierte es nicht. Plötzlich überwältigte mich die Absurdität des Ganzen. Ich würgte. Marla streckte die Arme aus und fing mich auf.

»Es ist schon in Ordnung«, sagte sie.

Marla setzte mich energisch auf einen Stuhl. Mit der Tüchtigkeit, die ich so an ihr bewunderte, kochte sie Espresso. Sie wußte, daß ich Espresso liebte, und sie erinnerte sich sogar daran, ihn nicht mit Zitronenschale oder Zucker zu verderben. Ich mochte Espresso sowieso lieber als Tee. Als sie das Täßchen vor mich hinstellte, warf sie einen Blick aus dem Fenster nach hinten.

»Was macht der General denn da? Legt er eine Goldmine an?«

»Nein, einen Garten.«

Sie schüttelte die schweren Wangen. »Was für ein Pech, daß er nie Hand in Hand mit dem Kotzbrocken arbeiten konnte.« Sie kicherte und setzte sich mit raschelnden Federn und Pailletten neben mich. Sie sagte: »Wir sollten eine Menge Leute anrufen. Wegen Philip.«

Ich nickte. In Aspen Meadow mußte man in Krisenzeiten Leute anrufen. Man mußte ihnen sagen, daß sie gebraucht wurden. Sie fand Stift und Papier und fragte nach den Nummern, die ich ihr aus unserem dünnen städtischen Telefonbuch vorlas. In Elizabeths Haus meldete sich der Anrufbeantworter. Als nächstes versuchte sie es bei einer Nachbarin von Elizabeth, in der Hoffnung, jemand werde sich dann um sie kümmern. Niemand meldete sich. Marla versuchte es dann im Bioladen von Aspen Meadow. Sie sagte der Verkäuferin, was geschehen war, bat sie, die nächsten Tage ein Schild an die Tür zu hängen, der Laden sei geschlossen, und hinterließ unsere Telefonnummern.

Als ich den Kaffee ausgetrunken hatte, verstauten wir die Lebensmittel, die Marla gekauft hatte: sie reichten für mehrere Tage. Sie fragte mich nach dem Abendessen. Geflügelsalat, im Kühlschrank. Ich konnte mir nicht vorstellen, etwas zu essen. Ich schaute auf die Uhr.

Wo war Arch?

»Goldy.« Marla berührte mich an der Schulter. »Was ist denn?«

»Krieg raus, wo Arch steckt«, flüsterte ich.

Marla drehte sich schwungvoll um und rief in der Schule an, mußte in der Leitung warten, tobte und schimpfte und bekam schließlich jemanden an den Apparat. Sie legte die Hand über die Sprechmuschel. »Adele hat angeboten, ihn mit nach Hause zu nehmen, wenn der General später vorbeikommt. Aber sie ist nicht autorisiert, ihn mitzunehmen, deshalb ist Arch immer noch dort, und Adele kommt früher mit jemand anderem zurück. Soll ich hinfahren?«

Ich schüttelte den Kopf und ging ans Telefon, um mich mit dem kleinen Bürokraten herumzustreiten, sagte ihm, General Farquhar komme später vorbei und sei von mir autorisiert, Arch abzuholen.

Marla fragte, ob ich noch einen Kaffee oder sonst etwas wolle. Ich schüttelte den Kopf, während sie Platzdeckcken aus Spitze und englisches Porzellan für das Abendessen aus dem Schrank nahm und sich dann auf die Suche nach dem General machte. Ich wollte, daß Arch nach Hause kam. Ich wollte, daß dieser Tag vorbei war. Als Marla zurückkam, ging sie zwischen Küche und Eßzimmer hin und her, um den Tisch zu decken. Ich fing wütend damit an, die Teetassen zu spülen. Arbeit ist immer das beste Gegengift gegen Frustration.

Außerdem das besten Gegengift gegen ...

Mit einem Stich sah ich Philips Gesicht vor mir, voller Lachfältchen, als wir zum letzten Mal miteinander ausgegangen waren. Ich hatte ihm erzählt, Arch habe sich ein Exemplar vom *Kochbuch des Anarchisten* gekauft und sich geweigert, es herauszugeben, als ich es ihm wegnehmen wollte. Philip hatte das komisch gefunden.

»Zensur«, sagte er vorwurfsvoll. »Obwohl es doch nur ein Kochbuch ist.«

»Für Bomben«, sagte ich. »Ich bin mir nicht sicher, ob der Einfluß des Generals gut für ihn ist.«

»Du weißt so gut wie ich«, sagte er, »daß er es um so mehr haben will, je mehr du dich aufregst. Sprich doch einfach mit ihm. Verlier nicht die Nerven. Er war schon mal in der Therapie; er kann jederzeit wieder hingehen. Und du hast mich.«

Eine Teetasse rutschte mir durch die Hände und zerbrach im Spülbecken in tausend Scherben. Marla stürzte her und befahl mir, mich zu setzen. Sie sagte, der General sei in seinem Range Rover losgefahren, um nach dem Thunderbird zu sehen und Arch abzuholen. Entspann dich doch einfach, sagte sie immer wieder zu mir, alles wird gut.

Ich schaute aus dem Küchenfenster nach Westen. Über den Bergen hatten sich wieder graue Wolken gesammelt. Auf den Hügeln darunter schluckten die Kiefern die jähe Dunkelheit. Gruppen weißrindiger Espen ragten wie Skelette daraus hervor. Die winzigen, nach oben gewölbten grünen Blätter der Espen fingen das Licht ein und nahmen eine durchsichtige, limonengrüne Farbe an, als die Finsternis dichter wurde.

»Goldy!« Adele Farquhars Stimme kam die Diele entlang. »Marla? Ist jemand da?« Der Holzboden der Diele hallte wider vom vertrauten Klopfen ihres Schritts. »Wo seid ihr?« Adele erschien auf der Küchenschwelle. Ihr dünnes, geschminktes Gesicht war vor Bestürzung in Falten gezogen. Ihr strohfarbenes, zum Überdecken des Graus gefärbtes und zu einem strengen Pagenkopf geschnittenes Haar brachte das marineblaue Seidenkleid zur Geltung. Die Hand umklammerte den Stock so fest, daß die Knöchel weiß hervortraten. Sie kam zu mir, um mich zu umarmen; ihre Stimme klang gebrochen. »Gott sei Dank, daß Sie am Leben sind.«

»Es war scheußlich«, sagte ich, meine Stimme von ihrer Schulter gedämpft. Adele roch nach einem blumigen Puder, leicht vermischt mit Schweiß. Ihr Haar streifte meine Wange; ihre Perlen drückten gegen meinen Hals. Ich spürte die Knochen ihrer mageren Schultern unter dem Seidenstoff. Nach einem Augenblick löste ich mich von ihr.

Sie sagte: »Sie haben uns in der Schule erzählt, was passiert ist.« Sie schüttelte ungläubig den Kopf, die haselnußbraunen Augen voller Fragen. »Er war so ein netter Mann. Und ein guter Psychologe. es ist unglaublich. Philip hat Julian so geholfen ... Ach, ich weiß nicht. Gott im Himmel! Dieses Wetter ist so unberechenbar.«

Ich schaute sie an, eine größere, dünnere, ältere Version von Marla. Sie sah sich zerstreut in der Küche um, als könne irgend etwas im polierten, professionell eingerichteten Raum ein Mittel gegen das kalte Frühlingswetter sein. Ihr Blick entdeckte ihre Schwester. »Marla!«

»Ich bin's«, sagte Marla, während sie herankam und Adele ein Küßchen auf die Wange gab. Pailletten blitzten gegen marineblaue Seide. »Ich bleibe nicht lange«, fügte sie entschuldigend hinzu. »Ich bin nur hier, weil ich Goldy helfen wollte.«

»Nein, das ist bestens, wirklich. Bleib doch. Wo steckt Bo?« Marla und ich redeten gleichzeitig, als wir von der Explosion berichteten und davon, daß der General Arch abholen wollte.

»Um Himmels willen«, sagte Adele und schüttelte den strengen Pagenkopf. »Gehen wir auf die Veranda. Der Schock war zu groß für Sie.«

»Ich gehe«, sagte Marla.

»Mußt du aber nicht«, lautete Adeles halbherziger Protest.

Ich schaute von einer zur anderen. Seit Marla uns vor einer Woche, als ich angekommen war, miteinander bekannt gemacht hatte, sah ich die beiden Schwestern zum ersten Mal zusammen. Ich hatte damals ein leichtes Unbehagen gespürt, es aber auf den Umzug geschoben. Während Marla stets voller Neuigkeiten war, ein wandelnder Radiosender in Designerjogginganzügen, war Adele reserviert, äußerst gepflegt, hielt sich kerzengerade in einer Garderobe aus ausschließlich natürlichen Materialien: Seide, Baumwolle, Leinen, Kaschmir. Die beiden trennte nicht nur der Altersunterschied von fünfzehn Jahren. Meine emotionalen Antennen fingen ungelöste Probleme auf. Ich würde Marla danach fragen müssen. Aber nicht jetzt.

»Tschüs, ihr beiden«, sagte Marla und nickte uns zu. Sie fegte so schnell zur Haustür hinaus, daß ich kaum Zeit hatte, den Knopf für das Tor zu drücken. Ihr Jaguar sprang an und dröhnte dann die Sam Snead Lane entlang.

»Gehen wir hinaus«, sagte Adele. Sie drehte sich um und hinkte geschickt vor mir auf das zu, was der General die »Terrasse« nannte. »Armer Bo, ich weiß nicht, was er sich bei dieser Geschichte mit dem Garten gedacht hat. Was die Nachbarn denken müssen, will ich lieber gar nicht wissen . . .« Ihre Stimme erstarb.

Ich schlüpfte in die Küche zurück, um einen Krug Wasser und zwei Gläser zu holen, dann stöberte ich in der Küchenkommode nach Adeles entzündungshemmenden und muskelentspannenden Tabletten. Wenn ich sie nicht mitbrachte, würde sie sofort danach fragen, wenn wir uns gesetzt hatten. Ich fand sie hinter einer Dose mit Julians Konfekt, die ich mit den Tabletten, dem Wasser und den Gläsern auf ein bemaltes Holztablett aus Florenz stellte. Wie die Nippes und Kunstgegenstände im Wohnzimmer war das Tablett eines der vielen Souvenirs von den Reisen der Farquhars, bis Adeles Rückenleiden die beiden unbeweglicher gemacht hatte. Auf der überdachten Veranda war es ziemlich kühl. Sturmwolken drohten immer noch, die Spätnachmittagssonne zu verdunkeln. Adele schenkte mir ein schwaches Lächeln und schaute auf die Gipfel der nahen Berge, wo im dunklen Gras Schnee schimmerte, so unpassend wie Eis in einem Dschungel. Neben der Veranda waren die Vögel – Rotkehlchen, Häher, Meisen – allesamt beschäftigt, laut und verärgert über das Wetter, das sie beim Nestbauen behinderte. Ein Kolibri mit juwelenbunten Flügeln flatterte vorbei, kehrte dann um und blieb schwebend über der Futterstelle.

»Wasser?« fragte ich. Adele nickte dankbar und griff nach ihren Tabletten.

Ich stellte das Tablett auf den Korbtisch, dann setzte ich mich in einen Korbsessel. Wieder kroch die Müdigkeit wie Frost vom Boden hoch. Ich trank Wasser, versuchte, das Gefühl abzuschütteln.

»Adele«, sagte ich, »ich muß mit Ihnen über Ihr Auto sprechen. Den Thunderbird. Es tut mir leid – ich habe versucht, Philip zu retten.«

»Machen Sie sich darüber keine Gedanken«, sagte sie. Ihr Stock beschrieb auf den Fliesen einen Kreis.

Das Telefon klingelte. Adele winkte mir, ich solle sitzenbleiben, und stand mühsam auf, um den Hörer abzunehmen. Ich hörte ein einseitiges Gespräch mit dem Chorleiter aus Utah. Manche Leute können es nicht lassen.

Ich zog eine Decke in Veilchenblau und weiß vom passenden Polsterkissen auf einem weißen Korbsofa. Adele hatte das Haus eingerichtet, wie sie sich anzog, mit Eleganz und Geld. Der Stil war klassisch, ohne ein Stück aus rustikalem Holz oder einen Hauch vom Südwesten.

Ich legte mir die Decke um die Beine und schaute in die Ferne. Nebelfinger krochen durch die nahen Canyons. Auf der Wiese darunter glitten Dunstschwaden vorbei wie Gespenster. Büschel aus wilder Iris stachen wie blaßlila Fahnen aus grünen Grashügeln heraus. Alles andere war eine Mischung aus Grüntönen: das junge Grün des nassen Frühlingsgrases, das Dunkelgrün der Kiefern, das blasse Blaugrün der Fichten, das Hellgrün der jungen Espen. Ein zweiter Kolibri schoß zwitschernd an uns vorbei. Adele kam mit klopfendem Stock zurück auf die Veranda.

»Ich habe den Anrufbeantworter eingeschaltet«, sagte sie entschuldigend. Dann hob sie den Finger, als wir wieder das Telefon hörten. Nach dem dritten Klingeln schaltete sich der Anrufbeantworter ein. »Frieden«, sagte sie, als sie sich wieder setzte. Ihr Blick begegnete meinem.

»Ich bin ihm in die Stadt nachgefahren«, beantwortete ich ihre unausgesprochene Frage, »weil ich ein paar Sachen für das Essen der Harringtons morgen abend besorgen wollte.« Ich stockte. Vor meinem geistigen Auge schoß der BMW das letzte steile Stück hinunter, auf den Bus zu. Ich schaute Adele an, die bei der Erwähnung der Harringtons das Gesicht verzogen hatte.

Sie sagte: »Ich nehme nicht an, daß Weezie das Essen absagt, obwohl sie . . . na ja, Sie wissen schon, mit ihm befreundet war.« Sie schüttelte den Kopf. »Aber Sie wollten sagen . . .«

»Es war scheußlich. Ich wollte ihm helfen, aber . . .«

»Sie wollten ihm helfen? Wie entsetzlich. Sie armes

Ding.« In ihrer Stimme lag Wärme und Mitgefühl, wie in der Marlas. Meine Nackenmuskeln entspannten sich.

»Es ging alles viel zu schnell. Und wie er fuhr . . . Verrückt, einfach verrückt, als ob er betrunken gewesen wäre.«

»Grauenhaft.«

Ich war nicht hungrig, aber ich griff trotzdem nach Julians Konfekt. Die butterweiche, dicke Schokolade schmolz, wärmte mir den Mund.

»Wie wird Julian das aufnehmen? Standen sie sich sehr nahe?« fragte ich.

Adele schürzte die Lippen. »Ich glaube, der arme Julian hatte eben erst Vertrauen zu Philip Miller gefaßt. Das wird ihn vermutlich hart treffen.« Ihre Finger fuhren über die Perlen um ihren Hals; der große Diamant in ihrer West-Point-Brosche fing die Sonne in einer flüchtigen Lichtexplosion ein.

Ich sagte: »Entschuldigen Sie mich, Adele.«

Ich ging ins Bad und vergrub mein Gesicht in einem Handtuch.

Als ich herauskam, versicherte mir Adele, sie werde sich um Arch kümmern, wenn der General ihn nach Hause bringe. Sie redete mir zu, nach oben zu gehen und mich hinzulegen. Die Mischung aus Cognac, Tee und Espresso hatte die ungewöhnliche Wirkung, mich fünf Stunden lang lahmzulegen. Ich wachte im grauen Licht der Dämmerung auf. In meiner Verwirrung glaubte ich, es sei der nächste Morgen. Aber die Sonne, die schräg durch die Dachfenster fiel und auf der Decke und den Wänden spielte, zeigte mir, daß es ein Juniabend war, gegen acht. Ich hoffte, daß die Farquhars mit dem Abendessen zurechtgekommen waren.

Ich sah Philips blickloses Gesicht vor mir. Ich schüttelte das Bild ab.

Nebenan kramte Arch herum. Ich dachte mit Widerwillen an die viele Arbeit, die ich am nächsten Abend für das Essen bei den Harringtons zu erledigen hatte. Normalerweise organisierte ich solche Aufträge im voraus. Aber der Rektor der Privatschule hatte mich so heftig angefleht, seinen Brunch zu retten, daß meine ganze Planung durcheinandergeraten war. Ich erinnerte mich daran, daß möglicherweise ein Polizist vorbeikam, um mir weitere Fragen nach dem Unfall zu stellen. Na ja. Es ist genug, daß ein jeglicher Tag seine eigene Plage hat. Ich mußte mit Arch reden.

»Arch«, sagte ich durch die geschlossene Tür. »Hast du das mit Philip Miller gehört?«

»Ja, hab ich«, kam seine gedämpfte Stimme. »Scheiße!« Eine Pause. »Weißt du, wo meine Badehose ist? Ich will schwimmen.«

Ich ertappte mich bei einem hörbaren Ächzen und erstickte es. Julian versuchte, Arch den Salto vorwärts und rückwärts, den Hechtsprung und andere Sprünge beizubringen. Chronische Ohrenentzündungen und Anfälle von durch Viren verursachtem Asthma, als Arch klein war, hatten verhindert, daß er mit den anderen Kindern schwimmen lernte. Er konnte immer noch nicht viel mehr als paddeln wie ein Hund, deshalb bekam ich bei der Springerei Zustände.

Ich sagte: »Wie war der erste Tag beim Sommerunterricht?«

Sein Kopf tauchte in der Tür auf. Hinter ihm sah ich ausgezogene Kleider verstreut herumliegen. Er hatte die Badehose gefunden, teure Schwimmshorts, die ich bei einem Ausverkauf in einem Warenhaus in Denver ergattert hatte. Er sagte: »Was?«

Ich wiederholte meine Frage.

»Okay. Der Unterricht geht erst am Montag los. Können wir später darüber reden? Ich muß gehen.«

Ich riß mich zusammen. Er haßte es, wenn ich mich beschützerisch verhielt, wenn ich ihm sagte, was für Sorgen ich mir um ihn machte, daß es nach einem Verlust wie diesem jetzt besonders schlimm war. Aber es ging ihm gut. Nur darauf kam es an.

Ich frage: »Was nehmt ihr denn durch?«

Arch schob sich an mir vorbei, um sich cin Handtuch aus dem Wäscheschrank zu holen. »Wir fangen mit Edgar Allan Poe an.«

»Willst du mir etwas darüber erzählen?«

Er wollte nicht. Er kam mit einem Badetuch rückwärts aus dem Wäscheschrank.

»Nicht jetzt, Mom. Ich will schwimmen.« Er schaute mir fest in die Augen. »Jetzt kannst du nicht mehr mit Philip Miller ausgehen.«

»Nein.« Wie die meisten Scheidungskinder sehnte sich Arch insgeheim danach, daß seine Eltern wieder zusammenkamen. Und das trotz der Tatsache, daß ich zweimal gezwungen gewesen war, aus der Hintertür unseres Hauses zu rennen und Arch in ein sicheres Haus zu tragen, um der Wut und den Schlägen von Dr. John Richard Korman zu entkommen. Nie wegen Arch, nur meinetwegen, aber wie hätte ich ohne mein Kind weglaufen können?

»Na ja«, sagte Arch jetzt, »ich nehm' an, er wird dir fehlen. Philip Miller, meine ich.«

Ich erwiderte seinen Blick. »Ja«, sagte ich, »er wird mir fehlen.«

Ich schlief unruhig, träumte von nichts und lag am nächsten Morgen, am Samstag, wie festgenagelt im Bett. Ich versuchte, das Bild von Philip Miller aus meinem Kopf zu verdrängen.

Sonnenschein und Stimmen kamen durch das Ostfenster, während ich mich streckte und meine Yogaübungen machte. Aus der Richtung des Pools und Gartens der Farquhars hörte ich freundschaftliche Zurufe zwischen Julian und General Bo. Als ich aufstand, um nachzuschauen, sah ich, daß Julian mit einem Werkzeug an einem langen Schlauch den Pool reinigte. Auf einem glattgerechten Stück, wo der Krater gewesen war, ordnete General Bo in Reihen, die so gerade waren wie gut gedrillte Truppen, Blühpflanzen an. Ich mußte lächeln. Von hier aus sah ich, daß es die Art von Garten war, wie ihn ein Paar aus dem Osten, ohne Kinder, aber mit einem Haufen Geld, voller Optimismus anlegte. Ein Haufen Geld für gefüllte Begonien, Narzissen und Fliederbüsche, die Stiefmütterchenbeete in Regenbogenfarben säumten. Keine Kinder, um die man sich Sorgen machen mußte, weil sie sich an spätblühenden Christrosen hätten vergiften können. Und optimistisch genug zu glauben, der Boden sei sauer genug für Hortensien.

Ihr eifriges Werkeln erinnerte mich daran, daß ich mich auf die Tagesarbeit konzentrieren mußte. Termindruck, was das Einkaufen, Kochen, Backen, Aufbauen, Servieren anlangte – davon bekamen Partylieferanten das magere, müde Aussehen. Leider sagte mir der Badezimmerspiegel, daß ich nicht dünn war, nur klein und blond und immer noch sommersprossig um eine Nase herum, die sogar die netteren Mädchen im Internat »Steckdose« genannt hatten.

Wobei mir etwas einfiel.

Ich kam aus dem Bad und klopfte leise an Archs Tür. Ich fühlte mich scheußlich, weil Samstag war, aber ich mußte ihm noch mal sagen, daß sein Vater ihn später abholen wollte und die Hölle losbrechen würde, wenn er nicht fertig war. Und ich wollte herausfinden, ob ihn die anderen Kinder am Einführungstag überheblich behandelt hatten.

»Arch?« rief ich durch das Holz.

Zu meiner Überraschung machte er die Tür auf. Er trug einen seiner Allzweckjogginganzüge und hielt den Beutel mit dem Zubehör für Zaubertricks in der Hand. Er hatte die Brille auf, ein verläßliches Zeichen dafür, daß er schon eine Weile auf war.

»Dein Dad kommt heute mittag«, sagte ich. Dann, ehe er etwas sagen konnte, fuhr ich fort: »Du hast mir noch gar nicht erzählt, wie es am ersten Tag war. Waren die Kinder nett?«

Er schaute mir ins Gesicht und verzog den Mund zu einer geraden Linie. »Ehrlich gesagt, sie waren nicht so schlimm, wie ich gedacht habe.« Er machte eine Pause und schaute sich im Zimmer um. »Moment, Mom, ich hab' was für dich.« Er griff in den Zauberbeutel und überreichte mir feierlich einen Schokoriegel mit Pfefferminzfüllung. Mir wurde warm ums Herz. Arch wußte, daß ich Schokolade mit Pfefferminz liebte. Er hielt ständig

Ausschau nach neuen Kombinationen der beiden Zutaten.

»Vielen Dank«, sagte ich und befingerte die silbergrüne Folie. Das war Archs Weise, mir zu sagen, daß ihm das mit Philip Miller leid tat.

»Ißt du ihn?«

»Nicht vor acht Uhr morgens. Aber natürlich esse ich ihn später! Das ist mein Lieblingsschokoriegel, das weißt du doch.«

Er hörte nicht zu, sondern wühlte wieder in seinen Sachen. »Warte mal. Da ist eine Nachricht für dich von Adele, äh, Mrs. Farquhar.« Er gab mir eine zerknitterte Karteikarte.

Die Nelsons haben abgesagt, und Weezie Harrington ist außer sich. Sie hat heute morgen angerufen und Julian mit Begleitung für heute abend eingeladen. Ich habe ihr gesagt, Sie hätten das Essen schon eingekauft. Ich glaube, sie weiß nicht, daß Julian Vegetarier ist. Tut mir leid, wenn das Probleme verursacht! A.

Ich schaute wieder Arch an.

»Wie war also der erste Tag?«

»Ich hab's dir doch gesagt, die Kinder waren gar nicht so schlimm. Schau mal.« Er drehte mir den Rücken zu, fuhr dann herum und hielt einen, zwei, drei Stricke hoch. Er fing meinen Blick auf und ließ ein winziges, wissendes Lächeln sehen. »Und jetzt«, sagte er mit einem Schlenker und brachte einen einzigen, langen Strick zum Vorschein.

Ich klatschte.

»Das habe ich für die Kinder in meiner Klasse gemacht. Es hat ihnen gefallen. Okay, Mom«, sagte er abschließend, »noch etwas?«

»Wo hast du den Schokoriegel her?«

»Julian hat mich im Auto des Generals zum Drugstore gefahren. Ich habe ihm gesagt, meine Eltern sind geschieden, und meine Mom hat ihren Freund verloren, und ich muß was für sie besorgen.«

»Er war mein Freund, aber nicht so, wie du das gemeint hast.«

»Okay, Mom. Jetzt muß ich üben. Niemand in der Schule war gemein zu mir. Du brauchst dir keine Sorgen zu machen.«

Als ich wieder im Bad war, ließ ich Wasser in die klauenfüßige Wanne der Farquhars. Was mich betraf, war ich mir ziemlich sicher, daß ich seit Jahren niemanden überheblich behandelt hatte. Dafür sorgt schon die Armut. Aber als ehemalige Arztfrau hatte ich alles über das Thema gelernt. Als ich nach der Scheidung in bescheideneren Verhältnissen lebte, hatten sich meine Freundinnen, mit Ausnahme von Marla und ein paar anderen, in Luft aufgelöst wie der Dampf, der jetzt vom Badewasser aufstieg. Frühere Bekannte heuchelten verwirrte Blicke, wenn sie mich auf einer Party trafen, bei der ich servierte, wie zum Beispiel eine Chirurgenfrau, die mich beim Brunch in der Schule von Elk Park gesehen hatte. Da war ich, bis zu den Ellbogen in Käseauflauf und Wurstkuchen, und Mrs. Dauerwelle, die man meistens im Tennisdreß sah, hatte gesagt: »Oh, Goldy!« (als hätte sie seit Wochen versucht, mich zu erreichen). »Wie *geht* es dir?« (als erholte ich mich eben von einem mißglückten Selbstmordversuch). »Arbeitest du jetzt? Ich meine, außer dem hier.«

Ja, dachte ich, während ich mich ins Wasser senkte. Bloß *das hier.*

Ich griff nach dem gelben Notizblock auf dem Schemel neben der Wanne, auf dem Arch alte Ausgaben der Zeitschrift *Zauberkunst* gestapelt hatte. Wenigstens war es nicht der *Playboy.* Ich schrieb »Abendessen für sechs« auf das oberste gelbe Blatt.

Die Gastgeberin, Weezie Harrington, hatte mir einen Überblick über aphrodisisches Essen gegeben. Ich hatte Fleisch und Meeresfrüchte bestellt, aber der Vegetarier

Julian und seine Begleiterin stellten mich vor ein Problem.

»Es müssen sechs Personen sein«, hatte Weezie gesagt. »Das sorgt für die richtige psychologische Dynamik.« Für Julians Menü mußte ich zusätzliche Recherchen anstellen. Ich konnte mich im Augenblick nur an Weezies hochgezogene Augenbrauen erinnern, als sie sagte: »Schokolade zum Nachtisch. Die Kirche hat Schokolade einmal sogar verboten, weil sie angeblich die Lust anregte. Machen Sie es also dekadent.«

Ich schrieb in Großbuchstaben DEKADENT und fragte mich, wozu Weezie und Brian Harrington, die seit sechs Jahren verheiratet waren, eigentlich Aphrodisiaka brauchten. Er war ein dynamischer, fitter Fünfziger. Sie war Mitte vierzig, schlank und elegant, mit dem Aussehen einer alternden griechischen Göttin. In der Stadt hieß es, Brian habe Weezie überschwenglich umworben, um an ihre leicht abschüssigen vierzig Hektar im Norden der Interstate 70, in der Nähe der Ausfahrt nach Aspen Meadow heranzukommen. Den Gerüchten nach war Brian, nachdem er sich Flicker Ridge gesichert hatte, zu weiteren Eroberungen in der Frauen- und Grundstückswelt übergegangen. Und Weezie beschäftigte sich neuerdings intensiv mit luststeigernden Nahrungsmitteln und Substanzen, sehr zur Erheiterung des Country Club. Offenbar lag es in der Hand der Lieferantin, ob sie Brian mit diesen Lockmitteln zurückgewann.

Ich schaute auf den gelben Block. Brian, Weezie, Adele und Bo, Julian Teller mit Freundin. Ich hatte mich schon nach Lebensmittelallergien erkundigt, und ich konnte mir gerade noch ein Lächeln verkneifen, als Weezie sagte, Brian sei allergisch gegen Nüsse. Weil Venus im Meer geboren war, gab es zum Auftakt Schalen- und Krustentiere. Außer für Julian. Ich seufzte.

Die Bibliothek machte nicht vor zehn auf, weil das hier

Aspen Meadow war, dementsprechend provinziell. Ich mußte mich sputen und um elf mit dem Einkaufen fertig sein, damit ich genug Zeit zum Kochen hatte. Vielleicht gab die Enzyklopädie der Farquhars Informationen her. Bestimmt enthielt sie nicht nur Einträge über raketengesteuerte Granaten und C4.

Ich zog den Stöpsel aus der Wanne. Fühl dich großartig, sagte ich so überzeugend wie möglich zu mir. Gibst du ein Essen, darfst du die gute Laune nie vergessen, hatte André, mein Kochlehrer, während meiner Ausbildung zu mir gesagt. Wenn du wirkst, als ob du es eilig hättest, fühlen deine Kunden sich schikaniert. Amüsier dich nach Kräften, dann amüsieren deine Kunden sich auch. Ich hatte keine Ahnung, wie ich mich bei einem aphrodisischen Abendessen verhalten sollte.

Ich griff nach einem von Adeles flauschigen, geblümten Handtüchern. Plötzlich brannten mir Tränen in den Augen, während das Wasser in den Abfluß gluckerte. Amüsier dich nach Kräften.

Als ich angezogen war, ging ich schnell in die Bibliothek des Arbeitszimmers auf der Rückseite des Hauses der Farquhars. Draußen hörte ich das regelmäßige Klatschen von Julians Armen im Wasser. Durch das Fenster sah ich, wie er seine Morgenbahnen schwamm. Er hatte die Dreckklumpen herausgesaugt – Überbleibsel der Explosion im Garten. Aber überall sonst lag noch Dreck, und das Wasser sah etwas trüb aus. General Bo schwitzte über einer weiteren Reihe Stiefmütterchen. Ich wandte mich den Büchern zu.

Band A der Enzyklopädie öffnete sich knackend in meinem Schoß bei »Aphrodisiaka«.

Ich erinnerte mich, wie Weezie bei unserem Gespräch ihre Löwenmähne aus blondem und silbernem Haar zurückgeworfen hatte.

»Spanische Fliege«, hatte sie gesagt, »heißt eigentlich

Lytta vesicatoria und ist ein getrockneter Saft von einem Käfer. Ist ein tödliches Gift, seinem Ruf zum Trotz.«

In der Enzyklopädie war von der Rinde des Yohimbinbaums in Afrika die Rede. Keine große Hilfe; ich war mir ziemlich sicher, daß in Aspen Meadow keine Yohimbinbäume wuchsen. Und dann wurde gewarnt, der Verzehr von Spanischer Fliege führte zu Entzündungen im Unterleib und in der Genitalregion. Die Entzündung sei mit brennendem Schmerz verbunden. Wenn eine ausreichende Menge eingenommen werde, ende die Entzündung tödlich. Darauf mußte ich wohl auch verzichten; das klang nicht so, als sei es das Richtige.

Weezie hatte mir gesagt, die Wirkung, die Essen habe, sei äußerst subtil. »Man muß ihnen *sagen*, was dabei herauskommt.« Ihnen *was* sagen? Wenn sie daran glauben, funktioniert es?

Die Enzyklopädie pflichtete mir bei. Der Gedanke, den Geschlechtstrieb anzuregen, beruhe vor allem auf Suggestion und Sympathiezauber. Das Rhinozeros, erfuhr ich, sei besonders mißbraucht worden, dank der unglückseligen Ähnlichkeit seines Horns mit dem erigierten männlichen Glied.

Es war klar, daß ich über den Aspekt der Suggestion nachdenken mußte. Ich machte das Buch zu und ging in die Küche, aus der das Klirren von Gläsern kam, die im Kühlschrank umgeräumt wurden.

»Hallo«, sagte ich zu Julians mit einem Handtuch umwickelter Kehrseite. Er fuhr überrascht zusammen, dann drehte er sich zu mir um.

Die dicht bewimperten Augen verengten sich abschätzend. Ich wußte nicht viel über Julian, außer daß Adele sich bereit erklärt hatte, ihn aufzunehmen, als Ende des letzten Schuljahrs die Internatsabteilung in Elk Park geschlossen worden war. Er hatte in der zehnten Klasse ein Naturwissenschaftenstipendium für die Privatschule bekommen. In diesem Sommer hatte er einen Biologiekurs für Fortgeschrittene belegt. Sobald der Stundenplan feststand, sollte er Arch zu seinem Literaturkurs bringen und abholen. Seine Eltern wohnten im Vierländereck, wo Colorado, New Mexico, Utah und Arizona aneinanderstießen. Aber das war alles, was ich wußte, außer daß er ausgezeichnete Süßigkeiten machte.

Und daß er ein Patient von Philip Miller gewesen war.

Julian stützte die Hand in die Hüfte. Er hatte mit achtzehn schon eine Schwimmerfigur, klein, kräftig und muskulös. Ich versuchte, nicht auf sein gebleichtes Haar zu sehen, das zu einem Irokesenschnitt rasiert war, mit einem Mittelstreifen. Die blonden Borsten standen ab wie ein ungemähtes Rasenstück.

»Was haben Sie hier zu schaffen?« wollte er wissen. Er gab sich keine Mühe, seine Feindseligkeit zu verbergen.

»Ich koche Kaffee, okay?« Ich griff zum Espressozubehör und versuchte, den Ärger, den ich empfand, zu unterdrücken. Warum war er so wütend auf mich? Wegen Philips Unfall?

»Julian«, sagte ich, als ein duftendes, dunkles Rinnsal aus der italienischen Maschine der Farquhars floß. »Ich nehme an, Sie haben die schlechte Nachricht gehört –«

»Ich weiß es. Ich habe es gehört.« Er setzte sich auf einen Küchenstuhl und fuhr sich mit den Fingern durch das, was er an Haar hatte. »Bo hat gesagt, Sie waren dabei«, sagte er in einem Ton, den ich versuchte, nicht für vorwurfsvoll zu halten. Er hob dichte, dunkle Augenbrauen in einem Gesicht mit eckigem Kinn und schönen Zügen und kreuzte die Arme.

»Stimmt. Ich war direkt hinter ihm.«

Seine Mundwinkel gingen nach unten. Das Handtuch war über dem nassen Tanga aufgegangen, aber er tat, als hätte er es nicht gemerkt. Er sagte: »Was hatten Sie hinter ihm verloren?«

Ich holte tief Luft, schluckte Schaum vom Espresso. »Ich habe Adeles Auto gefahren und bin Philip in die Stadt gefolgt. Um mit ihm Kaffee zu trinken. Danach wollte ich Zutaten für Weezies Essen heute abend besorgen.«

Schweigen füllte die Küche. Dann sagte er voller Verachtung: »Ich bin als Lückenbüßer eingeladen.«

»Was für ein Glück für Sie, da kriegen Sie mal was zwischen die Zähne, was ich für eine Party gekocht habe. Aber nach dem Brunch gestern weiß ich vor Arbeit nicht mehr, wo mir der Kopf steht. Mrs. Harrington hat genaue Vorstellungen, was das Essen anlangt. Sie sind Vegetarier, und ich muß einen Nachtisch machen –«

Er sagte: »Warum nehmen Sie denn nicht etwas von dem Konfekt und den kandierten Kirschen, die ich gemacht habe? Zum Nachtisch, meine ich. Als ich vor zwei Wochen eingezogen bin, habe ich eine Menge davon gemacht, und Adele hat den Harringtons was davon gebracht. Brian Harrington ist ganz verrückt danach. Er hat nicht glauben wollen, daß ich es gemacht habe.«

»Vielen Dank«, brachte ich heraus, »aber im allgemeinen erwarten meine Kunden, daß ich das Essen selber mache, wenn ich schon dafür bezahlt werde.« Ich lächelte und sagte vorsichtig: »Das Kochen ist eine Gemeinsamkeit zwischen uns.« Eine gewisse Annäherung konnte schließlich nichts schaden, wenn wir in den nächsten Monaten das Haus der Farquhars und Arch teilen sollten.

Er lachte beleidigend auf und sagte: »Ich glaube nicht, daß wir irgendwas gemeinsam haben.«

Wieder entstand Schweigen zwischen uns.

Schließlich sagte Julian: »Ist dieser Kaffee für die Allgemeinheit da oder was?«

Ich nickte, warf den Espressosatz weg und bereitete die nächste Tasse vor. Er stand auf, zog das Handtuch zurecht und setzte sich wieder.

Ich schaffte es, ihn nicht anzustarren, während er vier Kaffeelöffel Zucker und einen Riesenschuß Milch in meinen vollkommenen Espresso tat und sagte: »Möchten Sie über Philip Miller sprechen?«

»Eigentlich nicht.« Er schaute mich nicht an, sondern trank ziemlich laut einen Schluck Kaffee. Er sagte: »Er war ein guter Typ.«

»Wann haben Sie ihn das letzte Mal gesehen?«

»Daran kann ich mich nicht erinnern.«

»Diese Woche? Letzte Woche?«

»Ich hab's Ihnen doch gesagt.« Er wurde laut. »Ich kann mich nicht daran erinnern.«

Ich sagte: »Tut mir leid«, und meinte es ehrlich.

Julian stieß den Stuhl zurück und trank den Espresso aus. »Schauen Sie«, sagte er, »ich muß mich umziehen. Wenn Sie was über diesen Eßkram wissen wollen, fahren Sie in die Bibliothek und fragen nach Sissy Stone. Sie hat Mrs. Harrington bei ihren Recherchen geholfen. Sie weiß, wer Sie sind. Sissy war außerdem in der Endausscheidung bei den Juniormißwahlen von Colorado, was halten Sie davon? Ich bringe sie heute abend zum Essen bei den Harringtons mit. Meine Begleitung, wie Adele sagt.« Er brach ab. »Ich glaube nicht, daß Aphrodisiaka was bringen«, sagte er trotzig.

»Wirklich?«

»Ja, wirklich.«

»Glauben Sie, daß andere Methoden wirkungsvoller sind, wenn man ein Mädchen rumkriegen will?« fragte ich mit einem Lächeln, von dem ich hoffte, daß es freundlich wirkte.

Er riß sich das feuchte Handtuch ab, warf es sich über die Schulter und ging hinaus. An der Tür blieb er stehen.

Er sagte: »Ich glaube nicht, daß Sie das was angeht.«

Ich konnte es nicht erwarten, Sissy Stone kennenzulernen, wie man es nicht erwarten kann, die Grippe zu kriegen. Aber als zwei Minuten vor zehn die Holztür zur Bibliothek von Aspen Meadow aufging, schenkte die junge Frau dahinter mir ein Lächeln wie auf einer Zahnpastareklame. Sie hatte meine Größe und war kompakt gebaut, eine Kreuzung zwischen einer Turnerin und einer Cheerleaderin und vermutlich auf beiden Gebieten aktiv. Sie hatte die Ärmel eines zu großen Sweatshirts der Privatschule von Elk Park hochgerollt, von dem ich vermutete, daß es Julian gehörte. Perfektes hellbeiges Make-up überzog die olivbraune Haut. Ihr Haar fiel in dichten, dunklen Wellen, was mich an die Wellenschokolade erinnerte, die ich Arch in der Weihnachtszeit kaufte.

»Ich suche Sissy Stone«, sagte ich mit einem Grinsen, von dem ich hoffte, es sei riesig und vertrauenerweckend. »Wissen Sie, wo sie ist?«

Das Mädchen sagte: »Warum?«

»Sind Sie Sissy?«

»Ja«, sagte sie, wiederum mit einem strahlenden Lächeln, als hätte ich sie eben im Fernsehen vorgestellt.

Ich deutete in die Bibliothek, damit wir hineingehen und uns unterhalten konnten. »Julian Teller meinte, ich solle mit Ihnen reden. Ich bin die Inhaberin von Goldilocks' Catering. Julian hat gesagt, Sie wüßten ...« Als sie wenig begeistert nickte, sagte ich: »Ich arbeite in diesem Sommer als Köchin bei den Farquhars. Heute abend richte ich für Weezie Harrington ein Essen aus, zu dem Sie eingeladen sind.« Wieder ein Nicken. »Ich brauche Ihre Hilfe, wie Sie auch Weezie geholfen haben, wenn Ihnen das recht ist. Was das Essen anlangt.«

»Weezie Harrington«, wiederholte sie. Sie schaute in beide Richtungen, als wolle sie sehen, wer etwas sehen oder hören konnte. »Da muß ich nachschauen.«

Meine Hoffnungen hinsichtlich dieses Gesprächs trübten sich. Um uns herum zerrten junge Mütter widerstrebende Kleinkinder zur Vorlesestunde am Samstag morgen. Die Computer auf dem Tresen surrten und piepten, während Morgenbesucher Bücher ausliehen, Papier für den Kopierer wollten und zur Berechnung der Gebühr für überschrittene Leihfristen ihre Bände auf den Tisch packten.

Ich zockelte hinter Sissy her. Sie hatte einen leichten Schritt und bewegte sich selbstbewußt. Auf dem Weg zum Computer schaute sie sich ständig um, als halte sie nach jemand Wichtigerem Ausschau. Am Computer tippte sie los. »*Alles über Aphrodisiaka* ist ausgeliehen«, erklärte sie, ohne sich nach mir umzuschauen. »Sehen wir mal, was wir an Artikeln haben.« Sie ging behend zu einer anderen Maschine und tippte dort auf der Tastatur. Während die Maschine geschäftig surrte, sagte sie: »Das hat wohl nicht Zeit bis Montag?«

Ich schüttelte den Kopf. »Können wir kurz hinausgehen? Bitte.« Ehe sie nein sagen konnte, war ich auf dem Weg in den Bibliotheksgarten, den der Gartenclub von Aspen Meadow liebevoll und sorgfältig pflegte. Langstieliger Phlox, Stiefmütterchen, Petunien und Glockenblumen wehten in der kühlen Morgenbrise, als ich mich auf eine Bank setzte und Sissy mit einer Geste einlud, es mir gleichzutun.

»Hören Sie, Sissy«, fing ich an, »ich brauche nur ein paar Ideen. Können Sie sich nicht an irgend etwas aus den Artikeln erinnern, die Sie Mrs. Harrington gegeben haben?«

»Oh, schauen Sie, ein Stiefmütterchen«, sagte Sissy, als hätte ich nichts gesagt. Sie deutete auf den Garten. »Wissen Sie, warum sein Saft im *Sommernachtstraum* als Liebestrank verwendet wurde?«

»Hab' nicht die leiseste Ahnung.«

»Cupido schoß einen Liebespfeil in eine Blume, die ursprünglich einfarbig war. Sehen sie«, sagte sie und bückte sich, um mit den Fingerspitzen über das Stiefmütterchen zu streifen, »es hat geblutet.«

Ich schaute auf die Uhr: zehn nach zehn. Miss Zimperlich hatte eindeutig nicht die Absicht, mir zu helfen. Ich würde diesem Gespräch noch fünf Minuten geben und dann zum Lebensmittelladen fahren.

Ich räusperte mich. »Wenn Cupido für einen Vegetarier kochen würde, Sissy, was würde er dann zubereiten?«

»Hm«, sagte sie und konzentrierte sich vage auf einen Nadelbaum in der Nähe. »Nichts zu Schweres. Eier. Zeichen der Fruchtbarkeit. Geht das bei einem förmlichen Abendessen? Käse, weil er cremig und sinnlich ist. Außerdem leicht verdaulich. Man will ja schließlich keine Magenbeschwerden im falschen Augenblick.«

Ich starrte sie an. Sie schloß dramatisch die Augen und hob eine Schulter. Wenigstens machten wir Fortschritte.

»Käse«, soufflierte ich.

»Etwas Scharfes. Sie wissen schon, Knoblauch oder Paprika. Zwiebeln«, fügte sie hinzu.

»Kapiert«, sagte ich, und sie nickte. Ich fuhr fort: »Schokolade ist ein Muß für den Nachtisch, das weiß ich.« Wieder ein Nicken. »Jetzt geht es also nur noch um den Salat. Geben Sie mir einen Tip auf diesem Gebiet, und Sie sind mich los.«

Aber sie beobachtete jemanden, der in die Bibliothek kam. Ich schüttelte den Kopf mit den Blumen, die der kühle Juniwind beutelte.

Ich sagte: »Was für Grünzeug stimuliert die Libido, Sissy?«

Keine Reaktion. Meine Uhr zeigte zwanzig nach zehn. Ich stand auf und ging auf das Auto zu.

Sie rief mir nach: »Fenchel! Endivien! Spargel, Karotten und Pilze!«

Im Lebensmittelladen kaufte ich Zutaten für Krabbenklößchensuppe, gefüllte Chili-Torte und außerdem Avocados, Pilze und Salatherzen. Als ich wieder bei den Farquhars war, breitete ich alles aus und holte Pfannen heraus, um sie einzufetten. Meine Kochinstinkte erwachten, waren wie der Adrenalinschub, von dem Sportler behaupten, er stelle sich nach dem ersten Kilometer ein. Dann klingelte es am gesicherten Tor.

Es klingelte und klingelte. Offenbar war ich nicht nur Köchin, sondern auch Telefonistin, Butler und Mädchen für alles.

»Ja«, sagte ich in die Sprechanlage. Die Videokamera zeigte zwei Männer in einem dunklen Auto.

»Goldy Bear?« fragte einer. »Wir möchten mit Ihnen sprechen.«

Polizisten.

Ich sagte: »Ich habe unglaublich viel zu tun.«

»Nur ein paar Fragen.«

»Darf ich kochen, während Sie Fragen stellen?«

»Es wäre uns lieber, wenn Sie sich Zeit für uns nähmen.«

»Dann müssen Sie morgen kommen.«

Eine Pause. Sie schauten sich an.

»Sie dürfen kochen«, sagte einer.

Ich ließ sie durch. Einen Augenblick später machte ich die Haustür auf und verzog den Mund zu Falten, von denen ich hoffte, daß sie drohend wirkten. »Mein Geschäft ist doch nicht in Gefahr, oder?«

»Wenn wir Ihnen ein paar Fragen stellen dürfen, Ms. Bear, sollte es möglich sein, etliches zu klären.«

»Schön«, sagte ich, als ich mich umdrehte und durch den Flur zur Küche ging. »Ich kann es kaum erwarten.«

Die Polizisten stellten sich vor und setzten sich dann an Adeles Küchentisch aus Eiche. Ich legte mein Rezept für gefüllte Chili-Torte bereit. Wenn ich eigens etwas für Julian machte, würden alle davon probieren wollen, und Julian bekam kein Hauptgericht. Wie auch immer, wenn man Männern ein Hauptgericht ohne Fleisch servierte, mußte man darauf achten, daß die Mengen riesig waren, damit die männliche Eitelkeit nicht beleidigt wurde. Sonst ruft einer der Jungs, wenn man eben den Auflauf, die Quiche, das Soufflé oder sonst was abgetragen hat, voller Unschuld aus: »Das war fabelhaft! Und was wird als Hauptgang serviert?«

»Ms. Bear?« sagte der erste Polizist, der Boyd hieß. Er war ein tonnenförmiger Mann mit einem kurzen schwarzen Bürstenschnitt, der nicht für modisch gehalten werden sollte. Zwischen den karottenförmigen Stummelfingern hielt er einen Kugelschreiber über ein schmuddeliges Notizbuch. »Waren Sie der letzte Mensch, der mit Dr. Miller gesprochen hat, ehe er in sein Auto stieg?«

Gefüllte Chili-Torte
250 g Chester, gerieben
250 g Emmentaler, gerieben
5 Eier
250 g Mehl
1 kleine Dose grüne Pfefferschoten, abgetropft
2 Eßlöffel pikante Sauce
Den Backofen auf 190 Grad vorheizen. Den geriebenen Käse vermischen und gleichmäßig auf einem Backblech verteilen. Die Eier verrühren, das Mehl langsam hinzugeben und alles langsam vermischen. Mehl und Eier über den Käse auf dem Kuchenblech gießen. Vorsichtig die Pfefferschoten über die Oberfläche verteilen, dann die pikante Sauce darübergeben. Etwa 45 Minuten backen, bis die Mitte gestockt ist.
Ergibt 8 bis 10 Portionen.

Ich nahm braune Eier aus dem Doppelkühlschrank der Farquhars und dachte zurück.

»Ich glaube schon«, sagte ich. Dann: »Ja, so war es. Er hat mir dabei geholfen, Platten in den Thunderbird von Mrs. Farquhar zu laden.«

»Das war in Elk Park«, sagte der andere, ein untersetzter Typ namens Armstrong, der sich dünne Strähnen hellbraunen Haars über eine glänzige Kahlstelle gekämmt hatte. Er hatte den teigigen Teint von Menschen, die zuviel Zeit in geschlossenen Räumen verbringen. Ich nickte.

»Hatten Sie den Eindruck, daß er irgendwelche Schmerzen hatte?« fragte Boyd.

Ich schaute ihn aus zusammengekniffenen Augen an. »Schmerzen? Körperlich? Oder seelisch?«

Boyd sagte: »Philip Miller kam zu spät zum Frühstück, weil er laut seiner Schwester eben beim Arzt gewesen war.

Mit dem Arzt müssen wir noch reden, aber wir fragen einfach mal, wie er so drauf war.«

Ich dachte an Philip zurück. An einem derart kalten und dunklen Junimorgen war er so elegant gekleidet gewesen wie eh und je, in Schwarz und Weiß und mit einer Sonnenbrille von Ray Ban.

Mich hatten die üblichen vernichtenden weiblichen Blicke getroffen und das Geflüster, als er zu mir herübergekommen war, als hätte ich einen so wunderbaren Mann nicht verdient.

Moment mal. Eine Sonnenbrille?

»Bei was für einem Arzt war er?« fragte ich.

»Wir dürfen nicht –«

»Ach, halten Sie die Klappe«, sagte ich ungeduldig. »War es ein Augenarzt?«

Die beiden Bullen wechselten einen Blick. »Routineuntersuchung«, sagte Boyd. »Woher haben Sie das gewußt?«

»Die Sonnenbrille«, sagte ich. Aber ich spürte, wie der Nebel mich wieder umfing. Na und? Er hatte mich durch den Raum sehen können, er war herübergekommen, hatte mit mir geredet, war mit mir zum Auto gegangen . . .

»Was hat er beim Frühstück gegessen?« fragte Armstrong.

Ich wiederholte das und fügte hinzu: »Seine Schwester hat ihm ein Stück Wurstkuchen gegeben. Nur ein kleines Stück, und ich habe gesehen, wie sie das getan hat. Nichts Verdächtiges.«

»Sie haben den Wurstkuchen gebacken?«

Ich nickte langsam.

»Sie hatten den Eindruck, daß Miller und seine Schwester gut miteinander auskamen?«

»Natürlich. Er hat ihr in ihrem Bioladen unter die Arme gegriffen –«

»Er hat ihr unter die Arme gegriffen«, wiederholte Boyd.

»Na und?« sagte ich.

Keine Reaktion. Ich sagte: »Schauen Sie, vermutlich kann ich Ihnen besser helfen, wenn Sie mir mehr sagen. Wir reden hier doch nicht über Staatsgeheimnisse. Ich weiß, daß Philip seine Schwester finanziell unterstützt hat, ich weiß nur nicht, in welcher Höhe.«

Boyd schrieb etwas in sein Notizbuch, hielt inne und biß sich in die Innenseite der Wange. Er sagte: »Die beiden anderen Läden mit Hippiekost in dieser Stadt sind schon vor fünf Jahren pleite gegangen. Ihrer ist als einziger übriggeblieben, weil ihr reicher Bruder sie mit einem sechsstelligen Darlehen gerettet hat.«

»Elizabeth hing an ihm. Sie hat sich Sorgen um ihn gemacht«, sagte ich. »Von wie vielen Geschwistern in den Dreißigern können Sie das sagen?«

Er schnüffelte, dann sagte er: »Sie hat ihm etwas zu essen gegeben. Hat sie auch was gegessen?«

»Sie ist Vegetarierin.« Ich ließ aus, daß sie in Form bleiben wollte. »Gerichtsmedizin ist nicht mein Fachgebiet. Was hat die Autopsie über seinen Mageninhalt ergeben?«

»Wer hat das übrige Essen zubereitet?« fragte Armstrong und fegte meine Frage beiseite.

»Ich, bis auf die Nußkuchen. Aber niemandem – Philip eingeschlossen – ist schlecht geworden.« Die Verärgerung war meiner Stimme anzuhören. »Ihre Unterstellung gefällt mir gar nicht.«

Sie ignorierten mich. Dann kam ein Trommelfeuer von Fragen: Hatte sich Philip auf dem Brunch mit irgend jemandem gestritten? War sonst noch jemand auf dem Parkplatz gewesen? War sein Auto sofort angesprungen? War irgendwas unter dem Auto gewesen? Schienen die Bremsen zu funktionieren? Ich antwortete, so gut ich konnte: nichts Verdächtiges, was das Auto oder den Mann anlangte.

»Sie sind mit Philip Miller ausgegangen, nicht wahr?« fragte Armstrong.

Zum zweiten Mal an jenem Tag brannten mir unerwartete Tränen in den Augen. Vor diesen beiden zusammenzubrechen war das letzte, was ich wollte. Ich räusperte mich und sagte: »Ich hatte ihn sehr gern.«

Armstrong blieb dran. »War jemand eifersüchtig auf diese Beziehung? Ihr Exmann? Millers Exfrau lebt auf Hawaii, aber was wissen Sie über seine früheren Freundinnen?«

»Ich weiß nichts über seine früheren Freundinnen«, sagte ich mit einer gewissen Schärfe. Über Philips Exfrau wußte ich nur, daß es sie gab. Um Himmels willen, wir waren nur einen Monat lang miteinander ausgegangen. Zu meiner Erleichterung war mir nicht mehr zum Weinen. Ich richtete mich auf und sagte: »Ich versuche, mit meinem Exmann so wenig wie irgend möglich zu tun zu haben.«

»Wir haben mehrere Anzeigen in den Akten, Ms. Bear. Alle von Ihnen.«

Ich sagte ruhig: »Er war nicht bei dem Brunch.«

»Hat Philip irgend etwas getrunken?« fragte Boyd. »Kaffee? Saft?« Er starrte mich an. »Champagner?«

Ich sagte: »Ich habe nicht gesehen, daß er etwas getrunken hat.«

»Aber zwanzig Minuten später ist er gefahren, als ob er betrunken wäre.«

Ich legte die Hände flach auf die Arbeitsplatte, dann beugte ich mich zu ihren gelassenen Gesichtern hinüber. »Warum hat er dann nicht angehalten?«

Boyd sagte: »Ein Machotyp hält bestimmt nicht und bittet eine Frau um Hilfe. Könnte doch so gewesen sein.«

Ich schüttelte den Kopf, dann sagte ich: »Schauen Sie,

warum warten Sie nicht ab, was der Augenarzt sagt? Vielleicht hat er irgendwelche Medikamente bekommen –«

»Danke, Mrs. Bear«, sagte Boyd. Er nickte Armstrong zu, um zu signalisieren, das Gespräch sei zu Ende. »Wenn wir noch mal mit Ihnen sprechen müssen, melden wir uns.«

Ich rieb den Käse, schlug die Eier, gab das Mehl dazu, ließ die Pfefferschoten abtropfen, dann gab ich den Käse auf das Backblech. Die Eiermischung gluckerte herrlich, als ich sie über den Käse goß. Ich verteilte die Pfefferschoten darüber und überzog sie dann kunstvoll mit der pikanten Sauce.

Als ich das Blech in den Backofen der Farquhars schob, klingelte es am gesicherten Tor. Nicht schon wieder die Polizei. Dieses Mal würde ich mich beim Kochen nicht stören lassen, ob es ihnen gefiel oder nicht.

Es war nicht die Polizei.

Es war mein Exmann.

Er lächelte mich via Videokamera breit an. Er hob die Hände, um zu zeigen, er sei unbewaffnet.

Ich ließ sein Auto durch und fühlte mich schlecht. In meiner Verwirrung wegen des Unfalls und der Arbeit für das Abendessen hatte ich vergessen, nach Arch zu rufen und mich zu vergewissern, daß er fertig war. Ich starrte die Gegensprechanlage an. Wenn ich mit einem Profi-Fleischwolf zurechtkam, mußte ich auch damit fertig werden. Ich drückte auf Knöpfe und telefonierte hoffnungsvoll im ganzen Haus herum. Niemand meldete sich. Ich ging auf die Vorderveranda hinaus. Ins Haus kam er mir auf keinen Fall.

»Hab' gehört, daß du deinen Liebhaber verloren hast«, sagte er, als er durch die Tür kam.

Ich schaute mich nach Nachbarn um, dem General, Julian, irgend jemand. Ich sah nur die Marmor- und

Tontöpfe, in die der General im Verlauf des Wochenendes Geranien und Fleißige Lieschen pflanzen sollte.

Ich sagte: »Neuigkeiten sprechen sich schnell herum.«

»Ich muß mit dir reden.«

»Ich höre«, sagte ich und wich ihm aus, räumte zwei noch nicht eingetopfte Pflanzen weg und setzte mich zögernd.

»Ich habe nicht gesagt, daß ich mit dir ins Bett will. Ich habe nur gesagt, ich will mit dir reden.«

»Ich höre dich bestens. Und wenn du *reden* willst, dann paß auf, was du sagst.«

Er rollte die Augen und schüttelte den Kopf, dann lächelte er mich nachsichtig an.

John Richard Kormans ungewöhnlich gutes Aussehen, sein jungenhaftes, sensibles Gesicht, das braune Haar und die hellblauen Augen machten mich immer ganz benommen.

Er spielte außerdem die Aura des Arztes wirkungsvoll aus. Das machte er nicht nur mit mir, sondern mit allen möglichen Frauen, wie ich nach unserer Heirat herausgefunden hatte. Diesen Männertyp hatte Henry Kissinger gemeint, als er sagte, das stärkste Aphrodisiakum sei die Macht.

Das war der Mann, den ich geliebt hatte, der Mann, der mich geschlagen hatte, wenn er betrunken war, der Mann, der mich nicht liebte. Ich schützte mich gegen sein entwaffnendes gutes Aussehen, indem ich die Gespräche kurz hielt. Kissinger, sinnierte ich, hatte vermutlich sich gemeint.

Ich drückte die Finger in die Erde einer der Geranien, die darauf warteten, gepflanzt zu werden. Sie brauchte Wasser. Dann holte ich ein Fleischmesser heraus, das ich in die Schürzentasche gesteckt hatte, und steckte es neben die Pflanze, wo John Richard es nicht sehen konnte. Für alle Fälle.

Er sagte: »Eine Freundin von mir bringt Arch ein paar Zaubertricks bei.«

Ich sagte: »Oh, bitte. Deine letzte Freundin hat versucht, ihm Geometrie beizubringen, und seitdem bekommt er nur noch Vierer.«

»Vielleicht liegt das daran, daß jemand nur den Partyservice im Kopf hat und ihm nicht bei den Hausaufgaben hilft.«

Ich schloß die Augen. Ich wollte mich nicht streiten. Als ich die Augen aufmachte, bedachte mich John Richard mit seinem zähnebleckenden, unschuldigen Lächeln. Er sagte: »Wo stecken denn Marlas Schwester und ihr berühmter Mann? Wie heißt er gleich – Rommel?«

»Laß das.«

Er schaute zum Himmel, dann sagte er: »Schön, eine Frage. Für wen kochst du heute abend?«

»Die Harringtons.«

Er lachte. Er sperrte den Mund auf, wollte etwas sagen, und dann brüllte er vor Lachen und wollte nicht wieder aufhören. Ich hatte nicht vor, ihm den Gefallen zu tun, ihn danach zu fragen, was so komisch sei. Er sagte: »Das ist der Witz des Jahres.«

»Wieso?« Dieses Gespräch war seltsam, aber vertraut. Ein Thema, dann ein anderes, im einen Augenblick lachte er, und dann ... Mein Kopf ruckte unwillkürlich hoch. Zu spät.

John Richard griff nach einem Tontopf und warf ihn gegen die Haustür. Der Krach beim Bersten hallte mir in den Ohren wider. Dann prallte ein zweiter Topf gegen das Haus.

»Hör auf, hör auf«, schrie ich und verbarg das Gesicht in den Händen. Meine Kehle war heiser, wie in jenen Alpträumen, in denen man um Hilfe ruft, aber keine Stimme hat. Ich schaute auf und sah, daß er nach einem dritten Topf trat. Die Scherben flogen die Verandatreppe hinunter.

»Okay! Okay!« Meine Stimme flehte. Ich schaute hilflos das Messer an. Was sollte ich denn damit anfangen? »Ganz gleich, was du willst, du kannst es haben«, rief ich. »Aber hör auf. Arch ist auf dem Weg hierher.«

John Richard schaute mich wütend an. Er spuckte die Worte einzeln aus. »Du hast mein Leben ruiniert. Ich habe keine Familie mehr, meine Praxis geht schlechter. Alles deine Schuld, du Miststück. Hör mir also gut zu. Wenn mein Sohn zaubern lernen will, dann lernt er es.«

»In Ordnung! Aber beruhige dich doch, um Himmels willen! Ich muß heute abend eine Party ausrichten, und ich will keinen Ärger!«

Er griff wieder nach einem Blumentopf und drohte mir damit. Ich konnte mein Herz in der Brust schlagen hören. »Will keinen Ärger?« äffte er mich mit hoher Stimme nach. »Will keinen Ärger?«

Ehe ich antworten konnte, tauchte plötzlich General Bo hinter John Richard auf. Der General packte den Hals des Kotzbrockens mit beiden Händen. John Richard fiel auf die Knie wie eine Flickenpuppe. Der Tontopf flog ihm aus den Händen und rollte in die Einfahrt.

»Oh, Schluß! Schluß!« schrie ich, als ich aufsprang. Mir wurde übel.

General Bo Farquhar nahm mich nicht zur Kenntnis. Er sprach mit John Richards Gesicht, das er zu sich hingedreht hatte, um ihn zum Blickkontakt zu zwingen.

»Jetzt hör mir mal gut zu, du kleiner Scheißkerl«, sagte der General mit einer Heftigkeit, daß mir am ganzen Körper der Schweiß ausbrach. »In diesem Staat gibt es ein Gesetz, das ganz nach meinem Geschmack ist. Wenn du noch mal den Fuß auf dieses Grundstück setzt, mache ich es mir zunutze. Dann zeig ich dir, wie Sondereinheiten lautlos töten können. Ist das klar?«

John Richard stieß den kehligen Laut eines Menschen aus, der gleich erwürgt wird. Die Haustür ging auf. Der General ließ John Richard eben in den frischgerechten Dreck neben der Einfahrt fallen, als Arch herauskam. Arch schaute tonlos von einem zum anderen, dann schob er sich die Brille hoch auf die Nase.

Er sagte: »Soll ich wieder hineingehen, Mom?«

John Richard wischte sich Dreck von der Nase. Ich wollte sagen: Ja, ja, geh hinein! Aber ich konnte es nicht. John Richard nickte fast unmerklich. Ich winkte Arch, er solle gehen. Er trottete auf seinen Vater zu, der sich den Dreck vom Polohemd bürstete.

Der General kam auf die Veranda zu. Er sagte ruhig: »Goldy, ich möchte drinnen mit Ihnen sprechen.«

Ich nickte. Aber ich konnte den Blick nicht von John Richard wenden, der langsam mit Arch auf seinen Jeep zuging. John Richard fuhr herum, und ich zuckte zusammen.

Er schrie mir zu: »Philip Miller hat Weezie Harrington gefickt!«

Ich ging langsam die Treppe hinauf, als der Jeep röhrend abfuhr. Der General beugte sich über die Tonscherben und preßte die Lippen zusammen. Er winkte mich hinein. Hinter uns machte er die Haustür mit einem energischen, entschlossenen Geräusch zu: *wumm.*

Ich dachte: Im besten Fall hält er mir eine Strafpredigt. Im schlimmsten verliere ich meinen Job. Er schaute mich mit seinen durchdringenden blauen Augen an.

Er sagte: »Lassen Sie diesen Mann nie wieder durch mein Tor.«

Ich nickte heftig.

»Wenn er kommt, um Arch abzuholen«, er sprach den Namen liebevoll aus, als wäre er sein eigener Sohn, »übernehme ich die Übergabe. Außerdem«, fuhr er fort, während er eine kurze Stange aus einem Schrank nahm, »möchte ich Ihnen das hier zeigen. Das ist eine tragbare Türsperre. Falls dieser Mann« (*der Feind,* dachte ich) »irgendwie durch das Tor kommt und ins Haus eindringen will, klappen Sie sie so auf.« Er ließ den Stahlstab in seinen kräftigen Händen aufschnappen. Ich hatte plötzlich eine Vision von Arch bei einem Zaubertrick. »Dann rammen Sie sie unter den Türknauf.«

Der Gummipfropfen am unteren Ende quietschte auf den Fliesen wie Kreide auf einer Tafel. Als die Sperre angebracht war, befahl mir General Bo, ich solle versuchen, die Tür aufzumachen. Natürlich rührte sie sich nicht.

»Danke –«, fing ich mit schwankender Stimme an. Ehrlich gesagt, ich wußte nicht recht, wie mir wegen seiner Hilfe zumute war.

»Sie gehören zur Familie«, sagte er feierlich. »Achten Sie nur darauf, daß Sie die Sperre an einer Tür anbringen, die in Ihre Richtung aufgeht.«

Und damit war die Lektion vorbei. Keine Sentimentalitäten. Keine Erkundigung, wie ich mich fühlte. Der General ging mit seinem langen, federnden Schritt den Flur entlang. Es war die Art von Gang, mit der man weite Entfernungen überwindet. Wie war er um das Haus herumgekommen, ohne daß ich ihn gesehen hatte? Wie war es möglich, einen Menschen lautlos zu töten? Wie war es möglich gewesen, daß Philip ein Verhältnis mit Weezie Harrington gehabt hatte?

Wie auch immer. Ich mußte kochen. Ich ging in die Küche zurück, mixte die Dijonvinaigrette, tat, als wäre sie der Kopf des Kotzbrockens, und schüttelte sie heftig. Ich versuchte, an das zu denken, was mir Sissy über die luststeigernden Eigenschaften von Zwiebeln, Knoblauch und Paprika erzählt hatte. Konzentrier dich, sagte ich mir.

Aber ich konnte nicht denken. Ich konnte kaum atmen. Arch würde nichts passieren. John Richard hatte ihm nie etwas getan.

Arch würde morgen abend zurückkommen.

Es war unmöglich, die Avocados zu schälen, ohne schmierige Hände zu bekommen. Ich schaute meine grünen Finger an. Würde ich in Beziehungen immer ein Versager sein? Wie Philip meinen Arm berührt, wie ernst er mich angeschaut hatte, das kam zurück. Hatte ich seinen Charakter so falsch eingeschätzt? Philip war in meinem Alter gewesen. Weezie war älter. Nicht daß ein Altersunterschied heutzutage noch eine Rolle gespielt hätte. Trotzdem war es schwer zu glauben, daß Philip und Weezie sexuell intim gewesen sein sollten, während wir es nicht gewesen waren.

Das Telefon klingelte. Nach dem Auftritt mit dem Kotzbrocken wollte ich mit niemandem sprechen. Aber das Telefon klingelte hartnäckig, und der Anrufbeantworter schaltete sich nicht ein. Ich war dankbar, daß mir die Farquhars erlaubten, die dritte Leitung für mein Geschäft zu benutzen. Theoretisch sollte ich mich auf zwei Leitungen mit »Bei Farquhar« melden und auf der dritten mit »Goldilocks' Catering, alles vom Feinsten!«. Bis ich heraushatte, welche Leitung klingelte, hatte ich letzteres meistens vergessen und meldete mich einfach auf allen drei Leitungen mit »Bei Farquhar«. Bis jetzt hatten mich meine Stammkunden an der Stimme erkannt.

Ich griff nach einem Handtuch und nahm den Hörer ab. »Bei Farquhar«, sagte ich, stieß aber auf Schweigen. Ein zögerndes Räuspern, dann wollte jemand wissen, ob das die richtige Nummer sei.

»Ist dort der Partyservice Goldilocks?«

»Ja, was kann ich für Sie tun?«

»Ist dort Goldy *Bear,* die Inhaberin?«

»Ja«, sagte ich.

Für meinen Namen konnte ich nichts. Mein Vorname war Gertrude. Goldy war seit der Kindheit mein Spitzname gewesen, und ich hatte ihn nie gemocht. Korman war mein letzter Name im Erwachsenenleben gewesen, und den hatte ich noch weniger gemocht. Aber daß ich meinen Mädchennamen wieder angenommen hatte, zusammen mit dem Spitznamen, klang, als ob ich einem Kinderbuch entstiegen wäre. »Hier ist George Pettigrew vom Partyservice Drei Bären in Denver.«

Ich wußte sofort, daß es Ärger gab. (*Will keinen Ärger?* hörte ich John Richards spöttische Stimme im inneren Ohr.) Das folgende Gespräch bewies, daß ich tatsächlich Ärger bekam.

George und seine Frau waren seit fünf Jahren im Geschäft. Sie mußten kleine Fische sein. Ich meine, *ich* hatte noch nie etwas von ihnen gehört. Aber sie hatten den Artikel im *Mountain Journal* gelesen und waren auf Bärenhatz, kein Witz. George brüllte, ich hätte gegen das Urheberrecht verstoßen. Wie könne ich es wagen, den Namen Bear zu benutzen? wollte er wissen. Weil es *meiner* sei, sagte ich. Aber als ich geschieden worden war, hatten George und seine Frau die Drei Bären schon eröffnet. Ich sagte: »Ach ja? Warum nennen Sie Ihr Geschäft dann nicht *Die beiden Pettigrews* ?«

Er sagte, wir sähen uns vor Gericht, und legte auf.

Ich starrte das Telefon so lange an, daß es mir wie eine Ewigkeit vorkam. Ich konnte mich nicht aufraffen, meinen Anwalt anzurufen, zumal es Samstag war und er ohnehin nicht in der Kanzlei sein würde. Ich machte die Shrimpsklößchen fertig und taute einen Behälter mit Hühnerbrühe auf, den ich von zu Hause zu den Farquhars mitgebracht hatte. So war für den Suppengang gesorgt. Schließlich verbrachte ich zwei Stunden damit, eine riesige Schokoladentorte zusammenzubauen. Ich buk als erstes den Boden für eine dreistöckige Torte. Während er abkühlte, bereitete ich eine glatte, weiße Schokoladenmousse für die erste Schicht zu, dann eine dunkle, mit Johannisbeerlikör parfümierte Schokoladenmousse für die zweite Schicht. Ich baute die gefüllte Torte so sorgfältig wie ein Architekt, dann überzog ich das Ganze mit einer dünnen Schicht aus geschmolzener Schokolade. Ich packte alles zusammen.

Es war an der Zeit, Weezie Harrington zu besuchen.

Die Harringtons wohnten nebenan. In New Jersey hieß das, man ging ein paar Schritte über die Straße, wenn man sich besuchen wollte. Aber hier waren wir in Colorado, und nebenan hieß, eine steile Einfahrt vom eingezäunten Grundstück der Farquhars hinunterzufahren, ein steiles Straßenstück abwärts zu überwinden und eine weitere steile Einfahrt zu den Harringtons hinauf hinter sich zu bringen. Ohne Fahrzeug war das einschüchternd, deshalb beschloß ich, den Fußweg auf der Rückseite einzuschlagen, wo der gesicherte Zaun eine Hintertür hatte, mit demselben Code gesichert wie die Vordertür. Ich hievte die erste von zwei schweren Kisten hoch und schleppte sie durch die Hintertür der Garage, vorbei an den extradicken Wänden des Magazins, in dem der General seine Sprengstoffe aufbewahrte. Dann ging ich vorsichtig um den Krater im Garten herum und schlug den Weg durch das lange Wiesengras zwischen den beiden Häusern ein.

Ich hätte gern mehr über Vögel gewußt, als ganze Scharen von gefiederten Geschöpfen zwischen Büschen und Bäumen hindurchhuschten. Philip war ein begeistertes Mitglied der hiesigen, nach dem berühmten amerikanischen Vogelmaler Audubon benannten Audubon Society gewesen und hatte mich gefragt, ob ich eines ihrer Picknicks in freier Natur ausrichten wolle. Ob die wohl Huhn aßen, hatte ich mich gefragt.

Ich setzte mich zum Ausruhen auf einen Stein in der Nähe des Tores. In der warmen Nachmittagsluft regten sich die hellgrünen Blätter einer Espengruppe. Ein schillernder blaugrüner Kolibri schwebte über mir vorbei. Dann unterbrach ein Aufschrei die Stille.

»Ich verstehe nicht –« gellte eine hohe Frauenstimme.

Ich schaute durch eine Gruppe aus Nadelbäumen hindurch. Ich konnte den riesigen Balkon der Harringtons sehen. Eigentlich war er ein ausgedehnter Patio, umgeben von einer Balustrade und bestückt mit anmutigen, weißgestrichenen Schmiedeeisenmöbeln, ganz romantisch und gedrechselt und gewunden. Die beiden Frauen auf der Veranda hatten sich nicht gesetzt. Aus ihren Stimmen und Haltungen ließ sich schließen, daß sie sich stritten. Ich beugte mich näher heran, um herauszubekommen, was sie sagten und was für Gesichter sie machten.

»Ich kann nicht glauben, daß du das machst«, sagte eine Stimme, hoch, schrill, wütend. Ich erhob mich von dem Stein und glitt neben eine Blaufichte. Ich sagte mir, ich sei weder eine Lauscherin noch neugierig. Ich wollte die Streithennen nur nicht dadurch in Verlegenheit bringen, daß ich plötzlich mit einer Kiste voller aphrodisischer Klößchen dastand.

»Ich kann nicht glauben, daß du so *ordinär* bist . . . daß du fragen kannst, ob er dir etwas hinterlassen hat –«

»Gott im Himmel, beruhige dich doch!«

Ich schaute durch die angenehm riechenden Zweige der stacheligen Fichte. Elizabeth Miller hatte die Arme über der schmalen Brust verschränkt und sich von Weezie Harrington abgewandt.

Ich hatte Elizabeth seit dem Unfall nicht gesehen. Warum war sie mit Weezie zusammen? Und um was in der Welt stritten sich die beiden?

»Bitte«, schrie Weezie. »Hör doch, ja? Wir haben gemeinsam daran gearbeitet. Er hat mir gesagt, daß er mir–«

»Hör du mir zu!« brüllte Elizabeth zurück. »Er hat seinen Körper der Wissenschaft hinterlassen, falls es das ist, was du wissen willst.«

Schweigen. Ich kam mir wie ein Eindringling vor, obwohl ich mir sicher war, daß sie mich nicht gesehen hatten. Eine der beiden Frauen weinte; es war schwer zu sagen, welche. Ich kehrte zu dem Stein zurück, hob die Kiste auf, ging über den feuchten Boden durch die Kiefern und das Gras zurück zum Haus der Farquhars. Als ich es bis zur Vordertür der Harringtons geschafft hatte, war mir, als würde ich die Stunden zählen, bis ich am Montag morgen meinen Lieferwagen zurückbekam. Die Stimmen waren unverständlich geworden.

Das Haus der Harringtons war ein Bauwerk aus Glas und Stuck mit einem roten Ziegeldach, eine Mischung aus spanischem Kolonial- und französischem Landhausstil, die vor etwa fünfzehn Jahren in Aspen Meadow Furore gemacht hatte. Das heißt, falls in einer Stadt mit fünfunddreißigtausend Einwohnern überhaupt von Furore die Rede sein kann.

Ein Kojotenkopf aus Messing diente als Türklopfer und hallte *klack, klack, klack* im Inneren wider. Einen Augenblick lang wurden die kreischenden Frauenstimmen wieder laut. Mir war zumute, als hätte mich jemand im Schwitzkasten.

Manchmal fangen Kunden am Tag einer Einladung schon früh mit dem Trinken an. Um die Spannung zu lindern. Um zeitig mit dem Fest anzufangen. Das Problem dabei war, daß das gelegentlich zu einer Absage führte. Dann hatte man nur die Anzahlung, eine Menge Essen und die Aussicht, vor Gericht gehen zu müssen, in einem Bagatellfall, wozu ich von Zeit zu Zeit gezwungen war. Ich hoffte fieberhaft, daß Weezie und Elizabeth ihren Wortwechsel nicht mit Schnaps getränkt hatten. So plötzlich, wie es angefangen hatte, hörte das Kreischen auf. Ich klopfte wieder.

Niemand rührte sich. Ich lehnte mich gegen den Stuck und schaute durch eins der Doppelfenster, die in Berghäusern zur Isolierung häufig sind. Das Glas war trüb, was oft vorkommt, wenn das Fenster alt wird. Es war eine Weile her, seit Brian der King im Country Club von Aspen Meadow gewesen war, und die Leute, denen er

Land verkauft hatte, noch nicht gebaut hatten. Die massive, grob behauene Holztür, ein weiteres Wahrzeichen der älteren Häuser auf dem Clubgelände, ging auf, und Brian Harrington stand vor mir.

»Tut mir leid, Mr. Harrington«, sagte ich, durcheinander und entschuldigend, während ich linkisch versuchte, mich vom Fenster zurückzuziehen. »Ich bin die Party–«

Er brachte mich mit einer Handbewegung zum Schweigen und schloß die Augen. Silberne Brusthaare ringelten sich im V-Ausschnitt seines türkisen Sporthemds. Seine Shorts, in einem helleren Türkiston, zeigten muskulöse Beine, ebenfalls mit gelocktem grauen Haar überzogen. Wie alle in der Stadt hatte ich Brians elegante Gestalt schon bei einem Bummel die Main Street entlang gesehen, begleitet von Bankiers oder einer Cadillacladung von Ölleuten aus Dallas. Aber ich hatte das gemeißelte Gesicht noch nie aus der Nähe betrachtet. Ich holte tief Luft. Er war hinreißend, das menschliche Gegenstück zu einem silberhaarigen Gorilla. An Weezie Harringtons Stelle hätte ich auch zu Aphrodisiaka gegriffen.

Meine Stimme schwankte. »Ich bin die Party–«

»Hören Sie«, unterbrach er mich, »da hinten gibt es ein kleines Problem.« Er hob die Hand und fuhr sich damit durch das drahtige Haar, dann schüttelte er den Kopf.

»Problem«, echote ich. Mit einer gewissen Anstrengung hob ich die Kisten auf. »Mr. Harrington«, sagte ich mit soviel Autorität, wie ich aufbrachte, »ich muß in Ihrer Küche mit der Arbeit anfangen, wenn Sie heute abend eine Party geben wollen.«

»O ja, natürlich«, sagte er geistesabwesend, als er die Tür ganz aufmachte und ich die erste Kiste über die Schwelle hievte. »Folgen Sie mir.« Er wandte sich ab und ging den Flur entlang. Mistkerl. Er hätte wenigstens anbieten können, eine Kiste zu tragen. Gutes Aussehen, ja. Ritterlichkeit, nein.

Die Küche war so ein L-förmiges Ding, in dem es schwierig war, herauszukriegen, wo man die Sachen abstellen und zubereiten sollte. Brian war wiederum keine Hilfe. Er verschwand sofort um die Ecke der Küche. Fünf Minuten später, als ich nach einer Tortenplatte suchte, ertappte ich ihn, wie er an der Hintertür lauerte, die zum Patio führte.

»Unglaublich«, sagte er. »Diese Weiber streiten sich immer noch.« Er musterte mich, das Gesicht vor Verblüffung verzogen. Vielleicht lag das daran, daß eins der Weiber seine Frau war. Er schüttelte den Kopf und drehte sich wieder nach dem Lärm der von neuem laut gewordenen Stimmen um. Er schloß unvermittelt die Tür und kam auf mich zu.

»Ich hätte ja nichts dagegen, wenn sich zwei Frauen um mich prügeln«, sagte er mit einem Zwinkern, »aber bloß dann, wenn ich nicht tot wäre.«

»Wissen Sie, wo eine Tortenplatte ist, Mr. Harrington?«

»Nein. Aber tun Sie besser, als ob Sie alle Hände voll zu tun hätten. Sie kommen.«

Mit diesen Worten fing er damit an, Schranktüren aufzumachen und scheppernd herumzuhantieren, als suche er tatsächlich nach einer Platte oder einem Glas. Ich stand mit der Torte da und kam mir blöd vor, als Weezie und Elizabeth in die Küche platzten.

Elizabeths Stimme war laut und immer noch feindselig. Sie sagte: »Wer ist hier vulgär?«

Dann blieben beide stehen, erschrocken darüber, daß Brian und ich sie mit offenem Mund anstarrten. Brian umklammerte eine Auflaufform, mit dem Boden nach oben, und ich balancierte die Torte. Weezie wandte ihr schmales, gleichmäßig gebräuntes Gesicht in Brians Richtung. Mit der silberblonden Mähne, den langen, glänzenden scharlachroten Nägeln und in dem engen hellbraunen Hosenanzug sah sie wie ein Puma aus, der zum Zuschlagen bereit ist.

»Was zum Teufel ist hier los?« wollte sie wissen.

»Schätzchen, laß –«

»Mrs. Harrington –«

»Ruf mich nicht an«, unterbrach Elizabeth wütend Brians und meine Erklärungsversuche. Sie legte den Kopf mit der wilden blonden Krause schief und schaute Weezie an. Sie hatte den verhärmten Ausdruck, den Vegetarier durch Mangelerscheinungen bekommen. Ich wollte auf sie zugehen, etwas über Philip zu ihr sagen, aber ihre Wut auf Weezie lähmte mich. »Ruf mich nicht an«, sagte sie zu Weezie und stach mit dem Finger in die Luft, »schreib mir nicht, hetz deine Freunde nicht auf mich. Laß mich und das Andenken meines Bruders in Ruhe, hast du kapiert?«

»Warum hörst du mir denn nicht zu?« kreischte Weezie, aber Elizabeth war herumgewirbelt und hinausmarschiert. Während wir drei dastanden, brauste ihr Lieferwagen die Sam Snead Lane hinunter.

»Schätzchen«, sagte Brian Harrington, »wie wär's mit einem Drink?«

»Nein, danke«, sagte Weezie knapp. »Ich habe eine kleine Überraschung für Goldy«, sagte sie. Ein glänzender Nagel zeigte auf mich. »Sagen Sie mir Bescheid, wenn Sie mit den Vorbereitungen fertig sind«, befahl sie, ehe sie abzog. Sie schaute weder mich noch ihren Mann an. Als sie lautstark die Flurtreppe hinaufging, musterte Brian mich reumütig.

»Möchten *Sie* einen Drink?«

»Nein, danke«, sagte ich. Er tat mir leid. aber ich wußte, wenn ich auch nur einen winzigen Schluck trinken würde, wäre ich angesichts dessen, was mir mein Exmann vorhin über Weezie und Philip erzählt hatte, und der bevorstehenden Schwierigkeiten mit den Pettigrews in Versuchung, meinen Kummer in einem Faß zu ersäufen. »Vielleicht später«, fügte ich mit mehr Mitgefühl hinzu, als ich beabsichtigt hatte. »Nach der Party.«

»Oh?« Er bedachte mich mit einem Blick. Mit einem angedeuteten Lächeln und hochgezogenen Augenbrauen fragte er: »Bleiben Sie nach der Party?«

Wie war ich nur in das hier hineingeraten? Ich hatte von Brian Harrington gehört. Ich hatte gesehen, wie er sich zu meiner Aerobiclehrerin beugte und Fragen stellte: »Wo genau sind die versteckten Stellen? Zeigen Sie mir den Muskel, wenn ich mich in der Hocke umdrehe. Oh«, sagte er dann, »ich bin mir nicht sicher, daß ich bei dieser Skiübung die Achillessehne auch richtig anspanne. Legen Sie die Hand darauf.«

Ob ich nach der Party blieb? Ha. Ich gab keine Antwort, sondern stellte die Torte vorsichtig auf der Arbeitsfläche ab. Meine Arme schmerzten. Dann stöberte ich in einem Schrank, bis ich wunderbarerweise eine Tortenplatte aus Kristall fand. Das Gefühl der Gereiztheit stieg in mir hoch. Zum Arbeiten mußte ich allein sein. Dabei spielte es keine Rolle, daß es seine Küche war.

Ich sagte: »Ich bleibe zum Saubermachen. Hat Mrs. Harrington eine Salatschüssel, die ich heute abend verwenden soll? Ich muß jetzt wirklich mit der Arbeit anfangen.«

»Oh, bestimmt. Vermutlich ist die Schüssel irgendwo hier.« Er rührte sich nicht vom Fleck, sondern musterte mich unverwandt mit dem anzüglichen Lächeln.

Ich schürzte die Lippen, ahmte eine unzufriedene Lehrerin nach, so gut ich konnte, und stemmte die Hände in die Hüften.

Brian Harrington zog wieder die Brauen hoch und sagte: »Bin ich entlassen?«

»Tut mir leid. Ich muß beim Arbeiten allein sein.«

Er blieb wie angewurzelt stehen, während ich mich auf die Suche nach einer Schüssel machte. Er sagte: »Sie sind mit Philip Miller ausgegangen, stimmt's?« Ich schlug Schranktüren zu und nickte kurz angebunden. Er fuhr fort: »Haben Sie gehört, daß seine Schwester was darüber gesagt hat, er hätte seinen Körper der Wissenschaft vermacht?«

Ich entdeckte oben auf dem Kühlschrank eine Salatschüssel und legte sie mit Küchenpapier aus. »Er hat nicht mit mir darüber gesprochen, daß er ein Organspender war. Wenn es Ihnen nichts ausmacht, möchte ich lieber nicht darüber reden.« Während ich das sagte, schepperte ich auf der Suche nach Servierbesteck in den Schubladen herum.

»Äh . . .«, fing er an.

Was in aller Welt war mit dem Mann los? Ich seufzte, damit er merkte, wie ungehalten ich war, und sagte: »Was gibt es denn?«

Er lächelte. »Kommt Sissy Stone heute abend?«

»Wenn ich es Ihnen sage, lassen Sie mich dann arbeiten?«

»Ja, du niedliches Ding, du.«

Ich griff nach der Torte und ging schnell zum Kühlschrank. Ich sagte: »Sissy kommt heute abend.«

Ich spürte, daß er sich in meine Richtung bewegte. Er murmelte: »Diese Torte sieht ja zum Fressen aus.«

Ich räusperte mich und machte mit Ellbogen und Knie die Kühlschranktür auf. Wenn ich mich nicht so stark konzentriert hätte, wäre mir aufgefallen, wie nahe er mir war. Plötzlich knabberten kühle Lippen an meinem Nacken.

Er küßte mich.

Ich ließ die Torte fallen.

Das Kristall barst mit einem ohrenzerreißenden Knall. Die Moussefüllung spritzte wild in die Gegend, wie Sahne und Schlamm, die sich über den ganzen Boden ergossen. Kuchenklumpen rutschten in alle Richtungen. Der Schokoladenguß brach wie Ziegel.

»Idiot!« brüllte ich.

Brian musterte die Schweinerei ruhig. »Tut mir leid, meine Liebe«, sagte er milde. »Sie hätten vorsichtiger sein sollen.« Er glitt aus der Küche.

Ich schaute mich um. Ich glaube, ich suchte nach einem Seil. Von der Art, mit der man Menschen erwürgt. Ich schrie hinter ihm her: »Und was soll ich jetzt zum Nachtisch servieren?«

Nachdem ich zwanzig Minuten lang Mousse, Kristall und Torte beseitigt hatte, marschierte ich zu den Farquhars zurück. Das letzte, was ich jetzt brauchen konnte, war weitere Kocherei.

Ich war außer mir vor Wut. Ich kämpfte darum, mich auf André zu konzentrieren, meinen Mentor in Essensfragen. Als ich in seinem Restaurant in Denver bei ihm gelernt hatte, bogen sich seine Regale unter dem Gewicht von Kochschokolade und duftender Vanilleschoten aus Afrika. Zu Beginn eines Arbeitstages bekam jeder Koch ein Fünfpfundstück Butter. Er sagte nur: »Braucht es auf.« André bestand darauf, zu jeder Portion Konfekt italienische Meringuen zu backen. »Ungeheuer wichtig«, rief er über den Lärm des Rührgeräts hinweg. In der Mittagspause erklärte er das. »Wer fastet, ist für die eigene Willenskraft verantwortlich. Die Gesundheit der Gäste ist nicht euer Problem, euer Einkommen nicht ihres.« Er wollte wissen: »Habt ihr eine Ahnung, wie wichtig der letzte Gang ist? Er bleibt in der Erinnerung und auf der Zunge haften.«

Was bewirkt das am besten?

Schokolade. Trotz meiner Wut lächelte ich bei der Erinnerung. Der Boden unter meinen Füßen war kalt und schwammig. Eisige Grasfinger schlugen gegen meine Fersen. Ich kam durch das gesicherte Tor und machte in der Einfahrt der Farquhars einen ungraziösen Satz, wich Rinnsalen aus schmelzendem Schnee aus und dachte über die Hauptsache nach.

Ich hatte schon gewußt, ehe Weezie davon sprach, daß Schokolade Gefühlsnahrung für die Kunden war. Ich hatte einen Artikel gelesen, in dem stand, daß Menschen heißhungrig nach Schokolade sind, sie sogar verschlingen, wenn sie einen Geliebten, einen Chef oder einen Ehepartner verloren haben. Weezie hatte mir gesagt, der Verzehr der Speise der Götter, wie die Azteken Schokolade genannt hatten, produziere ein Enzym, das Gefühle erwecke, die dem sexuellen Wohlgefühl ähnlich seien. Kaum zu glauben, daß sie mit einem Mann wie Brian nicht mehr als etwas Ähnliches bekommen sollte.

Ich stapfte in das Haus der Farquhars zurück und kam mir vor wie eine Comicfigur, der Dampf aus den Ohren dringt. Ich machte ein sauberes Handtuch naß und sank in einen eichenen Küchenstuhl. Kompromisse, sagte ich mir, während ich die Stelle auf meinem Nacken scheuerte, an der Brian Harrington herumgeknutscht hatte. Ich warf das Handtuch weg, stand auf und versuchte, an Süßes zu denken.

Zögernd griff ich in den Schrank, in dem das Konfekt, das Julian mir angeboten hatte, aufbewahrt wurde. Ich hatte keine zwei Stunden Zeit, um eine neue Moussetorte zu backen. Es war ein Kompromiß, etwas zu servieren, was ich nicht selbst gemacht hatte, aber das war nicht meine Schuld. Wenigstens hatte ich mich nicht kompromittiert.

Und ich war dankbar für Julians Können, wenn schon nicht für sein Temperament. Ich kostete ein Stück. Dicke Zartbitterschokolade zwischen sonnengetrockneten Kirschen. Die Mischung aus köstlicher, glatter Schokolade und knackigen Kirschen war himmlisch. Ich wußte, daß ich gleichzeitig zwei weitere Nachtische machen konnte. Das Konfekt paßte gut zu Schokoladenplätzchen, und ich konnte außerdem etwas mit Schokoladensplittern zusammenrühren.

Ich suchte in den Schränken der Farquhars nach Zutaten. Ich machte einen Satz, als die Katze zwischen meinen Beinen hindurchglitt. Als ob ich nicht schon genug Probleme hätte, dachte ich herzlos.

Ein paar Wochen, ehe ich eingezogen war, hatte die gutherzige Adele diesen Kater vor dem Zaun am Pool miauen hören. Sie hatte das klapperdürre Tier aufgenommen, und der General hatte es Scout getauft, etwas voreilig, wie ich meinte. Jetzt sprang Scout, dessen weißes, dunkel- und hellbraungeflecktes Fell darauf schließen ließ, daß seine Ahnen aus Siam und Burma stammten, auf die Arbeitsfläche, um zu sehen, was sich tat. Er war ein freundlicher Hausgenosse, den auf Zeitungsanzeigen und eine Meldung beim Tierschutzverein hin niemand hatte zurückhaben wollen. Scout war immer noch zu eingeschüchtert von den Hunden in der Nachbarschaft, als daß er sich ins Freie getraut hätte, und flößte viel Mitgefühl ein.

Jetzt war Scout entschlossen, herauszubekommen, was ich machte, und solange keine Katzenhaare ins Essen kamen, konnte er ruhig zuschauen. Ich bereitete einen Teig für Riegel mit Schokoladensplittern und schob ihn in den Ofen. Zu den Schokoladenplätzchen ließ ich mich von Scout inspirieren. Ich verwendete drei Schokoladensorten, genau das, was man in schweren Zeiten brauchte. Ich war nicht in meinem richtigen Zuhause. Die Katze auch nicht. Scout schwelgte vermutlich in Erinnerungen an ein altes Sofakissen, das er nie wiedersehen würde. Wir marschierten beide weiter, der feindlichen Welt zum Trotz.

Ich machte die oberste Schicht für die Riegel fertig und

schob sie in den zweiten Herd. Die Schokoladenplätzchen sahen wie eine Mondoberfläche aus Schokolade aus, als sie herauskamen. Ich wußte, daß ich sie hätte abkühlen lassen sollen, aber wer bringt das schon fertig? Ich steckte eins in den Mund. Die Dreiermischung aus Schokolade, die mir unter dem Blick der Katze eingefallen war, war unglaublich gut. Um uns beide zu beglückwünschen, taufte ich sie Scouts Schokoladenplätzchen. Als das köstliche dunkle Zeug eben einen himmlischen Schauer auslöste, klingelte das Telefon.

»Hm?« sagte ich mit vollem Mund.

»Miss Goldy?« fragte Tom Schulz. »Ißt du gerade was? Muß ja höllisch gut sein, wenn du es nicht schnell geschluckt hast, damit du dich am Telefon melden kannst.«

»Mm«, bestätigte ich.

»Sag mir Bescheid, wenn du sprechen kannst.«

Ich aß den Rest des Plätzchens, sehnte mich aber nach dem nächsten. Zu Schulz sagte ich: »Ich kann sprechen, vielen Dank. Was willst du?«

»Oho, schon fast wieder die alte.«

Ich sagte: »Möchtest du mir lieber schreiben?«

»Nein, nein«, sagte er, und ich konnte hören, wie er sich vom Telefon wegbeugte und nach etwas griff, was auf dem Papiermeer trieb, das er seinen Schreibtisch nannte. »Okay«, fing er von neuem an, »kennst du eine Sissy Stone? Sie geht in diese Privatschule in Elk Park, kommt nächstes Jahr in die letzte Klasse. Jobbt den Sommer über in der Bibliothek?« Ich murmelte etwas Unverbindliches, und er fuhr fort: »Sie hat ein Praktikum bei Philip Miller gemacht. Was sie im vorletzten Schuljahr so tun. Berufsfindung und so.« Er gluckste. »Der Typ, der mit ihr gesprochen hat, sagt, sie ist ganz schön frostig.«

»Der reinste Schneesturm. Aber ich glaube, sie tut nur so. Sie hat einfach keine Lust zum Reden, wenn jemand vorbeikommen könnte, der bedeutender ist.«

Scouts Schokoladenplätzchen

250 g Süßrahmbutter
100 g Zartbitterschokolade bester Qualität
3 Eßlöffel ungesüßter, dunkler Kakao
190 g Weizenmehl Typ 405
1/2 Teelöffel Backpulver
1 Teelöffel Salz
4 Eier
250 g Zucker
1 Teelöffel Vanilleextrakt
Schokoladensplitter

Backofen auf 190 Grad vorheizen. Butter mit ungesüßter Schokolade im Wasserbad schmelzen, gelegentlich umrühren. Zum Abkühlen wegstellen. Kakao, Mehl, Backpulver und Salz gemeinsam sieben. Eier cremig schlagen, dann unter ständigem Schlagen den Zucker zugeben. Vanille und abgekühlte Schokolade-Butter-Mischung zugeben. Mehlmischung einrühren. Teig auf gebuttertes Backblech (24 x 35 cm) streichen. Schokosplitter darüberstreuen. 30 bis 35 Minuten backen, bis die Mitte fest wird. Abkühlen lassen, dann in 32 Stücke schneiden.

Ergibt 32 Schokoladenplätzchen.

»Oh. Jedenfalls«, fuhr Schulz fort, »hat sie durchblicken lassen, daß sie mit dem jungen Burschen, der bei euch wohnt, was hat. Ich meine, der bei den Farquhars wohnt. Vielleicht könntest du rauskriegen, ob sie mehr über den Seelenklempner weiß. Du weißt schon, auf die freundliche Tour.«

»Das kapier' ich nicht. Warum sollte ich das rauskriegen sollen?«

»Jetzt mach mal halblang, Goldy. Du hast doch darauf bestanden, daß Millers Unfall so seltsam gewirkt hat. Stell ein paar Fragen, warum denn nicht? Sie überprüfen ihn auf Drogen, Teil der Autopsie, weißt du ...«

Mir schauderte.

»... aber manchmal gibt's da noch was Persönliches, was man auf anderen Wegen rausfinden kann. Du bist keine Verdächtige.«

Er brauchte nicht hinzuzufügen: *dieses Mal.* »Du bist meine Freundin, und ich spreche im Vertrauen mit dir. Außerdem macht mir dieser Notruf Sorgen. Du weißt schon.«

Wie üblich wußte ich es nicht.

»Und was kochst du gerade?« fragte er.

Ich gab ihm eine kurze Zusammenfassung von Brians Lustschub und dem Untergang der Torte. Sagte, ich hätte eben Schokoladenplätzchen gebacken, benannt nach der Katze, und ließe Schokoladenriegel abkühlen.

»Warum benennst du denn nicht mal was nach mir?« Seine Stimme klang so harmlos und flehentlich, daß ich nachdenklich die Lippen schürzte.

Er sagte: »Bloß bitte nichts, was mit Schweinefleisch zu tun hat.«

»Das würde mir nicht im Traum einfallen.«

»Bin froh, daß du dich besser fühlst, Miss G.«

Ich lächelte, legte auf und taufte die Schokoladenriegel Tödliche Happen.

Als ich fertig war, arrangierte ich die dicken Plätzchen, die Tödlichen Happen und Julians cremige, dunkle Rechtecke geradezu atemberaubend, wie ich selbst sagen muß, auf einem von Adeles italienischen Holztabletts.

Das Nachtischproblem war gelöst. Ungeklärt war noch, was ich anziehen sollte. Ich schleppte die letzten beiden Kisten mit Essen zu den Harringtons hinüber. Weezie hatte gesagt, sie habe eine Überraschung für mich. Ich hoffte, es handle sich nicht um ihren Mann.

Tödliche Happen

125 g Süßrahmbutter
100 g brauner Zucker
125 g Weizenmehl Typ 405
200 g halbierte Pekannüsse
2 Eier
220 g brauner Zucker
1 Teelöffel Vanilleextrakt
½ Teelöffel Salz
1 Teelöffel Backpulver
Zusätzliches Weizenmehl
Schokoladensplitter

Backofen auf 190 Grad vorheizen. Die ersten drei Zutaten in der Küchenmaschine zu Teig verarbeiten (geht auch mit zwei Messern). Teig auf gebuttertes Backblech (24 x 35 cm) geben. 10 Minuten backen. Abkühlen lassen.

Wenn der Boden abgekühlt ist, Pekanhälften gleichmäßig darüber verteilen. Eier mit braunem Zucker zu dicker Creme schlagen. Vanille zugeben. Salz und Backpulver in Meßbecher geben. Bis zur 50-ml-Marke mit Mehl auffüllen. Eiermischung einrühren. Über den Boden gießen. Schokoladensplitter gleichmäßig darüberstreuen. Bei 190 Grad 20 Minuten lang backen, bis die Mitte fest ist. Abkühlen lassen, dann in 32 Stükke schneiden.

Ergibt 32 Riegel.

Es handelte sich nicht um ihn. Die oberschenkelkurze, dekolletierte Tracht aus schwarzer und weißer Spitze, die Weezie mir hinhielt, machte mich sprachlos. Das war eine französische Kammerzofe in Reizwäsche à la Frederick's of Hollywood. Falls ich es wagte, mich darin beim Servieren vorzubeugen, gäbe es kein Halten mehr.

Ich schüttelte den Kopf und formte stumm das Wort *nein.*

Weezie jammerte. Sie schmollte. Sagte: »Aber ich habe mich eigens nach Ihrer Größe erkundigt!«

»Mrs. Harrington«, sagte ich, als ich endlich wieder Luft bekam. »Ich werde für das Kochen, Servieren und Aufräumen bezahlt. Punkt.«

Sie schaute mich aus zusammengekniffenen Augen an. Dadurch sah sie viel älter aus.

»Ich habe Ihnen doch gesagt, wie wichtig bei Aphrodisiaka *Suggestion* ist«, sagte sie.

»Das hat nichts mit der Kleidung zu tun«, sagte ich gelassen. »Wenn ich das Essen erläutere, suggeriere ich auf verbale Art.« Ich hütete mich davor, *orale* zu sagen.

Sie sagte: »Oh, schon gut«, und stolzierte aus der Küche. Ich schüttelte resigniert den Kopf. Als ich ging, kam Brian Harrington um die Ecke. Hatte er gelauscht? Ich wußte es nicht und wollte nicht fragen. Er bedachte mich mit einem dicken Zwinkern. Ich spielte das rohe Ei, so gut ich konnte, und schlüpfte hinaus.

Ein Tag der Kompromisse, dachte ich, als ich die Brühe für die Klößchen erhitzte. Keine Tracht wie auf dem Aufklappfoto im *Playboy*, keine Reaktion auf den Überfall von Brian Harrington, und das Honorar für heute abend reichte für die ersten zwei Wochen von Archs Sommerunterricht.

Philips Gesicht tauchte wieder vor mir auf. Hungrig? hatte ich gefragt. Heißhungrig, hatte er gesagt.

Ich verdrängte ihn aus meinen Gedanken. Ich war fast fertig. Das Menü stand jetzt.

Nur noch die Blumen fehlten, dachte ich, als ich die Suppe umrührte. Der delikate Duft der köchelnden Brühe lag in der Luft. Duft. Ja. Auf ihrer Liste hatte Weezie mehrere Blumen aufgeführt, die durch ihren Geruch oder ihre Form (ich fragte lieber nicht, was damit gemeint war) für die Tischdekoration geeignet waren. Ich konnte mich nur noch an zwei erinnern, und das letzte, was ich wollte, war eine weitere Belehrung durch Weezie über das Thema Suggestion. Die Bibliothek war geschlossen. Nicht daß ich darauf erpicht gewesen wäre, mit Sissy zu reden, trotz Schulz' Ermahnung, herauszukriegen, was sie über Philip wußte. Deshalb warf ich das Handtuch, rief die Floristin an und mußte erst Lachstürme wegen mei-

Aphrodisisches Diner für sechs

Austern in der Schale mit frischen Zitronen und Limonen

*

Shrimpsklößchensuppe

*

Latugasalat, garniert mit gelben Flaschentomaten, Avocados und gegrillten Pilzen; Dijonvinaigrette

*

Gefüllte Chili-Torte

*

Lammkoteletts mit Kräuterkruste in der Folie

*

Zucchinipüree

*

Verschiedene Brotsorten

*

Schokoladeleckereien vom Tablett

nes Auftrages über mich ergehen lassen, ehe ich auflegen konnte.

Danach nahm ich ein Bad und zog anschließend meine fade weiße Serviertracht mit Schürze an. Eine Welle der Traurigkeit ging durch das Zimmer, als der Sonnenschein blasser wurde. Wenn ich meinen Kopf nicht mit Arbeit beschäftigte, strömte der Schmerz herein. Ich legte mich aufs Bett und schaute zu, wie die Bergschatten über Denver länger wurden.

Vielleicht hätte ich nicht damit anfangen sollen, mit Philip Miller auszugehen. Noch mehr als ihn vermißte ich die Zeiten, in denen ich die Abende allein verbracht hatte, ohne mich einsam zu fühlen. Ich hatte mich mit anderen Dingen beschäftigt: Arch bei den Hausaufgaben geholfen, mit Marla gesprochen, Rezepte ausprobiert, während ich Jazz hörte. Durch Philips liebevolle Gegenwart, dadurch, daß er die Erinnerungen und Hoffnungen heraufbeschwor, die ich vor fünfzehn Jahren gehabt hatte, waren mir diese ganzen Aktivitäten auf einmal viel weniger wichtig vorgekommen. Auch Schulz war ein Fragezeichen, weil er sich in die Polizistenrolle zurückgezogen hatte. Jetzt erstreckten sich die künftigen Abende so vor mir, wie sie gleich nach der Scheidung gewesen waren: leer.

Ich legte das letzte Requisit fürs Geschäft an: dicksohlige Laufschuhe, in denen ich servierte. Dann ging ich schnell zu den Harringtons hinüber. Ein aphrodisisches Bankett war nicht der richtige Anlaß, sich in Herzeleid zu verzehren. *Wer schaffen will, muß fröhlich sein. Reiß dich zusammen, sei glücklich, amüsier dich.*

Brian und Weezie Harrington hatten die Tür für mich offengelassen. Sie waren nirgends zu sehen. Oben lief Wasser, gingen Schranktüren auf und zu, und hin und wieder gab es Zurufe zwischen den Zimmern. Ich konnte es kaum erwarten, bis ich zu sehen bekam, was Weezie trug. Ich heizte den Backofen für die Chili-Torte vor und brachte die Suppe zum Köcheln. Ich hatte Glück gehabt, daß ich die Austern bekommen hatte. Jetzt sah ich alles vor mir: die sinnliche Aktivität des Aushebens, das Schluckgeräusch, das Fingerlecken. Tom Jones, da wirst du blaß vor Neid.

Weezie hatte mir gesagt, ich solle von einem Sideboard neben dem Eßzimmertisch servieren. Ich stellte Tabletts und Eiskübel für den Innenhof und das Eßzimmer bereit; dann kümmerte ich mich um die Getränke: Champagner, Chardonnay zur Vorspeise, Cabernet Sauvignon zum Lamm, Sekt zum Nachtisch. Ich hatte Weezie zartfühlend darauf hingewiesen, Kaffee nach dem Essen könne bei reiferen Menschen die Libido stärken. Manchmal überwältigt es mich, wie taktvoll ich bin.

Der Messingklopfer der Harringtons hallte im Haus wider – Sissy und Julian. Beide Teenager sahen aus, als ob ihnen äußerst unbehaglich zumute wäre, die Gesichter gerötet, vom Sonnenbrand oder vor Wut. Die späte Sonne warf goldene Lichter auf Sissys perfekt gewelltes braunes Haar. Julians Skalp glänzte wie ein neuer Schrubber. Vielleicht waren sie sauer, weil sie Abendkleidung tragen mußten. Vielleicht hatten sie einen Streit gehabt. Ohne mich weiter mit ihnen einzulassen, führte ich sie in den Innenhof und erklärte, sobald alle versammelt seien, sei Champagner angesagt. Dann bot ich ihnen Bier oder Wein ohne Alkohol an. Schließlich waren sie beide noch minderjährig.

Sie sagten, sie seien beide im Training, besten Dank. Na schön. Die Austern riefen.

Als ich mit einem Tablett voller Rohkost wiederkam, schienen die Teenager ihre Meinungsverschiedenheiten beigelegt zu haben. Sissy hielt ein Kristallglas gegen das Licht, als suche sie nach einem Preisschild. Ich versuchte, mich daran zu erinnern, was ich als Teenager gebraucht hatte, und kam zu dem Schluß, das seien Komplimente gewesen.

»Sie sehen bezaubernd aus«, sagte ich, als Sissy zu einem Goldrandteller für die Rohkost griff und ihn dann umdrehte.

»Buckingham von Minton«, erklärte ich ihr. »Äußerst teures englisches Knochenporzellan.«

Sie sagte: »Und was ist mit dem Kristall?«

»Was? Rechnen Sie aus, was hier zu holen ist?«

Sie fand das nicht komisch. »Es interessiert mich bloß. Diese Gläser sehen teuer aus.«

»Das Muster heißt Stern von Edinburgh. Schottisches

Kristall, das sie, um das Schicksal freundlich zu stimmen, auf der Jacht des Weißen Hauses verwenden. Und nein, billig ist es nicht.« Ich lächelte. »Das Kleid steht Ihnen sehr gut.«

Sie zuckte die Achseln. In der Bibliothek hatte sie unergründlich gewirkt. Dort war ihr vielleicht die Erwähnung von Sexualität peinlich gewesen. Aber falls ihr nichts daran lag, Interesse auf sich zu ziehen, war sie heute abend falsch angezogen. Das gekräuselte weiße Oberteil hatte keine Träger, enthüllte herrlich gebräunte Schultern und mehr als nur den Brustansatz. Der schwarze Minirock umschmeichelte ihre Hüften und Schenkel.

»Danke«, sagte sie.

Julian sagte nichts. Ich fragte mich kurz, ob man durch einen Irokesenschnitt hindurch sehen könne, wie jemand rot wurde.

Nach einer Weile kam Weezie herausgeschwebt. Ein durchsichtiges rotes Chiffongewand umwehte sie. »Oh, hallo, hallo«, flötete sie. Sie blieb wie angewurzelt sehen, als sie Sissy sah. »Hübsches *Kleid*«, sagte sie scharf.

»Das ist Miss Stone«, sagte ich lahm. »Äh, Julians Freundin. Sie arbeitet in der Bibliothek und hat ein Praktikum bei –«

»Ich weiß alles über ihr Praktikum«, sagte Weezie.

»Wie wär's denn mit einem hübschen kalten Drink?« bot ich hastig an, um das Schweigen zu überbrücken.

»Warum nicht?« sagte Weezie in frostigem Ton. »Johnnie Walker Black, ungestreckt.«

So viel zu ihrer Fähigkeit, die Nuancen des Essens zu schmecken. Ich goß den Scotch über einen Berg von Eis und reichte ihn ihr. Aus dem Haus drang eine Welle näherkommender Stimmen. Brian Harrington geleitete den General und Adele auf die Terrasse. Der General sah in einem marineblauen Anzug, der ihm paßte wie eine Uniform, todschick aus. Als er mich sah, ging sein patentreifes faltiges Lächeln über sein Gesicht. Adele, elegant in einem narzissengelben Mantelkleid aus Leinen, ließ Brians Arm los und ging hinter ihrem Gatten her.

»Was haben wir denn da?« fragte General Farquhar, als er die Stufen zur Bar hinunterging. Er griff nach den Schnapsflaschen und musterte die Etiketten, dann nahm er die Stöpsel ab und roch kräftig an jeder.

»Neue Methode, sich einen anzusaufen, General?« fragte Julian.

»Man muß vorsichtig sein, mein Sohn, man weiß nie, was einem vorgesetzt wird«, erwiderte er ernsthaft. Julian verzog den Mund zu einem höhnischen Grinsen, von dem ich nicht recht wußte, ob es freundlich gemeint war. Ich reichte schleunigst die Rohkost herum.

Brian spielte die Rolle des charmanten Gastgebers. Er ließ den Champagnerkorken knallen und schwirrte dann wie eine Biene, die an Blumen nascht, von Gast zu Gast. Weezies immer lauter werdende Stimme zerriß die kühle Abendluft. Als der Champagner ausgeschenkt war, teilten sich der Gastgeber, die Gastgeberin und die vier Gäste in zwei Grüppchen. Brian kümmerte sich um Sissy und Julian, und Weezie hielt sich an die Farquhars. Einmal nickte Weezie mir zu, was ich als Zeichen auffaßte, mit dem Essen anzufangen. Außerdem bemerkte ich, daß sie mehrere verstohlene Blicke in Richtung ihres attraktiven Mannes warf und daß ihre Stimme jedesmal, wenn sie sah, wie Brian näher an Sissy heranrückte, lauter zu werden schien.

Drinnen nahm ich die Chili-Torte aus dem Wärmefach und bereitete die Pilze zum Sautieren vor. Ich hatte die Folienpäckchen mit Lamm in den zweiten Ofen geschoben; die Gäste würden sie am Tisch öffnen. Ich zündete die Kerzen an und rief die Gesellschaft mit zwei winzigen Glöckchen, die Weezie mir zu diesem Zweck gegeben hatte, zum Essen.

»*Suggerieren*«, flüsterte Weezie, als sie in einer Wolke aus Chiffon und süßlichem Parfum an mir vorbeifegte.

»Aye, aye, Captain«, sagte ich vernehmlich.

»Lassen wir die Marinesprache doch beiseite, ja?« sagte der General mit einem Zwinkern.

»Sissy, Liebste«, sagte Weezie, »setzen Sie sich neben mich.«

Nein, wollte ich einwenden, das ist nicht die richtige Sitzordnung ... Aber ich ließ Weezie machen. Sie warf die silberblonde Mähne zurück und plazierte Sissy zu ihrer Linken, den General zu ihrer Rechten. Dadurch saß Adele rechts von Brian und Julian ihr gegenüber, was im Endeffekt durchaus korrekt war. Aber Weezie war es vor allem darum gegangen, Sissy von Brian fernzuhalten, und nicht um die Etikette.

Adele beugte sich vor, um das Gesteck aus weißen Rosenknospen, gefiederten rosa Tulpen und duftenden lila Hyazinthen zu bewundern.

»Was für bezaubernde Blumen, meine Liebe«, lobte Adele. »Sie erinnern ungemein an Liebe.«

»Oh, vielen Dank«, sagte Weezie, ohne das Kompliment an die Partylieferantin weiterzugeben, die sie bestellt hatte. Sie schaute auf und bedachte mich mit einem weiteren vernichtenden Blick, was wohl heißen sollte, es sei an der Zeit, mit dem Suggerieren anzufangen.

»Liebeskost«, begann ich, »hat eine lange, ruhmreiche Geschichte.« Aller Augen waren auf mich gerichtet. Ich griff nach dem Chardonnay und ging um den Tisch herum, füllte beim Sprechen die Kristallgläser. »Im 15. Jahrhundert schrieb der arabische Scheich Nevsawi die erste bekannte Abhandlung über das Thema. Unter anderen Empfehlungen erwähnte er auch eine Reihe von Nahrungsmitteln«, die Weinflasche schwankte über Adeles Glas, als ich eine Pause machte, »die leidenschaftliches Verlangen anregen.«

Ein hörbarer kollektiver Seufzer. Ich servierte die Austern, was allgemein mit Jubel begrüßt wurde, außer von Julian, der an Karotten knabberte und ein verdrossenes Gesicht machte.

»Als nächstes gibt es Shrimpsklößchensuppe«, sagte ich, während ich köstliche kleine Kugeln samt Brühe in die weißgoldenen Teller löffelte. Als ich die Teller herumgereicht hatte, sagte ich: »Der Mythos um Aphrodites Geburt besagt, daß sie auf dem Kamm einer Welle an Land getragen wurde. Das Wort *aphros* bedeutet Schaum. Traditionell hat alles aus dem Meer, Aphrodites Geburtsort, aphrodisische Eigenschaften. Im rohen Zustand enthalten Meeresfrüchte wie Austern Jod, von dem bekannt ist, daß es die Libido steigert.«

»Mm«, sagte Weezie nach dem ersten Löffel. »Eindeutig sinnlich, *n'est-ce pas*?«

Brian schaute seine Frau nicht an, sondern zwinkerte statt dessen Sissy zu. Er kippte den Suppenteller, um das letzte Klößchen aufzufangen, und schlürfte dann lautstark. Nach einer Weile sagte er: »Ich habe von diesem Nevsawi gehört. Er hat, glaube ich, gesagt, unter anderem machen einen Mann ›die Gesichter verschiedener Frauen‹ an. Das kaufe ich ihm ab.«

Sissy sagte nichts, drehte lediglich eine aufwendig verzierte Silbergabel um, um zu sehen, wer sie hergestellt hatte.

»Wenn ein Mann alt wird«, sagte Julian sachlich, »braucht er wahrscheinlich verschiedene Frauen, damit er scharf wird.«

Weezie warf mir einen eisigen Blick zu.

Ich hätte am liebsten gesagt: Das ist nicht meine Schuld.

»Jetzt will ich euch mal was über Austern erzählen«, sagte der General. »Na ja, eigentlich geht es um Perlen. Haben Sie gewußt, daß Mussolinis Geliebte sich entschieden weigerte, Perlen zu tragen, nachdem sie gehört hatte, daß die Nazis damit experimentierten, die Dinger mit giftigen Chemikalien zu präparieren? Das Gift sollte durch die Haut absorbiert werden.«

Adele räusperte sich, was heißen sollte: Sei still.

»Das ist mein Ernst!« rief der General. »Und Ceausescu hat jeden Tag ein Paar neue Schuhe getragen, weil er gehört hatte, daß die CIA Gift durch die Sohlen einführt. Seine Frau ließ sich das Haar nicht bleichen, weil sie gehört hatte, daß man mit Peroxid bloße Nervenzellen foltern kann. Das ist die Wahrheit!«

»General Bo«, sagte Julian, »Sie sind großartig.« Er langte über den Tisch und verflocht die Finger sacht mit Sissys schlaffen. Brian warf einen schrägen Blick auf die verschlungenen Hände der Teenager. Weezie erstarrte sichtlich.

Ich räumte die Teller ab. Ich sagte: »Vielleicht haben Mussolini und Ceausescu nicht gewußt, daß das lateinische Wort für Liebestrank *venenum* heißt. Es heißt außerdem, äh, Gift. Da haben Sie's.«

Aber sie wollten nicht über Gift reden. Während ich die Chili-Torte anschnitt, wandte sich das Gespräch bemüht der Kommunalpolitik zu. Eine Konferenz der Countyratsmitglieder stand bevor, bei der vom Planungsausschuß gebilligte Projekte zur Abstimmung standen. Sissy sagte, ›Schützt unsere Berge‹ werde bei etlichen Anhörungen hinzugezogen.

Adele strahlte sie an. Mir fiel wieder ein, daß ›Schützt unsere Berge‹, eine Bürgerbewegung, die Kreuzzüge gegen Bauprojekte führte, zu Adeles Lieblingsorganisationen gehörte.

Weezie winkte mir, ihr Wein nachzuschenken. »Wo wir gerade über ›Schützt unsere Berge‹ reden, ich habe mich über Philip Millers Unfall so aufgeregt. Ich kann mir nicht vorstellen, warum er so gefahren sein soll. Er kam mir so vernünftig vor. Ich frage mich, ob er Probleme hatte.«

Ich ließ das Messer ruhen. Mein Rücken war den Gästen zugewandt. Sie konnten nicht wissen, wie aufmerksam ich zuhörte.

»Probleme?« sagte Sissy. »Dr. Miller hatte überhaupt keine Probleme. Die Probleme hatten seine Patienten.«

Brian sagte gierig: »Hat er mit Ihnen über seine Patienten gesprochen?«

Während ich die beiden letzten Tortenstücke schnitt, kam ich zu dem Schluß, daß dieser Gastgeber eindeutig nicht ganz dicht war. Wie kam er dazu, Sissy eine derartige Frage zu stellen? Als ich mich umdrehte, schauten alle mich an.

Brian sagte: »Hat er mit *Ihnen* über seine Patienten gesprochen?«

Ich machte eine Pause und schloß die Augen. »Falls ja«, sagte ich, »kann ich mich nicht daran erinnern. Er war diskret.«

»Es tut mir so leid, daß Goldy die Zeugin dieses Unfalls sein mußte«, sagte General Bo. »Schrecklicher Schock.«

»Ja«, sagte ich knapp. »Wer möchte ein Stück Torte?« Die dampfenden Stücke machten die Runde. »Eier«, fing ich wieder an, »wie auch Käse stehen in dem Ruf aphrodisischer Eigenschaften, weil sie mit Fruchtbarkeit in Verbindung gebracht werden. Und Pfefferschoten werden mit den südlichen Breiten in Verbindung gebracht–«

»– von denen wir alle wissen, was dort während der Siesta getrieben wird«, schloß Brian.

Ein Schweigen entstand. Sissy schaute sich mit großen Augen im Zimmer um. Weezie preßte den roten Chiffon ihres Ärmels zu überflüssigen Falten.

Julian sagte: »Warum erzählen Sie uns nicht, was da getrieben wird? Falls Sie es tatsächlich wissen.«

Adele langte über den Tisch und tätschelte Julians freie

Hand. Brian Harrington beäugte immer noch Julians andere Hand, die auf der Sissys lag.

Brian sagte: »Was für ein interessanter Haarschnitt, Julian. Ich kann mir vorstellen, daß es im Winter ein bißchen kalt wird.«

»Oh, Bri«, plapperte Weezie, »als wir uns kennengelernt haben, hast du das Haar so lang getragen. Du hast dich immer darüber beschwert, daß es dir beim Schwimmen im Weg war.«

»Schwimmen Sie noch, Brian?« fragte Adele.

»Ja, natürlich«, sagte Brian. Er beobachtete, wie sich die Hände der Teenager voneinander lösten und wieder verflochten. Er sagte: »Jedenfalls ist das ein tolles Rührei. Soll ich mehr davon essen, oder gibt es einen richtigen Hauptgang?«

»Ziehen Sie Goldy nicht auf.« Adele sprach mit leichter Schärfe. »Das ist einfach köstlich.«

Es gab ein paar verlegene Mms und Ahs, und ich eilte in die Küche, um den nächsten Gang zu holen, im Vertrauen darauf, daß Grundstücksmakler Lammkoteletts essen. Die Gäste öffneten die Folienpäckchen mit vorsichtiger Feierlichkeit. Alle bis auf die Teenager sprachen dem Cabernet kräftig zu. Aber was auch immer hätte eintreten sollen, es tat sich nichts. Sissy schloß die Musterung aller teuren Dinge in Reichweite ab. Adele fing mit einem langen Vortrag über die Spendenkampagne der Privatschule von Elk Park an. Julian sagte nichts. Der General aß wortlos, nachdem ihn Adele zum Schweigen gebracht hatte. Weezie kochte. Die einzigen Laute kamen von Brian, der Sissy weiterhin zuckersüße Fragen stellte und ihr seine Aufmerksamkeit zuwandte. Sissy nahm von Brian jedoch nicht mehr Kenntnis als vom Essen.

Zeit für das Finale.

»Und jetzt die Schokolade«, sagte ich schwungvoll, als ich das Tablett hereinbrachte. »Schokolade hat den allersündigsten Ruf, weil das Phenyläthylamin darin dasselbe Gefühl simuliert, das wir durch, äh, sexuelle Lust bekommen –«

»Simuliert oder stimuliert?« fragte der General verwirrt.

»Simuliert?« warf Julian ein. »Wie bewirkt sie das?«

»Sie sind doch hier der Wissenschaftler, mein Lieber«, sagte Adele in ihrem schmeichelndsten Ton. »Warum sagen Sie es uns nicht?«

»Nein danke.«

»Warum sagen Sie es uns nicht?« ahmte Brian die Frage mit hoher Stimme nach.

Mir tat Julian von Herzen leid, weil ich wußte, wie peinlich ihm das sein mußte. Es war wie damals, als ich versucht hatte, die Eltern meiner Kindergottesdienstgruppe dazu zu überreden, daß sie mir erlaubten, die Kinder nach Denver mitzunehmen, damit sie in einer Suppenküche halfen. Das spöttische Gelächter klang mir immer noch in den Ohren.

Aber ich wußte, daß ich es nur schlimmer gemacht hätte, wenn ich Julian zu Hilfe gekommen wäre. Statt dessen konzentrierte ich mich darauf, die Platte mit Süßigkeiten und die Gläser mit Sekt nachzufüllen. Weezie hielt ein Stück Konfekt hoch und murmelte Julian zu: »Ich hoffe, Adele hat Ihnen gesagt, daß Brian ganz verrückt danach ist.« Julian ignorierte sie.

Als die Tortur endlich vorbei war und sie auf der Terrasse ihr Täßchen Mokka tranken, spülte ich so leise wie möglich das Geschirr. Nach kurzer Zeit hörte ich ein Rascheln im Flur: Sissy und Julian. Ich stürzte hinter ihnen her.

»Danke«, sagte ich mit gedämpfter Simme, als ich sie an der Haustür einholte. »Es war nett von Ihnen, daß Sie–«

Aber ehe ich aussprechen konnte, warf Julian, der

meinem Blick ausgewichen war, die Haustür mit solcher Wucht hinter sich zu, daß der Klopfer knallte, *klack, klack.*

»– gekommen sind«, sagte ich ins Leere.

Nicht viel später geleitete ich die Farquhars hinaus. Ich sagte ihnen, in etwa einer halben Stunde sei ich drüben. Als ich die letzten Tassen holte, hörte ich Brian Harrington auf dem Wohnzimmersofa schnarchen.

»Lassen Sie ihn«, sagte Weezies erbitterte Stimme hinter mir. »Soll er doch mit Rückenschmerzen aufwachen, mir ist das egal. Beim Schwimmen im Club wird er die wieder los.«

»Das mit heute abend tut mir leid«, sagte ich. »Vielleicht beim nächsten Mal –«

»Dann wird es ein Diner für zwei«, sagte Weezie durch zusammengebissene Zähne hindurch. »Und wir versuchen es mit einem stärkeren *venenum.*«

Am Sonntag versuchte ich die Ereignisse des Vorabends aus meinem Kopf zu verdrängen. Philip fehlte mir, und ich wußte noch nicht, wann die Beerdigung sein würde. Die Farquhars, die meine Niedergeschlagenheit spürten, luden mich ein, mit ihnen in die Kirche zu fahren und dann den Nachmittag im Country Club zu verbringen. Die Einladung zum Kirchgang nahm ich an, aber den Nachmittag im Club lehnte ich höflich ab. Auf meinem Kalender standen zwei bevorstehende Großereignisse. Das erste war ein Barbecue am folgenden Tag, Montag, den 6. Und dann kam der Hochzeitstag der Farquhars, eine Kocherei für sechzig Personen, am Dienstag, dem 14. Bei dem ganzen Durcheinander in meinem Leben hatte ich es nicht geschafft, für die erste Party zu kochen und für die zweite zu planen, deshalb hatte ich jede Menge Arbeit vor mir.

Ehe wir in die Kirche fuhren, brachte ich Bohnen zum Köcheln, schob Rippchen mit hausgemachter Barbecuesauce in den Ofen; dann bepinselte ich Hühner mit Butter, ehe ich sie auf dem Drehspieß vorgrillte. Als die Farquhars mich nach dem Gottesdienst absetzten, hätte man auf dem schweren Geruch nach bratendem Fleisch in die Küche segeln können.

Ich knetete Teig für die Brötchen und fragte mich, warum am Vorabend alles danebengegangen war. Das Essen hatte einer Hochzeit geähnelt, die ich einmal ausgerichtet hatte, wo drei Viertel der Familienmitglieder nicht miteinander redeten. Auf dem Tanzboden und am Büfett wurden ausgeklügelte Manöver veranstaltet, um Blickkontakt oder Gespräche zu vermeiden. Als das Fest vorbei war, kam ich mir vor wie ein ausgewrungener Spüllappen.

Und die Unverschämtheit von Brian Harrington, mich zu fragen, ob Philip mit mir über seine Patienten gesprochen habe! Ich drückte hart zu, während ich knetete. Vielleicht hatte er jetzt das Gefühl, er müsse mich bei jeder Gelegenheit demütigen, weil sein Flirtversuch ein so böses Ende genommen hatte.

Als der Brötchenteig seidenglatt war, butterte ich eine Schüssel, drehte den Teigklumpen um, bis Butter die Oberfläche überzog, und stellte den Teig dann zum Gehen beiseite. Ich setzte neue Kartoffeln für Kartoffelsalat zum Kochen auf, dann schnitzelte ich Berge von Kohl, Karotten und Zwiebeln für Krautsalat. Als beide Salate zu vollkommenen, cremigen Hügeln vermischt waren, deckte ich sie zu und stellte sie in den Kühlschrank, ehe die Versuchung, mich über sie herzumachen, überwältigend wurde. Während ich das Menü für die Hochzeitstagsparty zusammenstellte, stieg ein Seufzer in mir auf. Ich schaute auf die Uhr. Fünf.

Für die meisten Menschen auf der Welt war jetzt Cocktailstunde. Die üble Stimmung vom Vorabend hing noch über mir wie eine Depression. Mir war zumute, als ob ich versagt hätte. Und mir fehlte Philip. Mir fehlte Arch. Zum Kuckuck, sogar Schulz fehlte mir.

Als ich mit dem Kochen und dem Menü fertig war, ging ich ins Wohnzimmer hinüber. Mein Blick heftete sich auf Adeles Kristallschale mit einzeln verpackten Lindorpralinen, Mozartkugeln und Pfefferminzkonfekt aus London. Ich fühlte mich schlecht. Adele hatte mir mehrmals gesagt, ich solle mich bedienen. Ich setzte mich auf die Couch und griff nach der Schale.

Salat aus neuen Kartoffeln

12 neue Kartoffeln, in der Schale nicht zu weich gekocht (15 bis 20 Minuten)
Etwa 200 ml erstklassige Mayonnaise (am besten hausgemacht)
Schlagsahne
½ Teelöffel Salz
Weißer Pfeffer nach Geschmack
Etwa 2 Teelöffel feingehackter frischer Dill
2 Knoblauchzehen, gehackt

Kartoffeln abkühlen lassen und vierteln. Mayonnaise leicht mit Sahne verdünnen. Salz, weißen Pfeffer, Dill und Knoblauch zugeben. Abschmecken, eventuell nachwürzen. Kaltstellen.

Ergibt 4 Portionen.

Wenn man eine eingewickelte, importierte Praline auspackt, ist das ein Augenblick wie am Heiligen Abend. Das Wasser läuft einem im Mund zusammen. Das Knistern des Papiers, das Blitzen der bunten Folie ist eine Qual. Man glaubt, wenn man diese Praline nicht in den nächsten fünf Sekunden in den Mund bekommt, muß man sterben.

Die erste Mozartkugel fiel wie ein glattes, dunkles Bällchen vom Himmel in meine Hand. Ich biß ganz langsam hinein. Als die Schokolade schmolz, schloß ich die Augen und wartete auf das Nirwana.

Und oh, es kam. Wenn man sich Schokolade auf der Zunge zergehen läßt, dringt die dunkle, cremige Süße in alle Sinne ein. Das Entzücken wandert warm das Rückgrat entlang. Die Ohren klingeln. Man muß *Mmmm* sagen, weil man einfach nicht anders kann. Manche Leute sagen, der Geschmack von Schokolade sei das Zweitbeste im Leben. Ich halte es für fraglich, daß er nur das Zweitbeste ist.

Ich aß noch zwei Kugeln, dann zwei Lindorpralinen und schloß mit mehreren Stücken Pfefferminzkonfekt, deren wolkige Weichheit sich jeder Schilderung entzieht. Das war mein Abendessen gewesen. Arch und die Farquhars würden spät nach Hause kommen. Julian war bei einem Rockkonzert. Ich räumte den Haufen zerknitterten Einwickelpapiers weg und beschloß, ins Bett zu gehen. Ich war erschöpft, und als ich mich zwischen die Laken kuschelte, tröstete ich mich mit dem Gedanken, daß man von Schokolade wenigstens keinen Kater bekommt.

Träume von Mozarts Gesicht auf dem Einwickelpapier der Kugel weckten mich am Montag bei Sonnenaufgang. Wolken von der Farbe verwaschener rosa Krinolinen überzogen den östlichen Horizont. Vor meinem Fenster gaben Vögel ein vielstimmiges Konzert. Schön, aber zu früh. Trotz der vereinten Anstrengungen der fliegenden Philharmonie konnte ich bis sieben weiterschlafen, als Tom Schulz anrief.

Auf meine benommene Begrüßung erwiderte er: »Faulheit gehört zu den sieben Todsünden.«

»Mord auch? Das habe ich nämlich mit dir vor, wenn du mich noch mal mitten in der Nacht anrufst.«

»Soll ich später noch mal anrufen?«

Ich sagte ihm, ohne Kaffee sei ich zu gar nichts imstande; ich riefe zurück, sobald ich etwas ganz Schwarzes intus hätte – wie ich hoffte, innerhalb von fünf Minuten. Ich schlich die Treppe hinunter und stopfte eben ein Kaffeemaß für doppelten Espresso in den Einsatz der

Espressomaschine, als der Bewegungsdetektor losschrillte.

Eine schnelle Überprüfung ergab, daß die entdeckte Bewegung meine war. Kein Koffein, kein Gedanke: Ich hatte vergessen, die Anlage auszuschalten. Vielleicht war ich doch verkatert. Sobald der Alarm aus war, entschuldigte ich mich über die Gegensprechanlage beim gesamten Haushalt, rief beim Sicherheitsdienst von Aspen Meadow an und bat darum, die Automatik zu unterbrechen; dann stellte ich die Anlage ab. Mit zitternden Händen setzte ich mich an den Küchentisch, trank den Schaum vom Espresso und wartete, bis mein Gehirn wieder funktionierte, ehe ich Schulz' Nummer drückte.

»Geht's dir besser?« wollte er wissen. Seine Stimme klang weiter weg als vorhin. Vielleicht hatte der Alarm meinen Ohren geschadet.

»Nein«, sagte ich wahrheitsgemäß. »Hör zu. Am Samstag abend habe ich mein erstes aphrodisisches Abendessen ausgerichtet. Es war ein Fiasko. Über Sissy habe ich nur herausfinden können, daß Brian Harrington, der um die Fünfzig und verheiratet ist, offenbar einen Narren an ihr gefressen hat.«

»Oh«, sagte er, »laß bloß den guten Teil nicht aus! Was war mit dem Essen? Haben die Aphrodisiaka gewirkt? Ich meine, natürlich nicht bei dir, schließlich warst du ja beruflich tätig und so –«

Ich seufzte und wickelte das Telefonkabel um den Finger, während ich mich fragte, ob ich dadurch einen weiteren Alarm auslösen könnte.

Ich sagte: »Ich habe ihnen erzählt, was das Essen angeblich bewirken soll. Aber das ist nicht eingetreten. Ehrlich gesagt, eher das Gegenteil. Als ich gegangen bin, war Brian Harrington auf der Couch eingeschlafen.«

»Allein, nehme ich an.«

»Allein.«

»Klingt nicht so, als ob deine Aphrodisiaka ein toller Erfolg gewesen wären, Miss G.«

»Ach, vom wissenschaftlichen Wert war ich sowieso nie überzeugt. Vermutlich ist nicht mehr dran als Suggestion.«

»Ganz ähnlich wie bei den Psychologen. Die suggerieren eine Menge, bloß nicht, wie man sich vor Gericht einigt.«

Ich machte eine Pause, dann erzählte ich ihm, daß es ein Mordstheater zwischen Weezie und Philips Schwester Elizabeth gegeben hatte. Ich fügte hinzu: »Und da ist noch was. Weezie Harrington hat gewußt, daß Sissy ein Praktikum bei Philip Miller gemacht hat. Und Philip hat sich vielleicht heimlich mit ihr getroffen«, schloß ich lahm. »Mit Weezie, meine ich.«

Schulz stieß eine Spur zu laut die Luft aus. »Und hat die Partylieferantin der Stadt mit ihr betrogen? Ich weiß, daß Miller Kontakt mit den Harringtons hatte, wenn auch nicht unbedingt auf freundschaftlicher Basis. So ein Gerücht, das in der Stadt die Runde macht; brauch' noch Einzelheiten. Über Weezie Harrington und Miller im besonderen hab' ich nichts gehört, aber das überprüfe ich auch. Hat er dir irgendwas erzählt?«

»Wer, Philip? Was zum Beispiel?«

»Irgendwas Merkwürdiges. Irgendwas, das nicht ins Bild paßt.«

Ich sagte: »Ich glaube nicht.«

»Denk drüber nach, vielleicht weißt du mehr, als du glaubst. Ruf mich im Lauf der Woche mal an.« Als er auflegte, folgte ein zweites Klicken, und ich fragte mich kurz, ob die CIA General Bo überwachte.

Ich hantierte in der Küche herum und machte Frühstück. Bei der Kälte draußen war warmes Brot angesagt. Für Archs Vorschule hatte ich ein Rezept entwickelt, das die Kunden besonders ins Herz geschlossen hatten. Vielleicht glaubten die Leute, wenn sie etwas mit dem Namen Montessori-Muffins aßen, würden sie gleichzeitig etwas lernen. Essen kann ein Ersatz für so vieles sein.

Ich holte Vollweizenmehl und Melasse heraus und hackte Pflaumen. Ich nahm an, Schulz habe das Recht, ohne Abschied aufzulegen. Nachdem mein Geschäft im letzten Jahr fast ruiniert gewesen wäre, waren wir miteinander ausgegangen. Aber nicht lange.

Ich schlug ein Ei auf und verrührte es mit Öl und Milch.

Schulz war weiß Gott aufmerksam gewesen. An meinem Geburtstag, an Archs Geburtstag, an Julia Childs Geburtstag hatte er Karten geschickt mit Bildern von Mäusen, die Cookies fraßen, Kaninchen, die Karottenkuchen verschlangen, französischen Pudeln, die durch Pommes frites tanzten. Am Valentinstag kam die luxuriöseste Pralinenschachtel, die ich je bekommen hatte. Für dieses Geschenk hatte ich mich schriftlich bedankt. Als er anrief, sagte ich ihm, Arch packte jeden Tag eine sorgfältig eingewickelte Praline in seine Essensbox.

»Und du?« hatte er gefragt. »Magst du sie auch?«

»Natürlich«, hatte ich vorsichtig gesagt. »Sie sind herrlich.« Und dann hatte ich ihn mit der Ausrede, ich hätte einen dringenden Auftrag, abgewimmelt.

Schließlich hatte er die gefürchtete Frage gestellt: Wie soll es mit uns weitergehen? Wie hätte ich sagen können, ich wisse es nicht? Wie hätte ich sagen können, hör auf, so nett zu mir zu sein? Wie hätte ich zugeben können, daß ich gegen die Vorstellung anlief, die erste Frau mit Bindungsangst zu sein?

Es gibt viele Möglichkeiten für das schlechte Ende einer Beziehung, dachte ich, als ich die trockenen und die feuchten Zutaten vermischte. Tod. Scheidung. Über letztere wußte ich alles. Aber ich hatte die Beziehung zu Schulz absichtlich verkümmern lassen, bis nur noch we-

Montessori-Muffins

500 g Vollweizenmehl
2 Teelöffel Backpulver
½ Teelöffel Salz
200 g entsteinte, gehackte Pflaumen
1 Ei, geschlagen
50 ml Öl
100 ml Melasse
300 ml Milch

Backofen auf 200 Grad vorheizen. Vollweizenmehl, Backpulver, Salz und Pflaumen in einer Schüssel vermischen. Ei, Öl, Melasse und Milch in einer zweiten Schüssel verrühren. Beide Mischungen vermengen. Auf ein gefettetes Muffinblech oder in 12 Muffinförmchen löffeln. 20 bis 25 Minuten backen, bis nichts mehr hängenbleibt, wenn man mit einem Zahnstocher in ein Muffin sticht.

Ergibt 12 Muffins.

nig übriggeblieben war. Wir waren gewesen wie der heiße Kakao, der in Skigebieten verkauft wird. Für anderthalb Dollar spuckt der Automat zunächst dunklen, dicken Sirup in eine Tasse. Diese Flüssigkeit verwandelt sich allmählich in eine Mischung aus Kakao und heißem Wasser. Bald kommt nur noch heißes Wasser, gleich darauf tropft es nur noch. Man wünscht sich, daß der Kakao weiterströmt, aber das tut er nicht.

Das hätte ich Schulz am Valentinstag sagen sollen. Ich war der Aufgabe einfach nicht gewachsen gewesen. Und dann vergingen eine Woche, ein Monat, drei Monate; seine Anrufe wurden seltener, und ich hörte den Sirenengesang einer geheimnisvolleren Beziehung, der zu Philip.

Ich schob das Muffinblech in den Ofen. Als ich die Backuhr einstellte, hörte ich, wie Julian klatschend seine

Bahnen schwamm. Ich kochte eine Kanne Kaffee für ihn. Nicht daß ihm etwas daran gelegen hätte oder er dankbar sein würde, da war ich mir sicher.

Arch kam mit einer großen Einkaufstüte in die Küche. Er sah schläfrig aus, was oft der Fall war, wenn er ein Wochenende mit dem Kotzbrocken verbracht hatte. Die Brille war ihm die Nase hinuntergerutscht, aber mir fiel auf, daß er einen sauberen, nicht zerknitterten Sweatsuit anhatte. Daß ich ihn nach einer Abwesenheit von nur zwei Tagen wiedersah, drückte mir aufs Herz.

Er schaute auf, schob sich die Brille hoch und musterte mich aus vergrößerten braunen Augen. Er sagte: »Du siehst müde aus, Mom.«

»Du projizierst.«

»Oh. Ich weiß nicht, was das heißt.« Er wühlte in der Tüte.

»Tut mir leid. Das heißt nur, wenn du müde bist, meinst du, ich bin es auch.«

Er gab keine Antwort, sondern holte eine Zeitung aus der Tüte.

Ich sagte: »Was ist das?«

»Das wirst du gleich sehen.«

Ich halbierte dicke Orangen und entsaftete sie mit der elektrischen Presse der Farquhars. Ich goß den dicken Saft in eine Karaffe von Waterford, die die Explosion im Garten überlebt hatte. Der Summer für die Muffins ertönte. Als ich sie zum Abkühlen auf ein Gitter gestellt hatte und mich umdrehte, goß Arch den frischen Saft vorsichtig in die Zeitung.

Ich ächzte. Keine Reaktion. Ich gab mir große Mühe, nicht aus der Haut zu fahren, als der letzte Tropfen in die zusammengefaltete Zeitung floß, und sagte: »Bitte. Was machst du denn da?«

Er sagte: »Ich experimentiere«, ohne mich anzuschauen.

Dann schaute er mich an. Er entfaltete schwungvoll die Zeitung, blätterte sie sorgfältig auf, um zu zeigen, daß es nur eine Zeitung war. Keine Flüssigkeit, kein Fleck. Dann faltete er sie mit Nachdruck wieder zusammen. Er senkte das Kinn, bedachte mich mit einem weiteren wissenden Blick über den Brillenrand hinweg und goß den Saft aus der Zeitung in die Karaffe zurück.

»Na, toll!« sagte Julian von der Küchenschwelle her, wo er, unbemerkt von mir, gestanden und zugeschaut hatte. Julian hielt das Handtuch in der einen Hand und klopfte mit der anderen begeistert auf die Arbeitsfläche.

Ich lächelte. »Trinken wir den Saft«, sagte ich. »Ich mache frischen für Bo und Adele.«

Als die beiden ihre Gläser geleert hatten, sagte Julian zu Arch: »Willst du diesen Trick deiner Freundin zeigen?«

»Sie ist nicht meine Freundin!« kam Archs hitziger Protest.

Ich sagte: »Entschuldigung?«

Julian warf Arch einen zutiefst reuevollen Blick zu. Dann griff er sich ein Muffin und ging schnell hinaus, mit einer Bemerkung über die Schulter weg. Arch, sagte er, solle in einer halben Stunde fertig zur Abfahrt in die Schule sein.

Ich echote: »Freundin?«

Arch stieß einen tiefen Seufzer aus. Er biß ein Stück Muffin ab. Er schaute mich an und zuckte die Achseln. Sagte: »Weißt du noch, daß ich dir erzählt habe, wie gut Julian dein Essen schmeckt, Mom? Er hat sogar gesagt, er möchte gern Unterricht bei dir nehmen.«

»Wechsle bitte nicht das Thema. Du hast noch nie eine Freundin erwähnt.«

»Sie ist nicht meine Freundin! Ich muß mich anziehen.«

»Du bist angezogen.«

Wieder ein Seufzer.

Ich versuchte es mit einer anderen Taktik. »Du mußt es mir nicht erzählen, wenn du nicht willst.«

Er sagte: »Gut. Ich will nämlich nicht, daß du vierzig Fragen stellst.«

»Wie wär's mit zwei Fragen?«

Er zuckte die Achseln.

»War dein Dad nett zu dir?«

Er nickte.

»Wie ist's in der Schule?«

Seine Wangen liefen rosa an. »Es geht.« Dann stopfte er sich den Rest des Muffins in den Mund und griff wieder in die Einkaufstüte. »Das ist für dich«, sagte er mit vollem Mund. Er gab mir einen dicken gelben Umschlag. Zu meinem Kummer trug er die Aufschrift *Material für die Eltern – bitte sofort lesen.*

»Offenbar reicht es nicht, wenn man den Unterricht bezahlt«, sagte ich, zu niemandem im besonderen.

Adeles Klopfschritt kündigte ihr Kommen an. Ich legte den Umschlag weg, deckte für sie auf dem Eichentisch und schnitt Orangen für frischen Saft auf.

»Mach dich lieber fertig«, sagte ich schnell zu Arch.

»Okay, aber ich muß Adele was fragen.«

»Was?«

»Du wirst es gleich hören.«

Kluges Kind. Arch wußte, daß die beste Methode, das zu bekommen, was er wollte, darin bestand, es zu versuchen, wenn ich in Eile war. Ich nahm Adeles Medikament zur Muskelentspannung aus dem Schrank und drückte die Orangenhälften auf die rotierende Presse. Als ich eben eine neue Karaffenfüllung süßen Orangensaft fertig hatte, tauchte Adele auf der Schwelle auf. Ihr Gesicht war angespannt vom Schmerz der morgendlichen Rükkensteifheit.

Arch sagte: »Guten Morgen, Mrs. Farquhar. Was für ein hübscher Morgenmantel.«

Unglaublich. Arch lernte nicht nur Tricks, er ließ sich vom Kotzbrocken auch in Sachen Charme unterrichten. Auch Adele schaute mich überrascht an. Der glänzende, dunkelblaue chinesische Morgenmantel mit der roten und grünen Stickerei war tatsächlich wunderschön. Erstaunlich war nur, daß Arch das aufgefallen war.

»Oh, vielen Dank«, sagte sie mit einem Lächeln, das die Schmerzfalten linderte. »Der Duft dieser Muffins ist unbeschreiblich.« Adele ließ sich vorsichtig auf ihrem Stuhl nieder.

Arch ahmte die Bewegung nach und setzte sich auf den Stuhl neben ih.

»Mrs. Farquhar?« sagte er, als sie die Tabletten mit kleinen Schlückchen vom Saft genommen hatte.

Sie schaute ihn mit hochgezogenen Augenbrauen an. Als ich einen Schritt näherkam, um meine Hilfe anzubieten, warf mir Arch einen warnenden, finsteren Blick zu. Ich blieb stehen.

»Mrs. Farquhar«, fing er von neuem an, »ich hab mich gefragt, ob es Sie stört, wenn ich ein paar Kinder hierher einlade.«

Wieder ein strahlendes Lächeln von meiner Arbeitgeberin. Ich preßte die Lippen zusammen. Ich wollte nicht, daß Arch mich grinsen sah.

»Eine Poolparty!« sagte Adele begeistert. »Das klingt herrlich. Das machen wir gemeinsam mit unserer Hochzeitstagsfeier.«

»Ich weiß nicht, was eine Poolparty ist«, sagte Arch. »Sie sollen nicht schwimmen. Ich will eine Vorstellung geben.«

»Eine Vorstellung?« sagte ich ungläubig. Das von einem Kind, das seit sechs Jahren nicht mal Blindekuh spielen wollte?

»Was für eine Vorstellung?« fragte Adele. »Ich meine, natürlich ist das wunderbar, Liebes. Aber was willst du machen?«

Arch stand auf. Er griff in die Tüte und ging dann theatralisch zur Küchenschwelle. Er hielt ein Halbdollarstück in einer Hand hoch, zeigte es und ließ es dann verschwinden. Mit der anderen Hand griff er hinter Adeles Ohr, und die Münze tauchte wieder auf. Er schaute uns beide an und verbeugte sich leicht. Dann richtete er sich auf.

Er sagte: »Die Wandershow des großen Zauberkünstlers Archibald.«

»Was für ein frühreifes Kind«, sagte Adele, als sie sich wieder den Muffins und der Teekanne zuwandte, die ich auf den Tisch gestellt hatte. Ich konnte ihren Ton nicht deuten. Und wie immer, wenn sich in diesem Haushalt ein Gespräch anbahnte, klingelte das Telefon. Adele ließ niedergeschlagen die Schultern hängen: die Fesseln der noblesse oblige.

Ich nahm ab und sagte zuckersüß: »Bei Farquhar.«

»Äh, Goldy, die Partylieferantin?«

»Am Apparat.«

»Hier ist das *Mountain Journal.* Am Freitag erscheint eine weitere Besprechung Ihrer Küche, und der, äh, Redakteur hat mich beauftragt, Ihnen zu sagen, daß Sie nächste Woche eine Gegendarstellung schreiben können, wenn Sie wollen. Okay? Ablieferungstermin für Ihren Beitrag ist Mittwoch mittag. Ich muß gleich weg.«

»Wer spricht da? Verbinden Sie mich sofort mit diesem Redakteur, oder ich inseriere nie wieder in Ihrem Blatt.«

Es klickte. Soviel zum Gewicht meiner Stimme als Kundin. Ich legte den Hörer auf. Heute war Montag. Ich hatte vier Tage Zeit, mir wegen der neuen Besprechung Sorgen zu machen, die offenbar nicht glänzend ausfallen würde, und etwas mehr als eine Woche Zeit, mir etwas auszudenken. Im Grunde hatte ich nicht einmal Zeit zum Kochen, geschweige denn dazu, mir Sorgen zu machen, weil in diesem Haus ständig die Telefone klingelten.

Dieses Mal meldete ich mich nicht ganz so zuckersüß. »Bei Farquhar.«

»Ich muß unbedingt mit Adele Farquhar sprechen. Hier ist Joan Rasmussen vom Komitee für den Pool in Elk Park. Es ist ungeheuer wichtig.«

»Aha«, sagte ich und drehte mich mit hochgezogenen Augenbrauen zu Adele um. »Joan Rasmussen vom Poolkomitee.« Adele winkte mit einem halben Montessori-Muffin ab.

Ich sagte: »Mrs. Farquhar ist im Augenblick nicht erreichbar. Sie schwimmt.«

»Manche Leute haben schon einen Pool«, sagte die unbarmherzige Ms. Rasmussen. »Und darf ich fragen, mit wem ich spreche?«

Ich nahm einen geschäftsmäßigen Ton an. »Hier ist Goldy, die Partylieferantin, im Augenblick Köchin im Hause Farquhar. Mein Sohn, Arch Korman, ist Sommerschüler in Elk Park. Soll ich Adele bitten, Sie anzurufen?«

»Ja, das sollen Sie. Aber ich kann auch mit Ihnen sprechen. Als Mutter eines Schülers muß ich Sie davon unterrichten, daß die Eltern dazu verpflichtet sind, an der Spendenbeschaffung für den Pool mitzuwirken.«

»O nein –«

»Haben Sie den Inhalt des Umschlags schon gelesen?«

»Nein, Ms. Rasmussen, ich habe ihn eben erst bekommen –«

»Dann *müssen* Sie es lesen. Und wenn Sie fertig sind, *müssen* Sie in den Geschäften die Runde machen, Spenden sammeln, und dann *müssen* Sie den Geschäftsleuten Aufkleber für die Schaufenster geben –«

Ich sagte: »Hören Sie, Joan, Schätzchen, im Augenblick

muß ich nur eins: weg vom Telefon.« Ich knallte den Hörer auf. Also ehrlich, Leute gibt es.

»Sagen Sie es mir nicht«, sagte Adele. »Ich habe eben Joan Rasmussen als Komiteemitglied verloren.«

»Verlassen Sie sich auf mich«, sagte ich, »das ist kein Schaden.« Ich suchte im Kühlschrank nach dem Essen, das ich gestern für das Barbecue nach Westernart vorbereitet hatte. Als ich mit den letzten Platten wieder zum Vorschein kam, nahm Adele noch eine Tablette. Widerwillig, wie mir schien.

»Goldy«, sagte sie schließlich, »ich weiß, daß Sie andere Sorgen haben. Aber es ist einfach ein so frustrierendes Gefühl, wenn man in dieser Stadt versucht, Spenden zu sammeln. In Washington haben wir so hart daran gearbeitet!« Sie gestikulierte mit der Teetasse. »Dort gab es Komitees für Wohltätigkeitsbälle, Modeschauen, Essenseinladungen, für alles! Alle haben mitgearbeitet! Der Rektor hat gesagt, die Ehemaligen würden uns unterstützen. Das haben sie nicht getan. Die Eltern auch nicht. Ich bin völlig ratlos.«

Ich stellte die Platten ab und setzte mich neben Adele. »Tut mir leid.«

Sie zuckte die Achseln. »Liebes, ich weiß, daß Sie andere Dinge auf dem Herzen haben. Ich weiß, daß Sie wegen diesem Miller durcheinander sind, und natürlich ist da Arch und Ihr Geschäft. Aber wenn ich mir etwas vorgenommen habe, dann mache ich es auch. Ich weiß, daß die Leute hier Geld haben! Aber meinen Sie, ich könnte sie dazu bewegen, im Juni, Juli und August in diesem Komitee mitzuarbeiten? Nein. Der einzige Mensch, der überhaupt etwas tun will, ist Joan Rasmussen, und sie stößt die Leute vor den Kopf. Der Rektor sagt, es sei die falsche Jahreszeit. Es sei schwer, die Leute jetzt zum Arbeiten zu bewegen. Aber warum?« Sie schüttelte den Kopf und trank einen Schluck aus der Tasse.

»Ach, meine liebe Adele«, sagte ich mit einem Lächeln. »Es liegt daran, daß die Einheimischen für die sommerlichen Verdienstabzeichen arbeiten müssen.«

Sie verschluckte sich am Tee. »Für *was?*«

Ich holte mir eine Tasse, goß mir von der hellbraunen Flüssigkeit ein und setzte mich wieder neben Adele. »Das funktioniert folgendermaßen. Sie haben Geld und Sie leben in Colorado. In jedem Sommerurlaub sind Sie dazu verpflichtet, für Ihre Abzeichen zu arbeiten. Manche haben sogar einen Stern.«

»Wie bitte? So was gibt es wirklich?«

Ich schüttelte den Kopf. »Natürlich nicht, obwohl man manchmal ein T-Shirt bekommt.« Als sie immer noch ein verwirrtes Gesicht machte, erklärte ich: »Die Leute in Colorado zählen Ihnen auf, was sie im Sommer geleistet haben, sobald sie Sie im Herbst zu Gesicht bekommen. Sie sagen: *Wie war Ihr Sommer?* Sie rollen die Augen. *Oh! Erst haben wir zehn Viertausender im Staat erwandert.* Verdienstabzeichen für Bergwandern. Wird nur verliehen, wenn man mehrmals viertausend Meter über der Meereshöhe erstiegen hat. *Dann sind wir auf die Flatirons gestiegen, hätten beim Abseilen fast zwei Kinder verloren!* Verdienstabzeichen für Bergsteigen. *Dann sind wir mit dem Rucksack in die abgelegenste Gegend vom Rocky Mountain National Park gewandert und haben dort gezeltet.* Verdienstabzeichen für Camping. *Als wir zurückgekommen sind, haben wir in Vail bei einem Zehnkilometerlauf mitgemacht und bei einem Sechzigkilometer-Radrennen in den Rockies.* Verdienstabzeichen für Laufen und Radfahren, letzteres mit einem Stern.«

Sie grinste. »Und wie steht es mit dem Beobachten von Vögeln? Oder . . .oder . . .mit dem Angeln?«

»So weit war ich noch nicht«, sagte ich gekränkt. »Natürlich bekommt man beim Angeln nur ein Verdienstabzeichen, wenn man mit künstlichen Fliegen fischt. Nur Anfänger benützen einen Köder.«

»Deshalb kann ich also niemanden dazu bewegen, im Komitee mitzuarbeiten. Ich habe gedacht, vielleicht sind die Eltern und die Ehemaligen im Urlaub, aber ich sehe sie in der Stadt.«

»Liebe Adele. Sie haben sie nicht nach ihrem Sommer gefragt! Da brauchen Sie schon beim Zuhören ein Mittel zur Muskelentspannung.«

Adele strich sich mit dem Finger über die Lippen. Schließlich sagte sie: »Ich hab's!« Sie strahlte. »Ein Picknick zur Spendenbeschaffung, bei dem wir Vögel beobachten. Raten Sie mal, von wem beliefert. Wir setzen es diesen Samstag an, sagen, es sei eine improvisierte Angelegenheit.«

Ich ächzte. »Das ist nicht Ihr Ernst.«

»Könnten Sie es in Ihrem Cateringprogramm unterbringen? Gehen Sie davon aus, daß Sie das Dreifache dessen bekommen, was die Zutaten kosten. Das verdopple ich dann, und die Hälfte bekommt die Schule. Könnten Sie es?«

Ich schaute die gelben Küchenfliesen an und rechnete. Ich mußte noch die letzte Rate für meine Alarmanlage bezahlen. Die Kosten für Archs Sommerunterricht hatten ein schmerzliches Loch in mein Budget gerissen. Und dieser Auftrag war besonders einträglich. Ich sagte: »Klar.«

»Perfekt! Sie bekommen Geld, die Schule bekommt Geld, wir können Julian und Arch und die Harringtons und alle möglichen Leute einladen! Das wird ein Bombenerfolg. Oh, Goldy, Sie sind wunderbar! Ich wäre nie darauf gekommen, wenn Sie mir nicht von den Abzeichen erzählt hätten.« Sie legte wieder den Finger an die Lippe, ein schlechtes Zeichen. »Und was Joan anlangt, man muß sie einfach ein bißchen in Watte packen.«

Richtig. Rasmussen, das rohe Ei. Ich hielt sie eher für ein hartgekochtes.

»Man muß sie besänftigen, Sie wissen schon.« Wie üblich hatte ich keine Ahnung. »Ich nehme an, ich sollte sie heute zum Mittagessen hierher einladen.«

Ich hatte versucht, sie zu trösten. Ihr eine Seelenfreundin zu sein, wie ich es für ihre Schwester Marla war. Plötzlich ging der Schuß nach hinten los.

Adele fuhr fort: »Könnten Sie etwas Suppe und Salat machen? Bitte. Ich weiß, daß Sie Ihren Lieferwagen brauchen, aber Bo und ich können ihn für Sie abholen.« Die Haselnußaugen flehten mich an.

Okay, das mit der Rasmussen hatte ich vermasselt. Hier war Adele, neu in der Gemeinde, ging am Stock, versuchte, Freunde zu finden, setzte ihre Zeit und ihr Geld ein, um zu helfen, während es ihr nicht möglich war, die Leute im Sommer zum Spendenbeschaffen zu bewegen, und ihre Hausangestellte hatte eben ein Komiteemitglied vergrault. Mir blieb gar nichts anderes übrig.

Ich schluckte und sagte: »Klar. Das Mittagessen ist kein Problem. Brötchen, Obstsalat und Goldilocks' Gourmetspinatsuppe?« Sie nickte. Gut, ich hatte einen Behälter mit tiefgefrorener Suppe aus meinem Haus mitgebracht. »Das kann ich zubereiten, ehe ich zu dem Picknick fahre.«

Adele lächelte erleichtert. Dann erhob sie sich wie eine Königin und griff zum Telefon, um Joan Rasmussen anzurufen und sie über das Mittagessen und die Vogelexpedition zu informieren. Rasmussen mußte beides für eine gute Idee gehalten haben, denn Adele rief danach Bo über die Gegensprechanlage an und bat ihn, seinen Golffreund anzurufen, dessen Frau in der Audubon Society war. Dann nahm sie mit einem Zwinkern die Lieferwagenschlüssel in Empfang und ging mit ihrem Klopfschritt aus der Küche.

Adele war wie Marla und doch auch ganz anders, dachte ich, während ich Melasse in den blubbernden Topf mit

Gourmetspinatsuppe

5 Eßlöffel Süßrahmbutter
125 g frische Pilze, gewaschen, trockengetupft, geputzt und geschnitten
1 Schalotte, gehackt
5 Eßlöffel Mehl
450 ml Hühnerbrühe
450 ml Milch
Evtl. ½ Teelöffel Salz
Schwarzer Pfeffer (möglichst frisch gemahlen)
Evtl. geriebene Muskatnuß
125 g Rahmkäse, in Würfel geschnitten
200 g Emmentaler, gerieben
375 frischer Spinat, gewaschen, geputzt, gekocht und gehackt.

Die Butter in einem großen Topf schmelzen. Die Pilze und die Schalotte langsam darin dünsten, bis sie weich sind. Mehl zugeben und etwa zwei Minuten rühren. Erst die Hühnerbrühe und dann die Milch zufügen und umrühren, bis die Suppe eingedickt ist. Pfeffern, Rahmkäse und Emmentaler einrühren, bis der Käse geschmolzen ist. Falls gewünscht, mit Salz und Muskat würzen. Dann den Spinat einrühren. Erhitzen und sanft umrühren. Nach Geschmack nachwürzen. Heiß servieren.

Ergibt 4 bis 6 Portionen.

Baked Beans rührte. Wie Marla, weil sie an Reichtum und dessen Macht gewöhnt war. Anders als Marla, weil Adele nie über ihre Rückenschmerzen sprach, sie setzte sie nur in Energie für gute Werke um. Wenn Marla Schmerzen hatte, sorgte sie dafür, daß es das ganze County erfuhr. Und Marla zufolge waren gute Werke etwas für die Rokkefellers.

Arch tauchte wieder auf der Küchenschwelle auf.

»Mom«, erklärte er, »ich brauche zweihundert Dollar für ein Seidencape und einen Zylinder.« Er grinste.

»Wie bitte?«

»Ich kann Dad fragen, wenn dir das zu teuer ist.«

»Arch, laß das. Du weißt, daß er nein sagen wird, daß das vom Unterhalt bezahlt werden soll. Komm schon, Schatz. Geht's denn nicht ohne?«

Er schaute mich an, ein sommersprossiges Kindergesicht, verzogen im Verdruß eines Erwachsenen. »Ich brauche das doch für die Zaubershow«, insistierte er. »Vielleicht kriege ich es von Dad, weil ich ihn überredet habe, die anderen Sachen zu bezahlen.«

»Was für andere Sachen? Zum Beispiel diese Zeitung?«

Arch grub in der Tüte und brachte ein Paar Handschellen und chinesische Handfesseln zum Vorschein. In den letzteren erkannte ich seinen Lieblingstrick aus unseren Besuchen bei Zauberveranstaltungen, als er klein gewesen war. Er konnte sich offenbar nicht zwischen den beiden Tricks entscheiden. Schließlich hielt er mit hochgezogenen Augenbrauen die Handschellen hoch.

»Schließ sie mir bitte um.«

Das wurde ja ein geschäftiger Vormittag. Aber ich tat ihm den Gefallen.

Eine Pause entstand, als er sich leicht nach vorn beugte. Dann hob er triumphierend die Hände und die Handschellen.

»Wie hast du das gemacht?«

»Das verrät ein Zauberer nie, Mom. Wart nur ab, bis du siehst, wie ich das unter Wasser mache.«

»Unter Wasser! Du schaffst mit Müh und Not ein Hundegepaddel. Und denk dran, daß der Arzt gesagt hat, du mußt besonders vorsichtig sein, weil du im Februar Asthma und Bronchitis gehabt hast –«

Arch wandte sich ab. Als ich den Mund aufmachte, um zu sagen, es tue mir leid, ertönte draußen Julians Hupe.

»Muß gehen. Oh«, sagte er. »Da ist noch was«, während er sich bückte, um etwas aus der Tüte zu nehmen. Es war der Ton, in dem er mit mir sprach, wenn er wußte, daß es mir nicht gefallen würde. Solche Dinge sparte er sich immer auf, bis gleich der Schulbus kam, damit wir keine Zeit zum Streiten hatten. Offenbar war es beim Sommerunterricht nicht anders.

Ich sagte: »Ich hoffe, ›noch was‹ heißt, daß ich heute mit meiner ganzen Kocherei fertig werde.«

»Hier«, sagte er und überreicht mir *Die gesammelten Werke* von Edgar Allan Poe. »Alle Eltern sollen das lesen, damit sie uns bei dem Projekt helfen können. Drin liegt ein Brief«, er zeigte auf ein vervielfältigtes Blatt, »in dem das Projekt erklärt wird. Die Lehrerin ist wirklich nett, wenn du willst, redet sie mit dir über die verschiedenen Projekte.«

Julian hupte wieder, und Arch flitzte hinaus. Hinter den beiden winkten Adele und der General vom Vordersitz des Range Rover. Ich faltete das Blatt auseinander, das Arch mir gegeben hatte. Meine Hausaufgaben in Sachen Poe waren detailliert aufgeführt: *Lesen Sie zwei Erzählungen. Sprechen Sie mit Ihrem Kind darüber. Entwickeln Sie Ideen für Projekte. Sie könnten eine Nachbildung des Goldkäfers anfertigen.* Klar. *Sie könnten den Schlag eines verräterischen Herzens auf Band aufzeichnen.* Uh.

Ich fragte mich, ob die Lehrerin gern Partylieferantin gewesen wäre. Wozu bezahlte ich eigentlich Schulgeld? O ja. Arch hatte gesagt, sie sei nett.

Das Telefon in der Küche klingelte. Es war die Audubon Society. Ob ich den General bitten könne, wegen eines Ausflugs anzurufen? War das von ihm gewünschte Datum Samstag, der 11.? Wetten, daß ich ihn um einen Rückruf bitten würde. Am liebsten hätte ich hinzugefügt:

Sie und General Farquhar haben überhaupt nichts gemeinsam, aber ich hielt mich zurück. Statt dessen hackte ich auf dem Block gefrorener Suppe herum, damit sie schneller warm wurde. Ich hatte eine Stunde Zeit, bis ich zu dem Picknick für George Rumslingers Rancharbeiter fahren mußte.

Ich schaltete den Anrufbeantworter ein und machte eine Yogaübung. Arch hatte eine Freundin und wollte zweihundert Dollar für ein Zauberkostüm. Adele brauchte ein Mittagessen für zwei, ehe ich ein Picknick für vierzig ausrichten mußte. Im *Mountain Journal* würde wieder eine miserable Besprechung erscheinen. Ich mußte wegen der Namensänderung meinen Anwalt anrufen. Ich mußte eine Vogelexpedition und ein Picknick planen, während Hausaufgaben in Sachen Edgar Allan Poe auf mich warteten. Ich kaute auf meiner Wange herum. Wieviel schlimmer konnte es noch werden?

Das Telefon klingelte, und ich hörte mir die Nachricht während der Aufnahme an. Es war Marla.

Philip Millers Beerdigung war morgen um zwei.

Irgendwie wurde ich mit dem Kochen fertig. Ich deckte den Tisch auf der überdachten Veranda der Farquhars. Ich verbannte die Gedanken an die Beerdigung, ging in die Garage und fand neben der Campingausrüstung eine kleine Gartenschere. Die neuen Blühpflanzen, die Julian und General Bo in den eingeebneten Gartenkrater gesetzt hatten, gaben ein annehmbares Gesteck für das Mittagessen mit der leicht erregbaren Rasmussen her. Adele und der General kamen im Konvoi mit meinem Lieferwagen an.

Mein Lieferwagen! Der Grill schien mich anzugrinsen wie ein alter Freund. Ich ließ ihn an, überprüfte die Gurte, die das Essen auf den Gestellen hielten, schaute nach, ob das Handschuhfach meine Ausrüstung für Notfälle enthielt, Bandagen, Sonnenschutz, Anweisungen für Erste Hilfe, falls jemand sich verschluckte, und mein Fläschchen Brechmittel für den Fall, den Gott verhüten möge, daß jemand etwas aß, was ihm überhaupt nicht bekam.

Ich versuchte, positiv zu denken, als ich zu Rumslingers Ranch fuhr. Das Barbecue war ein Riesenerfolg, daran gab es nichts zu rütteln. George Rumslinger war ein Country-Music-Star, der nach Aspen Meadow gezogen war und Hunderttausende von Dollar für eine richtige Ranch ausgegeben hatte. Die Arbeiter liebten ihn, nicht nur, weil sie gut bezahlt wurden, sondern auch weil sie regelmäßig mit gutem Essen und Gesang verwöhnt wurden. Sie machten sich über das Faß Coors her und sprachen den Bergen aus gegrillten Rippchen und Hühnern, den Schüsseln und Körben mit Salaten und Brötchen und den Stapeln von Scouts Schokoladenplätzchen herzhaft zu. Der Höhepunkt des Tages kam, als Rumslinger der Menge seinen neuen Hit vortrug, ein Remake von »I'm Just Roadkill on the Highway of Love«.

Der Verwalter zahlte bar und gab mir fünfzig Dollar Trinkgeld. Er war so guter Dinge, daß er sogar fragte, welches Wohlfahrtsprojekt mir besonders am Herzen liege. In der Absicht, zwei Fliegen mit einer Klappe zu schlagen, erwähnte ich den Pool für die Schule in Elk Park. Ich wies ihn darauf hin, wie gut der Aufkleber am Rückfenster seines Lieferwagens aussehen würde.

Er sagte: »Ganz schön versnobte Schule für den Sohn einer Partylieferantin.«

Ich steckte das Geld in meine Reißverschlußtasche und sagte nichts. Wenn er einen Aufkleber wollte, konnte er sich selber einen besorgen.

Das klagende Lied des Schwarzhaubenkolibris weckte mich am Dienstag, am Morgen von Philips Beerdigung.

Adele hatte mir den Tag freigegeben; ich brauchte nicht zu kochen und nicht ans Telefon zu gehen. Es war herrlich, frei zu sein. Zu Marlas Nachricht hatte auch gehört, daß sich etliche von uns vor dem Gottesdienst in Elizabeths Haus versammeln sollten. Als ich hinkam, sagte Elizabeth, wir beide müßten bald miteinander sprechen. Ich nickte. Dann brachen wir alle zur Episkopalkirche auf. Selbst eine Hippiefrau von heute besann sich wieder auf den Glauben ihrer Kindheit, wenn die Beerdigung eines Bruders bevorstand.

In deine Hände, o Herr, befehlen wir unseren Bruder Philip ...

Marla war da; sie hielt meine Hand. Ein Grüppchen von Leuten in Country-Club-Kleidung war da. Die Farquhars waren gekommen, außerdem Julian, eine äußerst rotäugige Sissy, Weezie Harrington und Brian Harrington, dessen Piepser während des Gottesdiensts losging.

Laß unseren Glauben an dich nicht im Todesschmerz unserer letzten Stunde zuschanden werden ...

Elizabeth Miller hatte mit dem Pfarrer vereinbart, daß Philips Freunde kurz über die guten Werke sprechen sollten, die er für die Gemeinde getan hatte. So viele Menschen hatten sich auf ihn verlassen – seine Patienten, seine Freunde, seine Anhänger in der Audubon Society und bei ›Schützt unsere Berge‹. Unterdrückte Schluchzer wurden laut, als Bekannte Anekdoten erzählten. Und doch. Bei alldem, und es war wirklich sehr eindrucksvoll, war nicht die Rede davon, auf welch seltsame Weise er gestorben war.

Laß unseren Glauben unser Trost sein und das ewige Leben unsere Hoffnung.

Irgendwie spürte ich Philips Gegenwart. Vielleicht schwebte sie in der Luft, ich wußte es nicht. Ich dachte: Hast du je etwas gesagt, was mir dabei helfen könnte, das zu verstehen, was an jenem Morgen geschehen ist?

Keine Antwort.

Nach einer kleinen Zusammenkunft bei Elizabeth fuhr ich nach Hause und nahm ein langes Bad. Arch sagte, er wolle am Pool Sprünge üben und dann ein paar Tricks. Ich fragte ihn nach seinen Hausaufgaben. Er sagte, er könne gar nichts tun, solange ich meine Lektüre noch nicht erledigt hatte, und ob ich es mir mit dem Geld für das Cape überlegt hätte?

Nein, sagte ich verdrossen, als ich mit dem Poe unter dem Arm ins Bett trottete. Ich war auf dem Höhepunkt der Müdigkeit; ich sagte, ich könne auf keinen Fall mehr als eine oder zwei Seiten lesen.

Aber es kam anders. Das Planschen, die Rufe und Springgeräusche vom Pool her ließen allmählich nach. Die Dielen knarrten, als Arch zu Bett ging. Ich klebte an dem Buch. Das große Haus wurde still. In einem fernen Winkel meines Gehirns konnte ich das verräterische Herz hören, wie es bis zur Entdeckung schlug. Klopf, klopf, klopf –

»Huch!« rief ich, als ich glaubte, ich hätte draußen ein Klatschgeräusch gehört. Ich hatte wegen der kalten Nachtluft der Berge die Fenster geschlossen. Langsam schob ich das Ostfenster auf. Kein Geräusch von Armen oder Beinen, die Bahnen schwammen. Der Hund eines Nachbarn bellte und hörte dann unvermittelt auf. Die Lichter am Pool waren aus. Ich sah überhaupt nichts. Ich spähte in die Dunkelheit, glaubte, ich hätte flüsternde Stimmen gehört.

»Wer ist da?« rief ich. Ich zitterte am ganzen Leib.

Plötzlich wurde es still.

In der Beziehung mit John Richard hatte ich gelernt, daß ich in körperlicher Hinsicht ein Feigling war. Es war ausgeschlossen, daß ich hinausging. Wenn man nicht sicher war, was hatte es dann eigentlich für einen Sinn, von einem Sicherheitssystem zu sprechen? Der Bewegungsdetektor würde losschrillen, wenn jemand versuchte, ins Haus einzudringen. Ich schlich ins Bett zurück und machte das Licht aus.

Am nächsten Morgen schaltete ich das Sicherheitssystem aus und trat hinaus, um mich nach Scout, dem Kater, umzuschauen und ihn zu rufen. Limonengrüne Espenblätter raschelten in der frühen Brise wie applaudierende winzige Hände. Es klang nicht nach Wasserspritzern.

Ich hatte das Gefühl, beobachtet zu werden. Es gab kein Anzeichen dafür, daß jemand am Pool gewesen war, nachdem Arch ins Haus gekommen war. Mein Blick fand Scout. Er saß reglos da, hinter den Glastüren zum Patio, und beobachtete mich.

»Du bist ja eine große Hilfe«, sagte ich. Er schaute aus vorwurfsvollen, hellen Katzenaugen auf. Er hatte immer noch zuviel Angst vor den Hunden, mit denen er während seiner Obdachlosigkeit aneinandergeraten war, als daß er der Störenfried von gestern nacht hätte gewesen sein können. *Wag dich nicht in die Welt hinaus,* sagte seine gleichgültige Miene. *Dort draußen ist es gefährlich.*

Adele verkündigte mit leiser Schadenfreude, das Picknick für die Audubon Society sei abgemacht. Am Donnerstag war alles dafür organisiert, die Zutaten für das Picknick und Adeles und Bos Hochzeitstagsparty am Vierzehnten waren bestellt. Philips Verlust war ein Loch, das mit Arbeit gefüllt werden mußte. Es half gegen die Trauer, wenn man zu tun hatte.

Bo und Adele waren ebenfalls eingespannt – mit Anrufen, Komiteetagungen, mit dem Kaufen und Pflanzen von Blumen für den Garten. Der General gehörte zu den wenigen Männern, die gern einkaufen. Am Donnerstag nachmittag überraschte er mich mit einem Päckchen frischer Seezungenfilets. Er fragte, ob ich sie für das Abendessen am nächsten Tag zubereiten könne. Er fing mit einer langen Erklärung an, er sei zwar nach der Heirat mit Adele zur Episkopalkirche übergetreten. Aber im Grunde gebe es so etwas wie einen *ehemaligen* Katholiken nicht, und ob wir dazu übergehen könnten, freitags Fisch zu essen? Falls sich das Zweite Vatikanische Konzil geirrt habe. Wir essen aus verschiedenen Gründen, sagte ich mit tiefem Ernst. Fisch sei kein Problem.

Am Freitag morgen wachte ich mit einer Schwere in der Brust auf. Am schwierigsten ist nicht der Tag der Beerdigung, auch nicht der nächste oder der übernächste. Ich machte meine Yogaübungen, schaltete die Alarmanlage aus und ging in die Küche. Nein, in den ersten Tagen hat man die Erinnerung an den Gottesdienst, an den Leichenschmaus, an die Gespräche mit Freunden zum Gedenken an den Verstorbenen. Doch nach mehreren Tagen schlägt die Realität des Verlusts zu. Der Mensch ist fort. Für immer.

Ich machte mich daran, Julia Childs Fischfilets Silvestre für die Abendmahlzeit zuzubereiten. Adele und der General wollten sich eine Pause von ihren vielen Aktivitäten gönnen und einen Tagesausflug nach Vail machen. Draußen fing das rhythmische Klatschen von Julians Armen im Wasser an.

Ich pochierte die Filets und machte die Sauce – bis auf das abschließende Aufmontieren der Butter –, dann stellte ich alles kalt. Ich schaute mich in der Küche um und überlegte, was ich als nächstes tun sollte. Frühstück für den Haushalt war noch zu früh.

Ich machte einen doppelten Espresso. Ich rief Schulz an. Er war nicht am Platz; ich hinterließ eine Nachricht. Ich hatte mir gar nichts dabei gedacht, ich wußte auch nichts Neues, aber er fehlte mir.

Ich trank den Espresso: Lavazza. General Bo hatte mir welchen mitgebracht, als er die Seezunge kaufte. Das Koffein entfaltete seine belebende Wirkung jedoch nicht. Mein Herz fühlte sich an, als ob es in einen Schraubstock geklemmt wäre. Ich rief Marla an.

»Willst du mit mir zu Mittag essen?« fragte ich.

Sie sagte: »Es ist noch zu früh am Morgen. Ich traue meinen Ohren nicht.«

Wir einigten uns auf das Aspen Meadow Café, in der Nähe von Philips Praxis. Irgendwann mußte ich schließlich diesen Teil der Stadt wieder betreten. Als ich auflegte, rief Schulz an.

»Das ging aber schnell«, sagte ich.

»Hast du gute oder schlechte Laune?«

»Gute natürlich«, sagte ich. »Wieso?«

»Dann hast du wohl die Zeitung noch nicht gesehen.«

Das hatte ich vergessen. »Sag's mir nicht.«

Er atmete tief aus. Aus Mitgefühl, dachte ich. Schulz' Stimme klang weit weg, als er sagte: »Ich hab' nicht vor, dir das wieder vorzulesen und zu riskieren, daß du mir den Kopf abreißt, Miss G. Komm doch heute abend mit Arch zu mir. Wir grillen im Garten.«

Ich dachte nach. Ich mochte Seezunge, aber so sehr nun auch wieder nicht.

»Klar«, sagte ich. »Liebend gern.«

»Ich weiß, daß dir seltsam zumute ist . . . wo der Typ, mit dem du ausgegangen bist, nicht mehr da ist –«

»Ich muß den Unfall aus dem Kopf kriegen. Philip und ich sind nur etwa einen Monat lang miteinander ausgegangen. Es war keine so große Sache.« Ohne etwas zu denken, fügte ich hinzu: »Vermutlich habe ich mir mehr eingebildet, als tatsächlich dran war.«

Schulz war still. Dann sagte er: »Möglicherweise muß ich über deinen Freund Dr. Miller mit dir reden.«

»Dann tu's.«

»Vertraulich, verstehst du. Du warst seine Freundin.«

»Ich hab's dir doch schon gesagt. Allmählich glaube ich, daß ich gar nicht viel weiß. Was hast du für eine Frage?«

»Wir haben in seiner Aktentasche etwas gefunden. Haben es erst für eine Droge gehalten. Mußten es zur Analyse einschicken.«

»Und?«

»Je was von *Kantharidin* gehört?«

Wetten, daß ich davon gehört hatte. Ich sagte: »Spanische Fliege. Kann tödlich sein. Ist es bei der Autopsie gefunden worden?«

»Nein, das ist das Seltsame daran. Hast du eine Ahnung, warum er so was bei sich hatte?«

Einen Sekundenbruchteil lang glaubte ich, jemanden in der Leitung zu hören. Nicht die CIA, die mithörte, sondern jemanden, der atmete. Mein Körper wurde kalt. Vor drei Nächten war es ein Geräusch von draußen gewesen. Jetzt belauschte jemand Gespräche. Das hatte ich nun davon, daß ich Edgar Allan Poe las.

»Nicht die leiseste Ahnung«, sagte ich, »aber laß uns heute abend darüber sprechen.« Ich versuchte, eine gewisse Dringlichkeit in meine Stimme zu legen, damit er verstand, ich müsse auflegen.

»Ehe du wegrennst«, sagte er, »möchtest du vielleicht noch gern wissen, daß ich wegen dieser Substanz grünes Licht bekommen habe, in diesem Fall zu ermitteln.«

Ich war still. Konnte ich außer Schulz' Stimme noch etwas in der Leitung hören?

Nach einer Weile sagte ich: »Ich kann jetzt nicht länger darüber reden. Ich freue mich auf heute abend.«

Ich blieb in der Leitung, nachdem Schulz aufgelegt hatte. Vielleicht war da ein ganz leises Klicken. Es war schwer zu sagen. Was hatte Philip gesagt, als wir das letzte Mal miteinander gesprochen hatten? *Nicht am Telefon.*

Großartig.

Der Haushalt trennte sich Richtung Schule und Richtung Vail. Ich buk einen Nußboden, hob geschlagene Sahne für einen Berg von Füllung unter verrührten Sahnequark und dekorierte dann mit dicken Erdbeeren. Ein Überzug aus zerdrückten, gekochten Erdbeeren vollendete die Super-Erdbeertorte, die ich zu Tom Schulz mitnehmen wollte. Ich machte die Küche sauber und machte mich auf den Weg, um mich mit Marla zu treffen.

Super-Erdbeertorte

Boden:

200 g Süßrahmbutter, geschmolzen
200 g Mehl
1 Eßlöffel Puderzucker
100 g gehackte Pekannüsse

Belag:

1 Kilo Erdbeeren
100 ml Wasser
200 g Zucker
3 Eßlöffel Maisstärke (oder andere Speisestärke)

Füllung:

½ l Schlagsahne
125 g Sahnequark
3/4 Teelöffel Vanilleextrakt
100 g Puderzucker

Backofen auf 190 Grad vorheizen. Für den Boden geschmolzene Butter mit Mehl, Puderzucker und Pekannüssen vermischen. In eine gebutterte 25-cm-Springform drücken. 25 Minuten backen, bis hellbraun. Völlig abkühlen lassen.

Für den Überzug so viel Erdbeeren zerdrücken, daß es im Meßbecher 220 ml ergibt. Restliche Erdbeeren beiseite stellen. Die zerdrückten Beeren in einen Topf geben und Wasser zugeben. Zucker und Maisstärke einrühren und unter Rühren zum Kochen bringen. Etwa eine Minute lang kochen lassen, bis klar und angedickt. Zum Kühlen wegstellen.

Für die Füllung die Sahne steifschlagen. In einer zweiten Schüssel den Sahnequark mit Vanille und Puderzucker verrühren. Die Schlagsahne vorsichtig unter die Quarkmischung heben. Auf den abgekühlten Boden geben und in den Kühlschrank stellen. Wenn die zerdrückte Beerenmischung abgekühlt ist, kann die Torte belegt werden. Ganze oder halbierte Erdbeeren auf die Sahnefüllung setzen. Wenn die ganze Fläche mit Beeren bedeckt ist, vorsichtig die zerdrückten Beeren darüberlöffeln. Die Sahnefüllung sollte zwischen den Beeren nicht zu sehen sein. Wenn die Hohlräume ausgefüllt sind, nicht zuviel zerdrückte Beeren auf die Torte geben, weil sie sonst über den Rand laufen. Reste der zerdrückten Beeren schmecken köstlich auf Toast oder Muffins.

Ergibt 8 bis 10 große Portionen.

Mit Verdruß stellte ich fest, daß Arch seiner einzigen Pflicht nicht nachgekommen war: den Mülleimer zum Ende der Einfahrt zu rollen. Jammerschade, daß Haushaltspflichten sich nicht mit einem Zaubertrick erledigen ließen.

Das Aspen Meadow Café ist ein Versuch, unserem kleinen Fleck auf der Karte die kontinentale Küche näherzubringen. Es war ursprünglich ein Immobilienbüro gewesen, das während der Ölbaisse von 1985 pleite gemacht hatte und den Gerüchten nach zu einem Bistro à la Nouvelle Cuisine umgemodelt worden war. Während ich auf Marla wartete, das Portemonnaie angenehm gefüllt mit dem Trinkgeld vom Barbecue am Montag, lockten die Auslagen im Schaufenster.

Auf den Regalen im Inneren drängte sich Korb um Korb mit allen möglichen Brotsorten hinter der schimmernden Panzerglasscheibe. Geflochtene Brote, runde Laibe, mit Mohn und Sesam überzogene Laibe, Baguettes, Muffins, duftende Nußbrote und riesige Vollweizenlaibe stapelten sich. An einer Ecke der Scheibe prangte ein Aufkleber der Schule in Elk Park: SCHWIMMEN SIE MIT!

Die Glöckchen an der Tür klingelten fröhlich, als ich

die Tür aufstieß, um nach Marla Ausschau zu halten. In der Luft vermischten sich die köstlichen Düfte bratender Hühner und backender Kuchen. Über den Vitrinen mit Essen zum Mitnehmen hing eine Tafel, auf der in Kreideschrift die Spezialitäten des Tages standen: Basilikumtorte mit roten Zwiebeln, Gegrilltes Huhn Santa Fe, Crevetten mit Champignons. Um die Ecke, hinter den Vitrinen, lag der Sitzbereich. Ich schlenderte nach hinten. Keine Marla. Sie saß an keinem der Tische, auf denen Gestecke aus Fresien und Gänseblümchen jedes weiße Tischtuch schmückten. Es herrschte viel Mittagessensbetrieb; die Kellnerinnen flitzten herum. Eine Kellnerin flüsterte mir zu, sie komme sofort und bediene mich an der Theke; sie entschuldigte sich, sie seien heute unterbesetzt.

Ich ging müßig um die Ecke zur Theke und konzentrierte mich wieder auf die Tagesspezialitäten. Ich hatte mich eben für die Torte entschieden, als mir von hinten ein Schlag versetzt wurde.

Ich sah nicht, wer mich angegriffen hatte. Im einen Augenblick las ich, was auf der Tafel stand. Im nächsten wurde ich gegen eine Kuchenvitrine geschleudert. Ich spürte, wie das Glas unter meiner Brust barst. Scherben splitterten über Kuchen und Torten. Mein Kopf schlug gegen das Metall der Brotregale. Ich tastete wild nach den Brotkörben, den Regalen, nach allem, was meinen Sturz auf den Fliesenboden verhindern konnte. Mein Angreifer stieß wieder zu. Dieses Mal fiel ich auf ein Marmortischchen. Es fiel scheppernd um und zerbrach unter meinem Gewicht.

Es hagelte Brotlaibe, als ich auf dem kaputten Tischchen und dem Fliesenboden landete. Mein Körper schrie vor Schmerz. Ich konnte nichts sehen; ich konnte nur mein Stöhnen hören, obwohl ich wußte, daß die Brotlaibe das Geräusch dämpften.

Eine heisere Stimme sprach in mein Ohr. »Laß Philip Miller in Frieden ruhen.«

Dann hörte ich ein jähes Geklingel, als die Cafétür hastig aufgerissen wurde. Mein Angreifer war hinausgerannt.

Ich schob mir Brotlaibe vom Gesicht und von der Brust. Mein Kopf tat weh von dem Sturz, mein Rücken und meine Brust schmerzten von den brutalen Stößen.

»Hey! Hey!« kam Marlas Stimme von weit oben. »Was ist denn hier los?«

Hände langten durch die Brothaufen, um mir aufzuhelfen. Ich machte die Augen auf und glaubte, ich sähe Sterne. Aber es war nur ein mit goldenen Sternen bestickter Hosenanzug: Marlas Jogginganzug mit den Sommergalaxien darauf. Eine Kellnerin und ein Koch standen neben ihr, und alle starrten auf mich herunter. Ihre Fragen überschlugen sich: »Was ist passiert? Ist alles in Ordnung? Brauchen Sie einen Arzt?«

Während Marla saubere, feuchte Handtücher für die Schnittwunde holte, erklärte ich dem versammelten Publikum, ich sei gestoßen worden. Hatte irgend jemand etwas gesehen? Ich schaute in die überraschten Gesichter. Eine Kellnerin sagte, sie habe gesehen, wie jemand hastig gegangen sei, sie habe aber nur angenommen, ich hätte das Gleichgewicht verloren, als ich dieser Person ausgewichen sei. Das äußerste, was ich an Beschreibung aus ihr herausbekam, war langes, dunkles Haar, das eine Perücke hätte sein können, schwarzes Hemd, schwarze Hose. Sie konnte nicht einmal sagen, ob es ein Mann oder eine Frau gewesen war. Groß? Nicht besonders groß.

»Sollen wir deinen Freund bei der Polizei anrufen?« fragte Marla.

Ich schüttelte den Kopf. »Später. Ohne Beschreibung, ohne Autonummer oder andere Anhaltspunkte nehmen sie es sowieso bloß zu Protokoll.«

»Immer noch Appetit auf das Mittagessen?« fragte sie mit leiser Stimme.

»Ich muß mich erst mal sammeln.« Zwei Mitglieder des Küchenpersonals räumten die Sauerei aus Brot und Marmor weg. Überall auf dem Boden glänzten Glasscherben. Ich wand das Handtuch um meinen Arm. Mehrere Gäste musterten mich, als sie das Café verließen. Marla erklärte mir, ich hielte den ganzen Betrieb auf. Ich sagte, wenn sie mir um die Ecke in den Restaurantbereich helfe, könnten wir uns setzen.

Wir humpelten langsam durch Tische mit Frauen im Tennisdress und Männern in Lederjacken mit Fransen, Jeans und Cowboystiefeln zu einem Tisch in der Ecke.

»Ich hatte gehofft, dem Rodeomob zu entgehen«, murmelte Marla, als sie mich auf einen Stuhl packte.

Gute alte Marla. Es war soviel einfacher, über ihre Beschwerde zu lächeln, als an meine Schmerzen zu denken. Marla, die aus Connecticut stammte, hatte an jedem Tag in jedem Lokal in Colorado ihre Schwierigkeiten mit der männlichen Klientel. Ob es Bankiers waren, Immobilienmakler, Bauunternehmer oder Ölingenieure, die meisten putzten sich heraus mit riesigen Hüten, handgefertigten Cowboystiefeln, Lederjacken mit Fransen und Indianerschmuck mit Türkisen. Heute war keine Ausnahme, obwohl ich irgendwie nicht recht begriff, wie Westernklamotten zu Chicoree und Brunnenkresse paßten.

»Ist mit dir auch wirklich alles in Ordnung?« wollte sie wissen. Als ich nickte, sagte sie: »Wir sollten ›Amour anonym‹ wieder ins Leben rufen.«

Unsere Version von AA hatte damit zu tun, daß man statt nach Alkohol nach Beziehungen süchtig war. Leider waren Marla und ich die einzigen festen Mitglieder, und so gut wie jedes unserer Gespräche kreiste ohnehin um unsere Probleme.

Ich sagte: »Warum?«

»Weil ich sonst«, zischte sie, »nicht weiß, was sich in deinem Leben abspielt, bis so was passiert wie das eben.«

»Ich sag dir rechtzeitig Bescheid, wann und wo ich das nächste Mal überfallen werde.«

Sie tat das händewedelnd ab und bedachte mich mit einem Blick tiefer Sorge. »Hat der Kotzbrocken dich in letzter Zeit belästigt?«

Ich berichtete ihr von den Tontöpfen und dem rechtzeitigen Auftauchen des Generals.

Sie sagte mit leiser Stimme: »Meinst du, *das* könnte er gewesen sein?«

»Schwer zu sagen. Normalerweise reißt er sich in der Öffentlichkeit zusammen. Außerdem weiß ich gar nicht, womit ich ihn geärgert haben sollte.« Ich spürte, wie meine Stimmung sank, als ob das Adrenalin, das der Überfall aktiviert hatte, plötzlich verbraucht sei. Hatte ich denn je gewußt, worüber sich der Kotzbrocken ärgerte?

Marla nahm sich aus dem Korb auf unserem Tisch ein großes Stück Baguette und bestrich es dick mit Butter. Sie reichte es mir, und ich nahm es mit der unverletzten Hand. Aber ich war noch nicht in der Verfassung zu essen.

»Eins muß ich zugeben«, sagte Marla, »ich meine, wenn es dir nichts ausmacht, darüber zu reden. Als ich gehört habe, daß Philip tot ist, hatte ich sofort unseren Exmann in Verdacht.«

Schweiß lief mir über die Stirn und brach unter den Armen aus. Ich sagte: »Das muß ein Witz sein.«

»Nein. Deshalb habe ich am Montag morgen in der Praxis des Kotzbrockens angerufen, mich als eine seiner Patientinnen ausgegeben und behauptet, mein Terminkalender sei in Unordnung. Wann war ich in der Praxis gewesen? Habe gesagt, es müsse am Freitagmorgen gewesen sein. Sie hat gesagt, ausgeschlossen, denn der Arzt sei im Krankenhaus gewesen und habe eine Geburt eingeleitet. Um acht.« Sie machte eine Pause. »Deshalb habe ich eine Schwester im Lutheran Hospital angerufen, die ich kenne, und mir das bestätigen lassen.«

Ich aß einen Bissen von dem Baguette. Es war warm, feucht und mußte erst vor zwanzig Minuten aus dem Backofen gekommen sein. Der Geschmack von gehacktem frischen Basilikum durchzog die ungesalzene Butter. Essen sorgte immer dafür, daß der Schmerz nachließ. Ich sagte: »Warum glaubst du, daß es John Richard auch nur interessiert hat, was Philip machte?«

Sie hob die Augenbrauen. »Ach, laß das. So naiv kannst du doch gar nicht sein.«

»Wie hätte er eifersüchtig sein können? Wir sind seit vier Jahren geschieden!«

Marla strich die weiche Kräuterbutter auf ein weiteres Stück Baguette. Sie sagte: »Du machst Witze. Du gehst mit Miller aus. Der Kotzbrocken fährt dauernd an deinem Haus vorbei, ruft dich anonym an, macht dir das Leben schwer. Eifersucht, laß dir das gesagt sein.«

»Möchten Sie bestellen, meine Damen?« sagte die Kellnerin, die mir beim Aufstehen geholfen hatte. »Oder brauchen Sie noch etwas Zeit? Das da draußen war ja eine scheußliche Geschichte. Unglaublich.« Während sie sprach, kam der Geschäftsführer an den Tisch, um sich zu vergewissern, daß mir nichts fehlte. In einem Ton, von dem ich mir einzureden versuchte, er sei nicht vorwurfsvoll, erklärte er, das restliche Personal räume die Scherben weg. Dann zischte er ab, und wir bestellten schnell die Torte, Rohkost mit Vinaigrette und Kaffee.

Ich dachte über Marlas Worte nach, als der Kaffee kam. Er schmeckte wie Schlamm. Als die Kellnerin fort war, wandte ich ein: »Ich bin vier Monate lang mit Tom Schulz ausgegangen.«

Marla winkte diese Bemerkung mit beiden Händen ab. »Bitte. Der Kotzbrocken läßt sich doch nicht von einem Bullen einschüchtern, der aussieht, als gehöre er in den Wald, im Tarnanzug, mit einem Gewehr und mit einer Sechserpackung Bier. Ein umwerfender Karrieretyp, noch dazu ein wohlhabender Seelenklempner, das ist etwas ganz anderes.« Sie gab der Kellnerin ein Zeichen.

Ich sagte: »Ich hätte nie geglaubt, daß ich für ein teures Sicherheitssystem blechen muß, weil ich einen Freund zum Ausgehen gefunden habe.«

Die Kellnerin kam eilig heran.

»Meine Liebe«, sagte Marla zu ihr. »Meine Freundin ist eben überfallen worden und braucht besseren Kaffee als den hier. Stammt er aus museumsreifen Bohnen? Tun Sie uns allen einen Gefallen und brühen Sie eine neue Kanne auf. Bitte«, fügte sie mit einem Lächeln hinzu, das niemanden hätte täuschen können.

Die Kellnerin schniefte. »Wir servieren nur hundertprozentigen kolumbianischen Kaffee.«

Marla machte große Augen. »Wirklich? Aber er schmeckt wie aus dem District of Columbia, Schätzchen, und ich trinke keinen Schluck mehr davon. Meine Freundin auch nicht. Machen Sie uns also entweder frischen oder bringen Sie Tee. Sie haben die Wahl.«

»Tut mir leid«, sagte die Kellnerin, obwohl es nicht danach klang. »Alles war so durcheinander. Während Ihres ... Unfalls haben uns Leute an dem Tisch da drüben«, sie zeigte hin, »um eine Zeche von zwanzig Dollar geprellt. Wird mir vom Lohn abgezogen.« Ehe wir etwas sagen konnten, war sie verschwunden.

Ich sagte: »Die arme Frau. Sei nicht so hart zu ihr.«

»Ich schwöre«, sagte Marla, »daß ich mir wünsche, dieser verfluchte Küchenkritiker würde sich mal dieses Lokal hier vornehmen.«

»Das erinnert mich –«

»Laß das. Du willst das bestimmt nicht lesen. Iß erst mal zu Mittag.«

»Bestens. Dann wird mir mit vollem Magen schlecht.«

Marla machte ts, ts und sagte: »Ehe wir uns vom Kaffee ablenken lassen, halten wir eine Minisitzung ab. Sprechen über Beziehungen.«

»Abgesehen von einer gespannten Freundschaft mit Schulz habe ich keine.«

»Aber du hast eine gehabt.«

Unsere Salate kamen. Ich dachte an Philip, an die Ballons und die Schokolade, das bezaubernde, einladende Lächeln. Ich erinnerte mich daran, wie ich jeden Morgen auf der Veranda meines alten Hauses gesessen hatte. *Jemand liebt mich.* Ich dachte an Philips angebliches Verhältnis mit Weezie Harrington.

Ich sagte: »Mir lag etwas an ihm. Ich habe geglaubt, daß ihm etwas an mir liegt.«

»Aber du bist dir nicht sicher.« Ich antwortete nicht. Sie fuhr fort: »Du wolltest etwas.« Sie fing mit ihrem Salat an. »Habt ihr beiden etwas mit Arch unternommen? Wandern, Kino?«

Ich spürte, wie eine Welle der Verlegenheit über mich hinwegging. Ich war entlarvt. Ich sagte: »Um Himmels willen, eben bin ich körperlich angegriffen worden.« Ich machte eine Pause. »Nein, wir haben nichts mit Arch unternommen. Philip hat immer gesagt, ›es ist schön, daß ich dich ganz für mich habe‹. Außerdem sind wir nur einen Monat lang miteinander ausgegangen, und es schien ihn so zu interessieren, alles über mich zu erfahren. Ich habe mir einfach soviel erhofft . . .«

Sie beugte sich über den Tisch, nahm meine Hand fest in ihre Hände.

»Mehr erhofft, als da war? Vergiß es, Goldy. Vielleicht solltest du dir den Polizisten warmhalten.«

Ich zog meine Hand weg. »Können wir das Thema wechseln?«

»Erzähl mir, wie du mit meiner Schwester zurechtkommst.«

Ich schaute Marla an, meine beste Freundin. Das Nachhaken störte mich nicht. Ich wußte, daß ihr etwas an mir lag. In den vielen Jahren, die ich mit einem gewalttätigen Mann verbracht hatte, war mir klargeworden, wie gut ich die Wahrheit leugnen konnte. Vor allem, wenn es um Männer ging.

»Kommst du mit Adele zurecht?« fragte sie wieder.

Ich sagte: »Bestens.«

»Und mit dem General?«

Ich sagte: »Ebenfalls. Er ist seltsam, aber nett.«

Marla schüttelte den Kopf. »Ich verstehe nicht, was sie aneinander finden. Natürlich kenne ich beide nicht besonders gut.«

Ich sagte: »Die eigene Schwester?«

Die Zwiebeltorte kam. Der Duft nach Basilikum war stark und wunderbar, und ich erinnerte mich daran, daß Basilikum wegen der hohen Konzentration an pflanzlichem Öl im Ruf eines Aphrodisiakums stand. Marla murmelte der Kellnerin eine Entschuldigung zu, etwas in der Richtung, schlechter Kaffee bringe sie auf die Palme. Die Kellnerin akzeptierte das mit einem Nicken und stellte eine Kanne Tee auf den Tisch.

»Zum Beispiel diese Rückenschmerzen«, sagte Marla, als sie den dampfenden Kuchen attackierte. In ihrer Stimme lag Bitterkeit. Sie sagte: »Fünfzigjährige gehen nicht am Stock.«

»Ach, zum Kuckuck, natürlich gibt es das.«

Marla gestikulierte mit der Gabel. »Unterdrückte Emotionen, wenn du mich fragst.«

»Was soll denn das sein, psychologische Erklärungen für Krankheiten? Laß mich damit in Frieden.«

Die Kellnerin kam an den Tisch, um sich zu vergewissern, daß wir zufrieden waren, und Marla bestellte zwei Gläser Chablis. Worüber auch immer sie sprechen wollte, sie brauchte Wein dazu: die psychologische Erklärung für Alkohol.

Marla wartete, bis die Gläser kamen.

»Adele und ich standen uns sehr nahe, als wir klein waren«, sagte sie nach ein paar Schlucken. »Ich meine, wir haben uns gestritten, du weißt schon, und sie war soviel älter. Aber uns lag soviel aneinander, daß wir jede Menge Tränen vergossen haben, als sie aufs College kam, uns umarmt und uns jeden Tag Briefe geschrieben haben. Lauter solche Sachen.«

»Und als du nicht mehr klein warst?«

Sie hob eine Schulter zu einem winzigen Achselzucken. »Dann geht man getrennte Wege. Ihr erster Mann war Arzt.« Sie lachte rauh. »Scheint in der Familie zu liegen.«

»Scheidung?«

Marla trank weiter, schüttelte den Kopf. »Er ist gestorben. Übler Herzinfarkt auf einer Cocktailparty. Im einen Augenblick hat sich Dr. Marcus Keely mit seiner reizenden Frau Adele unterhalten, im nächsten lag er tot in ihren Armen.«

»Gütiger Gott. Wie alt war sie?«

Marla schürzte nachdenklich die Lippen. »Das war vor neunzehn Jahren. Sie war einunddreißig.«

»Wie alt war er?«

»Ende dreißig. Herzkrankheiten in der Familie. Hoher Blutdruck, Typ A, und so weiter.«

Zu meiner Überraschung hatte Marla Tränen in den Augen.

Ich sagte: »Ich hab' gedacht, du hast ihn gar nicht gekannt.«

Sie schüttelte den Kopf, trank wieder Wein. »Hab' ich auch nicht.«

»Und?«

Sie stellte das Glas ab und beugte sich zu mir. »Goldy, wenn du eine Schwester hättest, mit der du aufgewachsen bist, mit der du jedesmal, wenn ihr euch trennen mußtet, geweint hast und das alles, meinst du dann nicht, sie wäre zu dir gekommen, als ihr Mann gestorben ist?«

»Und sie hat das nicht getan?«

Marla schnüffelte und wischte sich leicht die Augen mit der Serviette ab. »Sie kam zu Besuch in den Westen, als unsere Eltern sich hier zur Ruhe setzten. Der Arzt hat ihr eine Menge Geld hinterlassen. Ihre Methode, mit der Trauer umzugehen, bestand darin, es auszugeben. Sie hat ein Grundstück in Sun Valley und eine Eigentumswohnung in Aspen gekauft. Die ist vermutlich ein Vermögen wert. Sie sollte sie verkaufen. Man kann nicht in Aspen skilaufen, wenn man am Stock geht.«

Ich nickte. Normalerweise war es allerdings umgekehrt. Wenn man in Aspen skilief, endete man am Stock.

»Sie hat Zeit mit mir verbracht, hat sogar Land hier gekauft, wo ihr Haus jetzt steht. Aber hat sie mit mir darüber gesprochen, wie ihr zumute war? Hat sie in meinen Armen geweint? Hat sie mich gebraucht? Nein.«

»Na ja«, sagte ich langsam, »vielleicht hat sie dich nur gebraucht, als ihr noch klein wart.«

»Ich wollte ihr helfen«, sagte Marla. Ihre Augen waren rot und liefen wieder über.

Ich dachte an das kurze Aufflackern eines Urteils in Adeles Blick, als Marla am Freitag in ihrem Haus gewesen war. Und Marla hatte den Kopf gesenkt, das Urteil verlegen hingenommen. Einen Augenblick hatte ich Marla so gesehen, wie sie befürchten mußte, von ihrer schlanken, tadellos gepflegten Schwester gesehen zu werden – als zu dick, zu schußlig, zu schlampig, zu frivol.

Ich sagte: »Adele kann es nicht leiden, wenn man ihr hilft. Sie will das nicht einmal von Bo. Wenn es nicht um eine große Sache geht, zum Beispiel Spendenbeschaffung. Ich glaube, sie wirkt nicht gern abhängig.«

»Das ist nicht dasselbe.«

Ich sagte ruhig: »Du hast gewollt, daß sie dich liebt –«

»Sag es nicht.« Marla tupfte sich die Augen ab, putzte sich die Nase.

Wir hatten zu Ende gegessen. Das bedrückende Gespräch war vorbei. Unsere Kellnerin brachte uns Zitronenmousse, auf Kosten des Hauses, als Entschädigung für den Kaffee.

Marla bestand darauf, das Essen zu bezahlen. Als wir hinausgingen, sagte ich zu Marla, ich hätte etwas auf dem Tisch vergessen. Ich humpelte zurück und hinterließ der Kellnerin zwanzig Dollar Trinkgeld.

Marla wollte, daß ich den Lieferwagen am Café stehenließ. Sie fahre mich nach Hause, erklärte sie. Ich lehnte höflich ab. Marla haßte nicht nur Cowboys, sie konnte außerdem den sommerlichen Touristenstrom in Aspen Meadow nicht ausstehen. Wenn man mit ihr hinter einem Auto aus Kansas, Texas oder Nebraska herfuhr, das auf einer Bergstraße im Fünfzehnkilometertempo herumbummelte, machte sie das Jaguarfenster auf und schrie: »Geben Sie es zu! Sie haben sich verfahren!«

Ich erlaubte ihr aber, daß sie mir zu den Farquhars folgte. Sie wollte sich vergewissern, daß ich mein Auto fahren konnte. Das war keine leichte Aufgabe. Mein Arm tat in dem provisorischen Verband weh, aber ich biß die Zähne zusammen. In meiner Brust zerrte etwas, als ich den reparierten Thunderbird in der Garage sah.

Ich lud Marla ein, mit hineinzukommen, aber sie wollte nicht.

»Adele und Bo haben mich noch kein einziges Mal eingeladen, seit sie hier wohnen. Ich will nicht ungebeten hineinmarschieren. Aber wenn deine Nachbarin ihr nächstes aphrodisisches Abendessen gibt, könntest du sie dazu bewegen, mich dazuzubitten. Ich werde schon einen

Kerl finden, der mich begleitet. Und glaube mir, Goldy, ich sorge schon dafür, daß das Essen seine Wirkung tut.«

»Woher weißt du das mit dem Abendessen?«

Sie verzog die dicken Backen zu einer finsteren Miene. »Ich könnte schwören, daß es inzwischen die ganze Stadt weiß.« Widerstrebend griff sie in ihre geräumige Handtasche, zog die neuste Ausgabe des *Mountain Journal* heraus und reichte sie mir mit einem mürrischen Blick. »Überstürz nichts«, sagte sie, ehe sie den Jaguar in eine Kehrtwendung jagte, um aus der Einfahrt herauszukommen. Ich klemmte die Zeitung unter den Arm und ging auf das Haus zu, um eine Bandage und Aspirin zu suchen. Der Wein hatte den Schmerz nicht betäubt. Er schwoll an wie ein Chor.

Ehe ich zum Haus kam, fiel mir etwas auf: Die Tür zum Lagerraum in der Garage war offen. Entweder war jemand drin, oder jemand hatte sie offengelassen.

Ich ging durch die Garage und machte soviel Lärm wie möglich. Als ich in das Halbdunkel des Lagerraums spähte, sah ich General Farquhar, der eine Reihe von Waffen auf einem Tisch inspizierte, der Bankettgröße hatte. Er hatte gemerkt, daß ich kam, und nickte, als ich an die offene Tür klopfte.

Er sah, daß ich mir den Arm hielt. »Sagen Sie bloß nicht, daß dieser Saukerl –«

Ich sagte: »Nein, nein. Jedenfalls bin ich mir nicht sicher.«

»Was ist passiert?«

»Ich habe eine Art Unfall gehabt.«

»Schon wieder?«

Ich berichtete von dem Überfall im Café, ließ aber aus, was der Angreifer gesagt hatte. »Es ist halb so schlimm. Den schlimmsten Schaden hat das Café, glaube ich. Was ist denn das alles?« Ich zeigte auf die Waffen.

»Ich reinige sie nur«, sagte er. »Nach den ganzen

Blumen und der Einkauferei in Vail mußte ich mal wieder was Konstruktives machen.«

Ich begriff nicht, was am Reinigen von Waffen Konstruktives sein sollte, aber ich ließ es durchgehen.

»Darf ich mich setzen?« fragte ich zögernd. »Oder gerate ich dann in eine elektronische Schranke?«

»Es ist alles ausgeschaltet«, versicherte er mir. Aber er hielt inne und schaute zu, wie ich eintrat. Die blauen Augen sahen in dem fensterlosen Raum dunkel aus. Neonrechtecke an der Decke beleuchteten saubere Kartonstapel an den Betonwänden. Es gab Rauch- und Feuerverbotsschilder und außerdem ein Plakat der Liga für den freien Verkauf von Schußwaffen. An der entgegengesetzten Wand stand etwas, das wie ein alter Waffenschrank mit Glastür aussah. Es war ein schönes Stück, vermutlich Mahagoni. Aber ein Waffenschrank hätte auf keinen Fall zu Adeles Einrichtungsstil gepaßt. Ich fröstelte und schaute mich nach einem Sitzplatz um.

General Bo kam um den Tisch herum und half mir auf eine stabile Holzkiste.

»Wo in aller Welt haben Sie diese ganzen Waffen her?«

»Teil meiner Forschung«, sagte er, während er vorsichtig ein Gewehr aufhob und ich zurückzuckte. »Keine Bange, es ist nicht geladen. Das ist ein AK-47, in China hergestellt. Lieblingsgewehr der Terroristen. Ist hier ganz schwer zu kriegen. Ich habe es aus Marokko.«

»Wozu?«

Er runzelte die Stirn. »Ich gehöre zu den wenigen Menschen in diesem Land, die wissen, welche Gefahren auf uns zukommen. Wenn ich genug Forschung treiben kann, hört mir vielleicht endlich jemand zu.«

Statt Sie wie einen Ausgestoßenen zu behandeln, dachte ich.

»Aber warum suchen Sie auf der ganzen Welt nach Waffen? Ich meine, es ist etwas anderes als mit Rezepten oder Möbeln. Man kann sie nicht austauschen oder auf den Flohmarkt bringen.«

Er musterte mich geduldig, als wäre ich ein blödes Kind.

»Weil ich sie haben will, das ist der Grund. Wir leben in einer gefährlichen Welt, Goldy, falls Sie das bei so einem Mann wie Ihrem noch nicht gemerkt haben sollten. Vor solchen Menschen muß man sich hüten«, fügte er energisch hinzu.

»Exmann.«

»Wie Adele«, sagte er, als hätte er mich nicht gehört. »Sie liebe ich auch, und ich war entschlossen, sie zu bekommen. Ich hatte gedacht, sie wissen uns in Washington zu schätzen, aber so war es nicht. Deshalb habe ich dieses alte Haus und dieses Lager gebaut. Durch meine Forschung wird die Wahrheit ans Licht kommen.«

Ich widerstand dem Impuls zu fragen: *Die Wahrheit worüber?* Ich war mir ziemlich sicher, daß der General und ich nicht dieselbe Weltsicht teilten. Trotzdem mochte ich den Mann. Er war exzentrisch, hatte aber das Herz am richtigen Fleck. Wo sein Kopf war, wußte ich weniger genau. Wie auch immer, mir war nicht nach einer politischen Diskussion zumute. Ich nickte nur und schaute mich um. Strahlender Sonnenschein, der durch die offene Tür fiel, machte es schwierig, in der Neonbeleuchtung etwas zu sehen. Die Kartons trugen Stempel, die mir nichts sagten. An der offenen Tür standen mehrere Mahnungen, abzuschließen. Was mich an etwas erinnerte.

»Äh, General Bo«, fing ich an. Wie sollte ich ihn eigentlich anreden? Wir hatten das nie richtig klargestellt. »Äh, ich habe mich gefragt, ob ich mit Ihnen über Julian sprechen könnte . . .«

Der General schaute mich mit zusammengekniffenen Augen an und setzte die Gewehrreinigung fort.

Er sagte: »Was ist mit ihm?«

Mir war nicht wohl dabei, mich zu beschweren. Aber vielleicht konnte er mir zu ein paar Einsichten verhelfen, denn er und Julian schienen wirklich gut miteinander auszukommen.

»Erzählen Sie mir etwas über ihn«, sagte ich. Es war nicht nur die Feindseligkeit, die mich störte. Da war außerdem das deutliche Unbehagen beim Abendessen am Samstag. Und jemand hatte mich überfallen. Ein kräftiger Mensch, vielleicht mit Perücke. »Er wirkte eigentlich nicht wie jemand, der seit seiner Kindheit gewöhnt ist an ...« Ich versuchte, *Geld* oder *Klasse* zu vermeiden, aber mir fielen die richtigen Worte nicht ein.

»Wirkt nicht wie jemand, der weiß, was die vielen kleinen Gabeln sollen?« Der General wandte mir den Rücken zu, als er das Gewehr in den Schrank zurückstellte.

»Nicht nur das. Er ist so feindselig.«

»Vielleicht Ihnen gegenüber«, erwiderte der General.

»Aber warum?«

»Wegen des Kochens! Er hilft mir im Garten, wie Sie wissen. Ursprünglich hat er behauptet, er schafft außerdem die ganze Kocherei. Aber Adele wollte eine professionelle Kraft. Ergo Feindseligkeit gegenüber der Köchin.«

»Aha. Aber da ist noch was. Er wirkt so furchtbar befangen in der Nähe von ... Geld.«

»Kein Wunder, Goldy.« General Bo musterte mich, ehe er den Blick einer anderen Waffe zuwandte und sie vorsichtig aufhob. »Rückstoßfreies Gewehr«, erklärte er. »Ohne unser Stipendium für naturwissenschaftlich begabte Schüler würde Julian immer noch unten in Bluff Bonbons rühren und Navajofladen backen.«

»Soll heißen?«

Er zog den Mundwinkel nach unten und zuckte die

Achseln. »Sie wissen doch, wie das ist, wenn Adele sich etwas in den Kopf setzt. Die Organisation der Kirchenmusiktagung. Die Spendenbeschaffung für den Pool in Elk Park.« Er schüttelte den Kopf. »Wir hatten unser Haus in Washington verkauft und planten dieses Haus hier, als sie in der *Post* einen langen, traurigen Artikel über einen Kerl in den Reservaten gelesen hat, der wegen Diebstahl ins Gefängnis gekommen war. Hat sich rausgestellt, daß es ein hochintelligenter Kerl war, bloß arm. Sie sagte: ›Jetzt reicht es mir, wir stiften ein Stipendium für einen Jungen.‹«

Ich wand mich auf der Kiste. Der Rücken und die Beine taten mir weh. Ich sagte: »Einfach so?«

Er nickte. »Natürlich wollte ich ein Sportstipendium für einen Jungen stiften, der auf eine Militärschule geht und dann nach West Point. Aber sie wollte nichts davon hören, hat gesagt, sie will den Jungen im Auge behalten, der das Stipendium bekommt. Seine Fortschritte verfolgen.«

Ich stellte mir eine reiche Kundin vor, die in die Küche kam, um meine Fortschritte beim Filet Wellington zu verfolgen. Ich hätte das nicht zugelassen. Teenager waren jedoch ein anderes Paar Stiefel. Ihr Widerstand gegen Überwachung äußerte sich meistens als Rebellion gegen die Autorität. Oder als Abneigung gegen jemanden mit mehr Kocherfahrung. Julians Feindseligkeit kam mir viel verständlicher vor.

»Also hat sie ihre Schwester angerufen«, sagte der General, »und sich nach dieser Privatschule in Elk Park erkundigt, weil die in der Nähe ihres Grundstücks ist. Meine einzige Bedingung war, weil es auch um mein Geld ging, daß der Junge sportlich sein mußte.« Er grinste. »Ich wollte die Möglichkeit von West Point nicht ganz ausschließen.«

Ich schlug einen höflichen Ton an. »Natürlich nicht.«

Der General fuhr fort: »Sie hat die Schule angerufen und das Geld für das Stipendium angeboten. Ha! Die haben etwa zehn Sekunden gebraucht, um sich zu entscheiden, obwohl sie ein Riesentheater gemacht haben, sie müßten es erst dem Vorstand vortragen und so weiter.« Er lachte bei der Erinnerung. »Als Adele ihnen gesagt hat, daß sie hierher zieht, hieß es, oh, wir haben zufällig gerade einen Sitz im Vorstand frei, wie wär's damit? Und seitdem geht es dauernd um die Spendenbeschaffung für den Pool.«

»Wie können sie sich einen Pool leisten, aber keine Internatsabteilung?«

Der General ging zum Schrank hinüber und nahm eine große Waffe heraus.

Ich sagte: »Meine Güte, General Bo, das sieht ja wie ein Ding im Kino aus.«

»Granatwerfer«, sagte er sachlich. »Sie haben mich etwas über Elk Park gefragt . . .«

Ich sagte: »Der Pool. Warum einen Pool statt einer Internatsabteilung?«

»Zieht mehr Einheimische an«, sagte der General. »In Elk Park haben sie gelernt, daß sie mit den Internaten im Osten nicht konkurrieren können. Im letzten Jahrzehnt sind sowieso viele Internate geschlossen worden. Das Erstaunliche ist, daß Elk Park so lange durchgehalten hat. Obwohl Adele bestimmt nicht damit gerechnet hat, daß die Internatsabteilung dichtmacht, sobald wir hierherziehen.«

»Oder damit, daß Sie Ihren Stipendiaten erben.«

»Nein«, sagte er nachdenklich, »damit auch nicht.«

Jäh drang Finsternis in den Raum. Der General murmelte etwas vor sich hin, als er hinausschaute. Ich folgte seinem Blick. Dunkle Wolken waren von den Bergen nach Osten gezogen.

»Keine Sorge«, sagte ich zu ihm. »Das hat nur zu

bedeuten, daß jetzt offiziell Sommer ist. Jeden Nachmittag bildet der schmelzende Schnee im Hochland im Westen Wolken, die nach Osten ziehen und uns eine Dusche bescheren. Das ist nur gefährlich, wenn es blitzt und man gerade schwimmt oder bergsteigt.«

»Da erlaube ich mir, anderer Meinung zu sein«, sagte er mit schroffer Stimme. »Blitze sind gefährlich, wenn man auf Boden-Luft-Raketen sitzt.«

Ich schaute mißtrauisch auf die Kiste hinunter, auf der ich saß. Was war darin?

Er sagte: »Nicht wörtlich gemeint, Goldy. Die sind alle da drüben«, und er zeigte auf einen langen Wandschrank. In dem Dunkel war er mir gar nicht aufgefallen. Jetzt sah ich, daß am Schrank ein großes Schloß angebracht war. »Aber«, fuhr er fort, »ich hätte ein besseres Gefühl, wenn Sie die Tür zumachen würden. Das Gebäude ist geerdet. Trotzdem möchte ich kein Risiko eingehen.«

Ich rutschte von der Kiste. »Ich muß sowieso gehen. Arch hat vergessen, die Mülltonne nach vorn zu rollen.«

»Das mache ich«, sagte er. »Sie sind nicht in der Verfassung, sich abzuplagen.«

Dem konnte ich eigentlich nicht widersprechen. Ich wartete, während er die restlichen Waffen verstaute.

»Wie hieß eigentlich dieser Polizist?« fragte er mit dem Rücken zu mir, »derjenige, der Ihnen am Tag des Unfalls geholfen hat?«

Ich sagte: »Schulz«, und fragte mich, ob der Ton des Generals nicht eine Spur zu beiläufig klang.

»Hat er etwas über die Explosion gesagt? Ich meine, hinterher?«

»Nein«, sagte ich leicht zögernd. »Er hat mir nur gesagt, ich soll vorsichtig sein.«

Der General zog die Oberlippe über die obere Zahnreihe und die Augenbrauen zusammen, ein Bild tiefer

Nachdenklichkeit. Er sagte: »Sie haben ihm doch nichts von dem Lager erzählt, oder?«

»Nein«, sagte ich. Aber jetzt sage ich es ihm, dachte ich. Ich sagte: »Warum? Was Sie machen, ist doch legal, oder?«

Er hob das letzte Gewehr auf und stellte es in den Schrank.

»Oh, selbstverständlich. Es ist nur so, daß die Polizei manchmal ein bißchen eifersüchtig auf das Militär ist. Es wäre mir gar nicht recht, wenn die hiesige Polizei hier herumstochern würde, Sie wissen schon.«

Wie üblich wußte ich es nicht.

»Wie auch immer«, sagte der General, als er den Schrank abgeschlossen hatte, »ich wüßte es zu schätzen, wenn Sie diesen Raum nicht erwähnen würden, wenn Sie sich mit ihm treffen. Er würde mich vermutlich für einen Irren halten und nicht für einen ernsthaften Forscher.«

Was mich betraf, berieten die Geschworenen noch darüber, ob der General ein Irrer war. Aber ich sagte nur: »Es wird gleich regnen. Wenn wir den Müll fortbringen wollen, müssen wir uns beeilen.«

Der General schloß die Tür ab und sicherte sie.

»Zu schwer für einen Jungen«, bemerkte er, als er die fahrbare Tonne auf die Räder kippte. Ich wollte beim Steuern helfen und übertrieb es mit dem heilen Arm. Die Tonne kippte mit einem lauten Knall um. Kaffeesatz, Orangenhälften, Rechnungen und Briefe, Fleischpappen und Zellophan, Dosen und Flaschen ergossen sich, rollten, zerbrachen und rutschten über den Gartenboden.

Zwei Katastrophen an einem Tag. Ich fragte mich, wo der Guinness-Rekord für Sauereien dieser Art liege, während ich triefende Umschläge aus Utah, Patronenhülsen, Adeles geleerte Cremeflaschen von Estée Lauder und Julians leere Peroxidflaschen einsammelte, außerdem Schnurstücke und leere Düngersäcke.

Ich sagte: »Warum färbt sich Julian Ihrer Meinung nach die Haare?«

»Vermutlich, um zu verbergen, daß er von Indianern aufgezogen worden ist«, sagte der General entnervt. »Obwohl man eigentlich meinen müßte, daß er dann eine andere Frisur gewählt hätte.« Er schaufelte Berge aus Obstschalen auf, durchsetzt mit Kaffeesatz, alten Zeitungen und leeren Pralinenschachteln. Er hob eine auf und sagte: »Manchmal kann man kaum glauben, daß man dieses Zeug tatsächlich gegessen hat.«

Große Regentropfen klatschten auf die Einfahrt, als wir die Mülltonne schließlich an den Straßenrand karrten. Erst als wir zusammen ins Haus gingen, fragte ich mich, woher der General wußte, daß ich mich mit Schulz traf.

General Bo bot mir an, vor ihm zu duschen. Weil zu den Merkwürdigkeiten in diesem luxuriösen Haus die Tatsache gehörte, daß der Heißwasservorrat nur für eine Person auf einmal reichte, ließ ich ihm den Vortritt. Ich wolle zunächst einen Blick in mein kulinarisches Reich werfen. Ich wusch mir im unteren Bad die Hände und ging in die Küche, wo Adele in offenkundig schlechter Stimmung telefonierte. Es war wegen einer Spendenbeschaffungsveranstaltung im August zur Krise gekommen, bei der für fünfzig Dollar pro Platz ein Film mit George Rumslinger in einer Nebenrolle gezeigt werden sollte.

»*Kennt* ihn denn niemand in dieser Schule?« wollte sie am Telefon wissen. Sie sah königlich aus in einem marineblau-weißen seidenen Hemdblusenkleid und passenden Pumps; ein Aufzug, der besser zu einem Mittagessen im Jachtclub gepaßt hätte als zu einem Tagesausflug nach Vail. Mit einer Hand hielt sie den Hörer, mit der anderen beugte sie sich leicht auf den Stock, als habe sie vor, ihn gleich als Waffe zu gebrauchen. Ich kicherte und hoffte inbrünstig, es sei Joan Rasmussen, der die Daumenschrauben angelegt wurden.

Ich schrieb ihr einen Zettel: »Ich kenne den Verwalter.«

Sie nickte, lächelte und hob einen Finger, als wolle sie sagen: »Ich bin gleich fertig.« Ich schrie: »Haben Sie Bandagen?« Sie verzog den Mund zu einem erstaunten O und schüttelte den Kopf. »Brauchen Sie Hilfe?« schrieb sie. Ich schüttelte den Kopf und ging steif durch die peitschenden Regentropfen zu meinem Lieferwagen, wo mein zuverlässiger Kasten für Notfälle eine Bandage hergab. Ich wickelte sie um meinen Arm, zog Marlas Exemplar des *Mountain Journal* heraus und ging auf die Veranda. Ich entschied mich gegen ein Schmerzmittel. Für den Augenblick.

Die Schlagzeile sprang mich an.

Keine Liebe auf diesen ersten Biß!

Bei ihrem neuesten kulinarischen Abenteuer hat sich Ms. Goldy Bear (ja, Leute, Sie haben sich nicht verlesen), die geschiedene Inhaberin von GOLDILOCKS' CATERING, ALLES VOM FEINSTEN (auch das ist kein Witz), sich als Liebesgöttin ausgegeben. Unsere unverheiratete Venus behauptet, sie regiere in der Küche, wo sie angeblich aphrodisisches Essen zubereitet.

Im Gegensatz zu der versprochenen liebessteigernden Wirkung war bei einem Abendessen für sechs im eleganten Zuhause von Brian und Weezie Harrington am letzten Samstag kein Liebestaumel zu verzeichnen. Ganz im Gegenteil. Die Feindseligkeiten zwischen Gastgeber und Gastgeberin wurden zwischen den Muscheln und der Quiche eröffnet und setzten sich bei halbrohen Schweinekoteletts und trockenen Schokoladenplätzchen fort.

Wie lange muß Aspen Meadow eine solche Folter der Geschmacksnerven noch ertragen? Stellen Sie sich nur vor, Goldy Bear richte eine Friedenskonferenz aus! Die Vereinigten Staaten müßten noch

vor dem Zitronenmeringenkuchen mit einem Atomangriff rechnen. Weil Ms. Bear offensichtlich weder über vorzeigbares Können auf kulinarischem Gebiet noch über erfolgreiche Erfahrungen im Bereich Liebe verfügt, schlägt der Rezensent vor, daß sie es mit etwas versucht, das sie kann. Zum Beispiel einer Fahrgemeinschaft.
Bis zum nächsten Mal, lieber essenskritischer Leser, bleibe ich Ihr sehr ergebener
Pierre

Muscheln? Quiche? Schweinekoteletts? Fahrgemeinschaft? Warum tat mir jemand das an? Wer konnte so grausam sein? Ich litt wie ein Fisch, der lebendig ausgenommen wurde. Eine quälende Klinge schnitt durch meine Seele. Derart öffentlich, derart ungerecht heruntergemacht zu werden. . . . es war unglaublich. Aus der Verletztheit wurde Zorn. Ich fragte mich, was für Chancen ich bei einer Verleumdungsklage hätte. Der Haken daran war, daß es mich jedesmal, wenn ich meinen Anwalt anrief, Hunderte von Dollar kostete, nur um zu erfahren, was auch immer ich im Sinne hatte, sei keine gute Idee.

Adele kam auf die Veranda. Der Regen hatte sich in Hagel verwandelt, und ich hatte ihren Stock nicht durch den Schnellfeuerbeschuß auf das Dach hinweg gehört.

Sie sah die Zeitung in meiner Hand. Ihre Augen trübten sich mitfühlend. »Es tut mir leid, daß Sie das gesehen haben.«

»Mir auch. Wer könnte das sein? Jemand, der dabei war? Jemand, der etwas darüber gehört und das Menü nicht richtig mitbekommen hat?«

Leitung eins klingelte. Ich stand auf, um mich zu melden. Alles, wenn ich nur der Zeitung entkam.

»Mrs. Farquhar, bitte. Hier spricht der Rektor der Privatschule in Elk Park.«

Offenbar erkannte er die Stimme der Partylieferantin nicht, die ihm erst vor einer Woche aus einer Klemme mit einem Brunch mit sechzig Gedecken herausgeholfen hatte. Ich sagte ihm, er solle dranbleiben, und brachte Adele das schnurlose Telefon.

Ich schloß die Augen, lauschte dem Hagelschlag auf dem Dach der Veranda. Ich wünschte mir, Pierre – wer das auch sein mochte – sei da draußen.

Nackt! Sterbend! Vom Hagel erschlagen und dann vom Blitz!

Ich stöhnte. Die Luft war kalt geworden. Ich spürte jedes Hagelkorn auf meinem Herzen. Man möchte meinen, nach einer Ehe mit einem gewalttätigen Mann sei man gegen so etwas gefeit. Aber bis man eine Möglichkeit findet, sich von der Meinung zu distanzieren, die ein übler Mensch von einem hat, tut es trotzdem weh. Ich würde eine Möglichkeit finden, mich zu distanzieren. Und ich würde herausfinden, wer einen Rochus auf mich hatte.

Adele sagte zum Rektor: »Ich verstehe nicht, warum in dieser Stadt überhaupt nichts klappt . . .«

Davon konnte ich auch ein Lied singen.

Ich schlüpfte ins Wohnzimmer, um mir eine Handvoll Lindorpralinen zu holen. Als ich wieder auf die Veranda kam, griff ich nach der blau-weißen Häkeldecke, zog in einen glatten, aber trockenen Korbsessel um und packte mich ein. Ich wickelte eine Praline aus und steckte sie in den Mund, dann ließ ich zu, daß die sündige, dunkle, weiche Crememasse auf meinen Geschmacksknospen schmolz und mein Befinden besserte. Nach einem Augenblick atmete ich die kühle Luft tief ein und machte die Augen auf. Der Hagel fiel gleichmäßig und dicht auf die Wiesen. Hier und dort sprenkelte Weiß das üppige Grün.

Wenn Leute in die Berge ziehen, glauben sie nicht nur,

alles werde sich zum Besten kehren, sondern irrigerweise auch, inmitten solcher Naturschönheiten gebe es keinen hupenden Verkehrslärm, keinen hinterhältigen Klatsch und keinerlei Grausamkeit allgemeiner Art. Ich aß die nächste Praline und ließ meinen Blick über die Veranda schweifen, zu Adele, die den Kopf über die Verzweiflung des Rektors schüttelte, zu dem Tisch mit der scheußlichen Zeitungsbesprechung, zu den Knöpfen der Alarmanlage an der Wand. Wie es schien, schützte sie nur vor dem Eindringen körperlicher Gewalt.

Arch kam auf die Veranda und winkte. Der Hagel war so laut, daß ich nicht gehört hatte, wie Julians Auto vorgefahren war und die beiden Jungen ins Haus gekommen waren. In der Küche fing ich mechanisch damit an, Kakao zu kochen, Archs Lieblingsgetränk an verschneiten Tagen.

»Mom«, sagte er, als er in den Milchtopf schaute, »es schneit doch gar nicht. Hey!« Er wich zurück und starrte mich an. »Was ist dir denn passiert?«

Ich starrte ihn an: Sommersprossen, besorgte Augen hinter Brillengläsern, feuchtes Haar, weil er ohne Mütze im Hagel gewesen war. Ich versicherte ihm, mit mir sei alles in Ordnung, ich sei im Café nur ausgerutscht und hingefallen. Ich tat es achselzuckend ab. Bei meiner Versicherung, alles sei bestens, preßte er grinsend die Lippen zusammen, machte die Augen weit auf und hob die Augenbrauen.

Irgendwas stimmte an seinem Aussehen nicht. Ich mußte ihn eine Zeitlang anstarren, bis ich heraushatte, was es war. Heute morgen war er aus dem Haus gegangen, ohne daß ich seinen Jogginganzug überprüft hatte. Jetzt trug er ausgebeulte schwarze Hosen und ein weißes Hemd, beides etwa vier Nummern zu groß für ihn. Während ich über diesen bizarren Umschwung im Kleidungsstil nachdachte, kochte die Milch über.

»Was hast du denn da an?« fragte ich, als ich nach einem Schwamm griff.

Er sagte: »Sachen.«

»Wessen Sachen?«

Er schaute auf die Hosen hinunter, dann bedachte er mich mit einem unschuldigen Blick. »Die hat mir Julian geschenkt. Sie waren ihm zu klein.«

Ich goß die angebrannte Milch weg und scheuerte den Herd. Ich dachte: Laß es gut sein.

»Hör mal«, sagte er. »Julian und ich wollen im Hagel schwimmen. Wir meinen, das ist cool.«

»Willst du eine Lungenentzündung bekommen?«

»Nein«, sagte er. »Ich will ihm zeigen, daß ich die Handschellen unter Wasser aufbekomme.«

»Vergiß es. Nein, in allen Punkten.«

»Mensch, Mom!« Seine Stimme war wütend. »Du erlaubst mir gar nichts! Kein Geld für Zaubersachen! Ich darf nicht schwimmen, obwohl der Pool beheizt ist, falls du das noch nicht geschnallt hast! Du glaubst immer, daß mir was passiert! Aber wer ist hier bandagiert? Gibt es irgendwas, was ich tun darf?«

Und ehe ich antworten konnte, drehte er sich um, wich Adele knapp aus und stürmte aus der Küche.

Adele rieb sich die Stirn. Sie sagte: »Der Rektor sagt, wir müssen einen anderen Film zeigen, weil der Streifen mit Rumslinger nicht zu beschaffen ist. Wir haben die Karten schon verkauft. Natürlich fällt ihm kein passender Film ein.«

Ich schrubbte angebrannte Milch vom Topfboden und gab gutturale mitfühlende Laute von mir.

Sie seufzte. »Ich gehe ins Arbeitszimmer, wo ich mir beim Denken zuhören kann, und rufe die Paramount an.«

Ich nehme an, wenn man Geld hat, ist alles möglich. Ich war der letzte Mensch, der versucht hätte, es ihr auszureden, daß sie sich mit Hollywood anlegte. Ich konnte nicht mal Kakao kochen.

Sie sagte: »Was war denn mit Arch los?«

»Er will schwimmen. Sagte, der Pool ist beheizt, warum also nicht? Jetzt ist er wütend, weil ich nein gesagt habe.« Ich spülte den Topf aus und trocknete ihn ab. »Ich hasse es, wenn er eine Wut auf mich hat. Er ist alles, was ich habe.«

»Na ja«, sagte sie in einem mitfühlenden Ton, »Sie wissen doch, was die Psychiater sagen. Ganz gleich, was man für seine Kinder tut, sie wissen es nicht zu schätzen.«

Bei allem, was ich über die Elternrolle gelesen hatte, davon hatte ich noch nie etwas gehört.

Ich sagte: »Welcher Psychiater hat das gesagt?«

»Einer, der Kinder erziehen mußte.«

Ich legte das Geschirrtuch weg und dachte kurz nach. »Ehrlich gesagt«, sagte ich mit meinem besten sarkastischen Lacher, »habe ich nie einen Psychiater gekannt, der zu Hause bleiben und Kinder aufziehen mußte.«

»Genau das habe ich gemeint, Goldy«, sagte sie, ehe sie sich mit dem Klopfschritt entfernte.

Mit dem bandagierten Arm machten die Vorbereitungen für das Picknick der Audubon Society am Tag darauf nur langsam Fortschritte. Ganz unvermittelt hörte der Hagelschauer auf. Silbrige Wolken lösten sich auf wie auseinandergerissene Netze. Gegen vier, als ich Kiwis, Honigmelonen und Erdbeeren für einen Obstsalat schnitt, den die Farquhars nach den Fischfilets Silvestre zum Nachtisch essen sollten, strömte Sonnenschein in die Küche. Julian war mit Sissy verabredet und würde zum Abendessen nicht dasein. Arch brüllte durch seine Zimmertür, er wolle nicht zum Abendessen zu Tom Schulz fahren und er wolle keinen Fisch essen, der eigentlich im Ozean sein sollte.

»Was willst du dann?« fragte ich durch das Holz hindurch.

»Daß du mich in Ruhe läßt«, sagte er. »Ich mach mir ein Käsebrot vom Grill.«

»Arch«, bettelte ich, »sei doch nicht wütend. Ich hab doch bloß nicht gewollt, daß du vom Schwimmen im Hagel krank wirst.«

»Geh weg.«

»Sag mir Bescheid, wenn du dir das mit dem Besuch bei Tom Schulz anders überlegt hast.«

»Das überlege ich mir nicht anders.«

Zum Kuckuck mit allen, dachte ich, als ich die Erdbeertorte in eine Schachtel packte und zum Lieferwagen hinausging. Ich hatte mein Bestes getan. Ich schnallte die Tortenschachtel fest, machte das gesicherte Tor auf und ging langsam die Einfahrt entlang zurück. Mit dem bandagierten Arm wurde ich mit Müh und Not mit der Gangschaltung des Lieferwagens fertig. Ich machte das Tor zu und legte den Rückwärtsgang ein. Dann gab ich Gas. Ich konnte es nicht erwarten, aus dem verfluchten Country Club herauszukommen, obwohl ich doch schon zum Mittagessen ausgegangen war.

Es war so gut wie unmöglich, einen Ort zu finden, der den gepflegten Rasenflächen von Meadowview weniger ähnelte als der lange Feldweg zum Haus von Tom Schulz. Er wohnte in einem geräumigen Dreizimmer-Blockhaus, zehn Kilometer westlich von Aspen Meadow. Weil Aspen Meadow eine selbständige Gemeinde (und stolz darauf) war, galt natürlich alles, was über drei Kilometer von der Main Street entfernt war, als Gebiet außerhalb der Stadt. In Ermangelung einer zuständigen Behörde wurden die geographischen Grenzen von den Immobilienmaklern gezogen.

Das Licht der untergehenden Sonne glitzerte hinter

nassem Espenlaub. Die Bäume sahen aus, als ob sie mit Smaragden behängt wären. Schmelzender Hagel verwandelte die Fahrspuren in glänzende Schlammstreifen. Während der Lieferwagen voranholperte, ergossen überhängende Bäume Astladungen von Eis auf die Windschutzscheibe. Ich schaltete die Scheibenwischer ein. Als ich zu seinem Blockhaus kam, schaufelte Tom Schulz Hagel vom gepflasterten Gehweg.

Er lud die letzte Schaufel auf und hievte sie über eine graue Felsnase, die wie ein schlafender Elefant aussah. Ich schnallte die Torte los und stieg vorsichtig aus, um tiefem Schlamm auszuweichen. In der kühlen Abendluft hing der süße Duft nach Drosselbeerblüten.

Schulz lehnte sich auf die Schaufel. »Stimmt was nicht? Was ist mit deinem Arm passiert?«

»Gar nichts stimmt.«

Er legte die Schaufel weg und kam her, um mir zu helfen.

»Ich bin im Aspen Meadow Café angegriffen worden.« Ich berichtete ihm kurz von dem Überfall, einschließlich der Mahnung, Philip Miller in Frieden ruhen zu lassen.

»Ich kann es nicht glauben, daß du mich nicht angerufen hast.« Schulz nahm mir die Torte ab und stellte sie auf einen Felsen. »Ich kann es nicht glauben, Miss G.« Schulz umarmte mich zärtlich, vorsichtig, damit er mir nicht wehtat. Ich genoß das Gefühl seiner rauhen Jeans an meinen Beinen, den frischgewaschenen Geruch seines Hemdes, das einmal gelb gewesen war.

Als wir uns voneinander lösten, machte er ein verwirrtes Gesicht. Er sagte: »Wo ist Arch?«

»Zu Hause. Hat eine Wut, weil ich ihm nicht erlaubt habe, im Hagel zu schwimmen.«

Schulz hob die Tortenschachtel auf, stieß angemessene Begeisterungslaute aus und legte den freien Arm um meine Schulter, als er mich den gepflasterten Gehweg entlangführte. »Wenn du dich mehr um dich und weniger um Arch kümmern könntest, ginge es allen viel besser, Goldy.« Er schaute mit einem entschuldigenden Lächeln auf mich herunter. »Nicht beleidigend gemeint.«

Ich zeigte auf die Torte. Ich sagte: »Möchtest du sie essen, oder hättest du sie lieber im Gesicht?«

»Ich will sie essen, vielen Dank«, sagte er, während er die Torte aus meiner Reichweite schwenkte. »Komm rein. Ich muß mit dir reden, ehe wir uns mit dem Essen beschäftigen.«

Die Haustür zierte eine kunstvolle Schnitzerei einer nackten Frau, die zu tanzen schien. Der Holzschnitzer, der sich dieses Haus hatte bauen lassen, hatte diese Frau für seine Muse gehalten. Der Schnitzer, der schon lange fort war, war wegen Steuerhinterziehung geschnappt worden. Das Haus war bei einer Versteigerung des Finanzamts für einen Bruchteil seines Wertes verkauft worden, und Schulz hatte zugegriffen. Ich hatte mich von Anfang an darüber gefreut, daß er hier wohnte. Nach langen Tagen, in denen er an Mordfällen arbeitete, brauchte ein Ermittler ein abgelegenes Haus mit einem großen Kamin und einer Verandaschaukel mit Blick auf die Berge. Rauch vom Gartengrill wehte um das Haus herum, als ich die Nackte passierte.

Seit meinem letzten Besuch war eine Weile vergangen. Bedruckte Lampenschirme warfen warmes Licht auf die handgetischlerte Zederntäfelung und den hohen Tuffsteinkamin. Schulz kannte sich ein bißchen mit Antiquitäten aus und hatte sein Haus mit wenigen, erlesenen Stücken eingerichtet, darunter auch einem Schrank, der als Spüle bezeichnet wurde. Er hatte mir von den Möbeln erzählen wollen, aber ich hatte ihm gesagt, ich könne Backensessel nicht von den Backenhörnchen unterscheiden, die Arch in den Zeichentrickfilmen sah.

Während ich dastand und das Wohnzimmer bewunderte, rief Schulz aus der Küche: »Ich hab' mir gedacht, nach der ganzen Nobelkocherei für die Farquhars hast du Appetit auf ein Steak.«

»Und wie«, sagte ich. Er reichte mir eine Flasche meiner Lieblingsmarke alkoholfreien Biers und holte sich dann auch eine. »Hast du das eigens für mich gekauft?« Aber ich wußte, daß es so war. »Uff, ich kann's brauchen, daß jemand nett zu mir ist.«

»Dann hast du also die Zeitung gelesen.«

»Laß uns bitte das Thema wechseln. Es gibt also Steak? Ich hab' gedacht, du magst die Nobelküche.«

»Ich mag so vieles, das kannst du dir gar nicht vorstellen.« Er zwinkerte. »Setzen wir uns.«

Ich ging auf die Veranda hinaus und setzte mich vorsichtig auf die Schaukel. Sie war von der altmodischen Sorte, mit Latten.

»Moment«, sagte er, nahm mir das Bier ab und stellte es auf das Verandageländer. Er kam mit einer Alpakadecke zurück, die er auseinanderfaltete und sorgfältig um mich legte.

Ich sagte: »Danke, Daddy.«

»Halt die Klappe und trink das Zeug hier, was heißt, daß ich dich wenigstens nicht nach Hause fahren muß.« Er gab mir die Flasche und setzte sich auf die andere Seite der Schaukel.

»Du bist wirklich wunderbar, weißt du«, sagte ich, ohne ihn anzusehen. Das Getränk war kalt und schaumig; mir wurde warm in der Brust. Das kratzige Alpaka fühlte sich gemütlich und sicher an.

»Ja, bin ich nicht toll. Goldy, ich möchte, daß du diesen Überfall meldest, ganz gleich, ob jemand den Kerl gesehen hat.«

»Mach' ich.«

»Du kannst darauf wetten, daß wir in diesem Fall keine Einzelheit in Frieden ruhen lassen.«

Ich nickte. Schweigen hüllte uns ein, während die Sonne hinter den Bergen unterging. Die Luft war dunstig vom schmelzenden Hagel.

Er sagte: »Du trauerst immer noch um diesen Philip Miller.« Das war keine Frage.

Unwillkürlich wurde mir eng in der Gegend, wo mir die Rippen weh taten. Ich sagte: »Manchmal. Es ist so eine Vergeudung.«

»Oh. Das glaube ich nicht.«

»Was weißt du schon darüber?« Ich trank einen Schluck, schaute die Aussicht an.

»Wenn du es auch nicht recht fassen kannst, Miss G., ich hatte mal eine Freundin. Sind gemeinsam in die High School gegangen und so weiter. Sie ist in Vietnam gefallen.«

Ich war verblüfft. »Ich habe gedacht, Frauen waren nicht –«

»Sie war Krankenschwester. Ist vom Artilleriefeuer getroffen worden.«

»Lieber Gott«, sagte ich. »Das tut mir leid.«

»Danke. Ich will darauf hinaus, daß Liebe nie vergeudet ist.«

»Ach was. Ich habe sie sieben Jahre lang für den Kotzbrocken vergeudet. Und ich bin mir nicht sicher, daß ich Philip Miller geliebt habe.«

Er ließ das durchgehen. Nach einer Weile sagte er: »Möchtest du über ihn reden? Ohne Emotionen? Es geht um Menschen, die du besser kennst als ich.«

Ich schwenkte die Flüssigkeit in der grünen Flasche, bis sie schäumte. Ich sagte: »Klar. Fang an.«

»Zunächst geht es um Philip Miller und die Leute, die neben dir wohnen.«

Ich sagte sachlich: »Ich weiß nicht, ob er ein Verhältnis mit Weezie hatte.«

»Das ist ein Gerücht, das ich von vier Leuten gehört

habe. Außerdem, wenn sie sich so für Aphrodisiaka interessiert, meinst du, sie würde soweit gehen, diese Spanische Fliege zu verwenden? Könnte erklären, warum Philip das Zeug hatte.«

»Ich hab dir doch schon gesagt, ich kenne das Gerücht über das Verhältnis. Das ist alles.«

»Ehrlich gesagt, ich frage mich, ob du was über die Beziehung zwischen dem braven Psychiater und Brian Harrington weißt.«

»Oh, *bitte.*«

»Nicht diese Art von Beziehung. Geschäft. Rivalität. Philip Miller, der politisch korrekte Seelenarzt, aktiv bei ›Schützt unsere Berge‹, Vorsitzender der hiesigen Audubon Society und ein Gegner des Bauprojekts auf dem ökologisch empfindlichen Flicker Ridge. Der Mr. Harrington gehört.«

Ich sagte: »Zeig mir irgendein Stück von Colorado, auch wenn es bloß ein Felsen ist, von dem niemand behauptet, es sei ökologisch empfindlich.« Ich stand auf, um mir noch ein Bier zu holen.

»Okay, okay«, sagte er, als er mir in seine kompakte Küche folgte. »Laß mich das machen«, sagte er, nahm mir die Flasche ab und suchte im Kühlschrank nach einer zweiten. »Ich bin der Gastgeber. Ich wollte bloß wissen, ob du irgendwas darüber weißt.«

»Über die Audubon Society weiß ich gar nichts. Morgen richte ich ein Picknick für sie aus, bei dem auch die Farquhars sind. Was Einzelheiten anlangt, weiß ich nur Bescheid über Vögel, die man essen kann.«

»Kann nicht behaupten, daß ich dir das verüble«, sagte er, als er mir eine weitere kalte Flasche reichte. »Nimm sie mit nach hinten, damit wir die Steaks grillen können. Ich muß sowieso mit dir über Gesundheitskost reden.«

»Noch eins meiner Lieblingsthemen.«

Er schaute mich an. »Die Sonne ist untergegangen.

Brauchst du einen Pullover?« Er warf einen fragenden Blick auf meine dünne Jacke.

Ich sagte, ich holte mir die Alpakadecke und käme damit nach hinten. Als ich in den Patio kam, brutzelten die Steaks auf dem Grill. Der verlockende Barbecueduft wehte in den dunkel werdenden Himmel. Ich wickelte mich wieder ein und setzte mich auf eine indianische Picknickbank.

»Okay«, sagte er und spritzte ein paar Wassertropfen ins Feuer, um die Flammen zu zügeln. Die Kohlen zischten. Er drehte den schweren Körper um und wandte sich mir zu, und ich empfand ein Aufsteigen von Wärme, das nichts mit dem alkoholfreien Bier oder der Decke zu tun hatte. Er sagte: »Die Schwester. Elizabeth. Hat Schwierigkeiten, die Hypotheken für den Laden zu zahlen, falls Philips Testament das Problem nicht löst.«

Ich schüttelte den Kopf. »Ich kann mir nicht vorstellen, daß sie so etwas tun könnte. Sie ist seltsam, aber keine Mörderin.« Ich dachte nach. »Sie und Weezie hatten jedoch wegen irgend etwas Krach. Es ging darum, ob Philip Weezie etwas hinterlassen hat.«

»Was hinterlassen, zum Beispiel Geld?«

»Ich weiß es nicht. Elizabeth will sich mit mir treffen. Vielleicht kann ich mit ihr darüber reden.«

»Dein Auftrag, Miss G., besteht darin, herauszufinden, worum es bei dem Streit ging. Was könnte er Weezie hinterlassen haben?«

»Es ist ein bißchen makaber«, sagte ich, »aber war er vielleicht Organspender? Ich erinnere mich daran, wie Elizabeth geschrien hat, er habe seinen Körper der Wissenschaft vermacht. Das könnte es sein, was er hinterlassen hat.«

Schulz drehte die Steaks um. Verführerischer Rauch stieg auf.

Er sagte: »Das habe ich überprüft. Er war Spender. Im

Gegensatz zu dem, was die Öffentlichkeit glaubt, können das Herz und die Nieren nicht gespendet werden, wenn jemand bei einem Autounfall gestorben ist. Das geht nur mit der Haut und der Hornhaut. Auf Millers Verfügung hin ist beides gespendet worden.« Er spritzte wieder Wassertropfen ins Feuer. »Die Autopsie hat übrigens keinerlei Spuren von Gift ergeben. Daß der Drogenbefund negativ war, habe ich dir schon gesagt. Ich begreife das mit diesem Kantharidin immer noch nicht. Er hatte keine innere Entzündung, die er hätte haben müssen, wenn er was davon genommen hätte.«

»Laß uns nicht mehr darüber reden.«

»Tut mir leid«, sagte er. Er stach in die Seiten der Steaks, kam herüber und setzte sich neben mich auf die Bank. Er legte einen Fuß auf das Knie. »Alles in Ordnung? Brauchst du irgendwas? Ich habe drinnen einen Riesensalat und gebackene Kartoffeln. Und eine Erdbeertorte von meiner Lieblingslieferantin.«

Ich lächelte. »Ganz zu schweigen von Steaks, die ein hervorragender Polizist gebraten hat.«

Er wandte sich mir zu, legte die Arme um die Alpakadecke mit mir drin, zog das Bündel näher zu sich heran, Meine innere Anspannung löste sich auf. Sein Gesicht war kühl. Das sandfarbene Haar roch stark nach Holzkohle. Ich konnte mein Herz schlagen hören.

»Ich mache mir Sorgen um dich«, sagte er mir ins Ohr. »Und du fehlst mir.«

Ich wickelte den Arm aus dem Alpaka, griff nach seiner breiten Taille. »Ein Auto kommt«, sagte er ganz leise.

Ausgerechnet, wenn es gemütlich wurde.

»Mom!« kam von fern Archs Stimme. »Mom, ich hab's mir anders überlegt!« Im Schlamm quietschten Reifen. Ein Auto wendete. »Mom! Der General hat mich hergebracht! Ich hab'mich sogar noch daran erinnert, wie man herkommt! Wo seid ihr denn, hinten?«

Schulz und ich lösten uns voneinander.

Schulz legte den Kopf schief. Sagte: »Fortsetzung folgt.«

Arch stürmte in den Patio. »Wow, das riecht vielleicht gut! Es ist doch okay, daß ich erst so spät komme, oder?«

Essen schmeckt immer besser, wenn es jemand anderes gekocht hat. Wenn jener andere Tom Schulz war, war man in guten Händen. Die saftigen Steaks dufteten nach einer Burgundermarinade mit Knoblauch, die gebackenen Kartoffeln glänzten von zerlassener Butter, und jedes Salatblatt war dick mir Avocadosauce überzogen. Schulz gestand, er habe Arch angerufen, um herauszubekommen, wie ich Schokolade am liebsten mochte. Arch hatte gesagt, mit Pfefferminz. Deshalb gab es außer der Erdbeertorte Schulz' berühmten Käsekuchen mit Schokolade und Pfefferminz. Soviel zum Nationalen Cholesterininstitut.

Arch war glücklich in Tom Schulz' Gesellschaft. Er fühlte sich akzeptiert, und das merkte man ihm an; er nannte Schulz sogar beim Vornamen. Nach anfänglichem Zögern langte Arch zu und aß wie ein Scheunendrescher. Gegen Ende unseres Besuches taute er richtig auf. Ob Tom wisse, wie man den Zauberer anruft, der einem sage, welche Karte man in der Hand habe? Tom wußte es nicht. Arch holte ein Kartenspiel heraus und ließ Tom eine abheben. Dann rief er einen Freund an, und der Zauberer nannte dem erstaunten Tom die Karte.

»Das ist ein Code«, sagte Arch. »Wie Mom und ich

Schulz' Salat mit Avocadosauce

1 Kopf Eisbergsalat
50 g Chester, gerieben
50 g Emmentaler, gerieben
80 g Frühlingszwiebeln, gehackt
8 Kirschtomaten, halbiert
Zerdrückte Mais- oder Kartoffelchips zum Bestreuen

SAUCE:

1 Avocado, geschält, entkernt, zerdrückt
1 Eßlöffel frischer Zitronensaft
100 ml Sauerrahm
80 ml Maisöl
1 Eßlöffel pikante Sauce

Salat in kleine Stücke zerpflücken und mit dem Käse, den Frühlingszwiebeln und Tomaten vermischen. Zudecken und bis zum Servieren in den Kühlschrank stellen. Alle Zutaten für die Sauce gründlich vermischen. Sauce in den Salat rühren und zerdrückte Chips darüberstreuen.

Ergibt 4 bis 6 Portionen.

einen hatten, als ich klein war. Wenn ich wollte, daß sie mich bei einem Freund abholt, oder wenn ich in der Schule Ärger hatte, habe ich sie einfach angerufen und gesagt: ›Pik sieben.‹ Dann wußte sie, daß sie gleich kommen muß, und ich mußte es ihr nicht lang erklären. Das ist ein Code«, fuhr Arch fort, »den viele Zauberer verwenden. Der Zauberer, den man anruft, ist einfach ein Freund, der den Trick kennt.« Er bedachte mich mit einem breiten Grinsen, dem ersten, das ich seit langer Zeit zu sehen bekam. »Sogar Mom kennt ihn.«

»Könntest du ihn mir beibringen?« fragte Tom Schulz. »Bitte.«

Arch zögerte, dann sagte er, er könne sowieso einen

weiteren Zauberer brauchen. Er erklärte Schulz, wenn angerufen und nach dem Zauberer gefragt werde, müsse man langsam die Farben durchgehen, bis man vom Anrufer unterbrochen werde. Dann zähle der Zauberer vom As abwärts, bis ihn der Anrufer wieder unterbreche.

Schulz war beeindruckt. »Rufst du mich mal an? Nicht im Büro, sondern zu Hause? Das heißt, wenn du dich mal von deiner schicken Sommerschule losreißen kannst.«

Arch sagte, er rufe an, dann gestand er, eigentlich gefalle es ihm nicht in der Sommerschule, bis auf den Minikurs in Französisch. Den hatte er belegt, um der Sportstunde zu entgehen (*Tennis,* sagte er voller Abscheu, im selben Ton, in dem man spricht, wenn man Ameisen entdeckt hat). Er wollte wissen, ob Tom etwas von Poe gelesen habe. Ja, vor einer Ewigkeit. Arch sagte, stellen Sie sich bloß vor, wir haben in Aspen Meadow sogar Raben.

Tom fragte, ob Poe sich elegant gekleidet habe. Arch sagte, das wisse er nicht genau. Archs Kleidungsstil lasse aber auf einen neuen Einfluß schließen. Arch sagte, das sei nur ein Typ namens Julian. Ich konnte mich nicht erinnern, wann ich Arch zum letzten Mal so glücklich gesehen hatte. Nach dem Käsekuchen summte er sogar mit, als Schulz Gitarre spielte und »Love Is a Rose« sang. Als wir zu dritt abwuschen, brachte ihm Schulz »Mama, Don't Let Your Babies Grow Up to Be Cowboys« bei. Auf der ganzen Rückfahrt summte Arch abwechselnd die beiden Lieder.

Als ich auf das Haus der Farquhars mit den zahlreichen Flutlichtern zufuhr, fiel mir ein, daß ich vergessen hatte, Schulz vom Privatarsenal des Generals zu erzählen. Ehe ich durch das Tor ging, nahm ich die Post der Farquhars aus dem Kasten und nahm mir vor, ihm davon zu berichten, wenn ich mich für den Abend bedankte.

Für den General waren Briefe vom Zentrum für Giftforschung und von der Armee gekommen, für Julian einer von irgendeinem Regierungsamt und für mich einer von Elizabeth. Ich machte ihn auf. Sie bedankte sich für die Blumen, die ich nach der Beerdigung geschickt hatte. Die Farquhars hatten sie zu dem Audubon-Picknick eingeladen. Sie treffe mich dort, und wir könnten uns auf bald verabreden.

Eine weitere Nachricht erwartete mich in der Küche. Sie war von Adele, verfaßt in ihrer verkrampften, arthritischen Handschrift. Wir würden um halb neun Uhr morgens zu unserer Vogelexpedition im Flicker Ridge aufbrechen. Die Audubon Society hatte mit Anrufen für Teilnehmer gesorgt, und es kamen zwanzig Leute, für sechzig Dollar pro Nase. Es war gut, daß ich für etwa dreißig gekocht hatte. Adele schrieb weiter, eine Frau, die im Vogelhaus im Zoo von Denver arbeitete, werde unsere Führerin sein. Julian werde assistieren. Er wisse so viel über Biologie im allgemeinen und Vögel im besonderen! Ich spürte einen Stich. Warum waren alle bis auf mich so begeistert von Julian? Arch sei herzlich eingeladen, mitzukommen. Danke, daß Sie ein vegetarisches Picknick vorbereitet haben, hoffe, das hat nicht zuviel Mühe gemacht, aber Sie wissen ja, was Julian und Elizabeth über das Essen von Fleisch denken.

Wenn man es so ausdrückte, dachte ich, müßte jeder etwas gegen Fleisch haben.

Sie schloß mit den Worten, die Seezunge sei phantastisch gewesen, und wer auch immer diesen Zeitungsartikel geschrieben habe, sei ein Einfaltspinsel, kenne den Unterschied zwischen einer Pâté und einer Büchse Erbsen nicht. Oder, fügte ich im Geiste hinzu, zwischen Schweine- und Lammkoteletts. Aber bei der Gegendarstellung bekam ich meine Chance.

Ich schaltete die Alarmanlage ein, ging ins Bett und las *Der Doppelmord in der Rue Morgue.* Vielleicht witterte Scout, daß meine letzte nächtliche Lektüre kein gutes Ende genommen hatte: jedenfalls schlüpfte er in mein Zimmer und musterte mich schräg. Dann machte er einen geschmeidigen Katzensatz und sprang auf das Fußende meines Bettes, vielleicht um mich davon abzuhalten, daß ich mitten in der Nacht durch das Haus schlich. Aber der Schlaf kam problemlos, und ich träumte von Käsekuchen mit Schokolade und Pfefferminz.

Der nächste Morgen brachte einen jener herrlichen Sonnenaufgänge, bei denen die Seele darüber frohlockt, daß man in Colorado lebt. Leuchtende Federwolken am östlichen Horizont verwandelten sich von strahlendem Rosa in flammendes Gold, als die Sonne stieg. Eine milde Brise wehte durch die Kiefern und Espen um das Haus. Ich schaute zu, wie die italienische Maschine der Farquhars einen dunklen Espressostrom ausstieß, und mir wurde bewußt, daß ich zum ersten Mal seit einer Woche glücklich war. Ehe ich das Mittagessen für die Audubon Society einpackte, gestattete ich mir den Luxus, meinen Kaffee auf der Veranda der Farquhars zu trinken. Goldrute und Löwenzahn sprenkelten das satte Grün der Bergwiesen. Vögel aller Gattungen wetteiferten im Chor.

Es würde die Audubon Society schockieren, daß ich in unsere gefiederten Freunde nicht gerade vernarrt war. Ich liebte die Blumen hier im Westen und versuchte, ihre Namen und Jahreszeiten zu lernen. Vögel waren schwieriger. Sie bewegten sich, während man herauszubekommen versuchte, was man sah. Ich konnte einen Finken nicht von einem Specht unterscheiden. Obwohl ich seit zwölf Jahren in diesem Staat lebte, war ich noch nie bei einem Ausflug zum Vögelbeobachten gewesen, und ich war froh darüber. Für viele Leute in Colorado waren das Erstellen von Listen der Arten, das jährliche Zählen und die Suche nach neuen Gattungen Übungen, die mit religiöser Inbrunst betrieben wurden. Ich hatte, was Vögel betraf, dasselbe Gefühl wie bei moderner Kunst. Ich konnte sie würdigen, ohne allzuviel darüber zu wissen.

Aber was sollte ich mir Sorgen machen? Ich mußte nur das Essen servieren. Ich packte Behälter mit Vichysoisse ein, mit Käse und Endivien gefüllte Croissants, gekochte kalte Pasta mit Tomaten und Pesto, grünen Salat mit Balsamicovinaigrette, Schokoladennapfkuchen mit Sauerrahm, Chardonnay, Bier und Thermoskannen mit Eistee und heißem Kaffee. Wenn sie in der Vogelarena keinen Erfolg hatten, konnten die Gäste wenigstens nach Herzenslust futtern.

Unsere Gesellschaft von zwanzig bestand aus Elizabeth Miller, Julian Teller, den Harringtons, den Farquhars, Arch und mir, der jungen Frau vom Zoo und elf abgehärteten Naturliebhabern mit ergrauendem Haar, Sonnenhüten, Wanderschuhen und jeder Menge Feldstechern. Mein Lieferwagen, der Range Rover des Generals und mehrere andere Fahrzeuge mit Vierradantrieb sollten sich gegen neun am Rand von Flicker Ridge treffen. Julian half mir dabei, die Picknickschachteln in den Lieferwagen zu packen. Er hatte schlechte Laune. Meine Bemühungen, ihn aufzuheitern, gingen nach hinten los. Er hatte sich das Haar nach dem letzten Bleichen auf beiden Seiten noch kürzer rasiert und den Irokesenstreifen gestutzt.

Ich sagte: »Julian, Sie sehen gar nicht wie ein Navajo aus.«

Er sah mit zusammengekniffenen Augen in meine Richtung. »Soll wohl ein Witz sein? Sie sehen auch nicht aus wie ein Bär.«

Gib's auf. Der Junge hatte keinen Sinn für Humor. Aber als wir alle über die Bergstraße holperten und schaukelten, die eigentlich nur eine Fahrspur war, ging mir auf, daß er nervös war. Obwohl ich begriff, daß die

Feindseligkeit vermutlich der Nervosität entsprang, wurde ich es leid, ständig nach Entschuldigungen für ihn zu suchen.

Als wir zu den Tischen kamen, packte ich arglos karierte Tischtücher aus und beschwerte sie mit Steinen, damit die Brise sie nicht wegwehte. Die Vogelkundler setzten sich auf die Bänke und schlugen – ja! – Notizbücher auf. Herr im Himmel, war ich froh, daß ich nicht zu ihnen gehörte.

»Goldy«, sagte General Farquhar, »was machen Sie da eigentlich?«

Ich schaute überrascht zu ihm auf. »Wieso«, sagte ich und zeigte auf die Tischtücher, »ich bereite das Picknick vor. Was sonst?«

»Sie gehören zur Familie«, sagte er energisch. »Ich will, daß Sie die Exkursion mitmachen. Es gibt keinen Grund, jemanden auszuschließen.«

»Aber ich will wirklich, wirklich, wirklich das Picknick vorbereiten«, sagte ich ernst. Ich beugte mich zu seinem Ohr und roch teure Seife. In einem vertraulichen Ton flüsterte ich: »Ich finde Vögel blöd.«

Als er den Kopf schüttelte, glänzten seine durchscheinenden Wangen vor Autorität. »Das wird ein Vergnügen! Sie sollen Ihren Spaß daran haben wie alle anderen. Keine Ausreden.«

Arch intonierte »Das wird dir noch leid tun«, aber ich wußte nicht, ob das für den General oder für mich bestimmt war. Ich gab auf und verfluchte die Umsichtigkeit der Audubon Society, als mir ein Notizbuch und ein Stift gereicht wurden.

»Die Adlerpopulation in Front Range ist zurückgegangen«, fing die Dame vom Zoo nach einem kurzen Blick auf ihre Notizen an. Sie schaute uns an. Ich griff zum Stift und schrieb: »Adlerpop · zurückgegangen«, dann sah ich erwartungsvoll zu ihr auf.

Sie sagte: »Das liegt an der Dürre. Die Raubvögel finden weniger Präriehunde und Wühlmäuse, von denen sie sich ernähren können.«

Ich lächelte alle an und stand auf, um Kaffee einzuschenken. Horchen, schauen, heben – das waren die Regeln für die Vogeljagd mit dem Feldstecher. Es klang wie eine Anweisung für die Arbeit mit Hanteln. Wie auch immer, innerhalb von zehn Minuten hatte die Dame vom Zoo die Liste der Vögel aufgezählt, die wir heute vermutlich zu sehen bekämen, angefangen beim Buntspecht.

Buntspecht? Was war denn daran so toll? In New Jersey sah man dauernd Buntspechte.

Aber wir waren schon unterwegs; jedenfalls galt das für den General. Er wußte, wo das Nest des Buntspechts war, und stürzte nach vorn, um das Stativ und den Feldstecher aufzubauen. Mangels militärischer Operationen war der Buntspecht der Feind.

Adele humpelte hinter der Schar alterprobter Vogelbeobachter auf dem Feldweg entlang. Weezie, elegant in Designer-Jeans und einer indianischen Lederjacke, schwatzte neben ihr lebhaft auf sie ein. Als nächste kam Elizabeth Miller in einem schwarzen Trikot mit Bauernrock. Weezie übersah sie mit Absicht. Arch ging schnell, um Schritt mit Julian zu halten. Hinter ihnen kamen Brian und die Dame vom Zoo. Sie hatte eine Art Adlernase und ziemlich viel Gefieder auf dem Kopf, so daß ich nicht wußte, ob die Vögel sie von ihresgleichen unterscheiden könnten. Wie wäre es gewesen, wenn wir einfach das Fernrohr aufgebaut und sie angeschaut hätten?

»Da ist er«, flüsterte der General, als er den Specht zu Gesicht bekam. »Überprüfen«, fügte er in dem Ton hinzu, in dem man auf das Ausmachen einer MiG-29 reagiert. Wir schauten abwechselnd durch den Feldstecher. Es war ein Specht, schon gut.

Als wir alle einen Blick auf den Vogel geworfen hatten, schaute ich mich hoffnungsvoll in der Gruppe um. Ich sagte: »Alles erledigt?«

Julian stieß einen angewiderten Seufzer aus. Er wandte sich wieder dem Pfad zu. Die Dame vom Zoo erklärte, wir sollten eine etwas höhere Erhebung ersteigen, um nach dem Grauschnäpper Ausschau zu halten.

General Bo schulterte die Ausrüstung. Wir wanderten den Pfad entlang, bis wir den neuen Schauplatz erreichten. Wir verteilten uns und lauschten aufmerksam. Wonach, wollte ich wissen.

»Grauammer, erste Kiefer geradeaus, zwei Uhr«, sagte Julian.

Zu meinem Verdruß wußten alle, Arch eingeschlossen, was Julian meinte. Alle hoben die Ferngläser, um den fraglichen Baum zu mustern. Ich schlenderte zu Arch hinüber und fragte: »Was ist denn hier los?«

Er legte den Finger auf die Lippen und reichte mir dann das Fernglas. Ich schaute hindurch. Ich versuchte, ein scharfes Bild zu bekommen. Ich sah einen Vogel. Er flog weg. Dann senkte die ganze Gruppe die Ferngläser und schaute sich um, als hätten sie eben ein großartiges sexuelles Erlebnis gehabt.

»Wow«, sagte die Dame vom Zoo. »Das war wirklich etwas Besonderes.«

Wir alle lauschten wieder. Julian wirbelte herum und schaute durch den Feldstecher.

»Grünfink, dritte Kiefer, elf Uhr.«

»Klingt wie ein Luftangriff«, sagte ich mit angehaltenem Atem. Aber ich hob den geliehenen Feldstecher, mußte ihn senken, um drei Kiefern abzuzählen, dann hob ich ihn wieder und überlegte mir, welcher Ast elf Uhr mittags anzeigte, wenn der Baum eine Uhr war? Während ich das alles machte, erhaschte ich ein türkises Flattern, weg vom Baum. Zweig elf war leer.

Als ich den Feldstecher senkte, bedachten mich alle mit herablassenden Blicken.

Ich sagte: »Vielleicht nächstes Mal.«

Die Dame vom Zoo erklärte, weil wir den Grauschnäpper nicht zu Gesicht bekommen hätten, wollten wir uns das Nest einer Weindrossel anschauen, das Julian letzte Woche ausfindig gemacht habe. Wir gingen einen Pfad hinunter, der zum Flicker Creek führte. Üppig mit neuen Blättern besetzte Pyramidenpappeln überzogen auf beiden Seiten die abbröckelnden Ufer. Die Sonne glitzerte hinter einer Wolke hervor und verwandelte die Pappelblätter in Silber. Eine leise Brise flüsterte in den Bäumen. Die Wolken und der aufkommende Wind bedeuteten, daß der Nachmittagsschauer nicht lange auf sich warten lassen würde. Gott sei Dank.

»Schauen Sie nur durch die Büsche hindurch den Kuhvogel an«, sagte Adele zu mir, als wir den Bergbach erreichten.

Ich schaute in die Richtung, auf die sie deutete, und tatsächlich sah ich einen dunklen Vogel auf dem Zweig eines Busches. Ein zweiter Vogel, unsichtbar, aber nicht weit weg, krächzte heftig. Aber der Kuhvogel saß reglos und ruhig da.

Ich flüsterte Adele zu: »Was ist denn los?« Ehe sie erwidern konnte, hob Julian die Hand, um die Gruppe anzuhalten, und zeigte auf den Busch, auf dem der Kuhvogel hockte. Die Gruppe schaute hin. Der laute Vogel kreiste über uns, und dann schauten wir zu ihm hinauf.

Die Dame vom Zoo wandte sich der Gruppe zu, die sich um sie versammelt hatte. »Der Kuhvogel«, sagte sie, »hat kein eigenes Nest, sondern legt die Eier in die Nester anderer Vögel. Deshalb regt sich die Weindrossel so auf.«

Ich war froh, daß wenigstens das geklärt war. Wir warteten, und schließlich flog der Kuhvogel auf. Dann überquerten wir den Bergbach. Der General war so ritterlich, daß es mein Herz rührte. Er legte die ganze Ausrüstung ab und nahm Adele so sanft auf die Arme, als wolle er sie über die Schwelle tragen. Als er sie am anderen Ufer absetzte, küßte er sie auf die Wange. Statt daß sie ein glückliches Gesicht gemacht hätte, senkte Adele den Kopf, als ob es ihr peinlich wäre. Sie warf einen Blick auf die Harringtons, um zu sehen, ob es ihnen aufgefallen war. Als sie sah, daß sie es gemerkt hatten, schloß sie die Augen und zog die Mundwinkel nach unten. Sie drehte sich um und ging so eilig die Böschung hinauf, daß sie am Stock schwankte.

Ich konnte es nicht erwarten, bis es Mittagessen gab.

Wir gingen durch Grüne Minze, die ich am liebsten gepflückt und mitgenommen hätte, wenn das kein Verstoß gegen mindestens sechzehn Staatsgesetze zum Naturschutz gewesen wäre.

»Wir kommen jetzt zum Nest der Weindrossel«, flüsterte Julian.

Er hätte nicht zu flüstern brauchen, denn der fragliche Vogel bekam einen neuen Anfall. Er kreiste über uns, ziemlich tief, wie mir schien, und krächzte so laut, daß er Tote aufgeweckt hätte.

Ich fragte schüchtern: »Ist das hier gefährlich?«

Julian schaute mich wütend an. »Wenn wir uns dem Nest nähern, könnte uns die Drossel auf den Kopf pikken. Das ist alles.«

Ich fragte: »Tut das weh?«

Julian machte ein finsteres Gesicht. »Unwahrscheinlich.«

Ich legte beide Hände über den Kopf, ging durch die Grüne Minze zurück zu Arch und trug ihm auf, es mir nachzutun.

Er sagte: »Nein, das sieht doch blöd aus.«

Wir stolperten weiter über die Wiese auf das Nest zu, während die Vogelmutter immer lauter kreischte, bis

Julian uns schließlich in einem kleinen Kreis um sich versammelte. Er machte den Mund auf, um etwas zu sagen, aber Arch unterbrach ihn.

»Oh, schau! Ein Nest mit Wühlmäusen!«

Ich sagte: »Ich kann keine Maus sehen.«

»Weißt du, Mom«, sagte Arch, »du stehst darauf.«

Alle schauten nach unten. Ich schaute nach unten. *Nagetiere.* Sie sprangen mir über die Füße. Ich schrie wie am Spieß.

»Einfach großartig«, hörte ich Julian sagen. Mein Schrei verhallte in der Luft. Ich stellte mein Gehüpfe ein und dankte Gott dafür, daß ich überlebt hatte.

Die Dame vom Zoo sagte: »Jetzt ist im Umkreis von drei Kilometern kein Vogel mehr da.« Mir waren ihre Knopfaugen vorher noch gar nicht aufgefallen.

»Essen wir was«, sagte Brian Harrington. Das war das erste, was er seit Beginn des Ausflugs gesagt hatte, aber ich war ihm dankbar für die magischen Worte.

Wir überquerten wieder den Bergbach und marschierten schweigend zu den Picknicktischen zurück. Ich machte den Lieferwagen auf und holte die Behälter heraus. Niemand erbot sich, mir zu helfen. Als die Erwachsenen erst einmal von dem Chardonnay gekostet hatten, hob sich jedoch die Stimmung, Während ich die gefüllten Croissants auftischte, verschwand der General mit einem Teil seiner Ausrüstung hinter einer Felsnase.

Er schlenderte zum Tisch zurück, ohne uns zu sagen, was er vorhatte, und wir alle genossen ein angenehmes Mittagessen. Als die Schokoladennapfkuchen mit saurer Sahne nur noch ein Teller mit Krümeln waren, stand General Bo auf.

Er räusperte sich. »Ich möchte Ihnen allen etwas demonstrieren.«

Adele warf ihm einen furchtsamen Blick zu. Offenbar hatte er seine Pläne nicht mit ihr abgesprochen.

»Keine Sorge«, sagte er, um uns zu beschwichtigen. »Ich möchte Ihnen nur demonstrieren, wie ein Terrorist eine Aktentasche aus dreihundert Metern Entfernung detonieren läßt.«

Er zeigte hin. Gehorsam wandten wir alle die Köpfe zu der Felsnase. Eine braune Aktentasche thronte auf dem grauen Felsen. Ich huschte zum Rand der Picknickbank, wo Arch saß, und legte ihm den Arm um die Schulter.

»Herr und Heiland«, murmelte Weezie.

»Das wird die Umwelt nicht gnädig aufnehmen ...« sagte Elizabeth Miller.

»Bo. Hör sofort damit auf«, zischt Adele leise. Sie funkelte ihn mit verkrampftem Mund an.

»Das können Sie nicht machen«, sagte die Dame vom Zoo.

»Das bringt alles –«

Aber die Explosion schluckte ihre Worte.

Als ich die Augen aufmachte, überprüfte ich, ob Arch nichts passiert war. Ihm ging es bestens, und er schaute voller Bewunderung zu einem frohlockenden General Bo auf.

Arch sagte: »Das ist vielleicht ein cooler Typ.«

Wir packten ein, um nach Hause zu fahren, eine menschliche Collage aus ernstem und vergnügtem Schweigen. Weil es nach der Explosion zu regnen begonnen hatte, gehörte ich zu den Glücklichen. General Farquhars Experiment hatte den Donner auf den Plan gerufen. Blitze, Schläge vom Himmel und dicke kalte Regentropfen jagten uns alle in die Fahrzeuge. Schluß mit der Vogelexpedition! Meine Erleichterung ließ sich nicht in Worte fassen.

General Bo, Arch und Brian Harrington frohlockten leise, während sie Körbe in den Lieferwagen hievten. Der General und Arch waren vor Aufregung über die gelungene Detonation der Aktentasche rot angelaufen. Ich mußte an die stumme Ungläubigkeit der Fans denken, wenn die Broncos im vierten Viertel ein Tor schießen.

Und dann war da noch Brian Harrington. Er lächelte vor sich hin. Der Grund war etwas schwer zu erraten. Dann fiel es mir ein. Flicker Ridge gehörte Weezie – oder hatte ihr bis zu ihrer Heirat gehört. Das Musterbeispiel journalistischer Verläßlichkeit, das *Mountain Journal*, hatte ihren Austausch von Hochzeitsgeschenken ausposaunt: Er hatte ihr ein Haus in Vail geschenkt; sie hatte ihm den Hügel überschrieben. Jetzt hatte er vor, ihn zu bebauen, und es war ihm auf rätselhafte Weise – wenigstens laut dem *Mountain Journal* – gelungen, die vorläufige Zustimmung der Planungskommission des Bauamts zu bekommen. Ein Ausflug, der den ökologischen Wert von Flicker Ridge unterstrich, hätte ein schlechtes Licht auf ihn geworfen. Jedenfalls vermutete ich darin den Grund für seine heitere Miene. Andererseits war es möglich, daß er sich mit der Dame vom Zoo verabredet hatte.

Adele, Weezie, Elizabeth und die Dame vom Zoo packten Besteck ein und sammelten widerspenstige, windgepeitschte Tischtücher ein. Die Frauen waren verdrossen und geistesabwesend. Offenbar waren sie von dem Gedanken, unsere gefiederten Freunde zu beobachten, völlig fasziniert gewesen. Ich versuchte, mein Grinsen zu schlucken, schaffte es aber nicht.

Als die Vorhut unseres Konvois in die Sam Snead Lane zurückkehrte, parkte ein weißer Golf, den ich nicht kannte, vor dem Tor der Einfahrt der Farquhars. General Bo, Adele und Julian hatten die Dame vom Zoo an der Bushaltestelle abgesetzt und würden gleich folgen. Solange es nicht das Auto des Kotzbrockens war, fühlte ich mich sicher, wenn ich allein ins Haus ging. Aber kein Grund zur Sorge: der Range Rover der Farquhars hielt tuckernd neben dem Golf, als ich den Code für das Tor eingab. Fenster wurden heruntergelassen; eine hitzige Diskussion folgte. Es war Sissy.

Schließlich fuhren wir alle mit knirschenden Reifen die Einfahrt der Farquhars entlang. Als ich in der Garage war, beschäftigte ich mich damit, den Abfall vom Picknick wegzuwerfen. Was auch immer der neueste Konflikt sein mochte, ich wollte nicht daran beteiligt sein. Beziehungen waren wie Picknicks, folgerte ich, während ich Croissantkrümel und Endivienstreifen in die Mülltonne kippte. Man meinte immer, es werde großartig – man schaue sich nur die glücklichen Menschen in der Werbung an, beim Tête-à-tête, beim Picknick! –, aber sie endeten unausweichlich mit einer Enttäuschung. Wer auch immer gesagt haben mochte, das Leben sei kein Picknick, war offenbar nie bei einem gewesen.

Ich trug die Körbe hinaus. Adele, makellos in einen beigen Kaschmirpullover und passende Hosen mit tadellosen Bügelfalten gekleidet, humpelte langsam hinter mir her. Ihre hängenden Schultern und ihr niedergeschlagenes Gesicht schnitten mir ins Herz. Ich fragte sie, ob sie zufrieden mit der Summe sei, die sie für das Poolprojekt eingenommen habe. Sie zuckte die Achseln und sagte dann mit müder, zittriger Stimme, der Ausflug habe sie ermüdet. Sie ging hinauf, um sich hinzulegen, während der General in sein Arbeitszimmer strebte. Ich hoffte inständig, er werde alle Telefonleitungen blockieren, während ich das Abendessen zubereitete. Arch kam mit mir in die Küche.

»Stört es dich, wenn ich Zaubertricks übe, während du kochst?« fragte er.

»Natürlich nicht.«

Ich schaute in den Kühlschrank. Ich hatte alle Zutaten für Kabeljau auf chinesisch im Haus. Ich machte mich an die Arbeit, während ich versuchte, das Bild, wie die Pilgerväter mit Stäbchen aßen, aus meinem Kopf zu verdrängen.

»Nicht schon wieder Fisch«, sagte Arch, als er die Zutaten sah. Er baute Requisiten auf der Kücheninsel auf.

»Letztes Mal hast du doch gar nichts davon gegessen«, erinnerte ich ihn, dann änderte ich den Ton. »Soll ich dir eine Pizza bestellen?« Ich gab mir Mühe, freundlich zu sein. Das war schließlich das Kind, dem ich nie erlaubt hatte, eine Maus, eine Wüstenspringmaus, einen Hamster, ein Meerschweinchen oder ein anderes Nagetier als Haustier zu halten. Und seine einzige Begegnung mit Wühlmäusen hatte ich ruiniert.

Er zog ein paar Bücher aus seiner Tüte und sagte: »Fragen wir Julian.«

In diesem Augenblick erschien der Schiedsrichter in Essensfragen in der Küchentür, wie er das so an sich hatte, wenn sein Name erwähnt wurde. Er hatte Sissy dabei. Sie war ganz in Weiß gekleidet – adrettes weißes Top mit Trägern, weiße Shorts, weiße Socken und Schuhe. Eine weiße Schleife hielt den Wasserfall dunkler Lokken auf einer Seite des hübschen Gesichts, das jetzt bokkig verzogen war. Wie üblich sah Julian auch nicht ganz glücklich aus.

»Zauberst du?« fragte er Arch.

»Ich übe bloß.«

Ohne weitere Erklärung gingen Julian und Sissy weiter auf die Veranda, wo er demonstrativ die Balkontüren schloß. Auch wenn man nicht neugierig wirken will, nehmen die Leute an, man sei es.

»Okay, Mom, schau auf den Watteball.«

Ich wandte meine Aufmerksamkeit der Insel zu. Arch hatte einen Watteball und drei rote Becher. Er stellte geschickt einen Becher über die Watte und schob dann alle drei herum. Als ich raten sollte, unter welchem der Watteball war, und natürlich danebentippte, stellte er zwei Becher auf den letzten, klopfte gegen alle drei und hob triumphierend die gestapelten Becher. Darunter war der Watteball.

»Großartig«, gab ich zu. »Einfach wunderbar. Wann gibst du deine Vorstellung?«

Ehe er antworten konnte, hörten wir auf der Veranda laute Stimmen. Einen Augenblick später wurde geschrien.

Arch verzog den Mund ironisch und wissend. Über das Geschrei hinweg sagte er: »Die haben wohl Krach.«

Armer Arch. Sein einziges Vorbild für männlich-weibliche Beziehungen bestand in ständigem Streit. Einen

Augenblick später stolzierte Julian an der Küchentür vorbei. Er schaute nicht herein.

»Hey, Julian!« rief Arch. Er rannte hinter ihm her. »Warte doch!« Erwünscht oder nicht, Arch stampfte die Treppe zum Souterrain hinunter, wo Julian hauste. Ich wußte nicht, ob ein Elfjähriger willkommen war, wenn Teenager sich stritten. Aber ich widmete mich wieder dem Kabeljau und beschloß, mich herauszuhalten.

»Goldy?« Sissys Stimme erschreckte mich. Ich drehte mich um. Ihr Lächeln war angespannt, gezwungen; ihre verkrampfte Haltung biß sich eindeutig mit der unschuldigen Aufmachung. Sie sagte: »Arbeiten Sie?«

Nein, ich wasche zum Vergnügen Fisch. Ich sagte: »Ich bin fast fertig.«

»Was gibt es denn?«

»Kabeljau auf chinesisch. Kalorienarm, fettarm und voller Tugend.« Ich schaute kurz in ihr verkniffenes Gesicht, hackte die Frühlingszwiebeln, rollte Folie auf und schnitt sie zurecht, legte die Filets samt Garnitur darauf und verschloß die Päckchen. Ich legte sie in den Kühlschrank und nahm zwei Dosen Limonade heraus.

»Kommen Sie mit auf die Veranda?«

Sie zog ein Gesicht, als wolle sie sagen, wenn's denn sein muß, und drehte sich um. Ich folgte ihr. Der Duft der Kiefern, feucht nach dem Schauer, war so himmlisch, wie er auf der Fahrt zu Schulz gewesen war. Ich atmete tief ein und versuchte, das Gefühl zurückzuholen. Sissys Stimme, messerscharf, unterbrach meine Träumerei.

»Wo waren Sie denn alle heute morgen?« wollte Sissy wissen. Sie ruckte mit dem Kopf nach mir, was die flotte Schleife verschob.

»Ich, äh, wir sind zum Flicker Ridge gefahren, um Vögel zu beobachten.« Ihr Ton war so aggressiv, daß es einen Augenblick dauerte, bis ich mich fragte, was es sie eigentlich anging. »Warum fragen Sie?«

Sie antwortete nicht, trank nur einen Schluck Limonade, preßte dann die Lippen zusammen und bedachte mich mit einem anklagenden Blick. »Und gestern abend? Wo waren Sie da?«

»Entschuldigen Sie, Sissy, es geht Sie zwar nichts an, aber Arch und ich sind ausgegangen. Zum Abendessen. Was ist denn eigentlich los?«

»War Julian bei Ihnen?«

»Haben Sie sich deshalb mit ihm gestritten?« Ich hatte angenommen, er sei mit Sissy zusammengewesen. Ich sagte: »Wissen Sie, Sie sind nicht mit ihm verheiratet.« Ich bemühte mich um einen sanften Ton. »Männer mögen keine besitzergreifenden Frauen.« Es kam nicht sanft heraus.

Sie schloß die Augen und lehnte den Kopf gegen den Korbstuhl. Sie sah so jämmerlich aus wie eine Nelke nach einer Woche. »Wollen Sie mit mir darüber reden?«

Mit geschlossenen Augen sagte sie: »Als ich Julian gefunden habe, hielt ich ihn für den klügsten Jungen, den ich je kennengelernt habe.«

»Wie haben Sie ihn gefunden – ihn kennengelernt?«

»Beim Berufsfindungsprogramm in Elk Park. Sie wissen schon, wenn man ein Semester lang bei jemandem praktiziert, um herauszufinden, was es wirklich heißt, ein Anwalt oder so zu sein.« Sie warf sich das Haar über die Schulter. »Klar, ich war in derselben Klasse wie er gewesen. Aber Julian hat bei Dr. O'Neil vom Country Club praktiziert. Dr. O'Neil hat gesagt, Julian sei der begabteste Schüler, den er je gehabt hat. Wollte ihm eine Empfehlung für Columbia schreiben.«

»Oh«, sagte ich, »wie schön.« Ich wollte nicht abwertend klingen, aber das Phänomen war nicht neu. Junge Frau sucht Ehemann. Nur Medizinstudenten erwünscht.

»Ich will ihm doch bloß helfen«, sagte Sissy heftig. »Er ist so intelligent, aber er will nichts daraus machen.«

»Was meinen Sie damit?«

Sie schaute mich an und spuckte die Worte aus. »Er will *kochen.* Er hat gesagt, er hätte sein Praktikum im Aspen Meadow Café machen sollen.«

O je. Ich hätte Sissy gern gefragt, warum denn nicht *sie* Medizin studieren wolle. Ich trank langsam Limonade und beschloß, die Berufsberatung jemand anderem zu überlassen. Ich sagte: »Und was hat das mit gestern abend und heute morgen zu tun?«

»Ich wollte nur wissen, wo er ist, weil er gesagt hat, er ist hier. Wollte Kataloge bestellen, hat er gesagt. Deshalb habe ich immer wieder angerufen, aber nur den Anrufbeantworter bekommen.«

Ich schaute auf die wellige Wiese hinaus, über die sich dichter, sahniger Nebel gelegt hatte. Hier und da ragten Kiefern aus dem Weiß wie Cornflakes aus Milch. Ich sagte: »Sie sind nicht seine Mutter, wissen Sie.« Ein langes Schweigen entstand. Sissy wandte das Gesicht der Wiese zu.

»Ja«, sagte sie leise, »vielleicht liegt da das Problem.«

Ich versuchte, unbeschwert zu klingen. Schließlich war sie zu mir gekommen. Ich sagte: »Jetzt kommen Sie mir nicht mit dem Ödipuskomplex.« Ein weiteres langes Schweigen folgte, während dessen Sissy an der Innenseite ihrer Wange kaute. Ich sagte: »Es ist schwer, wenn man seinen Therapeuten verliert. Es klingt, als ob Philip Miller Julian gestützt hätte. Vielleicht erwarten Sie zuviel.«

Sie ächzte. »Ich bin trotzdem nicht seine Mutter.«

»Na und?«

Sie sagte eine Weile nichts. »Es geht um das, was bei den Sitzungen bei Dr. Miller herausgekommen ist«, sagte sie dann. Für mich hörte es sich immer noch sonderbar an, wenn Philip Dr. Miller genannt wurde. Sissy fuhr fort: »Julian ist adoptiert. Jetzt sagt er, er kann keine Pläne für den Rest seines Lebens machen, ehe er versucht hat, seine leiblichen Eltern zu finden.«

Ich sagte: »Ach, Sissy, um Himmels willen. Lassen Sie ihn doch. Das machen die Leute jetzt doch dauernd. Es ist die große Suchaktion des Jahrzehnts.«

Sie beugte sich zu mir. Ihre Locken bebten, als sie sprach. »Wenn Sie mich fragen, das ist ein völlig fehlgeleitetes Suchspiel. Eine Zeitvergeudung. Man findet also heraus, daß der Vater Versicherungsvertreter in Dallas ist und die Mutter Grundschullehrerin in Oregon. Das sind die Leute, die einen nicht haben wollten, stimmt's? Jetzt sind sie mit anderen Leuten verheiratet, und man hat Halbgeschwister, die was dagegen haben, daß man urplötzlich auftaucht. Es ist wichtiger, sein Leben in den Griff zu bekommen.«

»Das ist Ihre Meinung.«

Sie knurrte. Vielleicht wollte sie ihn nicht mit bis jetzt noch unbekannten Angehörigen teilen. Ich wußte es nicht. Sie wirkte auf einmal furchtbar wütend und herrschsüchtig. Aber bei dem Abendessen hatte sie die Harringtons und ihren Reichtum abgeschätzt. In der Bibliothek hatte sie sich nach Leuten umgeschaut, die für sie wichtiger waren als ich. Teenager. Mir graute davor, daß Arch in das Alter kam.

Sie sagte: »Was meinen Sie also? Ist er dazu fähig, mich anzulügen? Mir nicht zu sagen, wohin er geht, damit ich mir Sorgen mache?«

Ich schaute sie an, die ernsten dunkelbraunen Augen, das lange, lockige Haar, das gutaussehende, aber grimmig entschlossene Gesicht. Hier war ein Mädchen, das die ganze harte Arbeit an ihrer Schönheit auf sich genommen hatte, um in die Endausscheidung über die Miss Colorado Junior zu kommen, das sich für Psychologie entschieden und ein Praktikum bei Philip Miller gemacht hatte, das in der Bibliothek arbeitete, um sich das Schulgeld zu verdienen; ein Mädchen, das alles bekam, was es wollte. Jetzt war sie trotz ihres starken Ehrgeizes auf diesem Gebiet daran gescheitert, Julian zu bekommen, und sie bat mich um Rat. Mich. Es war zuviel.

Ich sagte: »Ich erteile Liebeskranken keine Ratschläge. Sie tun ja sowieso, was sie tun wollen. Ich sage Ihnen nur eines.«

Sie wartete.

Ich sagte: »Menschen ändern sich nicht. Sie können alles versuchen, damit er macht, was sie wollen, aber es wird nichts daraus.«

Sie holte tief Luft, stieß sie heftig aus beiden Nasenlöchern aus. »Ich glaub, ich gehe«, sagte sie und stand unvermittelt auf. »Danke, daß Sie versucht haben, mir zu helfen«, sagte sie über die Schulter, als sie die Veranda verließ.

Ich fühlte mich traurig und amüsiert. Es war, wie wenn man versucht, einer Frau zu sagen, wie eine Geburt ist. Man mußte es einfach durchmachen, und Ratschläge und Schilderungen machten es kein bißchen leichter. Draußen auf der Wiese hatte sich der Nebel gehoben. Die Sonne flammte noch einmal auf, ehe sie allmählich sank. Ich ging in die Küche zurück, machte ein Reispilav, dann wusch und schälte ich Spargel.

»Ist sie fort?«

Das war Julian.

Ich nickte. »Wo ist Arch?«

»Unten am Pool. Keine Bange, Adele paßt auf ihn auf. Er übt den Salto vorwärts. Er wird recht gut«, fügte er hinzu.

Ich lehnte mich gegen die Arbeitsfläche und kreuzte die Arme. Julian hatte noch nie meine Gesellschaft gesucht. Er schaute sich in der Küche um.

»Machen Sie heute Nachtisch?« fragte er.

»Sorbet.«

»Dann lassen Sie mich was dazu machen«, sagte er. Er griff nach einem Kochbuch, einem hochgestochenen über Schokolade. Die Rezepte waren ziemlich schwierig, wie mir vor kurzem bei der Lektüre aufgefallen war, und in dieser Höhe fielen manche Gerichte schnell zusammen.

Er las: »›Filbertines, gut zu Eis.‹« Er schob das Kinn vor. »Soll ich?«

»Liegt bei Ihnen. Warum sagen Sie mir nicht einfach, warum Sie heraufgekommen sind?«

Er öffnete Schränke, holte Kochschokolade, Puderzukker und Mehl heraus.

»Hat sie Ihnen gesagt, daß wir Probleme haben?«

Ich sagte: »Hat sie.« *Ist diese Beziehung noch zu retten*?

Julian kam mit Süßrahmbutter und Eiern rückwärts aus dem Kühlschrank.

»Wer hat Ihnen beigebracht, Filbertines zu backen?«

»Mein –« Er zögerte, drehte den Kopf, um mich zu mustern. »Sie haben mit Sissy gesprochen.«

»Eigentlich habe ich eher Sissy zugehört.«

»Jedenfalls ist das meine Angelegenheit.«

Ich goß mir noch ein Glas Limonade ein. »Schön«, sagte ich und trank einen Schluck. »Klar.«

»Das ist sowieso nicht das Problem bei unserer Beziehung.«

»Was ist nicht das Problem?«

»Was ich zu tun versuche.«

»Meinen Sie, die Suche nach Ihren Eltern, das Medizinstudium oder eine Kochlehre oder was?«

»Nein, nichts davon. Das Problem in unserer Beziehung ist nur ... daß man in Navajoland nicht lernt, cool zu sein.«

»Lernt, cool zu sein«, echote ich.

»Ich meine, Sie wissen schon, Sex-Appeal und das ganze blöde Zeug.« Er schlug Eier in einer Kupferschüssel.

Ich dachte über seine Worte nach. *Sie wissen schon, Sex-Appeal?* Nein, ich wußte es wirklich nicht.

»Ich sag' Ihnen, was ich weiß, Julian.« Ich schenkte mir nach und schaute zu, wie die Blasen im Glas aufstiegen. »Sissy hat Sie sehr lieb, ihr liegt viel an Ihnen.«

Er schnaubte.

Ich sagte: »Das ist wie bei Arch und mir. Oder wie bei Arch und seinem Vater. Manche Menschen zeigen ihre Zuneigung auf seltsame Art.«

Er bedachte mich mit seinem trotzigen Blick. Er sagte: »Sie müssen es ja wissen.«

Wie eine Antwort auf seine Bemerkung summte das gesicherte Tor. Ich schaltete die Videokamera ein. O ja, Samstag nachmittag, wie hatte ich nur vergessen können, wer kam?

Der Kotzbrocken.

Ich rief den General über die Gegensprechanlage an. Er tauchte lautlos in der Küche auf und hätte mich fast zu Tode erschreckt. Wie konnte er sich nur so geräuschlos bewegen? Natürlich brachte mich das sofort auf den Gedanken daran, was er seiner Aussage nach sonst noch lautlos erledigen konnte.

Ich sagte: »Er ist da.«

»Gut. Rufen Sie Arch. Stoßen Sie in der Diele zu mir.«

Ich gehorchte den Befehlen, schwankend zwischen Wellen kalter Angst und dem Gefühl, mich lächerlich zu machen. Waren diese umständlichen Truppenbewegungen tatsächlich nötig? Fünf Minuten später sondierten wir im Flur das Terrain. Der General trug seinen Schulterhalfter.

Arch sagte: »Wow! Ist das vielleicht cool!«

»O bitte«, sagte ich, »keine Schußwaffen.«

Der General kniff die Augen zusammen. Er sagte: »Abschreckung.«

»Wir sind hier in Aspen Meadow!« rief ich. »Nicht in Beirut. Das darf doch wohl nicht wahr sein.«

Der Kotzbrocken ließ die Hupe des Jeeps ertönen. *Tuut! Tuut!*

Der General beugte sich über mein Gesicht. »Ich will Ihnen mal was sagen. In Washington haben sie mich für verrückt gehalten. Vielleicht halten mich die Leute hier auch für verrückt. Aber es ist überall auf der Welt dasselbe, Goldy. Bereit sein ist alles.«

Arch sagte: »Können wir gehen? *Ich* bin bereit.«

Und so gingen wir drei langsam zum Ende der Einfahrt. Als ich John Richard sah, zog sich mir unwillkürlich das Herz zusammen. Er trug ein weißes Hemd, weiße Shorts, weiße Socken zu den Nikes. Seine langen Finger fädelten sich durch die Gitter des Zauns. Die Sonne zauberte goldene Lichter in sein braunes Haar. Ein Tennisschläger lag auf dem Rücksitz des Jeeps. Wir hatten viel Tennis gespielt. Spielte er jetzt mit jemandem? Hatte er das heute morgen gemacht? Warum tat es immer noch so weh?

»Ist dieses Theater wirklich nötig?« rief er durch das Tor.

Ich gab keine Antwort, und der General, der steinern nach vorn schaute, als wir Arch hinausgelassen hatten, erwiderte ebenfalls nichts. Als Arch im Jeep war, blieb John Richard stehen, ehe er einstieg. Immer ein Schuß beim Abschied.

Er sagte zu mir: »Ich war nicht mal in der Nähe von dem verfluchten Café, du Miststück. Stell dir bloß mal vor, wie viele Patientinnen ich verliere, wenn deine Freunde von den Bullen bei mir herumtrampeln, wie das meinem Einkommen schadet und Arch und dir, dann bist du vielleicht weniger darauf erpicht, mich zu piesacken.«

»Sagen Sie nichts«, wies mich der General leise an. »Gehen Sie langsam zum Haus zurück. Ich bleibe hier, bis er fort ist.«

Das tat ich. Schulz hatte also nicht darauf gewartet, daß ich den Vorfall im Café anzeigte. Irgendwie sorgte das nicht dafür, daß ich mich besser fühlte, und meine Schultern kamen mir schrecklich schwer vor, als ich zum Haus ging. Noch schlimmer, die Schmerzen in meinem Arm und in meiner Brust pochten. als hätte die Drohung in John Richards Stimme sie aufgeweckt. Wir sind nicht in Beirut, rief ich mir ins Gedächtnis.

Als ich ins Haus kam, klingelte das Telefon. Zu meiner Überraschung war es Elizabeth Miller, die fragte, ob ich am Montag mit ihr zu Mittag essen wolle. Ich sagte, liebend gern, was stimmte. Menschen in Trauer müssen mit anderen Menschen zusammensein. Unglücklicherweise stahl sich unerwünschte Skepsis in meine Stimme. Wozu zum Essen ausgehen? Das war etwas ganz Neues für mich und brachte Probleme mit sich. Bezahlte derjenige, der einlud? Marla hatte im Aspen Meadow Café für mein Essen bezahlt, aber da war es mir miserabel gegangen. Außerdem hatte sie Geld. Ich hatte das Gefühl, ich müsse Elizabeth einladen.

Elizabeth mußte wohl gemeint haben, mein Schweigen bedeute, daß ich meditierte. Sie kam mir zu Hilfe mit den Worten: »Machen wir doch ein Picknick auf der Wiese.«

Noch ein Picknick. Ich sagte: »Ich habe keine Lust, Vögel zu beobachten.«

»Oh! Der Vogelexperte war Philip. Nicht ich. Hör mal. Ich bringe Tabbuleh und Tassarajabrot mit. Und du bringst mit, wozu du dich aufgelegt fühlst.«

Am nächsten Morgen nach dem Frühgottesdienst fühlte ich mich dazu aufgelegt, Tomatensalat zu machen und einen Obstkuchen zu backen. Als ich die Butter für den Teig rührte, durchschnitt das Telefongebimmel die Morgenluft. Mein Herz sank. Um Himmels willen, es war Sonntag! Für manche Leute spielte der Wochentag offenbar keine Rolle. Ich war dazu angestellt, mich zu melden. Der General und Julian waren weggefahren, um Material für das nächste Experiment zu beschaffen. Adele war im Pool und hatte eben mit den langen Bahnen angefangen, die ihren Rücken stärken sollten. Sie würde lange Zeit nicht ans Telefon kommen können. In Adeles Fall hieß kraulen kriechen.

»Bei Farquhar«, sagte ich munter.

»Hier ist Joan Rasmussen.«

Ohne es eigentlich zu wollen, schaute ich die Eier auf der Arbeitsfläche an. Was hatte Adele gesagt? Diese Frau mußte in Watte gepackt werden.

»Ja«, erwiderte ich, immer noch munter, »wie geht es Ihnen? Hier ist Goldy, die Partylieferantin.«

Schweigen. Sie meditierte bestimmt nicht, da war ich mir sicher.

Schließlich sagte sie: »Ich habe gehört, daß Ihr Sohn eine Art Party gibt.«

»Ja. Wir haben uns gedacht, am Dienstag abend, am 14. Er möchte seine Tricks vorführen.« Ich räusperte mich. »Äh, Zaubertricks, äh –« Nannte ich sie Joan, weil wir beide Mütter von Schülern waren, oder nannte ich sie Mrs. Rasmussen, weil ich die Köchin der Farquhars war?

»Er hat meine Tochter eingeladen.«

»Wunderbar«, sagte ich, ohne es zu meinen.

»Als ich das letztemal mit Ihnen gesprochen habe«, fuhr sie fort, offenbar unsicher, mit welchem Namen sie *mich* anreden solle, »waren Sie nicht gerade begeistert von unseren Anstrengungen, Spenden für den Pool zu beschaffen.«

»Äh –«

»Obwohl ich gehört habe, daß Ihr Sohn tatsächlich Wasserspringen lernt«, sagte sie, als schließe das ihren Gedanken ab. Sie schnüffelte. »Unsere Tochter gehört schon seit drei Jahren zur Schwimmannschaft im Country Club.«

Die Themen hingen zusammen. Joan hatte den Kurs in Manipulation mit Auszeichnung bestanden. Arch lernte springen. Joans Tochter war eine hervorragende Schwimmerin. Die Schule braucht einen Pool. Wenn ich bei der Spendenbeschaffung half, würde Arch schwimmen lernen, die Schule retten und das Mädchen kriegen. Ich biß mir auf die Wange. Wie Arch seine Freundinnen umwarb, war seine Sache. Und ich hatte kein Geld.

Ich sagte: »Es freut mich, daß Ihre Tochter eine gute Schwimmerin ist.«

Joan Rasmussen machte ungeduldig ts, ts. »Wäre es Ihnen möglich, morgen Ihre Aufkleber für die Spendenbeschaffung in der Schule abzuholen? Sie gehören zu den wenigen Eltern, die sich bisher in keiner Weise beteiligt haben.«

Ein Seelenklempner hätte seine helle Freude an dieser Frau gehabt. Oder an mir, die ich einer niederschmetternden Welle des Schuldgefühls nachgab.

Ich sagte: »Ich hole die Aufkleber gern morgen ab. Wollen Sie Adele sprechen?«

»Schwimmt sie jetzt auch wieder?«

»Ja, allerdings, aber sie kommt morgen zu einer Konferenz über die Spendenbeschaffung in –«

Joan Rasmussen legte mitten im Satz auf. Ich tröstete mich mit dem Gedanken, daß Verhalten vom Typ A sich im allgemeinen von selbst bestraft.

Als ich am Montag morgen meine Yogaübungen erledigt und alles für die Erfordernisse des Tages vorbereitet hatte, machte ich mich auf den Weg zur Aspen Meadow, der Namenspatronin unseres Städtchens. Es ging nichts über eine Fahrt ins unverdorbene Hochland von Colorado, wenn man sich reizbare Leute wie Mrs. Rasmussen aus dem Kopf schlagen wollte.

Beim Fahren war ich dankbar dafür, daß die Umweltschützer von Aspen Meadow sich in den heißesten Aufschwungphasen durchgesetzt hatten. In unserer Stadt hatte ein wackeliges Bündnis aus Naturliebhabern der alten Schule und den Anhängern von Greenpeace und der Audubon Society von heute auswuchernden Bebauungsplänen einen Dämpfer aufgesetzt. Philip Miller hatte eindeutig zur zweiten Kategorie gehört, obwohl er nie ausführlich über sein Engagement mit mir gesprochen hatte. In unserer Altersgruppe waren Aktivitäten zugunsten der Umwelt so selbstverständlich, wie es der Bridgeclub und der republikanische Frauenclub für meine Mutter und ihre Kreise in New Jersey gewesen waren.

Wiesen und üppige Wälder säumten auf dem Weg zur Meadow den Oberlauf des Cottonwood Creek. Meine Freunde vom Umweltschutz hatten vor etwa zehn Jahren unnachgiebig daran gearbeitet, die vom Staat geplante Umgehungsstraße durch dieses Gebiet zu Fall zu bringen. Davor hatten die Wohltäter Himmel und Hölle in Bewegung gesetzt, um zu verhindern, daß Aspen Meadow Austragungsort der Olympischen Winterspiele wurde. Die meisten Städte hätten nicht vor einem Mord zurückgeschreckt, um die Olympiade zu bekommen. Die Leute in Aspen Meadow dachten anders. Man stelle sich bloß vor, daß unsere Hügel aufgebaggert und Skipisten angelegt wurden! Nein danke! Eines ihrer Plakate war ein Sammlerstück geworden: *Rettet die Bäume vor den Skiern.*

Vor meinem Fenster schienen die Wildblumen der Junimitte anerkennend zu winken. In der Nähe der Straße schaukelten lange, duftende Triebe an Drosselbeerbüschen, purpurrote Weidenröschen sprenkelten das Ufer, während am Bergbach Goldrute sproß. Leuchtende Gelbwurzblüten setzten orange Farbkleckse in das Grün der Wiesen.

An der Einfahrt zum Naturreservat holperte der Lieferwagen vom Pflaster auf den Feldweg. Falls ich je etwas Geld auf die Seite brachte, hatte ich vor, mir einen der neuen Lieferwagen mit Vierradantrieb zu kaufen. Dann hätte ich mein Essen durch Schneestürme und über miserable Straßen kutschieren können. Aber bis dahin lotste ich den alten VW mit gutem Zureden voran, selbst auf schlaglochübersäten Feldwegen wie diesem, und verlangte nicht zuviel von ihm.

Elizabeth und ich hatten uns für zehn verabredet, damit wir genug Zeit hatten, falls es wie üblich am frühen Nachmittag regnen sollte. Elizabeth war nicht dazu aufgelegt gewesen, pünktlich zu erscheinen. Ich machte unseren Platz aus, einen alten Picknicktisch am Bergbach. In der Nähe sah ich das mit Brettern vernagelte Blockhaus eines befreundeten Imkers. Aber der Imker war schon lange fort. Wenn ich mich auf die Picknickbank stellte, konnte ich einen Blick auf einen der Bienenkörbe erhaschen. Ob die Bienen noch da sein mochten, fragte ich mich, und ob er ihnen fehlte?

»Was passiert deiner Meinung nach, wenn man gestorben ist?« fragte Elizabeth, die neben mir aufgetaucht war. Ihre schwarzen Ballerinenschuhe hatten im Gras kein Geräusch gemacht.

»Huch«, sagte ich erschrocken. »Ich weiß es nicht.« Ich hätte meinen Obstkuchen darauf verwettet, daß Elizabeth einer esoterischen Reinkarnationstheorie anhing. Und im Augenblick war ich nicht in der Verfassung, mir anzuhören, Philip lasse sich in Gestalt eines Schmetterlings auf einer wilden Schwertlilie in unserer Nähe nieder.

»Ich habe darüber nachgedacht. Was hatte Philip für eine Einstellung zum Leben? Was war ihm wichtig? Ich weiß, was er über die Vitamine B, E und C dachte und was er von unseren Eltern hielt. Aber ich habe keine Ahnung, wie er sich das Leben nach dem Tod vorgestellt hat.«

»Setzen wir uns«, sagte ich. Sie folgte mir zum Tisch. Der Cottonwood Creek, schlammig vom schmelzenden Schnee, gurgelte über die Kiesel. Ich entfaltete ein grün und weiß kariertes Tischtuch, und wir stellten unsere Körbe ab.

Ich löffelte dicke Tomatenscheiben in Vinaigrette auf

zwei Pappteller. »Ich glaube«, sagte ich, »man kann darauf schließen, was einem Menschen im Leben wichtig ist, wenn man sich anschaut, womit er seine Zeit verbringt.«

Elizabeth schaute in ihre Schüsseln und sagte: »Mhm.« Sie stach mit dem Löffel Tabbuleh für uns beide heraus. Ihr Beitrag sah wie eine Mischung aus Vogelfutter und der Streu im Raubtierkäfig im Zoo von Denver aus. Ich aß höflichkeitshalber ein paar Gabeln davon.

»Wichtig«, fuhr sie fort, »waren ihm also seine Praxis und Aktivitäten wie die in der Audubon Society.«

Ich holte tief Luft. »Und seinen Körper der Wissenschaft zu vermachen?«

Sie schaute weg. Eine Biene summte um ihre Haarkrause herum.

»Ja«, sagte sie vorsichtig. »Er war Organspender.«

»Ich habe gehört, daß du dich mit Weezie darüber gestritten hast.«

Elizabeth rümpfte die Stupsnase. »Dieses Oberluder.«

»Oh«, sagte ich, damit sie weitersprach, »ich bin mir nicht sicher, ob ich so weit gehen würde.«

»Willst du wissen, was sie an jenem Tag wollte? Am Tag, nachdem mein Bruder gestorben war. Du wirst es nicht glauben.«

Elizabeth ahmte Weezie treffend nach, ein hohes Winseln.

»›Hat er mir etwas hinterlassen?‹ Natürlich habe ich geglaubt, sie meint Geld. Aber bei dem Picknick für die Audubon Society nimmt sie mich beiseite. Sie sagt: ›Findu diesen Hügel nicht wunderschön?‹ Als ich sage, ja, natürlich, sagte sie: ›Und wo ist dann Philips Plan für die Umweltstrategie? Am letzten Donnerstag hat er mir gesagt, er hat ihn fertig und will ihn der Planungskommission vorlegen!‹«

Ich schüttelte den Kopf. Am letzten Donnerstag. Am Tag vor seinem Tod.

Ich sagte: »Ein Freund von mir ist Polizeibeamter im Büro des Sheriffs. Stört es dich, wenn ich ihm das erzähle? Vielleicht interessiert es ihn.«

Sie zuckte die Achseln. »Das ist mir egal. Ich glaube, daß Weezie den Verstand verloren hat. Ich weiß nicht, ob sie und mein Bruder ... ein Verhältnis hatten, wie das alle zu glauben scheinen. Aber ich bezweifle es. Außerdem hat ihr der verfluchte Hügel doch mal gehört. Wenn sie nicht will, daß Brian ihn bebaut, warum haben sie dann zur Planungskommission gesagt, sie wollen ihn bebauen? Du weißt, daß die Kommission kein Veto gegen einen Bebauungsplan einlegt, wenn er erst einmal verabschiedet ist.«

Ich sagte: »Ich weiß es nicht. Vielleicht hat sie sich von ihm mitreißen lassen, weil es ihm so wichtig war.«

Elizabeth musterte den Bergbach.

Sie sagte: »Du warst ihm wichtig.«

Ich zuckte die Achseln. »Ja. Ich weiß.«

Sie seufzte. »Ich habe nicht viel über seine Praxis gewußt. Du weißt schon, er durfte nicht darüber sprechen. Aber ihr beide habt glücklich gewirkt.«

»Na ja.«

Sie runzelte die Stirn.

»Erinnerst du dich an den Morgen mit dem Brunch? Sieh mal, ich weiß nicht genau, was sich in seinem Leben abgespielt hat. Er hat es nicht mit mir geteilt. Aber ich wollte mit ihm reden, weil ich dieses Mal wußte, daß er völlig fertig war.«

»Weshalb?«

«Wegen zwei Patienten, glaube ich.«

»Tatsächlich?«

»Ja. Einer hat sich mit Mordgedanken getragen, kannst du dir das vorstellen? Mehr hat er mir nicht gesagt. Er hat gesagt, Irre gibt es überall.«

Ich war verblüfft. »Mehr hat er dir nicht gesagt?«

Schulz hatte keine Notizen gefunden, nichts, was auf so etwas schließen ließ, da war ich mir sicher.

»Ja, er war erst vor kurzem darauf gestoßen. Er stellte Nachforschungen darüber an. Der zweite Patient war eine Frau, die mißhandelt worden war.«

»Wie bitte?«

»Ich weiß nicht, wer es war. Er kam seit etwa einem Monat mit ihr zusammen.«

Seit etwa einem Monat? Ich fühlte mich, als ob ich einen Schlag in den Solarplexus bekommen hätte. Elizabeth, da war ich mir ziemlich sicher, wußte nicht, woran meine Ehe gescheitert war. Ich sagte: »Tatsächlich?«

»Ja, er sagte, er sei noch nicht bis zu den Mißhandlungen vorgestoßen, aber es sei ein rätselhafter Fall, weil er die Frau von früher her kenne. Sie sei eine starke Frau, jedenfalls glaubte er das, aber sie sei sieben Jahre lang bei dem gewalttätigen Kerl geblieben. Er hat sich gefragt, wie jemand, der auf anderen Gebieten so kompetent ist, derart selbstzerstörerisch sein kann.«

»Das hat er sich gefragt, ja? Sie war also eine Patientin?«

»Davon bin ich jedenfalls ausgegangen«, sagte Elizabeth, während sie sich Tabbuleh auftat. »Sie muß wichtig für ihn gewesen sein. Oh, ich will dich nicht eifersüchtig machen oder so. Ich glaube, er wollte sich beruflich mit ihr befassen. Wollte ihr helfen, du weißt schon?«

»Nein«, sagte ich vorsichtig, »ich glaube, ich weiß es nicht.«

Elizabeth und ich trennten uns, als die ersten Regentropfen fielen. Ich war eine gute Schauspielerin. Ich ließ die Worte so leicht fallen, wie die Wassertropfen herunterkamen. »Kann's kaum erwarten bis zum nächsten Treffen.« – »Alles, was du mitgebracht hast, war einfach köstlich.« – »Du kannst mich jederzeit anrufen.«

In meinen Ohren klingelte es. Mir war nicht bewußt,

daß ich weinte, ich merkte nur, daß meine Wangen naß waren. Ich wischte sie ab. Weinen war kein Willensakt. Also weinte ich nicht.

Wußte nicht, wie jemand in Beziehungen versagen, aber auf anderen Gebieten so kompetent sein konnte? Hatten sie ihm in der Seelenklempnerschule überhaupt nichts beigebracht?

Es war ein seltsames Gefühl, von jemandem, der jetzt tot war, verraten worden zu sein. Falls es wirklich so gewesen war – aber es war schwer zu glauben, daß eine seiner Patientinnen genau dieselbe Geschichte gehabt haben sollte wie ich oder ihn vor dasselbe psychologische Rätsel stellte. Ich war ein Vollidiot gewesen. Es war, als hätte jemand vor einem Monat ein ganzes Pistolenmagazin auf mich abgefeuert. Jetzt erreichten die Schüsse ihr Ziel.

Und ich hatte geglaubt, er möge mich.

Ich bin sieben Jahre bei einem gewalttätigen Mann geblieben, weil ich Angst hatte, Arch zu verlieren. Ich bin sieben Jahre lang geblieben, weil ich Angst hatte, mir meinen Lebensunterhalt nicht verdienen zu können. Aber jetzt frage ich dich nach unserer Beziehung, Philip. Wer hat in dieser Beziehung wen mißbraucht?

In einer halben Stunde war ich wieder in Aspen Meadow und schlug die Straße zur Schule in Elk Park ein. Niemand kannte die Gefahren von Highway 203 besser als ich, vor allem, wenn er naß war. Und doch ertappte ich mich dabei, daß ich um die Kurven jagte, als wolle ich dem Tod trotzen.

Etwa dreißig Meter hinter der Einfahrt zur Schule traf ich auf die erste Bodenschwelle. Der Lieferwagen hob ab und landete hart. Ich schaltete herunter. Der Motor heulte protestierend auf. Kein Zweifel, ich fuhr nicht, wie es sich für eine ordentliche Privatschulmutter gehörte.

Ich hielt neben einer von Menschenhand perfekt angepflanzten Sammlung von Wildblumen. Diese Hügel, die wie imitierte Ruinen in Gärten aus dem 19. Jahrhundert wirkten, waren in unregelmäßigen Abständen an dem Zaun entlang verteilt. der die ganze Einfahrt säumte. Deshalb hatten sie das Elektrotor angebracht, das blumenfressendes Wild fernhalten sollte. In allen Richtungen ergossen sich Astern, Gänseblümchen, Akelei und Klatschmohn. Ich vermutete, die Botschaft war: Wir können die Wildnis zähmen! Das war zweifellos ähnlich dem, was sie mit den Teenagern vorhatten. Aber der Niederschlag in unserem Staat betrug im Jahresdurchschnitt nur vierzig Zentimeter. Nicht einmal Mutter Natur war dazu fähig, Blumen in solcher Fülle wachsen zu lassen. Wie als Antwort darauf sprühte ein Schauer aus einem verborgenen Sprinkler.

Zu meiner Rechten, hinter dem Zaun und dem Saum aus alten Blaufichten, die während der Hotelzeit gepflanzt worden waren, spritzten weitere Sprinkleranlagen über kurzgeschorene, zu grüne Hockey- und Fußballplätze. Das Zischen des Wassers erfüllte die Luft. Ich schüttelte den Kopf. Falls sich Philip tatsächlich Sorgen um die Ökologie des Staates gemacht hatte, hätte er bei der Wasservergeudung seiner Alma mater anfangen müssen.

Ich fuhr weiter, langsam, auf die Poolbaustelle zu. Warnschilder – BAUARBEITEN! BETRETEN VERBOTEN! – veranlaßten mich, einen weiten Bogen um die mit Maschendraht eingezäunte Attraktion zu machen. Keine Bodenschwelle mehr, frohlockte ich, und trat aufs Gaspedal.

»Herrje, paß doch auf, Mom«, rief Arch, als ich in den Dreck zwischen der Poolbaustelle und dem Schulparkplatz brauste.

Ich stieg aus, schlug die Tür hinter mir zu, musterte mit wütendem Blick den Schulparkplatz und bekam schließlich meinen Sohn zu Gesicht. Er betrachtete mich etwas verwirrt. Er schob sich die Brille auf die Nase.

Er sagte: »Was machst du denn hier?«

Ja, was machte ich denn eigentlich hier? Ich starrte Arch an, als könne sein Gesicht meinem Gedächtnis aufhelfen. O ja, *Aufkleber.*

»Ich bin nicht hier, um dich abzuholen«, sagte ich.

Er erklärte mit seiner erwachsenen, besserwisserischen Stimme: »Ich warte auf Julian. Er bringt mich zurück, wenn er im Labor fertig ist.«

In diesem Augenblick fielen mir zwei Mädchen in Archs Alter auf, die auf einem Dreckhügel hinter der Poolbaustelle herumlungerten. Sie beobachteten uns.

»Arch, was sind das für Mädchen?« fragte ich. Ich zeigte auf sie.

Er sagte: »Das ist doch egal, Mom. Komm, ich bringe dich ins Büro.«

»Großartig.«

Wir gingen auf das Stuckgebäude zu. Hinter uns riefen weibliche Stimmen: »Hey! Du bist süß!«

Ich wirbelte herum. »Arch! Meinen die dich?«

Seine Wangen waren purpurrot. Er starrte auf den Gehweg. Er sagte: »Geh einfach weiter, Mom.«

Die Telefonistin zirpte in schneller Folge in fünf Leitungen »Privatschule Elk Park! Bitte, legen Sie nicht auf!«, während ich darauf wartete, um die gefürchteten Aufkleber zu bitten. Arch verschwand. Ich setzte mich auf eine Kunstlederbank und ließ Leere in meinen Kopf strömen. Ich fing eben mit meiner Mantra an, als Joan Rasmussen mich sah und wie ein menschlicher Panzer auf mich zurollte. Ich stöhnte. Leider laut.

»Entschuldigung, Goldy, die Partylieferantin, ja?« sagte sie in ihrem gebieterischen Ton. »Das war doch bestimmt kein Stöhnen, was ich da gehört habe? Ich arbeite hart für dieses Poolprojekt, viel härter als die meisten Eltern, wenn ich das hinzufügen darf, und der Gedanke, daß Sie –«

»Es war kein Stöhnen«, sagte ich, als ich aufstand. Mein Gesicht reichte nur bis zu ihrem matronenhaften Busen, den ich lieber nicht ansehen wollte. »Ich habe *om* geäußert – das ist ein gutturaler Laut, der direkt aus der Seele kommt.«

»Mir ist klar, daß Sie im Dienstleistungsgewerbe tätig sind, Ms. Bear, aber wir müssen wirklich von Ihnen verlangen, daß Sie von Tür zu Tür gehen –«

»Ärzte und Anwälte sind auch im Dienstleistungsgewerbe tätig«, gab ich ruhig zurück. »Machen sie auch die Runde, sammeln für den Pool und verteilen Aufkleber?«

»Selbstverständlich nicht«, schnaubte sie. »Aber das liegt daran, daß sie es sich leisten können –«

»Oh, ich hab's kapiert!« rief ich. »Wenn man eine bestimmte Summe spenden kann, bleibt einem die Drecksarbeit erspart. Sagen Sie mal, wie stellt man einen Antrag auf Befreiung?«

In diesem Augenblick tauchte der Rektor hinter der Telefonistin auf. Ich hatte ihn noch nie aus der Nähe gesehen. Er war ein babygesichtiger Typ, der mit den runden Brillengläsern wie eine junge Eule aussah. Trotz der Tatsache, daß wir Mitte Juni hatten, trug er Tweed. *Mr. Rogers kommt nach Yale.* Er schaute uns an und runzelte die Stirn. *Ärger unter dem Dach.*

»Hier sind Ihre Aufkleber«, sagte Joan Rasmussen, als sie mir ein Päckchen überreichte. »*Vielen Dank,* daß Sie Ihre Zeit so großzügig zur Verfügung stellen.«

Tief in meiner Kehle bildete sich ein Laut. »Ommmmmmmmm.«

Gleichzeitig zogen Joan und der Rektor scharf die Luft ein, während sie über meine Schulter hinwegschauten. Als ich mich umdrehte, sah ich ein älteres Mitglied der

Familie Coors, das durch die Tür in der Vorhalle der Schule kam. Ich begriff zu spät, daß ich das einzige war, was zwischen dem Rektor und den vielen Brauereimillionen stand.

»Au!« schrie ich, als der Rektor mich niedermähte. Ich wankte rückwärts und fiel dann auf die Kunststoffledderbank. Das Päckchen flog mir aus der Hand. Mein Rücken prallte gegen die Wand. Aufkleber schwebten durch die Luft wie Konfetti.

Joan Rasmussen marschierte fort, um eins der Telefone zu benutzen. Die Telefonistin begrüßte die Anrufer weiterhin mit ihrem Singsang. Während ich die Aufkleber vom Boden aufsammelte, beobachtete ich, wie der Rektor den höflich-aufmerksamen Mr. Coors mit schmieriger Unterwürfigkeit behandelte.

»Was ist denn hier los?« sagte Sissy Stone hoch über mir.

Ich schaute auf und bemühte mich, sie mit einem breiten Lächeln zu bedenken. Als wir uns das letzte Mal verabschiedet hatten, war sie nicht gerade in hervorragender Stimmung gewesen.

»Ich räume meine Aufkleber weg, was sonst?«

Sie verrenkte sich den Hals, um zu sehen, ob jemand Wichtigeres in der Nähe sein mochte. »Na, so was, schauen Sie bloß, wer da ist«, sagte sie mit angehaltenem Atem.

»Sie haben wohl nicht vor, mir beim Aufsammeln zu helfen?«

Sie seufzte theatralisch. »Tut mir leid. Ich warte auf Julian, und ich will mir die Hosen auf dem Boden nicht dreckig machen.«

Ich knurrte und stopfte die letzten Aufkleber in den Umschlag. Als ich mich wieder auf die Bank gehievt hatte, dachte ich erneut an das, was mir Elizabeth über Philips schwierige Patienten erzählt hatte. Ich warf Sissy einen langen Blick zu. Perfektes Make-up, perfektes Haar, perfekt gefeilte und lackierte Nägel, perfekte rosa auf Blau bedruckte Bluse, passend zu blau auf Rosa bedruckten Hosen. Miss Perfekt hatte für Philip Miller gearbeitet. Ich fragte mich, ob er sich auch für ihre psychische Verfassung interessiert hatte.

Ich sagte: »Gehen wir eine Cola trinken. Ich habe Arch aus den Augen verloren. Ich bin völlig ausgetrocknet, und ich möchte über etwas mit Ihnen reden. Gibt es in dieser Schule einen Erfrischungsraum?«

Das hübsche Gesicht verfinsterte sich. »Früher gab es Automaten im Keller. Aber die Eltern haben gegen Chips, Süßigkeiten und Limonade protestiert. Jetzt gibt es Saft, Müsliriegel und lauter Zeug, wie es Elizabeth Miller in ihrem Laden verkauft. Sie nennen es immer noch die Imbißecke. Wenn man mich fragt, sollte es eigentlich Vogelfutterecke heißen.«

Ich zwang mich zu einem Lächeln. »Gehen wir trotzdem hin. Tun wir was für unsere Gesundheit.«

Ich warf einen schrägen Blick zurück auf den Rektor und sein reiches Opfer, ehe Sissy und ich hinunter zur Imbißecke gingen. Vielleicht war es im Endeffekt doch keine so gute Sache, wenn man Geld hatte. Wir entgingen einem weiteren Zusammenstoß mit Joan Rasmussen und mapften kurz darauf glücklich Erdnußbutterriegel mit Kokosnuß und tranken Guavensaft mit Erdbeeren. Es ist schwer, sich Fragen zurechtzulegen, wenn einem mehrere Eßlöffel Erdnußbutter wie Zement im Mund kleben, aber ich versuchte es trotzdem.

»Mir fehlt Philip Miller«, sagte ich schließlich, nachdem ich einen Schluck von dem süßen Saft getrunken hatte.

»Ja, er war ein guter Typ.«

»Ich habe gehört, daß Sie ein Praktikum bei ihm gemacht haben.« Ich bemühte mich um einen wehmütigen Ton.

Sie zog die Mundwinkel nach unten. »Nichts Heikles, wissen Sie. Nichts Vertrauliches.«

»Stimmt«, sagte ich und schüttelte den Kopf, »ganz bestimmt nichts dergleichen. Ich weiß, wie ernst er die Schweigepflicht genommen hat.« Damit ich nicht mit den Zähnen knirschen mußte, biß ich ein winziges Stück von dem Müsliriegel ab. »Was haben Sie also für ihn gemacht?«

»Ach, er hat mit mir über seinen Arbeitsalltag gesprochen, über die Probleme, auf die er stieß, über die Ausbildung, die man braucht. Manchmal hat er mich auf Recherchen angesetzt. Ich hatte eine Zeitlang nichts mehr von ihm gehört. Dann, in der letzten Woche, in der er –«, sie zögerte und räusperte sich, »Sie wissen schon, noch gelebt hat, hat er mich gebeten, etwas für ihn zu tun. Er war deshalb in einer Art Panik, wie es mir vorkam. Er kannte den Fall, aber er brauchte Einzelheiten. Er hatte keine Zeit, sie zu recherchieren.« Sie trank den Saft aus und stellte die Dose auf den Linoleumboden, dann starrte sie die Wand an. »Tarasoff gegen Kalifornien«, sagte sie mit einer Stimme von weit her.

»Wie bitte?«

Sie kräuselte nachdenklich die Lippen. »Das war ein Fall vor Gericht. Ich habe den Computer in der Bibliothek darauf angesetzt, habe versucht, Artikel zu finden, denen er entnehmen kann, ob der Fall sich auf ihn anwenden läßt.«

»Das kapier ich nicht.«

»Tarasoff war der Nachname einer Frau in Kalifornien. Sie traf sich mit einem Kerl, der eine Therapie machte. In der psychiatrischen Klinik von irgendeinem College der Universität von Kalifornien. Ich habe vergessen, welches. Wie auch immer. Die Tarasoff hat mit dem Kerl Schluß gemacht. Der Kerl ging zu seinem Therapeuten. Er war völlig fertig. Hat gesagt, er würde die Frau, die eben mit ihm Schluß gemacht hatte, am liebsten umbringen. Der Psychiater hat gemerkt, daß der Kerl labil war. Sie wissen schon?«

Ausnahmsweise wußte ich es.

Sie fuhr fort: »Also hat der Psychiater versucht, den Kerl in eine Anstalt einweisen zu lassen. Ihm war klar, daß der Kerl sich nicht im Griff hatte. Aber statt dessen hat der Kerl die Therapie abgebrochen. Der Psychiater hat die Campuspolizei angerufen. Er machte sich Sorgen, weil er das Recht seines Patienten auf Vertraulichkeit schützen wollte, aber er machte sich auch Sorgen um die Frau namens Tarasoff. Er hat den Bullen nicht gesagt, warum, aber er hat sie darum gebeten, das Haus, in dem die Tarasoff wohnte, zu überwachen.« Sie machte eine Pause.

»Und haben sie das gemacht?«

»Ja, haben sie. Aber es hat nicht gereicht.« Sissys Stimme blieb stecken. »Der Kerl hat sie umgebracht.«

»Herrje.« Ich dachte einen Augenblick nach. »Aber wer hat Anklage erhoben?«

Sissy schob die rosa-weiß-gestreiften Schuhe vor und kreuzte die Beine. »Ihre Angehörigen. Sie haben die Universität verklagt, weil der Kerl, der Mörder, zu einem Psychiater am College gegangen war. Das Gericht war der Meinung, der Psychiater sei in erster Linie dazu verpflichtet gewesen, das Leben der Tarasoff zu retten; das Recht seines Patienten auf Vertraulichkeit sei zweitrangig gewesen.«

»Was meinen Sie damit?«

Sissy bedachte mich mit einem langen Blick. »Es ging darum, daß der Psychiater die Pflicht hatte, den Menschen zu warnen, dessen Leben in Gefahr war.«

»Wer hat gewonnen?«

»Die Tarasoffs. Das habe ich Philip am Tag, bevor er starb, gesagt. Wenn er wußte, daß jemand jemanden umbringen wollte, mußte er das mögliche Opfer warnen. Das war seine gesetzliche Pflicht.«

»Heiliger Bimbam. Wissen Sie, ob er es getan hat?«

Sie schüttelte den Kopf. »Ich glaube, er wollte etwas unternehmen, wollte dem Betroffenen sagen, daß er in Gefahr war. Wollte, daß der Betroffene die Polizei anruft oder so, aber ich weiß es nicht genau.«

Ich starrte sie wie hypnotisiert an. Der Anruf, den Schulz kurz vor dem Unfall bekommen hatte. Aus dem Country Club von Aspen Meadow.

Sie müssen mir helfen, mein Leben ist in Gefahr.

In diesem Augenblick schlurfte Julian die Treppe zur sogenannten Imbißecke herunter. Wie lange hatte er zugehört? Ich wußte es nicht.

»Hey, was ist denn los«, sagte er. Ich sagte nichts. Er musterte Sissys Gesicht und dann meines. Er hielt Ausschau nach Stimmungen.

»Bist du jetzt mit der Arbeit im Labor fertig?« wollte Sissy wissen.

»Ja, ich bin fertig. Bist du sauer?«

Sie schlug einen leichten Ton an. »Was für eine schreckliche Vorstellung, Julian, wenn du Verantwortung übernehmen müßtest. Jetzt mußt du zurück zum Club fahren, und ich komme zu spät in die Bibliothek. Wärst du an meiner Stelle sauer?«

Ich holte tief Luft und sagte: »Aber, aber.« Fast sofort bereute ich es, daß ich den Mund aufgemacht hatte. Beide Teenager warfen Blicke in meine Richtung, die besagten: Kümmern Sie sich doch um den eigenen Dreck. Ich sagte: »Ich fahre Arch nach Hause, wenn das die Dinge beschleunigt. Es gibt wirklich keinen Grund zum Streit.«

Sissy sagte: »Seit wann sind Sie denn eine Expertin im Schlichten von Konflikten?«

Es juckte mich, etwas Gehässiges zu sagen, aber ich dachte an meine Worte zu Arch, wenn es um Hänseleien auf dem Spielplatz ging. Ich sagte immer: *Laß dich nicht auf ihre Ebene herab, Schätzchen, geh einfach weg.* Ausnahmsweise beherzigte ich die eigenen Ratschläge.

»Hey, warten Sie!« brüllte Julian hinter mir her, als ich den Treppenabsatz erreicht hatte.

»Ich suche Arch«, rief ich über die Schulter. Draußen paßte sich das Wetter der Stimmung an, indem es eine kühle Brise von den Bergen herunterschickte. Dunkle Wolken dräuten. Wo mochte Arch nur stecken?

»Hören Sie, hey, das tut mir leid«, sagte Julian, als er mich einholte. Er schlug verlegen die Augen nieder. Ich lehnte mich gegen einen staubigen Acura Legend. Es war ein teures Auto; gehörte vermutlich einem Siebzehnjährigen.

Ich sagte: »Sie sind nicht dafür verantwortlich, wie sie sich benimmt, wissen Sie. Sie wären nicht einmal verantwortlich für sie, wenn Sie mit ihr verheiratet wären. Und übrigens, ich kann Ihnen von weiterem Interesse an diesem Mädchen nur abraten.«

Sein Mund verzog sich zur Andeutung eines Lächelns. »Die Partylieferantin mit den guten Ratschlägen.«

»Ach«, sagte ich, »lassen Sie mich doch in Ruhe.« Ich rief Archs Namen.

Regentropfen prasselten in den Staub, als ich auf die Poolbaustelle zuging. Julian blieb mir dicht auf den Fersen. Ich ertappte mich dabei, daß ich mir Sorgen wegen des Wassers machte, das durch Julians gebleichtes Haar tropfte. Er würde eine klatschnasse Kopfhaut bekommen. Er würde sich eine Bronchitis holen. Nicht verantwortlich, mahnte ich mich, nicht verantwortlich! Ich hätte lieber in der Hölle Mohrenköpfe serviert, ehe ich ihm gesagt hätte, er solle sich eine Kopfbedeckung aufsetzen.

»Hören Sie!« Julian hob die Stimme über das Prasseln des Regens weg. »Sissy ist nur –«

»Sie brauchen sich nicht für sie zu entschuldigen.«

Wir kamen auf die Baustelle. Was nützte ein zwei Meter hoher Zaun, wenn jemand das Tor offenließ? Im Pool planschte Arch herum, als ob er blind wäre, und schrie: »Marco!«

Ich rief wieder. Die beiden Freunde, die »Polo!« geantwortet hatten, sprangen aus dem Pool und verschwanden. Ich dachte: Gibt es hier denn gar keine Vorschriften? Ich brüllte nach Arch und schaute Julian finster an.

Er sprach weiter, als ob es nicht regne und ich nicht versuchte, Arch aus dem Pool zu holen. Er sagte: »Sissy ist irgendwie besitzergreifend.«

»Aha. Erklärt alles.« Ich kreuzte die Arme und versuchte, den Regen zu ignorieren. Als Arch gemerkt hatte, daß seine Freunde fort waren, machte er die Augen auf, sah mich und hievte sich am Beckenrand hoch. Er schrie, er komme gleich.

»Wirklich«, sagte Julian. Er legte den Kopf in den Nakken und schüttelte ihn wie ein nasser Hund. »Sie macht sich Sorgen um mich.«

»Ich glaube, Sie haben beim ersten Mal richtig getippt.«

»Das Problem ist, ich bin mir nicht sicher, ob sie . . . mich will.« Er verlagerte das Gewicht und schaute sich um. Ich wollte eben sagen, er solle es vielleicht einmal mit einer anderen Frisur versuchen, als er sich ohne Vorwarnung ganz nah zu mir beugte.

»Was ist denn?« fuhr ich ihn an und mußte sofort an Brian Harrington denken. Warum fühlten Männer sich plötzlich zu mir hingezogen? Vielleicht hatte ich abgenommen.

»Was ist das Geheimnis daran?« fragte er leise.

»Welches Geheimnis?«

»Aphrodisiaka.«

Ich sagte: »Um Himmels willen, Sie sind doch noch ein Kind!«

Hinter uns räusperte sich jemand. Ich drehte mich um. Es war Tom Schulz. Er hatte den Kopf schiefgelegt, die Augenbrauen hochgezogen. In diesem Augenblick patschte Arch in Gummistiefeln zu uns heran. Er fröstelte unter dem Handtuch.

»Was hast du da gemacht?« wollte ich von ihm wissen.

Arch machte ts, ts, als ob ich schrecklich anmaßend sei.

Tom Schulz murmelte: »Das könnte ich dich auch fragen, Miss G.«

Sissy kam angeschlendert; sie und Julian zogen sich wortlos zurück.

»Hey!« rief Arch hinter ihnen her. »Ich hab gedacht, ihr nehmt mich mit!«

»Die Lage hat sich geändert«, erklärte ich. »Ich nehme dich mit. Sobald ich eine Erklärung gehört habe.«

Seine Lippen waren blau, aber er brachte heraus: »Es ist noch nicht offiziell, aber sie haben den Pool mit Wasser gefüllt. Wir haben bloß ein bißchen Spaß gehabt. Aber dann hat es angefangen zu regnen.«

Ich sagte: »Was du nicht sagst.« Ich wischte mir Regentropfen vom Gesicht und den Armen. »Würdest du bitte in den Lieferwagen steigen?« Er wußte, wie er den Motor anlassen und die Heizung einschalten mußte. Er wußte außerdem, daß es im Augenblick nicht klug gewesen wäre, eine Debatte anzufangen.

Schulz sagte: » Setzt du dich einen Augenblick in mein Auto? Ich merke es immer gleich, wenn du nicht in allerbester Stimmung bist, Miss G.«

»Sollte ich in bester Stimmung sein?« Die Regentropfen verwandelten sich in schweren Dunst. Nebel und Regen hüllten die Straße nach Aspen Meadow ein, genau wie es nach dem Brunch gewesen war. Das Poolwasser spiegelte den dunklen Himmel wider. »Ich mache mir Sorgen um Arch«, sagte ich. »Ich möchte da bleiben, wo ich ihn sehen kann.«

Schulz sagte: »Übrigens glaube ich, daß Julian Teller ein bißchen zu jung für dich ist.«

Ich zog scharf die Luft ein.

Sein großes, feuchtes Gesicht strahlte, als er lachte.

»Hast du denn nicht gesehen, was er –« fing ich an.

»Ja, ja, ja.« Hinter uns wurde ein Lieferwagen angelassen. Ich hoffte, daß Arch die Heizung aufdrehte. »Hör mal, der General hat gesagt, du bist wegen einer Spendenbeschaffung hier. Nicht für dich.«

»Wie bitte? Woher weiß er das? Außer mir hat niemand mit der Frau vom Spendenbeschaffungskomitee gesprochen.«

»Schau, Goldy, du wohnst bei einem früheren Geheimdienstexperten, du mußt damit rechnen, daß er es nicht lassen kann.«

»Großartig.« Wenn er mithörte, warum ging er dann nicht gleich ans Telefon?

»Wie auch immer«, sagte Schulz, »im Fall Philip Miller hat sich etwas ergeben.« Er machte eine Pause und schaute sich um. »Weil du gesagt hast, er sei so merkwürdig gefahren, habe ich noch einmal bei der Gerichtsmedizin angerufen. Sie haben Millers Augen nur ganz kurz überprüft, weil er ein Hornhautspender war. Du weißt schon, das muß innerhalb von ein paar Stunden erledigt werden, sonst hat es keinen Wert. Also habe ich die Hornhautbank angerufen. Du wirst es nicht glauben.«

Er holte tief Luft, die grünen Augen wurden plötzlich ernst. »Sie konnten mit Millers Hornhäuten nichts anfangen.«

»Was?«

»Die Gerichtsmedizin entfernt keine Kontaktlinsen, und Miller trug welche. Du weißt doch noch, daß er an jenem Morgen beim Augenarzt gewesen war?« Ich nickte, und er fuhr fort: »Laut dem Ophtalmologen bei der Hornhautbank waren Millers Kontaktlinsen mit Peroxid getränkt. Die Kontaktlinsen haben das Epithelium, die oberste Schicht der Hornhaut, verbrannt. Er konnte nichts sehen.«

Ich war ungläubig. »Konnte nichts sehen? Er konnte mich beim Brunch sehen. Er ist eine Zeitlang bestens gefahren. Wie konnte das passieren?«

»Goldy. Ich weiß es nicht. Ich habe den Augenarzt angerufen. Er hat gesagt, Philip Miller habe nichts gefehlt, als er seine Praxis verlassen habe. Und offenbar konnte er so gut sehen, daß er zum Brunch fahren konnte. Noch was. Der Arzt hat gesagt, Peroxid auf den Kontaktlinsen müssen starke Schmerzen verursachen. Und zwar sofort. Es sei nicht möglich, daß jemand den Schmerz länger als ein paar Sekunden aushalte.«

Ich fuhr mit den Fingern durch das feuchte Haar und schüttelte den Kopf.

»Ich muß gehen«, sagte Schulz. »Jede Menge Arbeit. Darf ich schnell mal zu Arch hineinschauen?« Er blickte zum Lieferwagen.

»Klar.«

Er machte die Tür auf und sagte ein paar Worte zu Arch, die ich nicht hören konnte. Beide lachten, dann schlug Schulz die Tür zu und kam herüber, um mich in den Arm zu nehmen. Er sagte mir ins Ohr: »Ich wünsch' mir was.«

»Und zwar was?«

»Was auch immer Julian Teller von dir wollte.«

Arch erklärte auf der Rückfahrt zu den Farquhars, er habe die Schularbeiten so satt gehabt, daß er einfach eine Pause im Pool gebraucht habe.

Ich sagte: »Das ist nicht der springende Punkt. Es ist zu

gefährlich, in einem Pool zu baden, der noch nicht fertig ist.«

»*Mais la piscine est fini!*«

Schön, es machte Eindruck auf mich, daß er auf französisch sagen konnte, das Schwimmbecken sei fertig. Aber ganz so einfach kam er mir nicht davon.

»Wozu dann der Sicherheitszaun?«

»Oh, Mom! Sie haben erst gestern ganz stark gechlortes Wasser hineingefüllt. Das soll die Bakterien vertreiben. Der Sportlehrer hat gesagt, in ein paar Tagen ist das Wasser klar.« Er zog ein Stück Schnur und Bambus aus seiner Zaubertüte und ließ beides vor meinen Augen baumeln. »Wart's nur ab, Mom«, sagte er. »Du wirst staunen. Schau dir diese chinesischen Handfesseln genau an.«

Ich lächelte. Das war nicht der richtige Zeitpunkt, wegen gefährlicher Tricks Streit anzufangen. Die möglicherweise heimtückische Straße nach Aspen Meadow erforderte meine Aufmerksamkeit. »Du bringst mich zum Staunen«, sagte ich gelassen. »Aber wenn wir eine Party geben wollen, müssen wir deine Freunde bald anrufen. Hast du mit Adele gesprochen?«

»Ja, hat sie dir nichts gesagt?« Er wiegte den Kopf vor der Heizung hin und her. Sein Haar war ein Gewirr aus trockenem Flaum und nassen Strähnen. »Du solltest meine Freunde zu dem Hochzeitstagsbarbecue morgen abend einladen. Ich habe dir eine Liste in deinen Edgar Allan Poe gelegt. Und außerdem, ich sage es dir gar nicht gern, aber ich brauche unbedingt einen Zylinder und ein Cape.«

»Arch! Ich habe niemanden angerufen!«

»Mom!«

Ich seufzte. »Ich mach's, wenn wir zu Hause sind. Krieg raus, was das Cape und der Hut kosten.«

»Toll, Mom, danke.«

»Ich hab' nicht gesagt, daß ich das kaufe!«

»Schon, aber wenn du mir sagst, ich soll mich nach dem Preis erkundigen, weiß ich immer, daß du es kaufst.«

Ich setzte Arch bei den Farquhars ab und fuhr zu Philips Praxis. Zwischen der Interstate 70 und der Innenstadt von Aspen Meadow lag ein Geschäftskomplex, einheitlich in dunkler Holzverschalung und mit helltürkisen Verandageländern. In diesem Zentrum, einer Mischung aus Hochgebirgsstil und Santa Fe, Aspen Meadow North genannt, lagen Philips Praxis, das Aspen Meadow Café, Elizabeths Laden – Gesundheit! – und verschiedene Maklerbüros und Arztpraxen. Aspen Meadow verfügte über mehr Heilpraktiker pro Quadratmeter als jede andere Gegend außerhalb von Nordkalifornien. Zwei neue hatten Praxen in diesem Komplex eröffnet, den Harrington und Partner gebaut hatten. Es gab, wie ich beim Einfahren bemerkte, auch einen Augenarzt.

Ich parkte und griff zu dem Päckchen mit den Aufklebern. Meine Tarnung, würde ich später zu Schulz sagen.

Elizabeth war noch nicht wieder in ihrem Laden. Zu meiner Überraschung hing kein Aufkleber SCHWIMMEN SIE MIT! in ihrem Schaufenster. Die Verkäuferin hatte nicht das Gefühl, eine Spende aus der Ladenkasse sei in Abwesenheit der Inhaberin möglich. Kein Problem, sagte ich, und kaufte getrocknete Ananas. Keiner der Heilpraktiker wollte etwas für die Schule spenden. Ich fragte, ob ich sie zu einem Meinungswechsel bewegen könne, aber sie schauten mich nur verständnislos an und sagten nein. Das Aspen Meadow Café hatte schon einen Aufkleber. Die zugezogenen Fenster von Philips Praxis hatten keinen. Ich ging weiter zu meinem wahren Opfer.

Verdammter Mist. Im Fenster des Augenarztes hing ein Aufkleber. Ich ging trotzdem hinein.

»Ich interessiere mich für Kontaktlinsen«, sagte ich zu der Empfangsdame.

Wir unterhielten uns über eine Augenuntersuchung. Wann war die letzte gewesen? Ich konnte mich nicht daran erinnern. Ein Termin am Nachmittag sei abgesagt worden, sie glaube, sie könne mich einschieben. Sie müsse den Arzt fragen. Ich war einverstanden. Sie verschwand, und ich blätterte im Terminkalender schnell zurück zu Freitag, dem 3. Juni.

Da stand es: *9.30 Philip Miller.* Ich schlug wieder das heutige Datum auf.

Die Empfangsdame kehrte triumphierend zurück. »Er kann Sie in einer halben Stunde untersuchen«, erklärte sie.

Ich sagte, es sei mir recht. Während ich die notwendigen Formulare ausfüllte, spürte ich den aufmerksamen Blick der Empfangsdame auf mir.

Sie sagte: »Kenne ich Sie nicht?«

Ich war so stolz, wenn ich erkannt wurde. Dafür lohnten sich die ganzen Werbeanstrengungen für das Geschäft.

»Ich bin die einzige Partylieferantin von Aspen Meadow.«

»Nein«, sagte sie und schüttelte den Kopf, »das meine ich nicht.« Ein Blitz des Erkennens. »Sie sind doch die, die mit Dr. John Richard Korman verheiratet war.«

»Eine davon.«

»Gott«, sagte sie, rollte mit den Augen und kicherte. »Er sieht *so* gut aus!«

Die Sprechstundenhilfe erschien auf der Schwelle und rief mich.

Innerhalb von fünf Minuten wünschte ich mir, ich hätte vor der Untersuchung ein extra starkes Schmerzmittel genommen. Ich konnte die unterste Buchstabenreihe nicht lesen, strengte mich so sehr an, kam mir vor wie ein Versager. Wenn meine Augen beim Sehtest für den Führerschein gut genug gewesen waren, warum waren sie dann hier nicht gut genug? Dann kamen die dicken Testgläser. Womit sehen Sie besser, mit Nummer eins oder Nummer zwei?

Ich sah mit beiden nicht besser.

Der Augenarzt hieß H. D. Cartwheel. Er hatte mehr Sommersprossen, als ich bei einem einzigen menschlichen Wesen für möglich gehalten hätte. Er hatte seine wilde rote Mähne mit einer süßlich riechenden Creme auf einer Seite gezähmt. Ich mußte mir auf die Lippen beißen, um mich an der Frage zu hindern, ob H. D. für Herr Doktor stand. Eigentlich hätte ich Fragen nach Kontaktlinsen stellen sollen. Aber ich konnte nur daran denken, wann der Schmerz vorbei wäre. Cartwheel zog mein Lid zur Seite und tat Tropfen hinein, dann wiederholte er die Prozedur am anderen Auge. Das sei Anästhesie für den Glaukomtest, erklärte er. Dann dämpfte er wieder das Licht. Mein Kopf fühlte sich an, als schlage ein Kleinkind mit einem Hammer darauf ein.

»Hören Sie bitte auf«, sagte ich schließlich.

»Sie brauchen wirklich keine Angst zu haben«, entgegnete er in einem überheblichen Ton.

Ich sagte: »Mehr halte ich nicht aus.«

»Aber natürlich halten Sie das aus.«

»Bitte! Machen Sie das Licht wieder an!«

Er tat es. Dann runzelte er die Stirn und blinzelte mich an. Er sagte: »Ich bin mit dem Glaukomtest noch nicht fertig. Wir müssen –«

»Tut mir leid«, sagte ich. »Mehr kann ich an einem Tag nicht verkraften.«

Cartwheel war entsetzt. Die Sprechstundenhilfe kam hereingerannt. »Wo liegt das Problem?« fragte sie.

»Das Problem«, sagte ich ruhig, »liegt darin, daß ich mich nur für Kontaktlinsen interessiere.«

Beide sagten: »Wie bitte?«

Cartwheel sagte: »Sie müssen mir gestatten, den Glaukomtest zu beenden.«

»Ich muß Ihnen gar nichts gestatten«, sagte ich. »Wenn ich Kontaktlinsen hätte«, sagte ich zur Sprechstundenhilfe, »wo wären die jetzt? In meinen Augen?«

Cartwheel stand auf und ging hinaus.

»Der Herr Doktor ist sehr aufgebracht«, sagte die Sprechstundenhilfe.

»Wie bedauerlich«, sagte ich. »Wo wären die Kontaktlinsen?«

Sie schüttelte den Kopf. »Nicht in Ihren Augen«, sagte sie. »Meistens entfernen wir den Enzymbelag im Ultraschallapparat, während der Patient untersucht wird.«

»Der Apparat desinfiziert?«

»Nein, Desinfektion ist nur gegen Bakterien. Aber es gibt noch eine andere Art von –« Sie schaute mich mitfühlend an. Wollte offenbar keine allzu schwierigen Wörter benutzen. »Eine andere Art von Belag, der sich auf den Linsen absetzt und sie trüben kann. Die Patienten wenden zu Hause jede Woche ein Verfahren an, um diesen Belag zu entfernen, aber wenn sie zur Untersuchung herkommen, gibt es eine besonders gründliche Behandlung mit unserem Apparat.« Sie lächelte schwach. »Soll ich den Herrn Doktor wieder hereinrufen?«

»Nein danke. Ich möchte gern den Apparat sehen. Ich bin heute keiner Untersuchung mehr gewachsen.«

Sie sagte. »Aber der Herr Doktor war so gut wie fertig«, führte mich aber trotzdem den Flur entlang zu dem Apparat. »Das ist er«, sagte sie und zeigte auf einen Metallkasten auf einem Regalbrett.

»Was ist da drin?« fragte ich. »Ich meine, außer Ultraschall.«

»Eine Peroxidlösung.«

Ich schaute sie an. »Eine Peroxidlösung entfernt den Belag?«

»Ja, sie ätzt ihn weg, könnte man sagen. Aber keine Bange, wir spülen diese Lösung ab, ehe wir den Patienten die Kontaktlinsen zurückgeben.«

»Womit spülen Sie das ab?«

Sie griff nach einer Flasche mit Salzlösung und reichte sie mir. »Glauben Sie mir«, sagte sie, »wenn auch nur eine Spur auf den Linsen bliebe, würde der Patient schreien wie am Spieß, weil es so weh tut. Die meisten tragen eingeschliffene Sonnenbrillen, wenn sie die Praxis verlassen, denn wenn Leute eine Untersuchung bis zum Ende mitmachen«, hier bedachte sie mich mit einem strengen Blick, »sind die Pupillen erweitert, und sie wollen die Kontaktlinsen sowieso nicht tragen.«

Ich dachte eine Weile nach. Sie fragte mich, ob ich die Untersuchung abschließen wolle? Ich sagte nein.

»Dann wollen Sie jetzt gehen? Wir haben heute noch mehr Patienten.«

Ich schloß die Tür zum Zimmer mit dem Ultraschallapparat.

»Bitte«, sagte ich, »ich brauche Ihre Hilfe.«

»Wenn Sie Kontaktlinsen wollen, müssen Sie die Untersuchung abschließen.«

»Ich will keine Kontaktlinsen«, sagte ich langsam. »Ich muß Sie nur nach einem Ihrer Patienten fragen, der Kontaktlinsen getragen hat.« Ich bedachte sie mit meinem beschwörendsten Blick. »Er hieß Philip Miller.«

Sie schüttelte den Kopf. »Sie wissen doch bestimmt, daß ich gar nicht mit Ihnen über Patienten sprechen darf. Vor allem«, und hier machte sie der Wirkung halber eine Pause, so als ob ich eine Kriminelle wäre, »wo doch die *Polizei* schon bei mir gewesen ist.«

»Ich weiß, ich weiß«, sagte ich. »Aber hören Sie mir bitte zu. Philip Miller war ein Freund von mir. Ein guter Freund«, fügte ich ernst hinzu. »Und Sie brauchen mir nichts über ihn persönlich oder seine Krankengeschichte zu sagen. Ich will nur ein paar Dinge über seinen letzten Termin bei Ihnen wissen.«

Sie zögerte. Sie hatte eindeutig nur wenig Erfahrung mir seltsamen Patienten.

»Verstehen Sie«, fuhr ich eilig fort, »ich fuhr hinter ihm her, als er den Unfall hatte. Ich versuche, der Polizei zu helfen.« Gewissermaßen, fügte ich im Geist hinzu.

Sie wurde bleich. »Und was wollen Sie wissen?«

Ich hielt die Flasche mit der Salzlösung hoch. »Das hier –« sagte ich gleich darauf. »Können Sie sich von seinem Termin her daran erinnern?«

»Ich habe dem Polizisten alles darüber gesagt. Miller hatte den ersten Termin am Morgen.«

Wie im Funkverkehr wiederholte ich: »Den ersten Termin am Morgen.«

Sie nahm die Flasche und schüttelte sie. »Das tue ich immer, ehe ich die Linsen ausspüle. Als er hereinkam, war nur noch ein kleiner Rest übrig. Den habe ich zum Ausspülen benutzt, und dann habe ich die Flasche weggeworfen. Das ist alles. Mehr gibt es nicht zu sagen.«

»Und hat er die Linsen wieder eingesetzt?«

Sie nickte. »Ich habe es gesehen.«

Was auch immer geschehen war, dachte ich auf dem Heimweg zu den Farquhars, mußte mit einer verzögerten Reaktion zusammenhängen. Philip hatte sich bei dem Brunch nicht entschuldigt, war nicht länger als einen Augenblick von meiner Seite gewichen. Ich glaubte nicht, daß er irgend etwas mit seinen Linsen – oder sonst etwas – hätte tun können, ohne das ich es gemerkt hätte. Trotzdem, wenn man mit einer Stunde für den Augenarzttermin rechnete, wie erklärte sich dann jene halbe Stunde seit dem Verlassen der Praxis, in der er nach Elk Park gekommen und dann nach Aspen Meadow zurückgefahren war? Warum hatte Philip keinerlei Schmerzen verspürt? Warum war er plötzlich blind geworden?

Wie üblich war Kochen die Heilmethode gegen Kummer. Der Regen hatte nachgelassen, und ein lieblicher, feuchter Geruch erfüllte die Luft. Ich schaltete die Alarmanlage aus, die die Fenster im Erdgeschoß sicherte, und machte sie alle auf. Hinter dem Haus planschten und kreischten Arch und Julian im Pool.

Weil Julian zum Abendessen da war, entschied ich mich für eine Quiche ohne Kruste, zubereitet mit Emmentaler, Quark und Parmesan. Dazu ein Salat aus dem herrlichen Grünzeug, das der General bei einer seiner Einkaufsexpeditionen erstanden hatte, und Kleeblattbrötchen, die ich tiefgefroren von zu Hause mitgebracht hatte. Ich rieb den Emmentaler zu einem goldenen Berg aus cremigen Flocken. Zu meiner Überraschung klingelte das Telefon nur einmal. Es war mein Anwalt, der mir mitteilte, der Partyservice Drei Bären sei im Recht, und es werde nicht allzuviel kosten, meinen Namen ändern zu lassen. Aus seiner Sicht kostete natürlich nie etwas allzuviel. Ich sagte ihm, ich wolle darüber nachdenken.

Nachdem ich den Anrufbeantworter eingeschaltet hatte, ließ ich meine Gedanken zu dem zurückschweifen, was Elizabeth über Philips Beschäftigung mit einer mißhandelten Frau gesagt hatte. Was Fehler beim Heiraten betraf, hatte ich eins gelernt: man verschlimmert den Irrtum, indem man emotionale Energie mit dem Grübeln über den Grund für den Fehler verschwendete, auch wenn man den Fehler durch eine Scheidung korrigierte. Außerdem, wenn Philip sich so dafür interessiert hatte, warum ich so lange bei John Richard geblieben war, warum hatte er mich dann nicht danach gefragt?

Ich zerließ die Butter und rührte das Mehl für die Cremesauce ein, die die eigentliche Grundlage der Quiche war. Während ich die Milch langsam zugab, stellte ich mir vor, wie ich mit Philip wanderte und er mir die Frage stellte. *Warum bist du geblieben?* Weil, sah ich mich zu ihm sagen, weil ich die Beweise ignoriert habe. Ich habe geglaubt, daß John Richard sich ändern würde. Weil ich das glauben wollte. Wie die armen Irren, die sich gewaltig anstrengten, um zu beweisen, die Erde sei eine Scheibe. Ganz gleich, wie stark man als Mensch ist, wenn man sich an einen Irrglauben klammern will, tut man es. Gleichzeitig hatte ich gewußt, daß ich eines Tages ausbrechen mußte. Diese Erkenntnis bewog mich dazu, mich systematisch mit dem Partyservicegeschäft zu befassen. Wenn ich gut kochen und das Geschäftliche lernen konnte, dann konnte ich Arch behalten und genug Geld für unseren Lebensunterhalt verdienen.

Emmentalerquiche ohne Kruste
125 g Süßrahmbutter
110 g Weizenmehl Typ 405
300 ml Milch
1 Teelöffel Backpulver
1 Teelöffel Salz
500 g Hüttenkäse
1 Teelöffel Dijonsenf
9 Eier
300 g Sahnequark
350 g Emmentaler, gerieben
75 g frisch geriebener Parmesan

Backofen auf 180 Grad vorheizen. Butter in einem Topf bei mittlerer Hitze zerlassen, das Mehl hinzugeben und umrühren, bis die Masse Blasen schlägt. Unter ständigem Rühren langsam die Milch zugeben. Die Cremesauce rühren, bis sie andickt. Zum Abkühlen beiseite stellen. Backpulver und Salz in den Hüttenkäse rühren. Eier gut schlagen, dann den Sahnequark und die Hüttenkäsemischung unterrühren. Die Cremesauce langsam einrühren, dann den Emmentaler sorgfältig unterheben. In zwei gebutterte Backformen (25 cm Durchmesser) gießen. Etwa 45 Minuten backen, bis leicht gebräunt. Jede Quiche in acht große Stücke schneiden.

Ergibt 16 Portionen.

Vor meinem geistigen Auge konnte ich Philip sehen, seinen fragenden Blick. Das erinnerte mich an den fragenden Blick, den mir auf einem Treffen des Frauenverbandes, dem ersten und letzten, zu dem ich je gegangen war, ein Sozialarbeiter zugeworfen hatte. Der Sozialarbeiter hatte über die Mißhandlung von Ehefrauen gesprochen.

»Schauen Sie«, hatte ich in der Pause defensiv zu dem Sozialarbeiter gesagt, mit aufsteigenden Tränen, die mir die Kehle zudrückten, »manchmal ist das Gehen schwer.«

Er hatte mir diesen fragenden Blick zugeworfen.

»Ich glaube, ich brauche einen Therapeuten«, hatte ich ihm daraufhin zugeflüstert. »Haben Sie noch Termine frei?«

In seiner Weisheit hatte der Sozialarbeiter gesagt, ich solle zu einer Frau gehen. Und das hatte ich auch getan. Es war sehr schwer, verletzlich zu sein, das Visier herunterzulassen und zuzugeben, daß ich in einer krankhaften Situation steckte. *Du bist so ganz,* sagten die Leute immer zu mir. *Du kannst dich so gut artikulieren.* Niemand sagte zu mir: *Du bist verrückt.* Bis zu jenem Frauentreffen hatte ich nicht zugegeben, daß ich möglicherweise im Begriff war, den Verstand zu verlieren.

»Ich weiß, wie es ist, wenn man den Verstand verliert«, hatte Arch, der damals in der ersten Klasse war, einmal zu mir gesagt, als ich ihn in die Schule fuhr.

»Das weißt du?«

»Das ist, wie wenn man sich nicht an einen Namen erinnern kann, nur einen Augenblick lang. Und in diesem Augenblick hat man den Verstand verloren! Dann ist er wieder da.«

»Aha«, hatte ich gesagt.

Er war wieder dagewesen. Mein Verstand. Die Therapeutin war wunderbar. Das Kochen war meine Rettung. André, der mich ausbildete, war ein Freund. In seiner großen Küche in Denver wirbelte die Geschäftigkeit um mich herum, während ich mir Mühe gab, keine Tränen in den Brotteig fallen zu lassen.

»Du weißt, daß Salz die Wirkung der Hefe verzögert«, hatte er einmal über meine Schulter weg gesagt. Er sah mich weinen, aber er stellte nie Fragen, er schenkte mir nur Leckereien, die ich Arch mitbrachte. Er fragte mich:

Wie lief das Abendessen für Mrs. Sweeny? Sind die gefüllten Chili-Torten heiß geblieben? André war einfach da und glaubte an mich. Das beschleunigte den Heilungsprozeß.

Das Kochen half, bevor ich John Richard sagte, ich wolle mich scheiden lassen, und es half danach. Das hätte ich Philip gesagt, dachte ich, während ich Eier, Käse und Saucenmischung in zwei Backformen füllte. Das Kochen betäubte meine Gefühle. Ich konnte mich in ein kompliziertes Rezept vertiefen, und innerhalb einer Stunde fühlte ich mich besser.

Moment mal.

Wenn ich fertig war, fühlte ich mich besser.

Das Kochen vertrieb den Schmerz.

Anästhesie. Das war es!

Philip Miller. Er hatte eine halbe Stunde lang keinen Schmerz in den Augen gespürt, *weil er für den Glaukomtest anästhesiert worden war.* Er konnte den Schaden, der seinen Augen angetan wurde, erst spüren, als es zu spät war.

Ich griff zum Telefon.

Tom Schulz war nicht am Platz. Ich hinterließ eine Nachricht und kümmerte mich weiter um das Abendessen. Die Quiches kamen in goldbrauner Vollkommenheit aus dem Ofen. Arch aß zwei Stück, Julian vier. Als wir fertig waren, überraschte uns der General mit einem neuen Glas Macadamianußsauce zum Obstkuchen.

Später packte ich Arch ins Bett, trotz seiner Proteste, dafür sei er zu alt. Ich fragte ihn, ob er sich daran erinnere, wie er mir, als er sechs gewesen war, gesagt hatte, wenn man den Verstand verliere, sei das so, wie wenn man etwas vergesse.

Er sagte: »Warum? Hast du vergessen, die Leute wegen der Zauberparty anzurufen?« Ich hatte versprochen, das zu erledigen, sobald ich nach Hause kam.

Ich entschuldigte mich. Ich versprach, die Liste aus

dem Poe-Buch zu nehmen und die Anrufe morgen früh als erstes zu erledigen. Kinder konnten doch von einem Augenblick zum anderen über ihre Zeit verfügen, oder?

Er sagte: »Glaub' schon«, und umarmte mich kurz.

Ich ging in mein Zimmer und wartete, bis es ruhig im Haus wurde. Ich hatte vor, mich hinauszuschleichen. Ich wollte nicht, daß irgend jemand im Haushalt das mitbekam.

Zehn Uhr: Adele ging mit ihrem Klopfschritt zum Schlafzimmer hinauf, ließ zwanzig Minuten lang Wasser laufen und legte sich nach einem therapeutischen Bad schlafen.

Elf Uhr: Die gedämpfte Stimme des Generals am Telefon verstummte, und die Tür seines Arbeitszimmers ging leise auf und wieder zu. Dann lief wieder Wasser, und danach war es still.

Mitternacht: Das schwache Dröhnen und Hämmern von Julians Rockmusik im Souterrain brach ab.

Schließlich kamen keine Geräusche mehr bis auf das Seufzen der Brise in den Kiefern. Ich hatte meinen Lieferwagen am Straßenrand stehenlassen. Jetzt mußte ich nur noch aus dem Haus kommen, ohne Lärm zu machen.

General Farquhar hatte die Fenster geschlossen und die Alarmanlage eingeschaltet. Falls ich Alarm auslöste und niemand ihn ausstellte, würde ein bewaffneter Mann vom Sicherheitsdienst von Aspen Meadow mit einem Lieferwagen zur Einfahrt kommen. Er würde dann warten, bis jemand herauskam und das geheime Kennwort nannte, das bedeutete, alles sei in Ordnung. Wenn niemand kam. würde der Wachmann die Polizei rufen. Julian hatte das Kennwort geliefert: SCHOKOLADE.

Aber damit sollte ich eigentlich keine Probleme bekommen, dachte ich, als ich auf Zehenspitzen die Treppe hinunterging, Knöpfe drückte und durch die Haustür schlüpfte. Ein Meer von Sommersternen glitzerte über mir. Wie in den meisten mondlosen Nächten im Hochland leuchtete die Milchstraße wie ein breites Band am tintenblauen Himmel. Am Ende der Einfahrt gab das gesicherte Tor nach, als ich den Code eintippte, und fort war ich.

Ich war schon einmal in eine Praxis eingebrochen. Das war die Frauenarztpraxis meines Exschwiegervaters Fritz Korman gewesen. Der Alarm war sofort losgegangen. Aber damals hatte ich gewußt, wonach ich suchte. Jetzt war ich mir nicht so sicher. Ich schaltete in den dritten Gang und fuhr zu Philips Praxis in Aspen Meadow North hinauf. Das ist Wahnsinn, dachte ich. Ich werde ja schließlich nicht dafür bezahlt, daß ich herauskriege, was Philip Miller zugestoßen ist. Es war ein Unfall gewesen. Mit Peroxid im Spiel. Ein Unfall des Mannes, von dem ich geglaubt hatte, er liebe mich. Er hatte mich nicht geliebt; ich war ein Studienobjekt gewesen. Ich kam mir verraten vor. Ich fragte mich, wen er sonst noch verraten haben mochte.

Falls jemand beschlossen hatte, Philip Miller umzubringen, wie wäre dieser Jemand vorgegangen? Was wäre dazu nötig gewesen?

Abgesehen von einem Motiv, über das ich mir noch nicht schlüssig war, hätte man seine Gewohnheiten kennen müssen. Wissen müssen, wann er zum Augenarzt ging. Man hätte planen müssen. Und, dachte ich voller Bedauern, man hätte eine Methode gebraucht, einen Psychologen so umzubringen, daß es nach einem Unfall aussah.

Dazu mußte man schlau sein.

Der Parkplatz in Aspen Meadow war leer. Neonlichter schimmerten wie fluoreszierende Pflanzen auf dem Asphalt. Weil ich nicht verdächtig wirken wollte, hielt ich am Rand des Parkplatzes, im Schatten einer alten Kiefer.

Die ausladenden, in der Brise schwankenden Zweige sorgten für einen finsteren Fleck. Die Winkel und Ecken des Gebäudes, die tagsüber so harmlos wirkten, warfen lange geometrische Schatten. Ich stieg aus und erschrak über ein summendes Geräusch. Aber es war nur eine Neonlampe. Ich bemühte mich, das Geräusch nicht als Warnsignal zu interpretieren.

Eins hatte ich vom General in Fragen der Sicherheit gelernt: Die meisten Einbrecher versuchen, den Anschein zu erwecken, als ob sie nicht eingebrochen hätten. Das verzögerte ein Vorgehen gegen sie. Ich ging die Holztreppe zu Philips Praxis hinauf und fragte mich, wie ich das anstellen sollte. Eine Stufe knarrte laut. Sofort rührte sich etwas in den Bäumen. Ich erstarrte und schaute auf die Stelle, von wo das Geräusch gekommen war. Langsam gewöhnten sich meine Augen an die Dunkelheit. Kurz darauf kam ein Wapitibulle vorsichtig hinter den Bäumen hervor und trottete auf das Gebüsch hinter dem Gebäude zu. Willkommen in den Bergen.

Ich ging schnell zu Philips Praxistür und fragte mich, ob ich eine Kreditkarte zwischen Schloß und Türrahmen schieben könne, wie man es im Fernsehen sieht. Der Kreditrahmen meiner Kreditkarten war ohnehin ziemlich begrenzt.

Kein Glück. Schließlich trat ich einfach kräftig dagegen. Zweimal, dreimal, viermal. Die Tür ging auf. Kein Alarm. Du hättest vorsichtiger sein müssen, Philip.

Schulz hatte mir gesagt, das Büro des Sheriffs habe die Akten mitgenommen, um sie auf Patienten durchzusehen. Hatte Elizabeth Schulz gesagt, daß einer seiner Patienten Mordgedanken gehegt hatte? Ich wußte es nicht. Der Terminkalender, sagte ich mir. Wer war in seiner letzten Woche bei ihm gewesen?

Ich hielt auf dem Schreibtisch der Sekretärin und auf dem Philips Ausschau nach einem Kalender. Nichts.

Dann machte ich einen Schrank in seinem Büro auf und schaltete das Licht ein. *Voilà:* an der Rückseite der Schranktür hing ein großer Kalender.

In der letzten Woche seines Lebens hatten General Bo Farquhar, Adele Farquhar und Julian Teller Termine bei Philip Miller gehabt. Am Tag vor seinem Tod hatte er mit Weezie Harrington zu Mittag gegessen.

Ich konnte nicht schlafen. Wie schon so oft lief ein Film vor meinem geistigen Auge ab: die furchterregenden Schlangenlinien von Philips BMW und dann der schreckliche Aufprall. Ich ergänzte den Film mit der neuen Erkenntnis, daß Philip blind gewesen war. Das erklärte alles.

Jedenfalls so gut wie alles. Was hatte ihn blind gemacht? Ungespülte, mit Peroxid getränkte Kontaktlinsen. Auf dieser Straße konnte man nicht fahren, wenn man sie nicht sah. Konnte es ein Versehen gewesen sein, daß die Kontaktlinsen nicht gespült worden waren? Der Verstand sagte nein. Die Existenz eines mordlustigen Patienten sprach ebenfalls dagegen. Oder vielleicht war es gar kein Patient gewesen, Elizabeth hatte nur geglaubt, es handle sich um einen Patienten.

Blind gemacht von wem? Julian hatte Probleme, die sich in Aggressivität entluden. General Bo und Adele Farquhar hatten Philip Miller vermutlich aufgesucht, um dem schwierigen Teenager zu helfen. Weezie hatte eigene Pläne: ihr Land zu schützen und ihren untreuen Mann zurückzugewinnen. Und natürlich war da noch Brian selbst – Bauunternehmer und, vielleicht, eifersüchtiger Ehemann.

Ich wußte nicht, ob es eine Möglichkeit gab, dahinterzukommen. Psychologen machen sich Notizen über ihre Patienten, und Philips Notizen hatte Schulz. Ihr Inhalt blieb ein Geheimnis. Arch war zu einem Therapeuten gegangen, nachdem er süchtig danach geworden war, mit Fantasy-Rollenspielen der Realität zu entkommen. Jener Therapeut hatte sich während unserer monatlichen Dreiergespräche auf seine Notizen bezogen. Aber welche Art von Notizen machten sich Psychiater?

Doch es war noch verzwickter. Klar, ich hatte Philips Tür eingetreten. Ich hatte nach einem Terminkalender gesucht und ihn gefunden. Ich nahm an, daß die Polizei ihn auch gesehen hatte. Aber Schulz würde mir nie erlauben, die Akten einzusehen. Ich war seine Freundin und Vertraute, aber es gab Grenzen.

Bilder von Philip mit Adele, Philip mit Elizabeth, Philip mit Julian, Philip mit Weezie tauchten auf, während ich mich unruhig in meinem Bett herumwarf. Philip mit Weezie. Bei der Entwicklung einer Strategie für die Planungskommission? Oder mit einem anderen Spielchen beschäftigt? Ich wollte nicht darüber nachdenken.

Gegen alle transzendentalen Lehren fing ich damit an, mein Mantra zu wiederholen, damit ich einschlafen konnte. Das und der frühe Sonnenaufgang hatten die übliche beruhigende Wirkung. Ich fiel in eine tiefe Schlummerwolke, die sich erst um sieben auflöste, als mir aus dem Radiowecker die Beatles »Twist and Shout« in die Ohren dröhnten.

Ich drückte auf alle falschen Knöpfe und stellte ihn schließlich ab. Arch schlief noch, also schaltete ich den Bewegungsdetektor aus, wankte zum Telefon in der Küche und fragte mich, ob man Koffein so isolieren könne wie Kokain. Ich tippte die Nummer ein und bekam Schulz, den Frühaufsteher, an den Apparat. »Ich wollte dich mit meinem Rückruf nicht wecken.«

»Tut mir leid, hab' eine schlechte Nacht gehabt. Ist es möglich, daß wir uns heute sehen?«

»Moment mal. Am Vormittag? Gegen zehn?«

In diesem Augenblick war ich mir sicher, daß ich jemanden den Hörer abnehmen hörte. Paranoia oder nicht, ich gab Schulz keine Antwort. »Hallo?« sagte Tom Schulz und General Farquhar gleichzeitig.

»Ich bin am anderen Apparat, Goldy«, sagte der General.

Ich sagte: »Soll ich auflegen?« Obwohl ich den Grund dafür bei zwei weiteren Leitungen im Haus nicht einsah.

»Nein, nein«, sagte er, »tut mir leid, daß ich Sie gestört habe, ich möchte nur gerne mit Ihnen über einen besonderen Nachtisch für unsere Hochzeitsparty heute abend sprechen.«

Ich sagte ihm, er solle herunterkommen. Ich hörte das deutliche Klicken, als er aus der Leitung ging. Ich fragte Schulz, ob er sich im Lebensmittelladen von Aspen Meadow mit mir treffen könne.

Er sagte: »Im Lebensmittelladen? Bleib dran, ich muß in meinem Terminkalender nachsehen ... Ich muß heute nachmittag ins Gericht. Ich kann in den Laden kommen, aber nicht lange. Normalerweise führe ich meine Vernehmungen nicht im Supermarkt. Du hast zu viele Spionagegeschichten gelesen.«

Ich sagte: »Mein Leben ist eine beschissene Spionagegeschichte.«

General Farquhar betrat die Küche und ging auf und ab wie Napoleon. Ich legte auf, machte Espresso und nahm ein paar Kochbücher heraus. Ich trank das samtige dunkle Zeug und spürte, wie Leben in mein Gehirn kam, während der General sich stöhnend Fotos von Desserts anschaute, die Millionen von Kalorien hatten.

Er schaute mit verwirrter Miene zu mir auf. »Was genau servieren Sie denn auf der Party?«

Ich versuchte, mir das Wort *Verhör* aus dem Kopf zu schlagen. Statt Namen, Rang und Dienstnummer zu nennen, sagte ich: »Gegrillte Scampi, Hamburger, kalten Spargel mit Zitrone und zum Nachtisch, was Sie wollen.«

»Großartig, großartig«, sagte er mit leichter Ungeduld. Er schlug ein Kochbuch zu, ging auf und ab, blieb stehen. »Hören Sie, ich habe eine Überraschung für Adele, ein Schmuckstück, von dem ich nie gedacht hätte, daß ich es bekomme, eins, das sie einmal in Florenz bewundert hat. Deshalb möchte ich einen ganz besonderen Nachtisch.«

Ich sagte: »Einen Karottenkuchen mit fünfzehn Kerzen?«

Er legte den Kopf nach hinten und schaute an die Decke. »Sie hat diesen Ring in einem Laden an einer Brücke über den Arno bewundert. Später haben wir dieses harte italienische Gebäck mit Nüssen drin gegessen. Manchmal ist es mit Schokolade überzogen. Wissen Sie, was ich meine?«

Ich sagte: »Biscotti?«

Er klatschte in die Hände. »Das ist es. Könnten Sie das für heute abend backen? Anstelle einer Torte? Sie würde es verstehen. Teufel, nein, sie wäre hell begeistert.«

Ich sagte ihm, das sei kein Problem. Am liebsten hätte ich gesagt, der fünfzehnte Hochzeitstag sei der kristallene, und vielleicht wolle Adele, daß er die Waterford-Vase ersetze, die bei der Gartenexlosion zu Bruch gegangen war, aber ich ließ es. Den Farquhars war es gelungen, fünfzehn Jahre lang eine gute Beziehung, noch dazu eine eheliche, aufrechtzuerhalten. Vielleicht konnten sie mir ein paar Tips geben.

Der General schwatzte über die Tatsache, daß er alle Blumen bestellt habe und ich mir darüber keine Sorgen zu machen brauchte. Ich tätschelte ihm den Rücken und sagte ihm, er sei mir eine große Hilfe; dann gelang es mir, ihn aus der Küche zu scheuchen, damit ich Rezepte nachlesen und mir eine Liste machen konnte. Dieses Mal waren wir dreißig Personen, dieselben Leute wie beim aphrodisischen Abendessen der Harringtons, Freunde aus der Schule, dem Club und verschiedenen Komitees, dazu Arch und ich.

Und Archs Freunde! Herr im Himmel, dachte ich auf dem Weg zum Lebensmittelladen, ich hatte vergessen, die versprochenen Anrufe zu erledigen. Ich mußte die Eltern der Kinder sofort anrufen, wenn ich nach meinem Treffen mit Schulz nach Hause kam. Ob Arch aufgegeben und sie heute in der Sommerschule eingeladen hatte? Es gab zu vieles, was mir Sorgen machte, dachte ich, als ich den Lieferwagen neben Schulz' Auto auf dem Parkplatz abstellte. Als ich Schulz fand, suchte er Artischocken aus.

Ich beugte mich zu ihm, wie es Spione tun, und sagte mit angehaltenem Atem: »Du darfst mich nicht mehr bei den Farquhars anrufen. Das ist gefährlich.«

»So, 007? Warum?«

»Im Ernst. Ich habe das perfekte Verbrechen entdeckt.«

Er sagte: »Miserable Ware für einen Dollar pro Stück.«

»Bist du fertig?«

»Nein, ich warte in der Gemüseabteilung auf die Partylieferantin der Stadt, damit sie mir sagt, wie ich meine Arbeit machen muß.«

Ich berichtete ihm von meiner Theorie über das Peroxid auf den ungespülten Kontaktlinsen. Über das Anästhetikum, das die Verbrennung der Hornhäute verzögert hatte. Ich schloß mit den Worten: »Der Mörder brauchte sich nur in die Arztpraxis zu schleichen, die Salzlösung auszutauschen und dann darauf zu warten, daß sich der Fall von selbst erledigte. Aber dazu mußte er Philips Terminkalender kennen.« Ich reichte ihm zwei Artischokken.

»Nicht beleidigend gemeint, Miss G., aber es klingt ein

bißchen dünn. Wenn jemand tatsächlich auf einen Mord aus ist, gibt es einfachere Methoden.« Er legte die Artischocken weg, griff nach Sellerie, legte ihn weg. »Zum Beispiel Schußwaffen.«

»Aber so sieht es nach einem Unfall aus«, sagte ich.

»Falls das Opfer stirbt.«

»Er fuhr blind auf einer kurvenreichen Straße«, insistierte ich. »Hör zu. Tu mir einen Gefallen. Heute abend sehe ich Weezie Harrington, und ich will mehr über sie herauskriegen. Aber als ich den Terminkalender gefunden habe –«

Er lehnte sich gegen die Selleriekiste und machte die Augen zu. »Ich fürchte mich, danach zu fragen.«

»Na ja«, sagte ich langsam, »geh nicht gleich in die Luft, okay?« Er ließ die Schultern hängen. Ich fuhr fort: »Ich war in Philips Praxis und habe mir seinen Terminkalender angeschaut.«

»Den haben wir auch gesehen, Miss G.«

»Ja, aber damals habt ihr nicht gewußt, daß Julian Teller für sein Haar Peroxid benutzt! Julian hatte seinen regelmäßigen Termin bei Philip, und die Farquhars waren auch bei ihm, wegen Julians Verhalten, vermute ich. Ich mußte wegen der Fantasy-Rollenspiele jeden Monat mit Archs Therapeuten sprechen. Findest du es nicht seltsam, daß in den wenigen Tagen vor seinem Tod alle drei bei ihm waren? Und daß er am Tag vor seinem Tod mit Weezie Harrington zu Mittag gegessen hat?«

»Das ist ja großartig. Du bist in Millers Praxis eingebrochen. Du hast seinen Schreibtisch durchwühlt. Du hast seinen Terminkalender gefunden. Glaubst du eigentlich, in diesem Staat muß man keine Lizenzen als Privatdetektiv haben, glaubst du, daß du Narrenfreiheit hast?«

Ich preßte die Lippen zusammen.

»Einbruch ist und bleibt ein Verbrechen.«

»Julian bleicht sich das Haar«, sagte ich. »Das ist neues

Beweismaterial, wie auch immer ihr das nennt. Kannst du ihn nicht einfach mal überprüfen lassen?«

»Ich muß gehen«, sagte Schulz. Er tätschelte mir die Schulter.

»Liegt dir an dieser Geschichte denn gar nichts?«

»Liegt dir was dran?«

Ich war völlig perplex. »Ja«, sagte ich nach einer Weile. »Ich glaube schon.«

»Ich habe jede Menge Fälle am Hals, Miss G. Aber ich tue, was ich kann, um etwas über Julian rauszukriegen.«

Ich schnitt eine Grimasse.

»Vor allem deshalb«, sagte er, ehe er mit dem leeren Einkaufswagen abschob, »weil du dir diesen Philip erst aus dem Kopf schlägst, wenn ich das auch tue.« Er machte eine Pause und schaute mich an. »Habe ich recht?«

Ich schaute weg.

Nach einer halben Stunde quoll mein Einkaufswagen über von Packungen Rotini, Bündeln von grünem Spargel, einer gefiederten Dillpflanze, glänzenden Zitronen, Mandeln, Anis und Anissamen und Süßrahmbutter. Schließlich holte ich ab, was ich in der Woche davor bestellt hatte: pfundweise Riesenscampi und durchgedrehtes Rindfleisch, das der Laden gewissenhaft in Pergamentpapier gepackt hatte. Ich genoß es, das Geld anderer Leute auszugeben.

Der Lieferwagen machte Ärger, als ich den Zündschlüssel umdrehte.

Ich flüsterte mit ihm. Ich schmeichelte. Ich schrie. Schließlich sprang der Motor an, und ich fuhr los in Richtung Country Club von Aspen Meadow. In zehn Minuten hätte ich es auch geschafft, wenn ich nicht Arch gesehen hätte, der äußerst entschlossen am unbefestigten Straßenrand entlangmarschierte. Als ich hielt, stotterte der Lieferwagen und gab den Geist auf.

»Arch! Wohin gehst du? Warum bist du nicht in der Schule? Es ist zu gefährlich, an dieser Straße entlangzulaufen, was –«

»Hau ab! Laß mich in Ruhe! Dir ist doch sowieso alles egal!«

Ich legte den Kopf auf das Lenkrad. Das war der Grund dafür, daß Frauen es nie zu etwas brachten. Wenn man eben glaubte, es gehe voran, steckte das Kind in einer Krise. Ich schaltete die Blinklichter ein und stieg aus.

»Arch«, sagte ich, während ich auf dem schmalen Pfad aus Staub und Unkraut hinter ihm herlief, »bitte, bleib stehen und sprich mit mir. Es ist mir nicht egal. Komm, steig in den Lieferwagen, dann fahren wir zu den Farquhars und reden, während ich koche –«

Er wirbelte herum und schaute mich böse an. »Ich will in die Stadt, um mir Zaubersachen zu besorgen, und dann gehe ich zu den Häusern meiner Freunde und frage ihre Eltern, ob sie heute abend kommen können.«

»Tut mir leid. Warum rufst du sie nicht einfach an?«

»*Du* hast sie anrufen sollen.«

»Ich habe die Liste nicht gefunden –«

»Sie liegt in deinem Poe! Du sagst mir dauernd, ich soll meine Freunde nicht selbst einladen! Du sagst, das ist der Job der Mutter!«

Ich spürte, wie mein Körper durchsackte. »Tut mir leid, Schatz, aber ich hatte keine Zeit zum Lesen . . .«

Er drehte mir den Rücken zu und ging weiter.

»Okay, hör mal!« rief ich. »Steig in den Lieferwagen, dann fahren wir nach Hause und erledigen die Anrufe gemeinsam. Das geht viel schneller!«

Er blieb stehen und drehte sich wieder um. »Ich brauche trotzdem noch den Zylinder und das Cape.«

»Okay, okay, ein Cape kann ich vermutlich auftreiben«, sagte ich. »Der Zylinder muß bis zu der nächsten Fahrt nach Denver warten.«

Arch kam auf mich zu, offenbar zufrieden mit dem Kompromiß.

»Wo willst du das Cape herbekommen?« fragte er, als wir uns in den Lieferwagen gesetzt hatten.

Ich drehte den Zündschlüssel. Nichts. Ich schaute Arch an. »Ich hab gedacht, vielleicht hat die Kirche so was.«

Arch langte nach dem Türgriff, als hätte ich ihn hereingelegt und als wolle er so schnell wie möglich aussteigen.

Er sagte: »Ich will aber keinen Rauchmantel.«

Daß er sich einen Ausdruck wie Rauchmantel merken konnte, während das kirchliche Vokabular an mir vorüberging, gehörte zu Archs erstaunlichen Zügen. Aber im Augenblick, während der Lieferwagen sich wieder weigerte, anzuspringen, machte mich das nur wütend. Warum hatte Arch keine Ahnung von Autos statt von Zauberei, Fantasy-Rollenspielen und Kirchengewändern?

Ich sagte: »Schön, dann fahren wir zum Drugstore. Dort gibt es alles.« Als wolle er mir beipflichten, sprang der Lieferwagen schließlich an.

Wir wühlten in den Kleiderständern im Drugstore. Nichts. Ich sagte Arch, ich wolle noch einmal nachschauen, und während ich das tat, sah ich einen seiner Freunde, die auf der Liste standen. Der Junge kam gerade von einer Untersuchung beim Ohrenarzt. Ich lud ihn zu der Party ein. Während sie sich unterhielten (»Bring eine Badehose mit«, sagte Arch, während die Mutter mich verblüfft musterte. Wie können *Sie* sich einen Pool leisten?), schlenderte ich los und suchte eine Verkäuferin, einen Teenager, so fett, daß es mich erbarmte. Trotzdem versprach ich ihr ein Dutzend Schokoladenplätzchen, wenn sie oben im Lager nachschaute, ob von Halloween noch ein Cape übriggeblieben war. Ihr Blick hellte sich auf, und nachdem sie fünf Minuten lang verschwunden war, brachte sie mir ein schwarzes Satincape für Erwachsene, noch in der Plastikverpackung. Fünfzig Dollar. Ich bedankte mich überschwenglich bei ihr und fragte nach ihrem Namen, damit ich die Schokoladenplätzchen für sie abgeben konnte.

»Wir sind im Geschäft, Junge«, rief ich Arch zu und hielt das Päckchen hoch. Ich ging zur Kasse und betete, daß meine Zutaten die halbstündige Verzögerung überlebt hatten.

Aber der Lieferwagen sprang nicht an. Arch warf mir einen ungeduldigen Blick zu.

Ich schrie: »Dafür kann ich nichts!«

Zu meiner totalen Verblüffung sagte er ruhig: »Warum holst du nicht das Starthilfekabel?«

Ich nickte sprachlos und wühlte das Kabel unter alten Zeitungen, Büchsen und anderem Zeug hervor, das ich hatte entsorgen wollen. Arch stieg aus dem Lieferwagen und fand die Mutter seines Freundes, die damit einverstanden war, unsere Batterie aufzuladen. Leider konnte sie sich nicht daran erinnern, welcher Draht wohin gehörte, und ich war so fertig, daß ich es auch nicht konnte, deshalb war es eine gewisse Erleichterung, als Arch mir das Kabel aus der Hand nahm und der Frau sagte, sie solle den Motor anlassen.

»Weißt du wirklich nicht, wie man das macht, Mom?«

»Ich weiß es schon, ich hab' s bloß vergessen. Das ist wie das Reifenwechseln. Man muß es sich erst überlegen, wenn man einen Platten hat. Bloß wenn man einen Platten hat, ist man so fertig, daß man eine Viertelstunde zum Abkühlen braucht, ehe man denken kann.«

»Man muß so tun, als ob man ein elektrischer Stromkreis wäre«, sagte Arch, als er die Kabelenden auseinanderzog und an die Batterie anschloß. »Die Kabel schließen den Stromkreis.« Nach einer Weile sagte er triumphierend: »Jetzt versuch's mal.«

Der Motor sprang an wie eine Eins. Arch zog das Kabel

heraus und warf es auf die Scampi. Ich schwamm in Schuldgefühlen, weil ich geglaubt hatte, er habe keine Ahnung von Autos. Ich rief der Frau und ihrem Sohn ein Dankeschön zu.

Als wir wieder bei den Farquhars waren, liefen die Dinge jedoch nicht so glatt. Das Telefon klingelte pausenlos. Der Blumenladen von Aspen Meadow rief an. Ob General Farquhar wirklich drei seltene Orchideen zum Anstecken wolle, für fünfzehn Dollar pro Stück? Ja, sagte ich. Es traf keinen Armen. Dann rief Brian Harrington an. Ob die reizende Sissy zur Hochzeitsparty komme? Ich hätte gern gewußt, was ihn das anging, sagte aber nur ja. Dann hörte ich ein Klicken und bekam kein Freizeichen. Entweder war das Telefon der Farquhars gestört, oder die Person, die die Leitung anzapfte, hörte wieder mit.

»Verflucht, verflucht, verflucht«, sagte ich, während ich den Hörer mehrmals hintereinander aufknallte. Wer auch immer in der Leitung sein mochte, dachte ich wütend, würde ganz schön Ohrensausen bekommen.

»Was ist denn jetzt kaputt?« wollte Arch wissen.

»Das Telefon funktioniert nicht«, sagte ich zornig. Nachdem ich den Hörer noch ein paarmal aufgeknallt hatte, kam das Freizeichen schließlich wieder, und ich versuchte es bei vier Leuten auf Archs Liste. Dreimal meldete sich niemand, einmal kam das Besetztzeichen.

»Tut mir leid, Arch, ich versuch's weiter, sobald ich die Pasta für den Salat aufgestellt habe. Niemand da, es ist also wirklich nicht meine –«

»Nie ist was deine Schuld! Wer ist denn schuld?« Er stampfte aus der Küche. Als er im Flur war, rief er: »Manchmal möchte ich am liebsten zu Dad ziehen!«

Ich ließ kaltes Wasser in hohe Töpfe laufen und stellte sie zum Kochen auf den Herd. Ich knirschte mit den Zähnen. Meine ganze mütterliche Mühe für nichts und wieder nichts. Dann zieh doch zu deinem Vater, hätte ich am liebsten zurückgeschrien, aber ich tat es nicht. Ich schüttete die Mandeln in den Mixer. Das Messer machte einen Riesenlärm, als mahle es Schotter. Es war auf seltsame Weise tröstlich. Ich würde nicht wütend werden. Ich würde nicht sagen, wovon ich wußte, daß es die Wahrheit war.

Dein Vater will dich nicht.

Adele und der General kamen in die Küche. Sie waren ruhig, sie wichen meinem Blick aus. Ich nahm an, sie wollten mich entweder mit Mitgefühl überschütten oder mich hinauswerfen.

Zu meiner Überraschung handelte es sich um ersteres.

»Gehen wir doch auf die Veranda hinaus«, sagte General Bo in einem Ton, als wolle er sagen, es sei Zeit für eine Generalstabssitzung. »Wir haben es wider Willen mit angehört.«

Ich murmelte zustimmend. Ehe wir jedoch in diese Richtung aufbrechen konnten, schlurfte Julian über die Küchenfliesen Er ignorierte die Farquhars und befühlte das Konfekt, das er heute morgen gemacht hatte, ehe er in die Schule gefahren war. *Ohne Arch,* fügte ich im Geiste hinzu, aber ich war nicht in der Stimmung für einen weiteren Streit. Das Konfekt schien abgekühlt zu sein. Julian schaute in den Mixer mit den Mandeln. Befriedigt ging er zum Kühlschrank hinüber und schepperte darin herum. Er tauchte mit Limonadeflaschen unter beiden Armen wieder auf. Er sagte: »Könnten Sie Sissy nach unten schicken, wenn sie kommt? Ich helfe Arch dabei, seinen Stand zu bauen.«

»Sie sind zeitig zu Hause«, bemerkte ich kühl.

»Ja, ich habe die Laborstunde geschwänzt, weil ich glaube, daß Arch Hilfe braucht.«

Ich sagte, wenn Sissy komme, schickte ich sie liebend gern hinunter. Ich preßte die Finger gegen die Schläfen und folgte den Farquhars auf die Veranda. Ich wußte es zu schätzen, wenn jemand bereit war, Arch zu helfen.

»Goldy«, sagte der General, als er sich gesetzt und mich mit seinen eisblauen Augen fixiert hatte, »Sie stehen unter schwerem Beschuß. Wir möchten Ihnen beistehen.«

Ich erklärte ihnen, ich sei dabei, Archs Party zu organisieren, die Party, die gleichzeitig mit ihrem Hochzeitstagsfest stattfinden sollte. Ich wandte mich Adele zu. Was Ihre blöde Idee war, hätte ich am liebsten gesagt, ließ es aber.

Adele schnalzte mit der Zunge. »Ach, und ich hatte so gehofft, das macht ihn glücklich.« Sie machte eine Pause. »Ich glaube, Kinder durchlaufen undankbare Phasen. Ich kann mich daran erinnern, daß Marla ein schwieriger Teenager war.«

Ich schaute zum Himmel. Er war von einem flüssigen Blau, das die Luft durchdrang und den Bergen, den Bäumen und den Büscheln von Berggras scharfe Konturen verlieh. Ich sagte: »Ich will nicht, daß Arch sich aufregt. Sie können sich nicht vorstellen, was für ein Schock es war, als ich ihn heute auf dem Weg in die Stadt gesehen habe. Ich habe geglaubt, er will weglaufen. Und das Ergebnis war, daß ich im Drugstore Geld für etwas zum Fenster hinausgeworfen habe, was er gar nicht braucht.«

Der General räusperte sich. »Wenn Sie nicht wollen, daß er sich unerlaubt von der Truppe entfernt«, sagte er in einem verschwörerischen Ton, »kann ich die Alarmanlage für das Grundstück einschalten, wenn er zu Hause ist. Falls er wegzulaufen versucht, sind wir gewarnt.«

»Nein. Ich würde nie . . ., aber vielen Dank. Wirklich.« Ich musterte beide, zwei schiefgelegte Köpfe, zwei mitfühlende Augenpaare. »Es hat keinen Zweck, ihn einzusperren. Ich rufe seine Freunde an, während ich koche. Vielleicht könnten Sie jetzt mit ihm schwimmen gehen.«

Sie strahlten. Sie waren so erpicht darauf, mir behilflich zu sein.

Adele setzte sich in einen Liegestuhl am Pool, während der General und Arch herumplanschten und sich »Marco!« und »Polo!« zuriefen. Ich fing ernsthaft mit der Zubereitung des Hochzeitstagsessens an. Die dreifarbigen Rotini blubberten fröhlich, eine muntere, etwas blas-

Nudelsalat in Dijonsauce

1 Pfund dreifarbige Fusilli oder Rotini
160 ml Maisöl
2 Eßlöffel Apfelweinessig
2 Teelöffel Dijonsenf
160 ml Mayonnaise
2 große Selleriestangen, gehackt
6 dicke Scheiben gekochter Schinken, gewürfelt
2 hartgekochte Eier, gehackt
2 Frühlingszwiebeln, gehackt
½ bis 1 Teelöffel Salz
Paprika (wenn gewünscht)

Pasta in kochendem Wasser garen, etwa 11 bis 13 Minuten. Abtropfen lassen. Kaltes Wasser über die Pasta laufen lassen, bis sie abgekühlt ist.

In einer großen Schüssel Öl, Essig, Senf und Mayonnaise verrühren. Pasta und alle weiteren Zutaten in die Sauce geben, sorgfältig vermischen und abschmekken. Vor dem Servieren kaltstellen.

Ergibt 8 bis 10 Portionen.

sere Version der italienischen Flagge. Daran hatten die Pastahersteller vermutlich gedacht. Ich ließ kaltes Wasser über die Nudeln laufen und dache an Andrés Ermahnung, niemals Sauce zu heißer Pasta zu geben, wenn man sie kalt servieren wollte. Heiße Nudeln waren wie Schwämme, saugten die Sauce auf, und aus Nudeln mit Biß wurde eine triefende Masse.

»Nicht auf dieser Soirée«, murmelte ich, als ich den Spargel abtropfen ließ und mit kaltem Wasser begoß, um die grüne Farbe zu intensivieren.

Ich hatte eben mit dem Biscottiteig angefangen, als Adele mit ihrem Stock erschien. Sie trug einen blauen Badeanzug und ein vom Schmerz erstarrtes Lächeln.

»Tabletten«, sagte sie. »Ich sollte den Beinschlag wirklich nicht versuchen. Dabei verrenke ich mir immer den Rücken. Ich hätte Bo heraufgeschickt, aber er muß in seinem kostbaren Arsenal etwas überprüfen.«

»O je«, murmelte ich. »Setzen Sie sich doch, ich suche nach den Tabletten.«

Aber dazu hatte ich keine Gelegenheit, denn in diesem Augenblick tauchte der General auf, wütend wie ein Krieger in einem der schweren Bädemäntel, die ihm seine Jahrgangskameraden aus West Point für den Ruhestand geschenkt hatten. Dieser trug eingestickt auf dem Rücken: UNTERSTÜTZT DIE BÜRGERRECHTLER – FLUCHT IN DIE ÖFFENTLICHKEIT.

»Ich vermisse einen Zünder«, schrie er und zog Blechdosen heraus.

»Ich glaube nicht, daß er hier sein könnte«, sagte ich leise, aber beide ignorierten mich. Adele hatte ihre Tabletten noch nicht gefunden. Die beiden stöberten zwischen den Küchenmaschinen, Zutaten, Blumentöpfen und Nippes auf den Arbeitsflächen herum. Als weder die Tabletten noch der Zünder auftauchten, nahmen sie sich die Küchenschubladen vor.

»Wo ist Julian?« wollte der General schließlich wissen.

»Unten, glaube ich. Haben Sie in der Garage nachgeschaut?«

»Was ist denn das?« fragte Adele und beugte sich über den Biscottiteig.

Der General und ich schauten uns voller Panik an. Adele sah zu mir auf, als ich nicht antwortete.

»Nachtisch«, sagten wir unisono.

»Ich gehe nach oben und suche nach den Tabletten«, erklärte sie und humpelte hinaus.

»Ist der Zünder wirklich weg?« fragte ich. »Oder haben Sie den italienischen Ring verlegt?«

»Ich habe gar nichts verlegt.« Die Stimme des Generals war kratzig wie Sand. »Der Ring ist da. Der Zünder fehlt.« Er stolzierte hinaus.

»Endlich allein«, sagte ich mit angehaltenem Atem. Ich rollte den Biscottiteig in kleine Laibe und schob sie in den Ofen. Während ich die Salatsauce zusammenrührte, rief ich Archs Freunde an.

Der erste Name auf der Liste war weiblich. Arch hatte ein Sternchen dahinter gemalt: Andrea Coburn. Sie wohnte in der Arnold Palmer Avenue. Coburn père war ganz reizend.

»O ja, Arch! Er war schon hier. Wir lieben seine Zaubertricks! Er hat die Diamantohrringe meiner Frau verschwinden lassen!« Dabei brach er in schallendes Gelächter aus. Offenbar hatte es Arch auch geschafft, die Diamantohrringe wieder auftauchen zu lassen. Der Vater war damit einverstanden, Andrea herzubringen und sie wieder abzuholen. Ein Fall erledigt, fünf weitere noch vor mir.

Ich hatte Glück: bis auf ein Kind erreichte ich alle. Sie waren ganz wild darauf zu kommen. Soviel zu langfristigen Einladungen.

Die Sonne hatte ihren langsamen Abstieg über die

Berge begonnen, und ich hatte das Orchideengesteck in den Kühlschrank gelegt und die sechs Sträuße aus dem Blumenladen von Aspen Meadow aufgestellt, als Sissy am Tor klingelte. Weil ich nie wußte, in welcher Stimmung sie war, setzte ich eine heitere Miene auf, in der Hoffnung, sie werde darauf reagieren. Wie durch ein Wunder tat sie das, und nachdem sie mir eine Zeitlang beim Kochen zugeschaut hatte, klapperte sie die Treppe hinunter zu Julian. Ich hatte Arch nicht mehr gesehen, seit ... seit wann? Ich ging die Kocherei durch: zwei Salate für die Erwachsenen, dazu ein Limonengebräu mit Ananas und Marshmallows für die Kinder, Spargel, Biscotti, Hamburger ... ja, ich erinnerte mich deutlich daran, daß meine Hände im Hackfleisch gesteckt hatten, als ich Arch zum letzten Mal gesehen hatte. Als er heraufgekommen war, um mehr Limonade zu holen, hatte ich ihm gesagt, seine Freunde kämen, er könne seine Zaubertricks also doch noch vorführen.

»O nein!« hatte er gejammert. »Ich muß mich noch vorbereiten!« Und seitdem hatte ich ihn nicht mehr gesehen.

Es klingelte: die Harringtons. Zu meinem Ärger merkte ich, daß Weezies Atem nach Bourbon roch. Ich schaute verstohlen auf die Uhr. Halb sechs. Es würde ein langer Abend werden. Ich hatte noch nicht einmal das Feuer angezündet. Ich bat Brian, das zu übernehmen.

Er beugte sich nah zu mir heran. »Feuermachen ist ein Lieblingszeitvertreib von mir.«

Ich schob ihm die Brennflüssigkeit hin. »Da bin ich aber froh. Es ist für Männer einfach unwiderstehlich, ein Holzkohlenfeuer anzuzünden. Das weckt den Höhlenmenschen in ihnen.«

Zwischen dem Eintreffen der Rasmussens, anderer Freunde aus Elk Park, von Golfpartnern und Archs Freunden teilte ich dem General und Adele über die

Hochzeitstagshamburger

2 Eier, geschlagen
2 Eßlöffel Schlagsahne
2 Scheiben Brot, zerpflückt
1 Eßlöffel getrocknete Zwiebeln, gehackt
1½ Teelöffel Salz
2 Teelöffel Meerrettich
¼ Teelöffel schwarzer Pfeffer aus der Mühle
¼ Teelöffel getrockneter Thymian
½ Teelöffel scharfer Senf
1 Kilo mageres Rinderhack
125 g Butter
100 ml Ketchup

Holzkohlenfeuer anzünden.

Die Eier mit Sahne und Milch vermischen, dann das zerpflückte Brot, Zwiebeln, Salz, Meerrettich, Pfeffer, Thymian und Senf zugeben. Gut umrühren, zehn Minuten stehenlassen, dann wieder gut durchrühren, bis alles durchfeuchtet und das Brot aufgelöst ist. Hackfleisch zugeben und gut durchkneten.

Butter mit Ketchup zerlassen und warm stellen.

Hamburger formen. Über den heißen Kohlen auf beiden Seiten grillen. Umdrehen und mit der Butter-Ketchup-Mischung bestreichen. Andere Seite grillen. Heiß servieren.

Ergibt etwa 8 Hamburger.

Gegensprechanlage mit, die Gäste seien da. Der General meldete, Adele sei von einem Nickerchen aufgewacht. Ob ich mich bitte um ihre Gäste kümmern könne?

Und außerdem kochen? Arch war der Zauberer, nicht ich. Aber ich sagte, es sei kein Problem.

Brian Harrington wedelte wild im Rauch herum, als ich in den Patio kam. Weezie hatte sich an der Außenbar selbst bedient. Ich versuchte, mir nicht vorzustellen, wie betrunken sie sein würde, bis die Scampi und Hamburger fertig waren. Arch und seine Freunde lungerten befangen am Pool herum. Das heißt, bis auf Andrea. Sie hatte ein ernstes Gesicht und glattes braunes Haar mit einem Pony bis zur Nase. Munter gab sie Brian Harrington unerwünschte Ratschläge beim Feueranzünden.

Ich lief in die Küche zurück und machte für die Kindergesellschaft ein Tablett mit Limonade und Popcorn zurecht. Etliche hatten fälschlicherweise geglaubt, Arch habe Geburtstag. Geschenke mußten ausgepackt werden. Wir beschäftigten uns damit, bis die Farquhars auftraten und wir alle »Viel Glück zum Hochzeitstag« sangen. Es war ein schöner Augenblick, den nur Weezies Hyänengelächter, als das Feuer ausging, etwas verdarb.

General Farquhar erbot sich, das Holzkohlenfeuer zu übernehmen. Ich stürzte in die Küche zurück, um die Essensparade zu eröffenen. Ich stellte die Scampi und Hamburger auf ein großes Tablett und betete um Gleichgewicht.

Als ich zurückkam, waren Sissy und Julian im Patio erschienen. Bo, Adele, Weezie und die meisten anderen Erwachsenen saßen auf weißen Korbstühlen und plauderten gepflegt. Julian saß ein Stück weit entfernt, allein. Weezie warf gelegentlich vernichtende Blicke in die Richtung von Brian und Sissy. Julian war direkter: Er starrte sie finster an. Ich folgte seinem Blick und bekam gerade noch mit, wie Brian sich vorbeugte, als wolle er Sissy etwas Wichtiges sagen, in Wahrheit aber, um in ihr Kleid zu schauen.

»Brian!« kreischte Weezie. »Komm her! Wir sprechen über Philip Miller!«

Mir tat das Herz weh. Ich wollte hören, was sie sagten, aber ich mußte die Salate und den Spargel holen. Als ich die gläserne Schiebetür fast erreicht hatte, tauchte General Farquhar hinter mir auf und faßte mich am Arm.

»Das ist eine Party«, sagte er energisch. »Sie sollen sie genießen.«

»Ja, Sir! Genau wie die Vogelexpedition!«

Er sagte: »Sie gehören zur Familie.« Hinter uns schrillten die feindseligen Stimmen von Weezie und Brian.

Ich sagte: »Wetten. Lassen Sie mich nur das restliche Essen holen.« Ich lächelte, wie ich hoffte so, wie es sich für ein Familienmitglied gehörte. »Haben Sie Ihren Zünder gefunden?«

»Nein. Sind die Biscotti etwas geworden?«

»Wunderbar«, sagte ich, drehte mich um und ging ins Haus zurück.

In der Küche überkam mich plötzlich das hohle Gefühl, das die Dämmerung oft mit sich bringt. Ich versuchte, diese Stimmung zu verdrängen, während ich zugedeckte Schüsseln auf einem großen Tablett balancierte. Wenn nur Schulz hiergewesen wäre. Arch hatte seine Freunde. Unter den Erwachsenen war ich die einzige alleinstehende Frau. Warum hatte ich ihn nicht eingeladen? Inzwischen solltest du dich an die Einsamkeit gewöhnt haben, sagte ich mir. Ich hatte ihn erst heute morgen gesehen, und er hatte gesagt, er sei den ganzen Nachmittag im Gericht.

War es möglich, daß er an einem Dienstagabend eine andere Verabredung hatte? Ich stellte das Tablett ab und tippte Schulz' Büronummer.

»Sprechen Sie!« meldete er sich mürrisch. Seine Stimme durchflutete mich mit Wärme.

»Hallo, ich bin's. Die Farquhars geben eine Party, und ich habe mich gefragt, ob du Lust hättest, herzukommen, entschuldige, daß es so kurzfristig ist.« Als ich schloß, war ich außer Atem.

»Fühlst du dich etwa einsam?«

Ich ärgerte mich, unterdrückte es aber. »Ich will bloß nett sein.«

»Du bist nett. Und du fehlst mir auch.« Wunderbare Worte. Warum sollte ich mich darüber aufregen, daß er meine Gedanken lesen konnte? John Richard hatte immer gesagt, ich erwartete von ihm, daß er meine Gedanken lese. Schulz sagte: »Geht aber leider nicht. Ich warte auf zwei Anrufe wegen dieser Recherche.«

Wir versprachen, uns am nächsten Tag zu treffen, und legten auf. Ich fühlte mich viel besser, bis ich mit dem Tablett wieder auf den Patio kam. Brian und Weezie stritten sich immer noch. Wer schaffen will, muß fröhlich sein. Ich versuchte, mich in Feststimmung zu bringen. Aber der Krach war so hitzig geworden, daß Arch und seine Freunde hinter Büschen hervor zuschauten.

»Flicker Ridge hat *meiner* Familie gehört«, sagte Weezie. »*Ich* habe das Land mit in die Ehe gebracht.« Sie spuckte das Wort Ehe geradezu aus.

»Möchte jemand Salat?« fragte ich munter. Ich bot das Tablett an. »Ich stelle alles gleich aufs Büfett –«

Weezie unterbrach mich, immer noch mit schneidender Stimme. »Philip Miller und seine Bewegung ›Schützt unsere Berge‹ sind dir in die Quere gekommen, stimmt's, Bri? Er hatte eine ökologische Strategie für den Hügel; er hat vor seinem Tod sogar mit mir darüber gesprochen. Aber er scheint sie niemandem hinterlassen zu haben. Was für ein Glück für Brian Harrington und Partner.«

Adele wandte mir ein jämmerliches Gesicht zu. Tolle Party.

»Essen wir!« rief ich. Dankbar für die Ablenkung stürzte die Gruppe zum Büfett. Ich konzentrierte mich auf den Grill, und bald verströmten die Scampi und die Hamburger köstlichen Barbecueduft. Die Feindseligkeiten wurden während des Essens eingestellt.

Als ich ein zweites Tablett zum Grillen brachte, murmelte Arch mir zu: »Danke, Mom, das schmeckt wirklich prima.« Ich sagte ihm, er solle sich nach dem Essen für die Vorführung seiner Tricks bereithalten.

Als die Gäste das Büfett zum dritten Mal aufgesucht hatten und sich erwartungsvoll nach dem Nachtisch umschauten, sagte ich: »Wer möchte eine Zaubervorstellung sehen?«

Alle Gesichter wandten sich mir zu. Ich schaute Arch an. Er zögerte einen Augenblick, dann gab er sich ganz geschäftsmäßig. Er bat seine Hilfstruppen darum, mit ihm den Stand herauszutragen, den er und Julian aus Sperrholz gezimmert hatten. Vorn stand in Zierschrift: DER GROSSE ZAUBERKÜNSTLER ARCHIBALD. Julian legte eine Kassette in seinen Recorder, und eine schallende Hornfanfare ertönte. Korbsessel kratzten und quietschten auf dem Backstein, als die Gäste sich in Archs Richtung setzten. Ich schaute mich nervös um. Arch war nie zuvor in der Öffentlichkeit aufgetreten, und ich wollte keine Störungen. Weezie warf Brian immer noch mörderische Blicke zu, während er Sissy zuzwinkerte. Es war, als wolle er sagen: Ich habe die Lage immer noch im Griff. Aber er sah angeschlagen aus.

Arch verbeugte sich unter leichtem Beifall. Er warf sich das Satincape um die Schultern und schwenkte einen Stab, den ihm John Richard in Denver gekauft hatte. Er fing mit den Tricks an, die ich schon kannte: die Flüssigkeit in der Zeitung, die drei Seile, die eins wurden; die verschwindenden und wieder auftauchenden Watteböllchen unter Plastikbechern. Nach jedem Trick wurde höflich geklatscht. Ich genoß es so, daß ich fast den Nachtisch vergessen hätte. Ich hatte die Biscotti in eine dichte, seidige Kuvertüre getaucht, die sich um Gebäck schmiegte wie eine luxuriöse Decke, dann hatte ich sie mit Eischnee auf drei große Styroporkegel geklebt. Jeden Kegel hatte ich mit einer Wunderkerze gekrönt. Um des

Showeffekts willen mußte ich nach Archs Vorstellung mit den Kegeln auftauchen. Deshalb machte ich einen weiten Bogen um die Zaubervorführung und flitzte in die Küche zurück. Ich hatte keine Ahnung, daß Brian Harrington direkt hinter mir war.

Als ich die Teller für die Eiscreme zusammenstellte, die es zu den Biscotti geben sollte, räusperte er sich, um sich bemerkbar zu machen. Ich fuhr herum und bedachte ihn mit meinem bösesten Blick.

Ich sagte: »Kommen Sie mir ja nicht nahe. Versuchen Sie nichts. Wenn ich Ihretwegen noch einmal einen Nachtisch ruiniere, wähle ich den Notruf.«

Er sagte: »Der Notruf wird Ihnen gar nichts nützen.«

Ich hob absichtlich die Stimme. »Keine Mätzchen, Mr. Harrington. Ich meine es ernst. Bleiben Sie mir vom Leib. Ich habe zu tun.«

»Sprechen Sie sofort leiser«, zischte er. »Ich will mit Ihnen über Philip Miller sprechen.«

»Machen Sie es kurz«, sagte ich, während ich nach dem Mandeleis suchte.

»Schauen Sie mich doch wenigstens an, Goldy, ja? Ich habe das Gefühl, daß Sie der einzige Mensch sind, der das versteht.«

Ich knallte die Eiscremebehälter auf die Kücheninsel, preßte die Lippen zusammen und wandte mich zu ihm. »Ich gebe Ihnen zwei Minuten.«

»Schauen Sie«, sagte er. »Ich habe nicht immer alles richtig gemacht, das gebe ich zu.«

»Sehe ich wie ein Pfarrer aus?«

»Ich versuche, Ihnen zu sagen ... klar, ich hab' den Kerl nicht gemocht. Er war so eine Nervensäge mit seinem liberalen Wohltätigkeitsfimmel, hat versucht, hart arbeitende Bauunternehmer arbeitslos zu machen.«

»Hey! Verschonen Sie mich mit Wirtschaftstheorien vom rechten Flügel, okay?«

»Okay, okay.« Er fuhr fort: »Und ich habe die Gerüchte über ihn und meine Frau gehört. Ich bin mir nicht sicher, daß sie stimmen. Was meinen Sie?« Er sah mich fragend an.

»Ich weiß es nicht«, sagte ich wahrheitsgemäß. »So gut habe ich ihn auch nicht gekannt.« Ich schob die Eiscremebehälter auf der Insel herum. Ich fügte hinzu: »Obwohl ich geglaubt habe, ihn gut zu kennen.«

»Na ja.« Er spürte, daß die zwei Minuten zu Ende gingen. »Jetzt kommt's. Okay, ich habe ihn nicht gemocht. Er hätte mein Projekt unterminieren können. Vielleicht hatte er was mit meiner Frau. Aber... vor zwölf Tagen hat er mich angerufen. Äußerst mysteriös. Er hat gesagt, mein Leben sei in Gefahr. Ich habe gesagt, soll das eine Drohung sein, Sie Scheißer von Greenpeace?«

»Ihre zwei Minuten sind um«, verkündete ich laut.

Brian Harrington musterte mich ernst. »Ich habe mittendrin aufgelegt. Mich die ganze Nacht im Bett herumgeworfen. Am nächsten Tag bin ich in den Club gefahren, ich weiß nicht, warum, hab' gedacht, vielleicht treffe ich jemanden, den ich kenne, trinke eine Bloody Mary. Dann bin ich aber nur dort herumgeschlichen, wollte nicht, daß jemand weiß, daß ich dort bin. Ich hab' gedacht, ich verliere den Verstand! Dann habe ich ein Telefon gesehen und durchgedreht. Ich habe den Notruf gewählt. Habe gesagt, sie müssen kommen und mir helfen, mein Leben sei in Gefahr.«

Ich starrte ihn an.

»Ich hab' Manschetten bekommen«, sagte er. »Wissen Sie, ich war so paranoid, daß ich geglaubt habe, die Polizei könnte mit drinstecken. Also bin ich weggefahren. Und als nächstes erfahre ich, daß Philip Miller tot ist.«

Der anonyme Anruf.

Ich sagte: »Haben Sie das der Polizei erzählt?«

»Das habe ich einmal versucht, und dann habe ich es nicht geschafft. Jetzt, wo Miller weg ist, was könnte sie da tun?«

»Viel mehr als ich. Schauen Sie, ich bin mitten in der Arbeit.« Sein Kopf und seine Schultern sanken niedergeschlagen nach unten. Was hatte er eigentlich von mir erwartet? Ich fand einen Stift und griff nach einer Papierserviette. »Hier ist die Nummer von einem Freund von mir im Büro des Sheriffs.« Ich schrieb Schulz' Nummer auf. »Rufen Sie ihn an und sagen Sie ihm, was passiert ist. Er ermittelt wegen Philips Tod.«

Brian bedachte mich wieder mit dem ernsten Blick. »Ich will nicht, daß Sie glauben, ich hätte mit dem Unfall Ihres Freundes etwas zu tun gehabt.«

»Was schert es Sie, was ich glaube?«

»Die Unterstellungen, die meine Frau geäußert hat ... die Andeutungen ... es ist eine kleine Stadt. Wissen Sie, nur weil ich Bauunternehmer bin, hält mich alle Welt für ein Schwein.« Er zog die Augenbrauen hoch.

»Bei dem vielen Geld, das Sie verdienen, kann Ihnen das nicht viel ausmachen.«

»Ach, aber es macht mir etwas aus, Sie niedliches kleines Ding. Wenn Sie es nur wüßten! Manchmal frage ich mich, wie lange muß ich diese Folter meiner Seele noch ertragen?«

»Diese Folter der...?« Die Styroporkegel kratzten gegen meine Finger wie ein Stück Kreide, das über eine Tafel kreischt. »Wie lange müssen Sie was ertragen?«

Er schloß die Augen und zuckte die Achseln.

Wie lange muß Aspen Meadow eine solche Folter der Geschmacksnerven noch ertragen?

»Sie Schwein!« brüllte ich.

Brian Harrington riß die Augen auf und machte einen Satz rückwärts. »Was ist denn jetzt? Ich habe Ihnen doch gesagt, daß ich mit dem Tod Ihres Freundes... Oh! Sagen Sie bloß nicht, daß Sie immer noch wütend sind wegen der Torte!«

»Ich nehme an, Sie heißen mit zweitem Namen Peter, eh, Pierre?«

»Ich weiß nicht, was Sie beim Servieren getrunken haben, aber Sie müssen mich verwechseln –«

Julian steckte den kurzgeschorenen blonden Kopf in die Küche. »Hallo, hier drin! Der General schickt mich. Können Sie sich abregen, damit wir zum Nachtisch kommen können?«

Ich sagte: »Regen Sie sich selber ab, Julian. Ich habe eben meinen anonymen Essenskritiker gefunden.«

Julian schaute zwischen uns hin und her. Er sagte: »Wen? Den?« Er blies die Backen auf, pustete die Luft in Richtung Brian Harrington und kräuselte dann den Mund. »Was haben Sie gegen Goldy?«

»Nichts! Gar nichts! Warum werden mir immer Dinge vorgeworfen, die ich nicht gemacht habe?« Brian Harrington machte kehrt und marschierte aus der Küche.

Julian sagte: »Wumm. Ich nehm an, die Harringtons können Sie als Kunden vergessen.«

Ich knallte die Styroporkegel auf das Tablett. »Nichts könnte mir mehr passen. Wenn Sie mir wirklich helfen wollen, Julian, könnten Sie dann bitte die Streichhölzer nehmen und versuchen, mit den Wunderkerzen bessere Arbeit zu leisten als Brian Harrington mit der Holzkohle?«

Als wir die Schiebetür zum Patio erreichten, kam ein Trommelwirbel aus dem Kassettenrecorder. Die Gäste hatten ihre Aufmerksamkeit dem Pool zugewandt. Arch stand auf dem Sprungbrett. Ich hätte fast das Tablett fallen lassen. Hinter ihm waren seine Hände gefesselt.

»Machen Sie die Tür auf, die verfluchte Tür«, verlangte ich von einem erschrockenen Julian.

»Ich habe die Wunderkerzen noch nicht –«

»Machen Sie schon!«

Julian schob die Tür auf. Ich schlängelte mich hindurch, stürzte über den Beton und stellte das Tablett auf dem Büfettisch ab. Ich schickte Arch geistige Botschaften: *Spring nicht mit gefesselten Händen von diesem Brett, spring nicht, tu's nicht . . .*

Sein Körper hob ab und schlug einen Salto. Ein Aufklatschen. Ich zählte. *Eins, zwei, drei, vier, fünf, sechs, sieben . . .*

Kein Arch.

Ich tat, was jede Mutter getan hätte. Ich lief zum Pool und sprang hinein. Wasser durchtränkte meine Kleidung, zog mich nach unten. Ich kickte die Schuhe weg, holte tief Luft und tauchte. Arch stand auf dem Grund des Beckens und wedelte mit den Handschellen. Ich schwamm wild, bis ich zu ihm kam. Ich packte ihn unter den Achselhöhlen, als die Handschellen eben aufgingen. Vom Boden aus zerrte ich ihn mit aller Kraft nach oben.

»Brrrrr!« gurgelte er, als wir klatschend die Oberfläche durchbrachen. Er hustete und würgte an dem Wasser. »Halt!« schrie er. »Halt! Was machst du denn? Mom!

Mist! Du hast alles verdorben!« Er riß sich von mir los und paddelte wie ein Hund an den Beckenrand.

»Ich wollte dir helfen«, sprudelte aus mir heraus, was gar nichts nützte.

Überschwenglicher Beifall brandete auf, als wir die Leiter hochstiegen. Arch bedachte mich mit einem Blick voller Haß.

»Du hast alles verpatzt! Warum mußt du immer alles so peinlich für mich machen?«

»Tut mir leid, tut mir leid.« Als ich seinen Blick nicht länger ertrug, schaute ich zu Boden. Meine Kleidung war klatschnaß. Pfützen bildeten sich um meine Füße.

»War das so geplant?« rief Weezie. Ihre Stimme war schrill vor Begeisterung. »Das war ja eine tolle Vorstellung!«

Arch schlich ins Haus. Ich ging ihm nach und schleppte mich zum Umziehen nach oben. Als ich in den zweiten Stock kam, war meine Kehle wie zugeschnürt. Nebenan machte Arch Lärm, auf der Suche nach trockenen Kleidern, wie ich annahm. Ich fand Kosmetiktücher, wischte mir das Gesicht ab und hustete.

Ich hatte immer nur eine gute Mutter sein wollen. Ich hatte es mir nicht so schwierig vorgestellt. Ich las die Bücher darüber. Ich brachte mein Kind zum Kinderarzt, in den Park, auf den Spielplatz. Ich las ihm vor, verbrachte Zeit mit ihm und half ihm bei den Schularbeiten. Ich hatte nie regelmäßig gearbeitet, bis es finanziell nötig wurde. Ich wollte nur für Arch sorgen. Ich glaubte, ich müsse ihn nur lieben, für seine Sicherheit und Gesundheit sorgen und alles zum Besten kehren. Im Gegenzug würde er wohl geraten, glücklich und dankbar sein.

Und wie.

Die Sonne beendete ihren Rutsch in die Berge. Die Luft war plötzlich kühl. Als ich ein Sweatshirt und trokkene Hosen überzog, klopfte es an meiner Tür.

»Mom, ich bin's.«

Ich wickelte ein Handtuch um meinen nassen Kopf und machte die Tür auf.

Er wich meinem Blick aus. Seine Stimme war zittrig. Er sagte: »Mom, ich weiß, daß du mir helfen willst. Aber es klappt einfach nicht.«

»Schätzchen, bitte. Ich habe gedacht, du ertrinkst.«

»Schon. Ich wollte es dir bloß sagen. Ich will Dad jetzt wirklich fragen, ob ich eine Zeitlang bei ihm wohnen kann.«

Jemand hatte mir mal gesagt, tu in Krisenzeiten gar nichts. Ich wünschte mir, ich hätte vor dem Poseidon-Abenteuer daran gedacht. Jetzt sagte ich: »Laß uns morgen darüber reden. Du hast Gäste unten.«

Die Show ging weiter. Die Biscotti mit Wunderkerzen waren ein Volltreffer. Jetzt, wo die Aufregung vorüber war, unterhielten sich Kinder wie Erwachsene ruhig. Ich war niedergeschlagen. Ich wußte nicht, ob ich ein Dutzend Biscotti oder gar keines essen wollte, also entschied ich mich für drei. Sie waren himmlisch: Der dünne Schokoladenüberzug vermischte sich wunderbar mit dem Hauch Anis und den Mandeln und paßte hervorragend zu dem französischen Röstkaffee mit Haselnußaroma. Der Planet Venus schwebte in blendender Helligkeit am östlichen Horizont. Die duftende Abendbrise sorgte dafür, daß die Gäste die Stimmen senkten. Sie entdeckten, wie köstlich es war, die Biscotti vor dem Essen in den Mokka zu tauchen, und das Ergebnis wurde allseits bejubelt.

Am Nachmittag hatte der General im Patio Fackeln aufgestellt. Gegen neun zündete er sie an. Er setzte sich neben Adele und zog ein Schmuckkästchen aus der Tasche.

Er sagte: »Für die Braut«, und lächelte mit soviel Verehrung, daß ich einen Kloß im Hals bekam. Adele packte den Ring aus und hielt ihn hoch. Saphire und Diamanten glitzerten im Fackelschein.

Aber Adeles Lächeln war gezwungen. Nach dem Geschenk wich sie Bos Blick aus. Vielleicht hatte sie Rükkenschmerzen. Vielleicht war sie unglücklich, weil sie nichts für ihn hatte. Vielleicht war es einfach keine besonders gelungene Party.

Ich hatte Verständnis für diese Einschätzung; ich war auch nicht gerade glücklich. Ich wollte nicht über Arch nachdenken, über sein Leben mit John Richard, darüber, wie John Richard ihn ignorieren würde. Die Gäste gingen allmählich. Ihre von Dankbarkeit erfüllten Stimmen stiegen in die Nachtluft auf. Ich wusch ab und schleppte mich erschöpft nach oben.

Der Kater Scout witterte Traurigkeit. Er folgte mir in mein Zimmer und rollte sich in einer Ecke des Bettes zu einer Kugel zusammen. Ich bedankte mich bei ihm für seine Gesellschaft und verwöhnte mich mit meiner Schokolade für Notfälle, einem Toblerone-Riegel. Ich dachte über den Abend nach. Der Wortwechsel mit Brian Harrington war grotesk gewesen. Vermutlich hoffte ich, daß er Schulz anrufen würde, obwohl es mir eigentlich egal war. Harringtons politischer und privater Konflikt mit Philip Miller konnte in unserer Kleinstadt zu einem Mahlstrom von Klatsch führen. Gut, das geschah Brian Harrington recht, falls er tatsächlich Pierre war.

Ich schloß die Augen, ließ die Schokolade langsam im Mund schmelzen und versuchte, nicht an das *Mountain Journal* zu denken. Dieselbe Gruppe (ohne die Kinder und zusätzliche Erwachsene) war bei Weezies aphrodisischem Bankett gewesen, dem Opfer der letzten vernichtenden Kritik. Hatte ich den Kritiker Pierre wieder bewirtet? Vermutlich würde er den Vorfall im Pool als meinen Versuch interpretieren, Arch vor einem Erdbeben zu retten.

Die Leute erzählen einem, Schokolade sei entspannend, aber ich glaube es nicht. Die tröstliche Wirkung verflog, als der Toblerone-Riegel nicht mehr da war. Ich konnte nicht schlafen. Ich dachte an meine Gegendarstellung für das *Mountain Journal*, die am nächsten Tag fällig war. Falls Brian Harrington nicht der Kritiker war, wer dann? Julian und Sissy gingen beide noch in die High School; ein bißchen jung für soviel Gift. Der General und Adele schienen auf meiner Seite zu sein. Weezie. Vielleicht hatte sie tatsächlich mit Philip Miller geschlafen. Die Kritik war ihre Rache an mir. Aber das kam mir auch nicht überzeugend vor. Man weiß nie, was für Feinde man hat. Ich machte das Licht an und holte Stift und Papier.

An meinen anonymen, verlogenen Kritiker, den infamen Pierre

Vielleicht sollte ich ihn nicht verlogen nennen, als ob er ein Mitarbeiter Richard Nixons wäre. Hier war jemand, der mich überhaupt nicht leiden konnte. Seine Geschmacksnerven waren degeneriert. Nach seiner Lobotomie.

Lieber, irregeleiteter Schweinehund

Nein, so ging es auch nicht. Ich legte den Stift weg und versuchte, positiv zu denken. Mich zu entspannen. Für die lange Zeit während meiner Ehe mit John Richard, in der ich meine Wut geleugnet, geschluckt, verdrängt und auf ungesunde Weise bekämpft hatte, hatte ich während der Scheidung mit Zorn bezahlen müssen. Erst Dampf ablassen. Ich ging ins Bad, drehte ein Handtuch zusammen, biß hinein und schrie. Okay. Ich klatschte mir kaltes Wasser ins Gesicht und öffnete das Badezimmerfenster.

Wieder war mir, als hörte ich Planschlaute aus dem Pool. Vermutlich Julian. Wer es auch sein mochte, der Teufel sollte mich holen, wenn ich an einem Abend versuchte, zwei Menschen vor dem Ertrinken zu retten.

Ich sank aufs Bett und schaute stirnrunzelnd die Zeitung an. Was war meine wirkliche Sorge bei diesem grausamen Menschen? Ging es mir wirklich um ihn oder seine albernen Vorwürfe? Nein. Mir ging es nur darum, mein Geschäft zu schützen. Ich würde diesem Tölpel nicht die Genugtuung geben, daß er eine Reaktion von mir bekam.

Liebe hilfsbereite Kunden und Freunde, ich möchte Ihnen allen danken, die mit Anrufen, Besuchen oder Briefen auf den gehässigen Verriß reagiert haben, mit dem meine kulinarische Tätigkeit in dieser Zeitung bedacht worden ist. Ich danke allen, die auf die groben Schnitzer bei der Darstellung der besprochenen Menüs und auf die Feigheit des Kritikers hingewiesen haben, der sich scheut, mit seinem Namen zu zeichnen. Und mein besonderer Dank gilt allen Kunden, die loyal geblieben sind und mir weiterhin Aufträge erteilt haben.

Mit besten Grüßen
Goldy, die Partylieferantin

Das Problem mit dem Geschäftsnamen hatte ich noch nicht gelöst, aber das war im Augenblick meine geringste Sorge. Es tat gut, meine Gefühle zu Papier zu bringen. Ich schaute mich im Zimmer nach einer anderen unerledigten Arbeit um.

Der Band Poe stand – vorwurfsvoll, wie mir schien – auf dem Schreibtisch. Bei dem Gedanken, mit dem Projekt für die Schule anzufangen, wurde ich sofort schläfrig. Aber als ich mich unter die Decke kuschelte, fiel mir ein, daß Arch gesagt hatte, drei Kinder in der Klasse machten Bandaufnahmen des verräterischen Herzens. Der Vater eines Kindes, hatte er mir mit großem Ernst mitgeteilt, sei Kardiologe, und auf dessen Band sei sogar ein Herzfehler zu hören! Das brachte mich auf den Wunsch, Edgar Allan hätte etwas in der Richtung *Der Überfall in der Bäckerei in Baltimore* geschrieben, aber man kann nicht alles haben.

Ich stieg aus dem Bett und schlug *Der entwendete Brief* auf.

Nach einem Absatz hatte Poe meinen Verstand gepackt, um nicht zu sagen, mich an der Gurgel. Seine Erzählung folgte der Einsicht, daß die Methode, einen Verbrecher zu fangen, darin besteht, so zu denken wie er und seinen Gedankengängen zu folgen, bis das Bubenstück aufgedeckt ist. Und das ohne Psychologie als Hauptfach. Die Geschichte war hypnotisierend. Ich legte mich mit dem befriedigenden Gedanken schlafen, daß ich durch die Lektüre wieder auf dem besten Weg zum Status einer guten Mutter war. Jetzt brauchten wir nur noch ein Schulprojekt, das zu der Geschichte paßte. Auch das war, wie ich Arch würde erklären müssen, ein Vorhaben, an dem sein Vater kein Interesse gehabt hätte.

Wenn man kurz vor dem Einschlafen Poe gelesen hat, sind die Träume voller Personen, die nur D. und G. genannt werden, mit Ereignissen, die sich 18– abgespielt haben. Trotzdem wachte ich erfrischt auf, bereit, mich der Sorgerechtskrise zu stellen.

Scout miaute und wollte hinaus. Ich ging auf Zehenspitzen die erste Treppe hinunter, schaltete die Alarmanlage aus, schlüpfte leise hinunter und ließ Scout auf den Patio hinaus. Die Tür zu Julians Zimmer war zu. Statt zu riskieren, daß er plötzlich auftauchte und mich mit dummem Gesicht vor der Tür entdeckte, folgte ich Scout auf den kalten Boden hinaus.

Die Frühmorgensonne warf dunkle Schatten über die Landschaft. Die nahen Berge waren in dunkles Grün getaucht wie reglose Felsen auf dem Grund einer Lagune.

Ich kreuzte die Arme und atmete die kühle, nach Kiefern duftende Luft ein. Arch wußte mich einfach nicht zu schätzen, sagte ich mir zum tausendstenmal. Diese Tageszeit erinnerte mich zum Beispiel an die freiwillige Leistung in seiner Vorschule. Meine Aufgabe bestand darin, zeitig hinzufahren, das Papier aufzustocken, neue Temperafarben anzurühren und die Tagesprojekte vorzubereiten. Die Lehrer baten alle Morgenmütter, wie wir genannt wurden, als erstes die Tierkäfige zu überprüfen, falls ein Mitglied der Menagerie aus Vögeln und Nagetieren über Nacht gestorben war. Bei meinem Abscheu vor Nagetieren war ich dieser Aufgabe mit einer gewissen Beklommenheit nachgekommen. Zum Glück war ich der Aufgabe entgangen, als Tierleichenbestatter fungieren zu müssen. Eine Morgenmutter in meiner Fahrgemeinschaft war mit der Leiche einer jungen Wüstenspringmaus konfrontiert worden, und das war alles andere als erfreulich gewesen.

Ich fröstelte. Scout war nicht zurückgekommen. Falls er zurückgekommen wäre, hätte mir das vielleicht die Wiederkehr meiner schlimmsten Befürchtungen als Morgenmutter erspart. Denn dort trieb, mit dem Gesicht nach unten im Pool der Farquhars, Brian Harrington.

Daß es Harrington war, erkannte ich an dem grauen Haar, das gelassen, wie die Ranken einer Blume, um den Kopf herum trieb. Ich erkannte ihn an seiner Kleidung. Ich wußte, daß er tot war. Aber ich wußte nicht, daß ich schrie. Der General erschien in seinem West-Point-Bademantel auf dem Patio. Er packte mich und schüttelte mich, sagte: *»Was ist denn, was ist denn?«* Die schreiende Stimme war meine.

Ich rief, der General solle den Notruf wählen und dann Schulz anrufen. Ich rannte hinauf, um nach Arch zu sehen. Er war nicht in seinem Zimmer. Voller Panik raste ich zurück ins Erdgeschoß. Arch war in der Küche, beugte sich über einen Teller Reiscrispies und lauschte nach Geräuschen.

»Geh nicht hinaus«, sagte ich mit erstickender Stimme. »Etwas Furchtbares ist passiert.«

Er schaute auf und rückte sich die Brille zurecht, damit er mich deutlicher sehen konnte. »Du siehst grauenhaft aus, Mom«, sagte er. »Was ist denn?«

Ehe ich antworten konnte, klingelte das Telefon. Polizei, Weezie, wer? Was sollte ich sagen? Eine andere Leitung blinkte; Vielleicht sprach General Bo schon mit den Behörden.

»Hier ist George Pettigrew vom Partyservice ›Drei Bären‹ in Denver –«, fing der Anrufer an.

»Rufen Sie später an«, sagte ich unvermittelt. »Wir haben hier eine Krise.«

»Junge Frau, das Plagiat von Geschäftsnamen ist eine Krise für –«

Ich legte auf. Sofort läutete das Telefon wieder.

»Was gibt's?« schrie ich.

»Bleib ruhig«, sagte Tom Schulz. »General Farquhar hat eben angerufen und gesagt, daß du Harrington gefunden hast. Hör zu, sprich mit niemandem. Denk dir irgendeine Ausrede aus und komm heute nachmittag aufs Revier. Ich muß mit dir über die Leute reden, bei denen du wohnst.«

Ich sagte, ich müsse jemanden finden, der sich um Arch kümmere, aber ich versprach, ich käme hin.

»Mom! Was ist denn los?«

Aber ehe ich antworten konnte, hörte ich Sirenen. Das Schnellste in dieser Stadt war die Feuerwehr. Sie kam immer, wenn der Verdacht bestand, jemand sei ertrunken. Unglücklicherweise war ich mir sicher, daß ihre Hilfe zu spät kam. Der Torsummer ertönte. Ein mitgenommen aussehender Julian kam in die Küche.

»Ich habe verschlafen. Als ich meine Bahnen schwimmen wollte, hat der General gesagt, ich soll nicht in den Patio kommen. Was –«

»Laßt mich erst mal das Tor aufmachen«, sagte ich zu beiden. »Dann erkläre ich es euch.«

Julian und Arch wechselten Blicke. Ich drückte den Knopf, der die Feuerwehr hereinließ. Wie war das passiert? In einem Winkel meines Gehirns wußte ich, daß ich eine Aussage würde machen, wieder, wie im Fall von Philip Miller, würde sagen müssen, was ich gesehen hatte.

Aber ich hatte nichts gesehen. Ich war nach draußen gekommen, und da war er gewesen. Ich wußte nicht einmal, warum er in den Kleidern hatte schwimmen wollen.

»Ich möchte mit dir zum Frühstück ausgehen«, teilte ich Arch mit. Er und Julian wechselten einen weiteren Blick.

Arch nahm seinen ernsten Ton an. »Ich bin doch schon fast fertig mit dem Frühstück, Mom.«

»Ich möchte, daß du mit mir in die Stadt fährst.«

»Wie du willst.«

Ich fuhr fort: »Es sieht danach aus, als ob Brian Harrington gestern nacht im Pool der Farquhars ertrunken wäre.« Ich schaute Julian an. »Wenn Sie wollen, können Sie mitkommen«, fügte ich lahm hinzu.

Julian war klar, daß ich ihn eigentlich nicht dabeihaben wollte. Er murmelte etwas Bedauerndes. Ohne etwas zu essen, verließ er die Küche.

Arch aß die Frühstücksflocken auf. Während er sie sich löffelweise in die Mund schob, baumelte er unter dem Tisch mit den Füßen. Hatte er Mitleid? War er traurig? Ich versuchte, mir vorzustellen, wie ich mich mit elf Jahren gefühlt hätte, wenn ein Nachbar ertrunken wäre. Archs Blick machte eine Runde durch den Raum und blieb auf mir haften. Er hatte Angst.

»Ich rede mit der Polizei«, sagte ich, »während du dich anziehst.« Meine Uhr zeigte acht. Das Denken fiel mir schwer. Wann machte das Schulbüro auf?

»Ich rufe in Elk Park an und sage, daß ich heute auch nicht komme«, beantwortete er meine ungestellte Frage. »Aber morgen mußt du eine Entschuldigung schreiben.« Er stand auf, spülte den Frühstücksflockenteller ab, dann kam er zu mir herüber. Seine großen braunen Augen ließen meine nicht los. Zu meiner Überraschung umarmte er mich. »Das mit Mr. Harrington tut mir leid, Mom. Das mit Mr. Miller tut mir auch leid. Und mir tut leid, daß ich mich in letzter Zeit so schlecht benommen habe.«

Ich hielt ihn fest, wünschte mir einen Augenblick lang, er sei noch klein, und ich könne ihn wiegen. »Arch«, sagte ich, »du hast dich nicht schlecht benommen. Wenn du bei deinem Vater leben willst, geht das von mir aus in Ordnung.« Der letzte Satz war gelogen, aber er sollte seine Freiheit haben.

Seine Stimme brach. »Ich liebe dich, Mom.«

Ich sagte: »Ich weiß.«

Die Polizei war noch nicht soweit, mir Fragen zu stellen. Ich konnte nicht in diesem Haus bleiben, wußte aber nicht, wohin ich gehen sollte. Schließlich hinterließ ich einen Zettel, ich sei mit Arch in die Kirche gefahren. Mir war wegen Brian Harrington scheußlich zumute. Vom Anblick einer Leiche erholt man sich nicht so schnell. Arch und ich setzten uns in eine Hinterbank und flüsterten.

Ich sagte: »Ich möchte dir noch einmal sagen, wie leid es mir tut, daß ich dich aus dem Pool gezogen habe. Die Vorstellung, daß du mit Handschellen da drin bist, war einfach zuviel für mich.«

»Es war so peinlich.« Seine Stimme schwankte. Wir waren auf gefährlichem Terrain. »Und kurz davor haben wir alle gehört, daß du dich mit Brian Harrington gestritten hast.«

»Ich habe mich nicht mit ihm gestritten!« flüsterte ich heftig.

»Es hat aber so geklungen.«

Mein Herz sank. Das hatte mir gerade noch gefehlt, daß ich unter Mordverdacht stand. Ich zwang mich, an etwas anderes zu denken.

Ich sagte: »Ich habe gestern nacht eine Erzählung von Poe zu Ende gelesen.« Ich fing an, ihm von *Der entwendete Brief* zu erzählen, als ein Dutzend Leute zum Morgengottesdienst am Mittwoch hereinkamen.

»Aber was für ein Projekt macht man mit einem Brief?« flüsterte Arch. »Das ist nicht so cool wie ein Herzschlag oder ein Goldkäfer.«

»Wir denken uns etwas aus«, versprach ich, als ich ein Gebetbuch aufschlug und auf die Stelle zeigte, an der der Gottesdienst begann. Nach dem, was Philip und jetzt Brian zugestoßen war, hatte ich Angst und brauchte Trost. Der Gottesdienst schien das Richtige zu sein.

Ich war nicht mehr in die Kirche gegangen, als mein Exmann damit angefangen hatte, mit einer Chorsängerin zu musizieren. Interessanterweise hatte unser episkopalischer Pfarrer keinen Anstoß an der Liaison des Kotzbrokkens mit Miss Stimmbänder genommen. Zynisch hatte ich mir gedacht, der Kotzbrocken könne sich mehr Spenden an die Gemeinde leisten als ich. Aber jener Pfarrer war schließlich zu fetteren Weiden gezogen, und die Liaison mit der Chorsängerin war einer scheiternden Verlobung mit einer Geometrielehrerin an der High School gewichen. John Richards neue Freundin war, wie Arch mir erzählt hatte, hundertprozentige Presbyterianerin. Deshalb war ich in meine alte Kirchengemeinde zurückgekehrt. Der neue Pfarrer hatte mich freudig begrüßt und mich zu meiner Erleichterung – im Gegensatz zu seinem Vorgänger – nicht darum gebeten, kostenlose Mittagessen für Pfarrertreffen auszurichten.

Als der Gottesdienst vorüber war und alle gegangen waren, gingen Arch und ich schweigend durch das Schiff zum Kerzenopferständer. Wir knieten nieder und zündeten eine Kerze für Brian Harrington an.

Ich rief Marla vom Pfarrbüro aus an. Sie meldete sich nicht. Ich rief zwei Freunde von Arch an, die nicht in die Sommerschule gingen. Ich bekam Anrufbeantworternachrichten, die besagten, die Kinder seien im Sammellager. Schließlich rief ich den Kotzbrocken an und fragte die Sprechstundenhilfe, ob Arch den Nachmittag bei seinem Vater verbringen könne. Durch die Sprechstundenhilfe übermittelte John Richard die definitive Botschaft, er verlasse die Praxis gegen Mittag. Ich wurde instruiert, Arch zu den Farquhars zurückzubringen, wo der Herr Doktor ihn spätestens innerhalb einer Stunde abholen werde.

Widerstrebend brachte ich Arch zurück. Die Sam Snead Lane war vollgestopft mit Autos, offiziellen wie unoffiziellen. Der zuständige Polizist sagte mir, ich solle aufs Revier fahren und mit dem Ermittlungsbeamten Schulz sprechen. Ich ließ Arch in seinem Zimmer zurück, mit strengen Anweisungen, sich von niemandem außer von seinem Vater mitnehmen zu lassen.

Dann fuhr ich hinüber zur Redaktion des *Mountain Journal* und gab meinen Brief ab, ehe ich mit Karacho die Interstate 70 zum Büro des Sheriffs nahm. Der Lieferwagen spuckte Staub, als ich mit quietschenden Reifen in den städtischen Parkplatz einbog. Mit großer Erleichterung sah ich, daß Schulz in seinem Chrysler saß.

Als ich aus dem Lieferwagen kletterte, stieg er aus seinem Auto. Er sagte: »Hast du jemanden gefunden, der sich um Arch kümmert?«

»Er ist bei den Farquhars mit jeder Menge von Bullen in seiner Nähe. Sein Vater wird ihn bald abholen.«

»Goldy, ich weiß, daß ich das schon einmal gesagt habe, aber mir ist gar nicht wohl dabei, daß du in diesem Haus wohnst.«

»Brian Harrington hat nebenan gewohnt.«

»Hm. Die Gerichtsmedizin hat einen Zettel mit meinem Namen und meiner Telefonnummer in seiner Tasche gefunden. Du weißt nicht zufällig, wie er daran gekommen ist, oder?«

»Brian hat gestern abend reinen Tisch mit mir gemacht«, erwiderte ich und setzte ihn dann über die Einzelheiten der Party ins Bild: Weezies Wut, Brians defensives Verhalten, Philips kryptische Nachricht an Brian vor Philips Tod. Und ich fügte lahm hinzu, daß ich voller Zorn den Verdacht gefaßt hatte, Brian sei mein anonymer Kritiker im *Mountain Journal* gewesen.

Als ich fertig war, sagte Schulz: »Wir haben schon eine Handvoll Leute, die uns erzählt haben, daß ihr euch laut in der Küche gestritten habt.«

»Das stimmt. Ehe er mir von Philips Warnung erzählt hat, habe ich gedacht, er will über mich herfallen.«

»Wo warst du zwischen Mitternacht und fünf Uhr morgens?«

»Im Bett. Lesend, schreibend, schlafend.«

»Muß dich das fragen, das weißt du. Hast du Brian Harrington in den Pool gestoßen?«

»Nein.«

Er legte den Arm um mich. »Du siehst furchtbar müde aus, Miss G. Hast du denn heute schon etwas gegessen?«

Ich lachte. Was für eine Frage nach der anderen! Nein, ich hatte nichts gegessen. Ich hatte nichts essen können. Er fragte, ob er mir etwas aus dem Automaten im Revier holen könne? Chips, Cracker? Ich sagte ihm, ich hätte gern ein Glas Wasser.

Wir gingen schweigend ins Büro. Das Leitungswasser schmeckte metallisch. Aber ein entlegener Winkel meines Gehirns wurde klar. Als wir uns auf die einzige Couch im Eingangsbereich setzten, fragte mich Schulz, ob es mir besser gehe. Ich bestätigte das und schaute aus dem Erdgeschoßfenster hinaus. Ein hartnäckiger Dunst hatte den Himmel in ein Rauchblau verwandelt.

Nach einem langen Schweigen sagte Schulz: »Ich möchte mit dir über Julian Teller sprechen.« Wieder Schweigen. »Mit richtigem Namen Julian Harrington.«

Mein Herz fühlte sich an, als ob es zu schlagen aufgehört hätte.

»Philip Miller«, fing Schulz an, »war ein äußerst interessanter Mann. Hat hart gearbeitet. Wollte dem menschlichen Verhalten auf die Sprünge kommen. Armer Kerl.« Er seufzte, hob die buschigen Augenbrauen und kräuselte den Mund. »Aus den Akten geht hervor, daß Julian dieses Jahr achtzehn geworden ist.«

»Und?«

»Julian ist adoptiert worden.«

»Das ist nichts Neues, Tom.«

»Miss G. Gib mir eine Chance. In manchen Staaten kann man herausfinden, wer die leiblichen Eltern sind, wenn man einundzwanzig ist. In anderen Staaten, zum Beispiel Utah, geht das mit achtzehn. Nach Philips Notizen ging es Julian in der Therapie darum, seine leiblichen Eltern zu finden.«

»Das weiß ich schon«, sagte ich. »Sissy hat es mir erzählt.«

Aber ich fühlte mich abgelenkt und verwirrt. Brian Harrington hatte keinerlei Interesse an Julian bekundet, und Julian war dem verschiedenen Bauunternehmer gegenüber mehr als einmal aggressiv entgegengetreten. Ich sagte: »Aber Julians Adoptiveltern leben in Utah.«

»Laut Philip Millers Notizen hatten sie etwas dagegen, daß er seine leiblichen Eltern sucht.«

»Folglich –«

Schulz hob den Jackenaufschlag und nahm ein zusammengefaltetes Stück Papier heraus. Er sagte: »Schau dir das an. Ich habe es per Fax bekommen.«

Ich entfaltete das glatte, glänzende Stück Papier. Es stammte vom Standesamt im Staat Utah. Die Worte und Zahlen verschwammen mir vor den Augen.

Ich sagte: »Wer weiß sonst noch darüber Bescheid?«

Schulz sagte: »Keine Ahnung, wer es weiß. Keine Ahnung, wer es nicht weiß.«

Auf dem Stück Papier stand, ein Junge namens Harrington sei vor achtzehn Jahren in Salt Lake City geboren worden. Als Eltern waren Brian Harrington und Adele Louise Kelly, wie sie vor ihrer Ehe mit General Farquhar geheißen hatte, eingetragen.

Nennen Sie es Intuition. Nennen Sie es Projektion. Nennen Sie es Angst. Ich mußte zu Arch. Ich kam mir wie ein Vollidiot vor, weil ich ihn im Haus zurückgelassen hatte. Es passierte zuviel; zu viel kam ans Licht. Jemand, dem er vertraute, konnte ihm etwas tun, ehe John Richard hinkam. Er konnte in furchtbarer Gefahr durch Menschen sein, die in seiner Nähe gewesen waren – Julian, Weezie, Adele, der General. Oder durch wen auch immer, der Brian Harrington ermordet hatte.

Ich sagte zu Schulz: »Ich muß Arch holen.«

»Aber hast du nicht gesagt, er ist bei deinem Exmann? Ich will nicht, daß du mit John Richard Korman allein bist.«

Ich dachte einen Augenblick nach. Was hatte John Richard gesagt? Gegen Mittag. Ich schaute auf die Uhr: zwei. Alle Warnsignale über John Richards Unzuverlässigkeit gingen gleichzeitig los. Ich stürzte zum Lieferwagen.

Schulz lief zu seinem Auto und dann zum Lieferwagen. Er reichte mir eine Dose mit chemischer Keule und den Schlüssel zu seinem Haus. Er sagte: »Hol' Arch und fahr dann zu mir. Ruf mich danach über das Funktelefon an.«

Ich verstaute den Schlüssel und die chemische Keule,

dann ließ ich den Lieferwagen anspringen. Ich sagte: »Was hast du vor?«

»Ich rufe den Gerichtsmediziner an. Will hören, ob er eine Idee hat, wie Brian Harrington gestorben ist.«

Ich winkte und wirbelte den Lieferwagen in einer Staubwolke herum. Das Entsetzen hatte mein Herz so gepackt, daß ich, als ich Richtung Aspen Meadow von der Interstate 70 abbog, nicht mehr wußte, wohin ich wollte. Nach unserer Scheidung war John Richard in ein Haus in dem älteren Gebiet des Country Club gezogen. Ich lenkte den Lieferwagen in diese Richtung und überschritt das Tempolimit.

Die neue Freundin kam an die Tür. Sie zog sich den Kragen des Bademantels um den Hals und musterte mich mit gleichgültigem Blick.

»Was wollen *Sie* denn hier?«

»Meinen Sohn. Arch. Ist er da?«

Sie atmete ungeduldig aus.

»Ich weiß nicht, wo er ist. Oder John Richard. Seine Sekretärin hat mir gesagt, daß er die Praxis vor zwanzig Minuten verlassen hat, um seinen Sohn abzuholen. Was ist denn eigentlich los?«

Ich blieb nicht so lange, als daß ich hätte antworten können.

Als ich am Ende der Sam Snead Lane hielt, stand John Richards Jeep vor dem gesicherten Tor der Farquhars. Keinerlei Autos in der Einfahrt der Farquhars. Von Arch nichts zu sehen. Mir graute vor dem Gedanken, in welcher Stimmung mein Exmann sein mochte, wenn er auch nur zehn Minuten hier hatte warten müssen. Die Tür auf der Fahrerseite des Jeeps flog auf. Ich packte die Dose mit der chemischen Keule.

Ich war nicht so dumm, aus dem Lieferwagen auszusteigen. Ich drehte das Fenster hoch und verriegelte die Türen.

»Steig aus dem verfluchten Auto aus!« schrie er mich an. Er hämmerte gegen die Scheibe. Sein Gesicht war wütend, verzerrt von einem Zorn, den ich nur allzugut kannte.

»Was willst du?« schrie ich zurück.

»Arch ist nicht hier! Niemand meldet sich. Ich bin seit einer Viertelstunde da. Falls jemand hiergewesen wäre, glaubst du dann nicht, daß sie das Tor aufgemacht hätten? Du Miststück! Du hast mir den verfluchten Code nicht gegeben! Willst du nun, daß ich Arch abhole, oder willst du das nicht? Ich habe nämlich Besseres zu tun –«

Ich ließ die Dose los und wedelte ihn weg, dann ließ ich den Lieferwagen an und fuhr langsam vom Straßenrand weg. Ich paßte auf und wartete ab, bis John Richard sich von meinem Fenster entfernt hatte. Ich wäre ihm zwar liebend gern über die Füße gefahren, aber das hätte die Dinge nur noch schwieriger gemacht.

Meine Finger zitterten, als sie den korrekten Code für das Tor eingaben. John Richard sagte, er habe den Summer gedrückt, aber es habe nichts genützt. Ich hatte keine Ahnung, wo alle stecken mochten.

Eins tröstete mich. Arch wußte, daß ich mir Sorgen um ihn machte, er wußte es nur allzugut. Ich hatte ihm, seit er schreiben konnte, eine Ermahnung eingebleut. Sie lautete: Hinterlaß deiner Mom immer eine Nachricht. Auch wenn du nur zum Spielen gehst, in den Laden, oder mit dem Rad um den Block fährst. Sag' Mom immer, was anliegt. Ich betete, er habe es getan.

Das Tor ging mit einem leisen Summen auf. Mir brauchte man nichts über Magie zu erzählen. John Richard trabte neben dem Lieferwagen her. Ich ließ vorsichtig das Fenster herunter.

»Soll ich nun bleiben oder nicht?« wollte er wissen. Die Hitze und der Zorn hatten sein Gesicht mit einem glänzenden Schweißfilm überzogen.

»Lieber nicht, danke«, antwortete ich und jagte die Einfahrt entlang. Ich wußte nicht, warum ich ihn überhaupt angerufen hatte. In jeder denkbaren Situation war der Kotzbrocken eher eine Belastung als eine Hilfe.

Als ich die Garagentür aufmachte, sah ich nur den Range Rover des Generals. Ich fuhr den Lieferwagen vorsichtig daneben. Als ich ausstieg, fiel mir auf, daß an der Wand etwas fehlte. Ich schaute mich um. Die Schneeschaufeln waren noch an Ort und Stelle, die Mülltonnen auch, die Werkzeugregale und alle dazugehörigen Werkzeuge. Die Blumenerde, der Dünger, die Gartenwerkzeuge – alles, wo es hingehörte. Aber da war eine Lücke, eine Leere, wo normalerweise ... Ich schaute mich sorgfältig um, schloß die Augen und versuchte, mir die Garage so vorzustellen, wie sie sonst aussah.

Die Campingausrüstung. Ich machte die Augen wieder auf und musterte die linke Wand. Kein Zelt, kein Kocher, kein Rucksack. Ich stieß einen Seufzer aus. Selbst wenn er vorgehabt hätte, wegzulaufen, Arch hätte niemals das ganze Zeug mitgenommen. Arch haßte das Campen.

Ich holte die chemische Keule aus dem Lieferwagen und ging durch die Tür in die Küche. Mit der freien, zitternden Hand benutzte ich die Gegensprechanlage und hörte, wie meine Stimme knackend im ganzen Haus widerhallte: *Jemand da?*

Manchmal hat man einfach das Gefühl, daß jemand da ist. Ich durchsuchte jedes Zimmer.

Ich fand General Farquhar auf der Veranda. Er schaute auf die Berge hinaus. Vor ihm stand eine Flasche Scotch. Ein halbvolles Glas Whisky schwankte ganz leicht in seiner Hand, wie eine Glocke, die eben erst zu läuten aufgehört hat. Ich stellte die Büchse mit chemischer Keule auf den Tisch.

»General Bo!« sagte ich und rüttelte ihn an der Schulter. »Alles in Ordnung? Wo sind denn alle?«

Er wiegte den Kopf langsam hin und her.

»Fort«, sagte er mit leiser Stimme. »Alle fort.«

Ich ging um ihn herum und kniete vor ihm nieder. Ich wollte einen Blickkontakt zu ihm herstellen. Sein Gesicht sah entsetzlich aus. Die Ringe unter seinen Augen waren dunkler als sonst, und durch den niedergeschlagenen Ausdruck wirkte er älter.

»Wo ist Arch?«

»Fort!«

»Wohin?«

Er schloß die Augen. Ich wußte nicht, ob er mich nicht mehr sehen oder sein Gedächtnis erforschen wollte.

»Wo ist Arch?« wollte ich wissen, dieses Mal lauter. Ich legte die Hände auf seine freie Hand. »Wo ist Julian? Wo ist Adele?«

Er zuckte zusammen. Mein Herz sagte: *Sprich, sprich doch, bitte.*

Er öffnete die Augen. Flüssigkeit sickerte heraus.

»Fort, fort, fort«, sagte er.

»Wohin?«

Er seufzte, griff nach dem Scotch, goß sich zittrig ein. »Die Campingausrüstigung ist fort.« Er trank einen kleinen Schluck, kippte dann einen großen. »Sie haben keinen schriftlichen Hinweis auf ihr Ziel hinterlassen. Es ist nichts auf dem Band. Ihr Exmann ist gekommen, aber ich habe ihn nicht hereingelassen. Ich habe durchs Fernglas gesehen, daß Arch nicht bei ihm war.«

Ich stand auf. Meine Knie knackten. Es fiel mir schwer, nicht aus der Haut zu fahren.

»Könnten Sie mir bitte sagen«, sagte ich ruhig, »was passiert ist, seit die Polizei fort ist? Sind alle beim Einkaufen?«

»Sie sind nicht beim Einkaufen. Adele hat gesagt, ihr Rücken tut weg, und sie legt sich hin. Ich bin hinausgegangen und habe im Lager nach dem verfluchten

Zünder gesucht. Als die Garagentür aufging, habe ich Julian gesehen, der mit der ganzen Campingausrüstung hinausging. Ich habe hinter ihm hergerufen. Er hat mich ignoriert, ist die Einfahrt entlanggerannt.« Seine Stirn bestand nur noch aus Falten; er schüttelte den Kopf. »Es war, als könne er mich nicht hören oder wolle mich ignorieren. Ich habe weiter nach dem Zünder gesucht, zwischen den Kisten –« Er brach ab und leerte das Glas. »Später habe ich gehört, wie das Auto ansprang. Ich schaute hinaus, und da waren Adele und Sissy. Sie stiegen in den Thunderbird.«

»Haben Sie Arch gesehen?«

Er kniff die Augenbrauen zusammen, schaute mich mit glasigem Blick an. »Nein. Ob ich gerufen habe? Ja. Habe ich gefragt, wohin sie fahren, wann sie zurückkommen? Ja. Haben sie geantwortet? Nein. Sie hatten es eilig.«

»Das kapiere ich nicht.«

Der General schenkte sich nach, trank Scotch und schaute auf die Berge hinaus.

»Reißen Sie sich zusammen«, befahl ich. »Haben Sie und Adele sich gestritten, oder was war los? Wohin könnte sie mit Sissy gefahren sein?«

Er setzte das Glas an und leerte es. Er fragte leise: »Wo ist der Zünder?«

»Ich weiß es nicht«, sagte ich energisch. Ich nahm die Flasche Scotch und ging in die Küche. Ich versuchte es wieder über die Gegensprechanlage. Meine Stimme hallte im ganzen Haus wider. Kein Zettel auf der Arbeitsfläche, am Kühlschrank oder sonstwo.

Ich lief die Treppe hinauf. Hinauf, hinauf in den zweiten Stock, während mein Herz in der Brust hämmerte. Archs Zimmer war ein Saustall. Das war nichts Ungewöhnliches; seit dem letzten Jahr war er kein ordentliches Kind mehr. Ich ging ins Bad.

Kein Zettel. Aber seine Badehose hing nicht über der

Stange des Duschvorhangs, wo er sie normalerweise ließ.

Ich rief bei Andrea an. War Arch dort, hatte er angerufen, hatten sie ihn gesehen? Nein auf alle Fragen. Worüber regte ich mich eigentlich auf? Er ging ständig irgendwo hin, ohne es mir zu sagen. Aber nicht an dem Tag, an dem jemand ertrunken war, und schon gar nicht dann, wenn ich ihm ausdrücklich gesagt hatte, er solle sich nicht vom Fleck rühren. Wo konnte er hingegangen sein?

Ich schaute mich in meinem Zimmer um. Kein Zettel am Spiegel. Kein Zettel auf dem Bett. Ich ließ mich auf die Decke sinken. Ich schaute auf die Uhr. Es waren drei Stunden vergangen, seitdem ich ihn hier abgesetzt hatte.

Ich versuchte, mich auf ein geistiges Bild von ihm zu konzentrieren. Mein Herz schrie: *Wo bist du?*

Und dann schaute ich auf den Teppich, eine warme Mischung aus Ostereierfarben – Lila, Rosa, Grün. Das Muster verschwamm mir vor den Augen.

Neben dem Bett lag eine Spielkarte. Ich beugte mich hinunter und schaute sie an. Ich hatte kein Kartenspiel mitgebracht, als ich bei den Farquhars eingezogen war. Wo kam sie her? Ich starrte sie ungläubig an.

Jemand war bei Arch gewesen. Jemand hatte ihn beobachtet. Jemand hatte ihn daran gehindert, einen Zettel zu hinterlassen. Aber wie ein Zauberer hatte er sich sein Geschick zunutze gemacht, hatte seinen Bewacher abgelenkt und verstohlen eine Karte fallen lassen, ganz beiläufig, offenbar unbemerkt.

Ein Hinweis. Eine Karte. Ein Notruf. Ich hob die Piksieben vom Boden auf.

Ich rief Schulz an. »Arch ist fort«, hörte ich meine tonlose Stimme sagen. »Ich kann ihn nicht finden. Ich verliere den Verstand.«

Er sagte: »Fang ganz von vorn an. Fang damit an, wie du vom Parkplatz weggefahren bist.«

»John Richard konnte Arch nicht abholen, weil der General ihn nicht hereingelassen hat. Er hat gesagt, er habe durch das Fernglas gesehen, daß Arch nicht bei ihm war. Was stimmt. Tom. Ich weiß, daß Arch in Gefahr ist. Er hat unseren alten Code hinterlassen.«

Schulz war ruhig. Er stellte Fragen: nach der Karte, nach Bo, danach, wann alle verschwunden waren, danach, wohin Julian gefahren sein konnte, nach Sissy.

Er sagte: »Ich rufe die Eltern des Mädchens an. Wenn wir ihn bis heute abend nicht gefunden haben, gebe ich eine Suchmeldung heraus. Ruf du Archs Freunde an, Adeles Freunde, sieh zu, ob du etwas herausfinden kannst.«

Er zögerte. »Da ist etwas, was du wissen solltest. Es ist sechs Stunden her, sei sie Harringtons Leiche aus dem Pool gezogen haben. Ich habe die Gerichtsmedizin angewiesen, eine erste Untersuchung durchzuführen, weil ich einen bestimmten Verdacht hatte, und er scheint sich zu bestätigen.«

Ich kämpfte darum, mich wieder auf die im Wasser treibende Leiche von Brian Harrington zu konzentrieren. »Was?«

»Er ist nicht ertrunken. Es war kein Wasser in seiner Lunge. Aber er hatte innere Verbrennungen. Ich vermute, daß es Kantharidin war.«

Ich war betäubt. Ich sagte: »Ich mache diese Anrufe und fahre herum, suche nach Arch. Meinst du, ich sollte mit Weezie Harrington reden?«

»Das haben wir schon getan. Sie hat gesagt, Brian sei gestern nacht unruhig gewesen, habe ihr gesagt, er mache einen Spaziergang, um sich die Sterne anzuschauen.«

»Und?«

»Da hat sie ihn zum letzten Mal gesehen. Sagt sie. Die Jungs haben ihr geglaubt.«

»Und was glaubst du?«

»Ich glaube, Miss Goldy, daß du vorsichtig sein solltest.«

Ich rief Weezie an. Eine der Frauen, die gekommen waren, um ihr beizustehen, meldete sich. Weezie sei bestimmt dankbar für mein Mitgefühl. Auf meine Bitte hin fragte sie die versammelte Gruppe nach Arch. Nein, niemand wisse, wo er sei, niemand hatte ihn auf der Straße gesehen. Ich sagte, ich käme vorbei, um mit Weezie zu sprechen, wenn es recht sei. Das war es.

Ich rief Marla an. Adele war nicht dort, und sie wußte nicht, wo sie sein könnte. Marla sagte: »Soll ich mir Sorgen um meine Schwester machen? Sie macht sich nie Sorgen um mich.«

»Ich weiß nicht, warum sie mit Sissy zusammen sein könnte, die manchmal ganz schön aggressiv sein kann. Ich weiß überhaupt nicht, was los ist«, sagte ich wahrheitsgemäß. »Wenn du dir über jemanden Sorgen machen willst, dann mach dir Sorgen um Arch.«

Marla sagte, sie werde Archs Freunde anrufen. Ich gab ihr eine Liste mit Nummern und bat sie, zu unserem Haus zu fahren und herauszufinden, ob die Nachbarn ihn gesehen hatten.

»Ich weiß, daß er dich liebt, Goldy. Er ist bestimmt nicht weggelaufen.«

In meiner Kehle bildete sich ein steinharter Klumpen. Ich flüsterte: »Klar«, und legte auf.

Ich stählte mich und rief John Richard an.

Er sagte: »Und was gibt es *jetzt?*«

Ich sagte: »Arch ist fort. Ich bitte dich um eine neue Haltung, um deine Hilfe.«

Er sagte: »Und wer ist daran schuld?«

Ich legte auf.

Der General reagierte mit einem Nicken, als ich sagte, ich wolle Weezie ein paar Fragen stellen und nach Arch suchen. Ich fragte ihn wieder, ob er eine Ahnung habe, wohin alle gefahren sein könnten.

Er schüttelte den Kopf. Ich griff nach der chemischen Keule. Er sagte: »Ein Hinterhalt.«

Der Lieferwagen ächzte auf der Einfahrt. Ich beschloß, Straße um Straße in Meadowview nach Arch abzusuchen, ehe ich im Haus der Harringtons auftauchte. Selbst wenn ich ihn nicht fand, hätte ich dann wenigstens das Gefühl, daß ich mir Mühe gegeben hatte.

Der Himmel, den fast den ganzen Tag lang perlmuttfarbener Dunst überzogen hatte, dräute jetzt mit dunklen Wolken. Hier und da hingen graue Fetzen über den Bergen. Wenn Arch mit Julian zusammen war, würden beide bald naß bis auf die Haut sein. Wenn Arch bei Sissy war . . . aber warum sollte er bei Sissy sein?

Ich ließ das Fenster herunter. Wie aufs Stichwort peitschten Regentropfen die Windschutzscheibe. In der Ferne grollte der Donner wie Artilleriefeuer. Ich rief

Archs Namen, während ich im ersten Gang die Sam Snead Lane, die Arnold Palmer Avenue und den Gary Player Parkway entlangzockelte.

Nichts. Nicht einmal spielende Kinder, die ich hätte fragen können, waren da; der Regen hatte sie vertrieben. Ich fuhr zu Weezie zurück.

Ich parkte den Lieferwagen hinter den Audis, Buick Rivieras und Lincoln Continentals, die die Einfahrt der Harringtons säumten. Als ich hineinging, fand ich heraus, daß die Autos Frauen gehörten, die die Harringtons aus dem Sportclub und dem Country Club kannten. Sie murmelten, umarmten sich und flüsterten Weezie und sich untereinander zu. Sie freuten sich über meinen Anblick, waren aber verblüfft. Eine Frau fragte: »Sind Sie eine Freundin von Weezie?«

Ich verschluckte eine wütende Antwort. Eine grazile Brünette, die Weezie gegenüber auf einer Lederrecamière gesessen hatte, fragte uns, ob wir irgend etwas möchten. Ich sagte: »Kaffee«, um sie loszuwerden, sank auf den von ihr geräumten Platz und murmelte mein Beileid.

Weezie hob blutunterlaufene Augen. Ihre silberblonde Mähne war wild zerzaust. Sie sagte: »Danke. Haben Sie Arch gefunden?«

»Nein, aber er wird gesucht, und ich halte weiter Ausschau nach ihm, wenn ich von hier weggehe. Sind Sie sicher, daß Sie ihn heute nachmittag nicht gesehen haben?«

»Kein einziges Mal. Das war ein Alptraum. Ich muß glauben ...« Ihre Stimme brach. »Ich muß glauben, daß es einen Sinn in seinem Leben gab. Er war ein guter Mensch.« Ihr Blick erforschte meinen. »Nicht wahr?«

»Das war er«, sagte ich, ohne zu zögern. »Er hat viel Gutes für die Gemeinde getan. Und ich weiß, daß er Sie vergöttert hat. Und wie.«

Ich wußte nicht, ob sie wußte, daß ich log, aber sie fing

trotzdem zu weinen an. Ein erschrockenes Gesicht tauchte in der Küchentür auf: Was hatte ich getan, das zu einem solchen Ausbruch geführt hatte? Ich winkte die Frau weg und stand von der Recamière auf, um mich neben Weezie zu setzen.

Ich sagte: »Es ist okay«, und tätschelte ihr den Rücken.

»Er hat mich nicht geliebt«, schluchzte sie.

»Doch, doch, er hat Sie geliebt, er hat es mir selbst gesagt.«

»Hat er das?« Sie schnüffelte und schaute mich mit weitaufgerissenen roten Augen an. »Wann?«

Ich zögerte. Ich sagte: »Moment mal, lassen Sie mich nachdenken. Wann hat er mir gesagt, daß er Sie liebt? O ja, bei der Party gestern abend, als er mir geholfen hat, den Nachtisch zu holen.«

»Mir war, als hätte ich gehört, wie Sie sich in der Küche mit ihm stritten.«

»O nein, es ging nur um den Nachtisch. Sie wissen schon.« Für eine barmherzige Lüge klang es nicht allzu schlimm.

Weezie schnaubte und sagte: »Hat er Ihnen erzählt, wohin er wollte, nachdem wir zu Bett gegangen waren? Hat er gesagt, daß er sich mit jemandem treffen will?«

»Aber nein, ich glaube nicht. Nein, ganz bestimmt nicht. Vielleicht konnte er nicht schlafen, Weezie. Ich leide auch unter Schlaflosigkeit.«

»Und gehen Sie schwimmen, um was dagegen zu tun?«

»Nein, auf die Idee bin ich noch nie gekommen . . .«

Sie brach wieder in Tränen aus.

»Er war eifersüchtig«, sagte sie zwischen Schluchzern. Sie kniff die Augen zu einem finsteren, vorwurfsvollen Blick zusammen. »Er hat gedacht, ich treffe mich mit Philip Miller«, hier senkte sie die Stimme, »ich schlafe mit ihm. Das war eine Lüge, ein absurdes Gerücht.«

»Es ist eine kleine Stadt«, sagte ich und versuchte

wieder, tröstlich zu klingen. »Sie wissen doch, wie die Leute reden.«

Sie hörte mir nicht zu. Sie hielt den Kopf in den Händen. »Ich wollte nur, daß er mich liebt«, sagte sie heftig. »Das war alles, was ich wollte.«

Ich spürte, wie die Moleküle in meiner Hand sich zurückzogen, von Weezie zurückzogen, während sich mir der Kopf drehte. Ich hatte etwas aus *Der entwendete Brief* gelernt. Ich hatte die in Frage kommenden Möglichkeiten schon lange vor mir gehabt. Ich murmelte, ich müsse Arch suchen, und verabschiedete mich.

Philip hatte gewußt, daß Brians Leben in Gefahr war. Er hatte es mir sagen wollen. Er hatte meine Hilfe gebraucht, deshalb hatte er mich vor dem Brunch in Elk Park angerufen. Und das hatte jemand am Telefon mitgehört. Deshalb war ich im Aspen Meadow Café überfallen worden.

Ich möchte mir dir über Essen reden, hatte Philip gesagt.

Aber warum? Weil ich Recherchen über die Frage anstellte: *Kann man jemanden dazu bringen, einen zu lieben?*

Sie hatten nach dem Unfall Spanische Fliege in Philips Aktenkoffer gefunden. Nach dem Unfall, der kein Unfall gewesen war.

Ich raste zu den Farquhars zurück und nahm die chemische Keule mit ins Haus. Ich mußte etwas finden, etwas, das ich nur einmal gesehen hatte. Ich ging durch das gesicherte Tor und schlich durch das Haus. Der General war mit offenem Mund auf der Veranda eingeschlafen. Sein lautes, betrunkenes Schnarchen schallte durch die von dem späten Schauer abgekühlte Luft. Ich legte eine Häkeldecke über ihn und ging auf Zehenspitzen ins Arbeitszimmer.

Wo konnte es sein? Ich suchte in den Schubladen. Die Uhr im Arbeitszimmer tickte, während die Minuten verstrichen. Ich zog einen Stapel Papiere heraus und sah sie durch. Nichts. Als nächstes kam der Aktenschrank des Generals. Die erste Schublade enthielt alles mögliche, von *Armee* über *Geheimdienst, Inland, Ausland* bis zu *Sprengstoffe: herkömmlich, Geschichte, neu.* Die erste Akte in der nächsten Schublade war der *IRA* vorbehalten, die letzte bestand aus einem dicken Stapel von Papieren über *Gaddafi, Muammar.* Die letzte Schublade enthielt *Radikale* und *Krieg.* Was für ein fröhlicher Gedanke. Ich stieß die Schubladen zu, dann hatte ich eine Idee. *Geheimdienst, Inland.* Die Akte wäre mir fast durch die Hände gerutscht. Kurz darauf hatte ich, was ich gesucht hatte. Ich legte es auf den Stapel aus dem Schreibtisch und setzte mich.

Der Umschlag war an Julian adressiert gewesen. Das hatte mich auf die Spur gebracht.

Darin war seine Geburtsurkunde.

Warum war sie im Arbeitszimmer, in einer Akte versteckt? Ich schob die Urkunde in den Umschlag zurück und klopfte mit dem Finger darauf. Weil. Weil jemand ohne das Wissen der Suchstelle und ohne Julians Wissen vor ihm Nachforschungen angestellt hatte.

Ich hörte ein leises Geräusch hinter mir. Ich schaute auf. Meine Hände legten sich über die Adresse auf dem Umschlag. Die Tinte schien mir die Fingerspitzen zu verbrennen.

Adele bedachte mich mit einem höflichen, forschenden Blick. Sie sagte: »Haben Sie gefunden, wonach Sie gesucht haben?«

Ich bluffte. »Ehrlich gesagt, nein«, sagte ich mit einem Lächeln, von dem ich hoffte, daß es gleichermaßen entschuldigend wie beiläufig wirkte. Ich mußte Informationen von ihr bekommen, mußte etwas über Julians Vergangenheit und die ihre erfahren. Und wieviel andere Menschen wußten, zum Beispiel der General. Ich mußte sie hinhalten, bis Bo aufwachte. Ich wußte außerdem, daß ich in einer Situation wie dieser, die möglicherweise gefährlich war, Schulz hätte anrufen sollen.

Ich sagte: »Arch ist verschwunden. Haben Sie ihn gesehen?«

Sie schüttelte den Kopf und verzog den Mund zu einem überraschten O. »Nein . . ., wo könnte er denn sein?«

»Ich habe überall in der Nachbarschaft nachgeschaut, und Marla ruft seine Freunde an. Haben Sie gesehen, wie er mit Julian weggefahren ist? Der General scheint nichts zu wissen.«

»Ich weiß auch nichts. Ich habe nicht gesehen, wie er mit Julian weggefahren ist, aber ich muß mit Ihnen darüber reden. Wissen Sie, *wann* Arch gegangen ist? War das, nachdem die Polizei endlich fort war? Ich habe mich eine Weile hingelegt, es war alles so anstrengend.« Sie machte die Augen weit auf. »Die Polizei hatte eine Menge Fragen nach Ihrem Streit mit Brian Harrington von gestern abend.«

Ich sagte: »Ich habe ihn nicht umgebracht.« Ich holte tief Luft. »Meine Hauptsorge ist, wo Arch steckt.«

»Was in Bos Arbeitszimmer könnte Ihnen sagen, wo Arch ist?«

Ich dachte verzweifelt nach. »Ich ... ich suche nach einem Kartenspiel. Es hat Arch gehört. Manchmal trickst er mich aus ... Sie wissen ja, wie er ist. Wenn das also ein Trick ist, muß ich mitspielen. Verstehen Sie?« Im Aufstehen stieß ich mit der linken Hand eine Schachtel Bleistifte zu Boden. Mit der rechten schob ich Papiere unten im Stapel nach oben, ehe ich ihn hinlegte. Ich beugte mich nach unten, um die Bleistifte einzusammeln.

»Karten?« sagte Adele. »Davon weiß ich nichts. Vielleicht hat er sie in der Küche gelassen. Sollen wir nachschauen?«

»Klar.« Ich langte in die rechte Tasche und befingerte die Piksieben. Das war meine einzige Chance, Schulz anzurufen, ohne ertappt zu werden. Ich mußte mir überlegen, wie ich sie nutzte. Alles wurde dadurch noch schlimmer, daß ich nicht ganz sicher war, was eigentlich lief. Oder wer der Feind war.

»Hier sind leider keine Karten«, sagte Adele. Sie wühlte in den Stapeln von Rechnungen, Gartenkatalogen und gelben Umschlägen in den Küchenschubladen.

Ich ließ die Karte aus der Tasche in das Messerfach gleiten. »Ach du liebe Zeit, schauen Sie«, sagte ich. »Er hat sie hier gelassen, wo ich sie finden mußte. Jetzt müssen wir den Zauberer anrufen.«

»Wie bitte?« Sie starrte die Karte in meiner Hand an.

»Haben Sie Nachsicht mit mir, Adele, vielleicht ist es das. Ich habe Arch versprochen, daß ich übe, und vielleicht führt das zu was«, sagte ich, als ich Schulz' Nummer eintastete und betete, daß er am Schreibtisch sei.

»Schulz.« Seine Stimme.

Adele sagte: »Darf ich fragen, wen Sie anrufen? Ist es Weezie? Bitte, geben Sie mir den Hörer.«

Ich hob einen Finger und sagte: »Ist da der Zauberer, bitte?«

»Herrje, Goldy, laß den Unsinn, was zum Teufel ist denn los? Hast du Arch gefunden?«

Ich sagte wieder, noch munterer: »Ist da der Zauberer, bitte?«

Er seufzte. Er fing an: »Kreuz, Karo, Pik –«

»Kann ich ihn bitte sprechen?«

»Okay«, sagte Schulz, »also Pik? Und jetzt? Moment. As, König, Dame, Bube, zehn, neun, acht, sieben –«

»Bleiben Sie bitte am Apparat.«

Ehe ich etwas tun konnte, nahm mir Adele den Hörer aus der Hand und hörte zu. Sie schaute den Hörer und dann die Karte an. Sie sagte: »Nein danke.« Dann zuckte sie die Achseln. Sie ging mit ihrem Klopfschritt über den Küchenboden und legte den Hörer auf.

»Und?« wollte ich wissen. »Hat er gewußt, daß es die Pik Sieben ist?«

»Ich habe keine Ahnung«, sagte sie. »Es war ein Mann und er hat gesagt: ›Soll ich kommen?‹, also habe ich nein gesagt, das war alles.«

Adele richtete sich auf. Sie pflückte eine Fussel von ihrem beigen Kaschmirpullover und eine weitere von den dazu passenden Hosen. »Ich bin so müde, setzen wir uns«, sagte sie, als sie mit dem Klopfschritt über die italienischen Fliesen Richtung Wohnzimmer ging. »Ich muß mit Ihnen über Julian sprechen. Er hat die Campingausrüstung mitgenommen und ist irgendwohin gefahren.« Sie blieb an dem rosa Sofa stehen und schaute sich um, offenbar verwirrt. Sie sagte: »Wo ist Bo?«

So fühlt sich Schlick an, dachte ich, nichts, woran man sich festhalten könnte, und man sinkt von Augenblick zu Augenblick tiefer ein. Aber ich mußte dafür sorgen, daß Adele weitersprach, ganz gleich, was passierte.

Ich sagte: »Er schläft auf der Veranda. Hat ein bißchen zuviel getrunken, glaube ich.«

Sie schüttelte den Kopf und lehnte sich linkisch gegen den Sofarücken. »Gott im Himmel! Was ist denn bloß los? Brian ertrunken, und Gott allein weiß, was jetzt passiert.« Sie musterte mich. Ich stellte mich neben sie. Wir standen schweigend da, nicht bereit, unbefangen zu reden, geschweige denn, uns zu setzen.

»Sie sehen erschöpft aus«, sagte sie. »Haben Sie heute schon etwas gegessen?«

Schulz' Frage. Ich sagte: »Nein.«

»Ach, Goldy. Ausgerechnet Sie. Sie brauchen etwas, damit Sie bei Kräften bleiben.«

Eine Welle von Müdigkeit brachte mich zum Frösteln. Mir wurde bewußt, daß ich sogar meine tägliche Injektion Espresso versäumt hatte. Die Entdeckung von Brian Harringtons Leiche hatte den ganzen Alltag über den Haufen geworfen.

Ich mußte dafür sorgen, daß sie weitersprach. Mußte ihr das Gefühl geben, ich wisse etwas, aber vielleicht nicht alles. Ich sagte: »Möchten Sie Kaffee?« Sie schüttelte den Kopf. »Ich bin gleich wieder da.« Ich machte mir einen doppelten Espresso und kam ins Wohnzimmer zurück, wo Adele sich in einen der limonengrünen Sessel gesetzt hatte. Ich setzte mich auf das rosa Sofa, trank Espresso und wartete. Von der Veranda kamen in Wellen die Schnarchlaute des Generals.

Schließlich sagte Adele: »Sissy und ich haben nach Julian gesucht. Er war so durcheinander, als die Polizei hier war. Er hat lange mit Arch gesprochen. Deshalb habe ich angenommen, sie seien zusammen weggefahren.« Sie holte tief Luft. »Ich fürchte, Julian könnte ein äußerst unangenehmes Schriftstück gefunden und Weezie Harrington danach gefragt haben. Das könnte üble Folgen gehabt haben.«

Ich sagte: »Wohin könnte Julian Ihrer Meinung nach gegangen sein, nachdem er dieses Schriftstück gelesen hatte?«

»Vielleicht zu den Harringtons. Oh, es ist eine so lange Geschichte –«

»Warum zu den Harringtons?«

Sofort sagten wir beide nichts mehr. Ein langes Schweigen entstand, in dem wir einander anschauten.

Ich sagte: »Möchten Sie darüber sprechen?«

Jemand klingelte am gesicherten Tor.

»Julian!« rief ich mit unechter Begeisterung und sprang auf, schaute in den Videomonitor, drückte auf den Knopf und machte die Haustür auf. Schulz' Auto fuhr in die Einfahrt. Ich stürzte zurück auf die Veranda, um mich zu vergewissern, daß der General noch schlief. Das tat er. Aber die chemische Keule war verschwunden.

»Bist du okay?« fragte Schulz, als er hereinkam. »War das mit der Piksieben ein Witz oder dein Ernst?«

»Ich unterhalte mich mit Adele. Wir glauben, daß der General schläft«, sagte ich mit unechter Munterkeit, die ihn hoffentlich warnte: *Sei vorsichtig.*

»Ach, Mr. Schulz«, sagte Adele, »was für eine Freude, Sie wiederzusehen.« Sie nahm königliche Haltung an und humpelte hinüber, um ihm die Hand zu reichen. »Dürfen wir Ihnen etwas anbieten?«

Schulz musterte mich: *Ist das eine Art Spiel?* Ich sagte: »Komm doch herein und setz dich zu Adele. Ich bringe dir Kaffee.« Ich machte ihm einen doppelten Espresso. Das ging schnell, und ich wollte, daß er wach blieb, damit er mir bei der Suche nach Arch helfen konnte. Außerdem hatte ich zu nichts Eßbarem in diesem Haus Vertrauen.

Als ich ihm die Tasse gab, sagte ich: »Adele hat mir eben erzählt, sie glaubt, Julian könnte ein Schriftstück gesehen haben, das Brian Harrington in Gefahr gebracht hat.«

Schulz' Blick schwenkte durch das Zimmer. »Ach ja?« sagte er. »Was für ein Schriftstück war das?«

Adele schaute zwischen uns hin und her.

Sie sagte: »Man kann nicht zurück. Man glaubt, man kann es, aber es geht nicht. Das hat der General bei seinen ganzen Experimenten gedacht, aber Philip Miller hat ihn für wahnsinnig gehalten. Ich wußte, daß er ihn scharf im Auge hatte, und er wollte doch unbedingt zurück . . .«

Schulz hob die kupferfarbenen Augenbrauen und sah Adele an. Er sagte: »Zurück wohin?«

Sie sagte nichts, schaute ihn nur finster an, als warte sie darauf, daß er selbst auf die Frage reagierte. Aber er trank nur Kaffee. Ich hörte am Ticken der Uhr, wie die Minuten verstrichen. Meine Hände juckten vor Sorge um Arch. Wenn der General Philip Miller etwas getan hatte, warum hatte Philip dann *Brian Harrington* gewarnt? Der Kaffee machte meinen Kopf nicht klarer.

Schließlich sagte ich: »Vielleicht sind Sie um Ihren Sohn so in Sorge wie ich um meinen.«

Ihre Lider flatterten, als sie mich ansah.

Sie sagte: »Sie können sich nicht vorstellen, was ich durchgemacht habe.«

Ich nickte. Schulz' Blick wanderte zwischen uns hin und her.

Er sagte: »Warum sagen Sie es uns nicht? Wir interessieren uns besonders für die letzten beiden Wochen.«

Adele ignorierte ihn. »Wissen Sie«, sagte sie zu mir, »ein Tod ist in vielerlei Hinsicht wie eine Scheidung. Man wird verlassen, ob man will oder nicht. Wenn man geschieden ist, kann man seine Traurigkeit nicht ausdrükken. Wenn man verwitwet ist, gilt es als nicht schicklich, seine ... Wut auszudrücken. Und in beiden Fällen sind die finanziellen Belastungen riesig.«

Ich sagte: »Mit der finanziellen Seite scheinen Sie ja ganz gut fertig geworden zu sein.«

»Oh, glauben Sie?« Adele schaute mich an, die dünnen Augenbrauen hochgezogen, dann pflückte sie wieder unsichtbare Fusseln von dem beigen Pullover. »Ich habe gesehen, wie Männer Sissy wegen ihres Körpers anschauen. Stellen Sie sich vor, wie es ist, wenn man auf seine Dollar abgeschätzt wird.« Sie räusperte sich. »In Sissys Fall ist es wenigstens nicht gelogen, wenn Männer ihr sagen, sie sei schön.«

»Hat Brian Harrington Ihnen gesagt, Sie seien schön?«

Sie machte eine Pause. Sie sagte: »Viele Male.«

Ich schaute zu Schulz hinüber. Sein Gesicht war bleich geworden und glänzte vor Schweiß. Er entschuldigte sich ruhig. Adele entließ ihn mit einem Winken.

Ich sagte: »War das, bevor er Weezie heiratete oder danach?«

Sie schaute mich an, die Mundwinkel nach unten gezogen. Im unteren Badezimmer lief Wasser.

Sie sagte: »Sowohl als auch.«

Ich sagte: »Wußte er, daß Julian sein Sohn war?«

Ihr Gesicht und ihre Fassung verfielen. Sie erschauderte, rieb sich die Wangen und riß sich zusammen.

Sie sagte: »Er wußte so wenig. Es gab Dinge, die er nicht wissen wollte. Er hatte nur ein einziges Ziel. Daß die Frau, die das Geld oder das Land hatte, sich in ihn verliebte. Das hat er mit Weezie gemacht, und er hat es mit mir gemacht.« Als ihr Tränen aus den Augenwinkeln sickerten, wischte sie sie mit dem Zeigefinger weg.

»Sie brauchen nicht darüber zu reden«, sagte ich. Ich fragte mich, warum sie überhaupt mit mir darüber sprach. Wo war Schulz? Drohte ihm Gefahr vom General?

»Doch«, sagte Adele, »ich muß darüber reden. Es war eine entsetzliche Zurückweisung. Zurückweisung! Großer Gott, das klingt so, wie wir in der Pubertät reden. Ich war einunddreißig, als ich mit Brian zusammen war. In der Zeit mit ihm habe ich gespürt, wie sich mein Zorn, meine Trauer auflösten. Man hört von Affären. Man denkt, oh, außerehelicher Sex.« Sie musterte mich voller Abscheu. »Sex ist nebensächlich.« Sie schaute wehmütig auf den Kaminsims, wo die bei der Gartenexplosion zerstörte Waterford-Vase gestanden hatte. »Was wir uns alle wünschen, ist, geliebt zu werden.« Sie seufzte mit einem Ächzlaut. »Brian liebte mich. Er hüllte mich in Liebe ein. Mein Zorn, meine Trauer über den Verlust meines ersten Mannes verflogen. Und wissen Sie was? Ich hatte nicht einmal Schuldgefühle. Ich habe sogar geglaubt, Marcus Kelly habe einen Herzinfarkt bekommen, damit ich Brian finden könne. Meine wahre Liebe. Ha!« Sie lachte meckernd.

Mein Magen-Darm-Trakt schlug Salto. Ich schob es auf das Koffein auf leeren Magen. Ich wollte das hinter mich bringen, wollte die Vergangenheit entwirren und herausfinden, was sich in der Gegenwart tat.

Ich sagte: »Sie wurden schwanger.«

Ihr Blick wanderte zu mir zurück. »Ja. Nachdem ich in die Meadowview-Gegend beim Aspen Meadow Country Club investiert hatte. Ich war die erste, die einen Bauplatz hier kaufte, und Brian war der zweite, kaufte das Grundstück neben meinem. Auf ewig vereint, hat er gesagt. Er sagte außerdem, er wolle damit das Geschäft ankurbeln. Damit er sagen konnte: ›Wir haben etliche Bauplätze verkauft, aber es sind noch Grundstücke zu haben.‹ Ich habe geglaubt, er wird mich fragen, ob ich ihn heiraten will ... Er hat gesagt, er sei noch nicht soweit.

Als ich im vierten Monat war und die Schwangerschaft

nicht mehr verbergen konnte, bin ich nach Utah gefahren. Um Keramik und anderen Krimskrams einzukaufen«, sagte sie mit einem weiteren grausigen Lachen und Winken. »Aber in Wahrheit ging es darum, das Baby zu bekommen und in Bluff eine private Adoption einzuleiten. Ich fand eine Navajofrau, die mit einem Angloamerikaner verheiratet war. Der Mann wollte einen Bonbonladen aufmachen. Sie konnten keine Kinder bekommen. Wenn man Geld hat«, sagte sie mit einem Schnauben, »kann man Adoptionen ganz nach Belieben arrangieren.«

Ich nickte und schaute mich um. Ich hatte Schulz eine Zeitlang nicht gesehen und machte mir Sorgen. Vielleicht war der General aufgewacht. Aber Schulz konnte auf sich selbst aufpassen; ich konnte nicht riskieren, daß Adele ihre Erzählung abbrach. Ich blieb sitzen.

»Wenn Sie für die Adoption gesorgt haben«, sagte ich, immer noch durch Gedanken an Schulz abgelenkt, »warum wollten Sie sie dann rückgängig machen?«

»Das ergab sich so. Ich habe geglaubt, wieder törichterweise, das alles habe einen Grund. Bos Anbetung war mir ungeheuer peinlich. Ich haßte Washington und war ungeheuer froh über den Umzug hierher, als das Pentagon Bo zwang, in den Ruhestand zu gehen. Mir gehörte das Grundstück; ich hatte es nicht verkauft. Und ich spürte so einen starken Drang, Brian wiederzusehen, neben ihm zu wohnen . . ., und ich habe geglaubt, wenn ich Julian herhole, könnten wir vielleicht –« Sie brach ab, versunken in Träumereien.

»Sie haben doch gesagt, man kann nicht zurück.«

»Ich weiß«, sagte sie mit schriller Stimme, »und ob ich es weiß. Soviel Arbeit, so viele Vorbereitungen. Julian das Stipendium zu verschaffen, als ich erfahren habe, daß die Internatsabteilung demnächst geschlossen wird. Dieses Haus zu bauen, neben Brian und dieser schwachsinnigen

Frau, Weezie!« Sie spuckte den Namen aus und wurde dann milder. »Und Julian. Gott, Julian.« Danach brach sie ab und starrte den Kamin an, als wolle sie bedeuten, das Gespräch sei beendet.

Ich dache an ihre Worte: *Ganz gleich, was man für seine Kinder tut, sie wissen es nicht zu schätzen.*

Und dann paßte plötzlich alles zusammen. Eine Welle kalter Angst ging über mich hinweg. Sie war es. Ich hatte geglaubt, ich bräuchte ihre Informationen, um Weezie, den General oder möglicherweise sogar Sissy zu überführen. Ich hatte mich geirrt.

Ich sagte: »Sie haben versucht, Brian wieder zu verführen, nicht wahr? Am Pool. Ich habe Sie gehört. Aber statt dessen fühlte er sich sexuell zu Sissy hingezogen. Das muß Sie rasend gemacht haben. Der General liebt Sie, aber das hat Ihnen nicht gereicht. Und ... Sie waren diejenige, die das Gerücht ausgestreut hat, Weezie schlafe mit Philip. Ja?«

Sie verschluckte einen Schluchzer und schürzte die Lippen, dann öffnete sie die geröteten Augen und nickte. Voller Stolz, dachte ich. Und dann überkam mich die ganze Wucht dessen, was sie möglicherweise getan hatte. Ich dachte an den Kalender in Philips Praxis. Sie hatte einen der letzten Termine bei ihm gehabt.

Ich sagte: »Sie waren bei Philip Miller. Weil Julian bei Ihnen wohnte und Probleme hatte, hat Philip Sie angerufen. Er muß gewollt haben, daß Sie und der General gemeinsam zu ihm kommen.« Sie rührte sich nicht. Ich war mir nicht einmal sicher, ob sie zuhörte. »Aber Sie sind allein hingegangen, weil Sie Angst davor hatten, was dabei herauskommen könnte. Philip hat ihnen gesagt, daß Julian seine leiblichen Eltern finden wollte. Sie müssen ihm die Wahrheit gesagt haben.«

Ihre Augen flammten. »Ja, ich habe Philip Miller die Wahrheit gesagt«, sagte sie heftig. »Ich wollte es nicht, aber er hat mich mit seinen Fragen in die Enge getrieben, genau wie Sie jetzt. Er wollte wissen, warum wir Julian zu uns ins Haus geholt hatten. Was für eine Beziehung bauten wir zu ihm auf? Was für eine Beziehung zwischen mir und meinem Sohn, den ich seit seiner Geburt nicht mehr gesehen hatte, hat er sich eigentlich vorgestellt?« Ihr Gesicht verzerrte sich. »Und ich habe ihm gesagt, daß sich der leibliche Vater, Brian Harrington, nicht für seinen Sohn interessiert. Ich habe gesagt, ich wolle Brian Harrington umbringen. Ich habe von Bo gelernt, wie man sich Dinge auf dem Schwarzmarkt beschafft. Ich hatte mir Spanische Fliege besorgt und wollte sie benutzen, weil so viele Frauen gewollt hatten, daß Brian sie liebte. Er hatte es verdient.«

»Aber Philip hat Ihnen das Gift weggenommen –«

»Ja, er hat es mir weggenommen! Er hat damit gedroht, sofort die Polizei zu rufen, wenn ich es ihm nicht gebe. Hat gesagt, ich brauche Hilfe, und er will Brian mitteilen, daß sein Leben in Gefahr ist.« Sie lächelte. »Aber er hat nicht alles bekommen, was ich hatte. Und das Schwarzmarktgeschäft ist nicht das einzige, was ich von Bo gelernt habe. Nach meinem Termin bei Philip Miller, am selben Nachmittag, habe ich für ein Ablenkungsmanöver gesorgt. Ich habe getan, als hätte ich meinen Stock in seiner Praxis vergessen. Die Sprechstundenhilfe suchte danach, und ich prägte mir seinen Terminkalender ein. Ich wußte, daß ich schnell handeln mußte, ehe er etwas gegen mich unternahm. Der Termin beim Augenarzt war perfekt.«

Aus meinen Magenschmerzen waren Krämpfe geworden. Mir war heiß. Wie ich mich danach sehnte, dieses Gespräch zu beenden. Wie ich mich danach sehnte, daß Schulz zurückkam. Und vor allem sehnte ich mich danach, zu erfahren, wo Arch war, versichert zu bekommen, ihm fehle nichts.

Adele sprach. Ich kämpfte darum, mich auf ihre Stimme zu konzentrieren.

»Bei mir war der Glaukomtest eben erst gemacht worden, deshalb wußte ich, daß sie ein Anästhetikum benutzen. Und Bo hatte mir alles über Foltermethoden mit Peroxid erzählt, als er Recherchen über Sabotage anstellte. Im Auge gibt es mehr Nervenenden als irgendwo sonst im Körper. Je mehr Nervenenden, desto mehr Schmerzen. Wenn Nervenenden mit Peroxid in Berührung kommen, ist die Verheerung riesig. Ganz schnell.«

Ich flüsterte: »Wie haben Sie es gemacht?«

»Ich bin gleich, nachdem ich Philips Terminkalender gesehen hatte, zum Augenarzt gegangen. Habe getan, als wollte ich Geld für den Pool sammeln, während ich die Flasche mit Salzlösung neben dem Ultraschallgerät an mich genommen habe. Direkt vor ihrer Nase! Danach bin ich nach Hause gefahren, habe die Salzlösung weggeschüttet und Julians Peroxid in die Flasche gefüllt. Ich habe den Rektor angerufen und darauf bestanden, daß Philip Miller die zusätzlichen Aufkleber bringen müsse, niemand außer Philip Miller könne das tun, vor allem dann, wenn sie Wert darauf legten, die letzten zwanzigtausend für den Pool von mir zu bekommen.« Sie lachte meckernd. »Er mußte also gleich nach dem Termin beim Augenarzt zur Schule fahren und dann zurück in die Stadt. Ich habe gedacht, mit etwas Glück stirbt er auf dieser Straße. Ich konnte es mir nicht leisten, daß er mit jemandem sprach, schon gar nicht mit Brian Harrington oder mit Ihnen. Sehen Sie, er wollte Sie davor warnen, hier zu wohnen. Deshalb hat er an jenem Morgen so zeitig angerufen. Er hat sich für so vorsichtig gehalten, hat zu Ihnen gesagt: Nicht am Telefon!«

Ich sagte: »Dann haben Sie also meine Gespräche mitgehört. Dann haben Sie dem General erzählt, was sich in meinem Leben tut.« Sie antwortete nicht. Ich sagte: »Sie haben die Hoffnung auf Brian nie aufgegeben.«

Sie schnüffelte und bewegte nervös die Hände. Dann schaute sie mich an, als suche sie nach etwas. Sie sagte: »O doch, ich habe aufgegeben. Bei der Hochzeitstagsparty, als er so vernarrt in Sissy war, habe ich gewußt, daß es vorbei war.«

»Wie haben Sie ihn dazu gebracht, die Spanische Fliege zu nehmen?«

Sie seufzte, flatterte wieder mit den Händen. »Ich habe ihm gesagt, er soll nach der Party zurückkommen. Ich wolle in Flicker Ridge investieren. Ich habe das Kantharidin auf sein Konfekt gestrichen. Er ist gestorben, weil er scharf auf Schokolade war!« Sie lachte. Eine Welle der Übelkeit ging über mich hinweg. »Ihr Sohn hat uns gesehen, als wir das letzte Mal zusammen waren. Deshalb wird er leider auch ertrinken müssen.«

Ich schrie: »Wo ist Arch?«

»Wo Sie ihn dieses Mal nicht retten können.«

Ich mußte kotzen. Ich rannte zum Badezimmer am Flur. Aber drin konnte ich Schulz hören. Ihm war übel. Ich konnte es hören. Ich hielt mir den Magen und taumelte ins Wohnzimmer zurück.

»Was haben Sie getan?« brüllte ich sie an.

Sie sagte ruhig: »Das einzige, wovon ich sicher sein konnte, daß Sie es anrühren würden, war dieser verdammte Espresso. Also habe ich Spanische Fliege in Ihre Espressobüchse getan. Tut mir leid, Goldy. In einer Stunde sollten Sie und der Polizist tot sein.«

Ich stürzte mich auf sie. »Sie Miststück!« schrie ich. »Wo ist mein Sohn?«
Kurz bevor meine Hände Adeles Hals erreichten, packte sie den Stock und schlug mir über den Magen. Ich kippte um vor Schmerz. Mein Magen krampfte sich zusammen. Der Stock prügelte meinen Rücken. Das Wohnzimmer verschwamm, als ich krachend auf dem Boden landete. Schmerz schoß durch meinen Körper. Ich kotzte auf den Orientteppich.

Adele stand vor mir und schlug auf meinen Arm ein. Sie kreischte: »Stehen Sie auf!«

Es war so schwer. Alles tat weh: mein Magen, mein Rücken, meine Eingeweide.

»Los!« schrie sie. Sie schlug mit dem Stock gegen meine Beine. »Ab ins Bad!«

Ich bewegte mich. »Tom! rief ich, während ich humpelte, wütend über meine körperliche Schwäche. »Tom! Bo! Hilfe!«

»Klappe!« sagte Adele und stieß gegen meine Waden. »Bo kann Sie nicht hören. Ich habe Valium in seinen Scotch getan. Und Ihr Freund von der Polizei ist vielleicht schon tot. Hoffentlich.«

Verzweifelt wirbelte ich herum, um sie anzugreifen.

Aber sie traf mit dem Stock meine Schulter. Schmerz schoß durch meinen Körper. Ich fiel gegen die Wand vor dem Badezimmer. Sie stieß die Badezimmertür auf.

Ich schaute hinein. Tom lag auf dem Boden. Sein kräftiger Körper war zusammengerollt wie ein Fötus. Als Adele ihn anstieß, stöhnte er ein paarmal. Er rollte herum und hob das Gesicht. Es war fahl, von einem grausigen Gelb. Sein Blick beschwor mich.

»Da hinein!« brüllte Adele und schlug gegen meine Knöchel. Die Frau war stark. Ich verlor das Gleichgewicht und streckte die Hände aus, damit ich nicht mit dem Kopf auf dem Fliesenboden aufschlug.

Adele schwebte über mir, ein verschwommener Hubschrauber. »Sie haben einfach nichts verstanden«, sagte sie und schloß die Tür. Ich hörte, daß sie etwas unter den Türknauf schob und dann mit dem Klopfschritt wegging.

Ich wandte mich Schulz zu. Seine Augen waren glasig vom Schmerz. Er flüsterte: »Ich glaube, ich sterbe.«

»Das wirst du nicht«, sagte ich mit soviel Entschiedenheit, wie ich aufbringen konnte. Feuer verzehrte meine Eingeweide. Das Gift muß sofort mit Wasser verdünnt werden, das wußte ich. Ich hielt die hohle Hand unter den Wasserhahn und führte Handvoll um Handvoll Wasser zu Schulz' Mund, dann zu meinem. Zehn, zwanzig, dreißig Hände voll Wasser. Mein Körper brannte vor Schmerz. In einem entfernten Winkel meines Gehirns hörte ich, daß Adele eine Tür zuschlug. Sie verließ das Haus. Ließ uns hier sterben. Wem würde man die Schuld daran geben? Dem General? Mir? Was für ein Festtag für den Kritiker Pierre.

Ich schluckte mehr Wasser, drückte die Augen zu und beschwor das Bild von Arch herauf. Ich mußte ihn finden. Mußte. Finden, finden, finden. Ich wiederholte diese Mantra, während ich in die Hocke ging und unter der Badezimmertür hindurchschaute.

Badezimmertüren kann man nicht von außen abschließen. Um uns einzusperren, hatte Adele die tragbare Türsperre des Generals unter den Knauf geschoben. Ich sah den Gummistöpsel auf dem Holzboden der Diele. Der Gedanke, daß möglicherweise ihre Fingerabdrücke auf der Sperre waren, war kein Trost.

Ich schloß die Augen und sah Arch. Ich versuchte an das zu denken, was mir der General über die Türsperre gesagt hatte. Durch die verkeilte Stange war es für einen Eindringlich unmöglich, eine Tür aufzustoßen. Der Trick, hatte der General gesagt, bestehe darin, die Sperre unter einer Tür zu verkeilen, die sich auf einen zu öffnet.

Ich rollte herum. Ich hatte nicht vor, die Badezimmertür nach außen aufzutreten. Sie ging nach innen auf, damit sie niemanden treffen konnte, der durch den Flur ging. »So, ich habe also einfach nichts verstanden?« sagte ich schwach, als ich sachte den Knauf drehte, an der Tür zog und hörte, wie die Sperre scheppernd auf den Flurboden fiel. »Da bin ich anderer Meinung.«

Ich zog mich auf den Ellbogen hoch, flüsterte ein Gebet, daß Schulz, der schwach stöhnte, verstehen würde, warum ich ihn allein ließ, und schleppte mich durch den Flur. Krämpfe der Übelkeit schüttelten meinen Körper. Ich kroch zur Garage. Zweimal mußte ich innehalten und mich übergeben.

Ich hatte gelaubt, Adele sei meine Freundin. Ich hatte es mir gewünscht. Ich hatte mir eingebildet, wir seien Vertraute. Und jetzt bezahlte ich den Preis für meine Selbsttäuschung, mit dem Gift, das irrigerweise eingenommen wurde, wenn man Menschen dazu bewegen wollte, einen zu lieben.

Ich behielt beim Kriechen den Kopf oben. Ich stellte mir Eis vor, Kälte, alles, was den Kopf von dem ablenkte, was sich tatsächlich in meinem Bauch abspielte. Ich stellte mir Arch vor.

Die Garagentür stand offen. Ich schleppte meinen Körper über den kratzigen Boden. Jede Bewegung war ein Kampf, das Einsteigen in den Lieferwagen, das Öffnen des Handschuhfachs. Meine Hand schloß sich um meinen zuverlässigen Notfallkasten. Ich stieß Dankgebete aus und schluckte Brechmittel.

Als ich den qualvollen Rückweg ins Badezimmer hinter mir hatte, bat ich Schulz, sich auf den Ellbogen aufzustützen. Ich nahm seinen Kopf in den Arm. Sein Gesicht war schweißüberströmt.

Ehe er das Brechmittel nahm, flüsterte er: »Falls ich sterbe, sollst du wissen, was ich für dich empfinde.«

»Ich weiß, was du für mich empfindest. Schluck!«

Er tat es. Mir wurde über dem Klo übel, und dann hielt ich ihn fest, während ihm übel wurde. Es dauerte nicht lange, aber es war grauenhaft. Falls Schulz und ich das gemeinsam überstanden, wurden wir mit allem fertig. Ich stand wacklig auf, dann half ich ihm auf die Beine.

»Ich fahre los und suche nach Arch«, sagte ich, als ich mir den Mund mit Leitungswasser ausgespült hatte.

»Zum Kuckuck, nein«, sagte er schwach. Er packte den Rand des Marmorbeckens und versuchte, sich zu stützen. »Ich rufe auf dem Revier an. Hole Hilfe, die Adele Farquhar verfolgt. Rufe einen Sanitäter für dich, mich und den General.«

Ich sagte nichts. Ich war zittrig, aber sonst fehlte mir nichts, und es blieb keine Zeit, darauf zu warten, daß sich Beamte vom Büro des Sheriffs nach Aspen Meadow bemühten. Ich brauchte mehr Wasser, und dann würde ich mich auf die Suche nach Arch machen, ganz gleich, ob Tom Schulz das gefiel.

Ich humpelte zittrig auf die Veranda. Bos Gesicht war ungeheuer bleich. Sein Schnarchen klang wie der Motor eines kleinen Propellerflugzeugs. Ich rüttelte ihn. Nichts. Die Automatik schaltete die Lichter im Pool ein.

Es war neun Uhr abends. Die trüben, phosphoreszierenden Halbkugeln an den Poolwänden warfen ein gespenstisches Licht auf den Patio. Ich hörte, wie Schulz in die Küche wankte und dann ins Telefon murmelte. Ich ging langsam ins Wohnzimmer und griff nach einer Flasche Perrier. Ich hatte keine Waffe, deshalb warf ich den Werkzeugkasten des Generals in den Lieferwagen. Schraubenschlüssel und Perrier. Eine Ausrüstung für Yuppies. Ich raste die Einfahrt entlang.

Wo konnte Arch sein? Warum war sich Adele so sicher gewesen, daß er heute abend sterben würde? *Wo Sie ihn dieses Mal nicht retten können.*

Der Pool.

Ich jagte in die Richtung der Schule in Elk Park.

Ich war an diese Straße so gewöhnt, daß ich um die Kurven fegen und gleichzeitig Wasser aus der Flasche trinken konnte. Ich brauchte das Perrier, um das Gift aufzulösen, das noch in meinem Körper steckte. Aus meiner Lektüre über die Spanische Fliege wußte ich, daß manchen Menschen übler wurde als anderen, und das hing nicht unbedingt mit der Dosis zusammen. Das erklärte, warum Schulz vor mir übel geworden war. Ich warf den Kopf hin und her, war immer noch benommen. Ich befahl mir, wach zu werden. Vielleicht konnte nur noch mein Reaktionsvermögen Arch retten.

Zum Glück sprang ein Rest von Verstand an, als der Lieferwagen um die letzte Kurve herumschleuderte und zur Schuleinfahrt kam. Ich mußte eine Vollbremsung machen, damit ich nicht gegen das elektrisch gesicherte Tor prallte.

Ich fluchte fürchterlich und stieg vorsichtig aus dem Lieferwagen. Das Tor war zu, und die Steinmauer war zu hoch zum Erklettern. Ich wünschte mir, jede Blume hinter dem vor Wild gesicherten Tor möge in der Hölle brennen oder von Horden plündernder wilder Tiere aufgefressen werden.

Ich starrte den Elektrodraht an. Ich konnte nicht riskieren, ihn anzufassen: Ich hatte zu viele Geschichten darüber gehört, daß arglose Menschen einen Stromschlag bekommen hatten. Aber ich mußte hinein. Wenn ich den Stromkreis nicht durchbrechen konnte . . . Aber wozu ihn durchbrechen? Warum ihn nicht schließen? Ich ging zum Lieferwagen zurück und holte die Drahtschere des Generals und mein Starthilfekabel.

Ich eilte zum Tor zurück und schloß das Kabel an den Draht an. Ich hätte einen Jahresvorrat an Butter für einen Raketentechniker gegeben. Einen Zehnjahresvorrat für einen Elektroingenieur.

Ich schnitt den Draht durch und starb nicht. Halleluja. Ich hackte wild an dem Zaun herum, vergrößerte das Loch und rannte zur Schule hinauf. Ich wollte nicht, daß sie – wer sie auch sein mochten – mich kommen hörten.

Hier gab es keine Infrarotaugen, die menschliche Annäherungen entdeckten. Wozu auch? Der Elektrozaun sollte Bambi fernhalten. Und doch, die Bäume warfen lange Schattenfinger über den Weg und brachten mein Herz in der Brust zum Hämmern. Von der Poolbaustelle her drangen Stimmen durch die Nachtluft. Alle fünfzehn Meter an der Auffahrt verströmten Laternen Scheiben aus gelbem Licht. Klatschmohn und Glockenblumen schwankten in der Nachtluft wie märchenhafte Wächter auf den Erdhügeln. Ich schaute strikt geradeaus und ging schnell, bis ich den Zaun um die Baustelle erreichte.

Noch ein verfluchter Zaun.

Ich wußte, daß er genau zwei Meter hoch war und daß das die Bauordnung vorschrieb, wenn ein Pool gebaut wurde. Wenn man mühelos hineinwollte, mußte man durch das Tor gehen, das jetzt geschlossen und abgeschlossen war. Adele hatte den Code irgendwie aus den Bauarbeitern herausgebracht, denn ich konnte Arch sehen. Ich hörte ihn planschen und jemandem etwas zurufen, der eine Taschenlampe in der Hand hielt und in der Nähe des Tors entweder las oder etwas in ein Notizbuch schrieb. Aber wer war es? Auf dem Parkplatz stand kein Auto. Die Stimme, die ich hörte, war weiblich. Falls Adele in der Nähe war, zu sehen war sie nicht. Ich lauschte und erkannte dann die Stimme: Sissy.

Arch hatte gewußt, daß etwas faul war. Warum spielte er? Oder stimmte das gar nicht?

Auf der anderen Seite des Pools, hinter dem neu angebrachten Sprungbrett, ragte auf der Betoneinfassung ein kleiner Erdhügel auf. Der Maschendrahtzaun verlief hinter dem Erdhügel. Auf dieser Seite fiel der Boden hinter dem Zaun steil ab. Ich konnte mich hinter diesem Hügel verstecken, aber was hätte mir das genützt? Ich mußte durch den Maschendrahtzaun hindurch. Arch hatte signalisiert, daß er in Gefahr war. Vielleicht hatte Sissy eine Waffe. Ich hatte keine Lust, das herauszufinden, indem ich sie am Kopf spürte.

Ich musterte das Schulgrundstück. Die dunkle Silhouette des alten Hotelgebäudes ragte unheildräuend über den Parkplätzen auf. Die hohen Nadelbäume, die das Gelände sprenkelten, rauschten im Nachtwind.

Ich bückte mich wie ein Indianer und schlich hinter den Zaun. Von meinem Versteck aus konnte ich Arch nicht sehen. Ich griff zur Drahtschere und schnitt. Arch mußte in Sissys Nähe sein. Ihre Stimmen waren weit weg. Sie stritten Sie. »Sie ... Sie ...«, sagte Arch. Den Rest verstand ich nicht.

Dann sagte sie scharf und laut, wie man das macht, wenn man das Thema wechseln will: »Vergiß es! Das mit den Handfesseln *mußt* du machen! Adele will nicht, daß du noch einen Zaubertrick in ihrem Pool vermasselst!«

Arch schrie: »Ich will nicht! Meine Mom würde mir nicht erlauben –«

»Halt die Klappe, du Schisser. Außerdem, wenn du's nicht machst, schmeißt Adele deine Mutter hinaus. Willst du das?«

Ich lief durch die weiche Erde zu einer Stelle, wo ich sie sehen konnte. Trübes Licht aus einer fernen Flutlichtlampe warf lange, dünne Schatten über die Betoneinfassung. Sissy beugte sich vor und schien in einer Tasche zu wühlen. Ihr Notizbuch lag auf dem Boden. Hatte sie eine Waffe? Ich wußte es nicht. Arch drehte ihr den Rücken zu. Er streckte die Hände hinter sich aus. Sissy holte einen Stab und zwei Seilstücke heraus. Mir blieb das Herz stehen.

Die chinesischen Handfesseln. Archs Lieblingstrick. Der Zauberer scheint an den Handgelenken mit den Seilen gefesselt zu sein, die durch das Bambusrohr geführt und von den Assistenten fest angezogen werden. Der Trick besteht darin, daß ein dünner Faden die Seile zusammenhält. Wenn der Trick richtig gemacht wird, zerreißt der Assistent, der den Zauberer fesselt, den Faden, während er so tut, als ziehe er die Seile fest an. Sissy begleitete den gefesselten Arch zum Sprungbrett.

Ich kratzte wild an der Erde, um zum Zaun zurückzukommen. Das Blut hämmerte in meinen Ohren. Ich warf ganze Erdbrocken durch die Luft. *Hilf mir, Gott,* flehte ich, als ich so schnell wie möglich Draht durchschnitt. Ich konnte mir nicht vorstellen, was Adele benutzt haben mochte, um den Faden in den Handfesseln zu ersetzen.

»Ich glaube, du mußt hierbleiben, während ich das mache«, kam Archs Stimme, jetzt viel näher. Er mußte auf dem Sprungbrett stehen. Sissy sagte etwas Unverständliches. »Okay!« rief Arch. »Zieh sie fest an, dann springe ich vom Brett. Dann sieht es so aus, als ob ich sie unter Wasser loswerde.«

»Schon gut«, kam Sissys Stimme.

Ich schnitt die letzten beiden Drähte durch und riß das Stück Zaun heraus, als es im Pool klatschte. Die Sekunden tickten in meinem Kopf – *eins, zwei, drei, vier, fünf* –, als ich den Erdhügel hinter dem Sprungbrett durchstieß. Sissy, voll bekleidet, stand noch auf dem Brett. Ich sprang auf das Brett und stieß sie ins Wasser. Sie kreischte, ehe sie hineinfiel.

Archs Kopf kam aus dem Wasser. Er spuckte und hustete. Schrie: »Ich krieg sie nicht auf!« Seine Stimme war voller Panik.

Das Wasser war wie Tinte. Ich sprang vom Brett, weg von Archs Stimme. Die Kälte war ein Schock. Als ich im Wasser war, konnte ich überhaupt nichts mehr sehen. Furcht packte meinen Körper. In der Nähe schlug Arch um sich. Sissy brüllte: »Wer ist da?«, aber ich hatte nicht vor zu antworten. Ich schwamm dorthin, wo ich Arch vermutete. Mit steifen Armen tauchte ich. Ich hoffte, Arch zu erreichen, erwischte aber nur den Boden des Pools. Ich stieß mich mit den Beinen vom Boden ab. Sissy war aus dem Pool geklettert. Ich hörte ihre Stimme, konnte sie aber nicht sehen. Etwa einen Meter hinter mir trieb Arch an die Oberfläche und röchelte. Ich stürzte mich auf ihn.

»Ich bin's, ich bin's!« schrie ich, als ich einen seiner Arme gepackt hatte.

Er schrie und schlug in totaler Panik um sich. »Mom!« schluchzte er. »Ich komm nicht aus diesen Dingern heraus!«

Ich schlang meinen Arm um seine Brust. Während ich wie wild Wasser trat, stieß ich seinen Kopf und seine Schultern nach oben, damit sie über Wasser waren. Mit den gefesselten Händen war Archs Körper schwer, kaum zu packen. Er kämpfte gegen die Fesseln, schluckte Wasser und würgte hilflos.

»Halt still! Beweg dich nicht!« brüllte ich. Das Wasser schäumte unter seinen Fußtritten. Ich konnte ihn nicht festhalten. Das Haar fiel mir wie kalter Seetang über die Augen, und ich konnte nichts sehen. Eine jähe, schreckerfüllte Erinnerung daran, wie ich an der Küste von Jersey in die Unterströmung geraten war, ging über mich hinweg. Das dunkle Wasser hatte mich nach unten gezogen wie ein muskulöser Riese, und ich hatte, mit elf Jahren, ganz deutlich gedacht, ich würde sterben.

Meine Lungen brannten, als ich mich wieder nach oben stieß und Arch unter den Achseln packte. *Komm, Schätzchen, komm,* schickte ich ihm meine Gedanken wie während der Geburt. *Wenn wir nur die nächsten fünf Minuten überstehen,* dachte ich, *wenn wir das schaffen . . .*

Sein schlüpfriger Körper beruhigte sich. Er hustete immer noch heftig, aber er kämpfte nicht mehr so wild gegen das Wasser an. Ich kraulte mit einem Arm auf den Rand zu. Langsam, langsam trat und zog ich und vertrieb die reine Panik. Meine Augen brannten. Ich schluckte das stark gechlorte Wasser. Ich konnte den Poolrand nicht sehen, aber kurz darauf schlug mein Kopf gegen den Beton.

»Okay, vorsichtig, ganz vorsichtig«, sagte ich zu Arch. Er schüttelte mich ab, die Hände immer noch gefesselt, und stieg triefend die Betonstufen unter Wasser hinauf.

»Goldy, Sie sind's!« sagte eine erstaunte, fröstelnde Sissy. »Was ist da drin passiert? Haben Sie mich hineingestoßen? Was ist mit Arch?«

Ich schaute mich nach meinem Sohn um. Obwohl meine Augen von dem Chlor brannten, gewöhnten sie sich an die Dunkelheit. Er hatte sich hingehockt, um seine Hände an die Füße zu bringen. Er trampelte wild auf der Bambusstange mit den Seilen herum, die seine Handgelenke fesselten. Kurz darauf brach der Bambus, und er bekam die Arme frei.

Sissys Hände waren leer. Keine Waffe. »Holen Sie ein Handtuch«, befahl ich ihr, im Augenblick nicht dazu aufgelegt, sie eines Mordversuchs oder der Komplizenschaft zu beschuldigen. Mit verwirrtem Gesicht reichte sie mir schweigend zwei kleine Handtücher. Ich wickelte beide um Arch, der heftig schniefte und hustete.

»Mom, ich habe versucht, ihr wegzulaufen! Ich habe gedacht, wenn ich schnell aus den Fesseln herauskomme, kann ich weglaufen!«

»Es ist okay, Arch, es ist okay.« Ich packte eine Plane, unter der Rohre lagen, dann griff ich nach einem Rohr. Ich schaute dorthin, wo Sissy gesessen hatte. Auch dort keine Waffe – nichts außer der Tasche, der Taschenlampe und dem Notizbuch.

»Gehen wir alle zum Lieferwagen zurück«, sagte ich. Ich nahm die Stablampe, ehe Sissy danach greifen konnte. »Ich möchte nicht mehr hier sein, wenn Adele herkommt. Und rühren Sie Arch und mich nicht an«, warnte ich Sissy wütend und schwenkte das Rohr und die Taschenlampe. Sie starrte mich mit offenem Mund an.

Arch sagte: »Aber du mußt in ihr Notizbuch schauen, Mom! Du mußt –«

»Wir müssen nur weg von hier«, sagte ich.

Sissy marschierte mürrisch vor uns her. Als wir alle im Lieferwagen saßen, drehte ich die Heizung auf die Höchststufe und gab Arch das Rohr und die Taschenlampe. Er wußte, was er damit zu tun hatte, falls es nötig wurde. Während mich ein kühler Luftstoß aus einem kalten Motor begrüßte und wir ruckend anfuhren, wandte ich mich Sissy zu.

»Wollen Sie mir sagen, warum Sie hier waren?«

»Ich sollte mich um Arch kümmern«, wimmerte sie. »Bis Adele mit Ihnen zurückkam. Ich weiß nicht, wo sie geblieben ist.« Sie fügte hinzu: »Sie hat mich dafür bezahlt, daß ich dort auf ihn aufpasse.«

»Hat dazu auch gehört, daß Sie ihn ertränken?«

»Nein!« rief sie. »Selbstverständlich nicht! Adele hat mir die Tüte mit den Tricks gegeben und gesagt, ich soll dafür sorgen, daß er heute abend mit den chinesischen Handfesseln übt. Das ist alles.«

»Und was ist damit, daß Sie mich im Café in die Vitrine gestoßen haben? Hat Adele Sie dafür auch bezahlt, Sie kleines Miststück?«

Sissy schniefte. »Ich wollte Ihnen doch nichts tun!« protestierte sie. »Ich sollte Ihnen nur einen Schreck einjagen. Sie ist Julians Mutter! Sie hat es mir gesagt! Sie konnte finanziell soviel für ihn tun, für seine Zukunft, für alles! Sie hat gesagt, Sie verderben ihm das alles!«

Arch stieß die Luft aus und hustete, als er hörte, wer Julians Mutter war.

»Und ja«, sagte Sissy, »sie hat mich dafür bezahlt, daß ich Ihnen einen Stoß gegeben habe. Sie hat gesagt, das bewahrt Sie davor, daß Ihnen etwas Schlimmes zustößt.«

Ich war so wütend, daß ich nicht einmal mit ihr reden wollte. Ich sagte: »Arch? Hast du gestern nacht Adele und Brian Harrington am Pool gesehen?«

Sissy hielt die Luft an. Arch schniefte gewaltig, dann hustete er wieder. Er sagte: »Ja, glaub' schon. Na und? Ich hab' gedacht, sie verpetzt mich, weil ich die Alarmanlage ausgeschaltet und mich mitten in der Nacht vom Pool ins Haus geschlichen habe. Als sie mich nicht verpetzt hat, habe ich sie auch nicht verpetzt.«

Aha, Spielplatzmoral. Ich sagte: »Weißt du, daß sie deine Handfesseln so präpariert hat, daß sie nicht aufgehen? Du hättest mir sagen müssen, daß du sie gesehen hast!« Ich konnte den Tadel in meiner Stimme hören, also hörte ich auf. Ich war so glücklich, daß Arch am Leben war, ich konnte mir nicht vorstellen, daß ich mit ihm schimpfte.

Arch hustete und versuchte mehrmals, sich zu räuspern, während wir die Straße nach Aspen Meadow entlangkurvten und -holperten. Wenn der Husten nachließ, schnaubte und fröstelte er. Wo sollte ich ihn hinbringen? Ich hatte ein schlechtes Gefühl wegen Schulz. Ich wußte, daß ich zurückfahren und bei den Farquhars nach ihm sehen mußte. Dort waren auch saubere, trockene Sachen für Arch. Aber ich würde das Haus nur betreten, wenn mir die gesamte Besatzung vom Büro des Sheriffs versicherte, es sei ungefährlich.

»Maman«, sagte Arch mit einem lauten Schniefer. *»Comment s'appelle t'elle?«*

»Ach, Arch«, sagte ich, »ich bin nicht in der Stimmung –«

Sissy sagte: »Das ist unfair. In meiner Familie spricht nur mein Vater Französisch.«

Arch hustete. Er insistierte: *»Comment s'appelle t'elle?«*

Wie Sissy hieß? Was war denn das für eine Frage? Ich holte tief Luft. *»Elle s'appelle Sissy.«*

»Et le surnom?« hakte Arch nach. *»En français, s'il vous plaît.«*

Ich schüttelte den Kopf. Für einen Abend war zuviel passiert. Ich war nicht in der Stimmung, nicht in der Stimmung . . .

Langsam schaltete mein Verstand auf Französisch um. Ich fuhr auf einen schmalen Seitenstreifen. Ich wandte mich Sissy zu. Wie hieß das Wort für *stone* auf französisch?

Ich schaute den Teenager neben mir finster an.

Ich sagte: *»Pierre.«*

»Sagen Sie, war das Pseudonym die Idee Ihres Vaters?«

Sie schmollte. Sie sagte: »Ja, glaub' schon.«

Ich spürte, wie ich die Beherrschung über meine Stimme verlor. »Und jetzt sagen Sie mir«, schrie ich, »was habe ich Ihnen je getan?«

Sissys Nasenflügel bebten vor Entrüstung. »Er hat gesagt, er will Koch werden! Er wollte Sie fragen, ob er bei Ihnen eine Lehre machen kann! Er wollte das tun, statt Arzt zu werden! Natürlich mußte ich Sie schlechtmachen!«

Ich hätte es wissen müssen. *Goldy Bear erhebt zu Unrecht Anspruch auf ihren Thron.* Julians *völlig fehlgeleitetes Suchspiel.* Ihre unverkennbare, gestelzte Ausdrucksweise.

Ich sagte: »Sissy, falls Sie irgendwelches Geld haben, was ich bezweifle, verklage ich Sie. Und jetzt halten Sie den Mund, bis wir zu den Farquhars kommen.«

Als wir das Ende der Sam Snead Lane erreichten, blinkten Polizeiautos wichtigtuerisch vor der Einfahrt. Das Grundstück sah wie ein Rummelplatz aus. Ich fuhr in die Schlange der Streifenwagen und fragte nach Schulz. Nachdem die Beamten konferiert hatten, kam Schulz langsam die Einfahrt entlang.

»Wo warst du?« wollte er wissen. Seine Gesichtsfarbe war immer noch grauenhaft, aber sein Blick war wütend.

»Bei der Schule«, sagte ich. »Um Arch zu holen.«

Seine Miene wurde milder. »Gott sei Dank. Wo ist er?«

»Im Lieferwagen. Er ist immer noch eiskalt, und er hat einen scheußlichen Husten. Habt ihr Adele gefunden?«

Er rieb sich die Stirn. Sein Ton war müde. »Ja und nein. Sie war auf der Interstate siebzig, hat die Scheinwerfer ausgeschaltet und auf dem Mittelstreifen gewendet. Hierher zurückgerast. Sie ist in diesem verfluchten Lagerraum und schreit nach einem Zünder. Sie versuchen, mit ihr zu reden.«

Mein Herz zitterte vor Angst um Bo. »Was ist mit dem General?«

»Der ist okay, im Notarztwagen unterwegs nach Denver. Sobald er sich erholt hat, buchten wir ihn ein.«

»Oh, wie nett. Weshalb denn?«

»Weil er gegen jedes Gesetz über die Lagerung von Sprengstoffen verstoßen hat, das im Buch steht, meine Liebe.«

Vom Ende der Einfahrt her kamen Rufe. Ein Trupp von Polizisten rannte auf die Autos zu und brüllte, die Gegend müsse geräumt werden.

Plötzlich blitzte und donnerte es. Wir wurden alle auf den Beton geworfen. Donner, Zischlaute, wieder Donner. Ich legte mir die Arme über den Kopf und hoffte, der Lieferwagen sei nicht von einer raketengesteuerten Granate getroffen worden. Licht explodierte und ging dann plötzlich aus. Die Donnerschläge hörten nicht auf.

Ein Riesenknall. Die Garage stand in Flammen. Schutt regnete um uns herum: die Reste des Magazins. Eine letzte, schreckliche Explosion, dann Stille, nur durchbrochen vom Knistern des Feuers und meinen abgerissenen Atemzügen.

»Arch!« rief ich. Schulz packte mich, griff aber daneben. Ich rannte zum Lieferwagen zurück. Er hatte die Explosion überlebt. Als ich die Tür aufmachen wollte, hörte ich ein lautes Miauen und spürte ein pelziges Bündel zwischen meinen Beinen. Ich schaute auf Scout hinunter. Ich hob den Kater auf und stieg in den Lieferwagen.

Sissy schaute mich aus großen Augen an. Ihr perfektes Haar war zerzaust, ihr Gesicht weiß vor Angst. »Adele?«

»Leider«, sagte ich. Ich gab ihr den Kater. Wortlos machte sie die Lieferwagentür auf und stieg mit Scout auf dem Arm aus.

Arch hustete, rang um Luft. Seine Brust hob sich. Er bekam kaum Luft. *Warum, warum, warum?* fragte ich mich.

»Atme mir zuliebe, Arch. Hol tief Luft«, befahl ich.

Er röchelte und hustete. Durch das virenbedingte Asthma, das er früher gehabt hatte, wurde das doppelt beängstigend. Er mußte Wasser in die Atemwege bekommen haben. Ich gab mir einen Stoß. Das passierte den Floßfahrern auf dem Fluß dauernd. Das Floß kippte in den Stromschnellen um, und die Floßfahrer bekamen Flußwasser in die Atemwege. Nach dem ersten Husten und Röcheln schien ihnen nichts zu fehlen. Aber das Wasser konnte in die Lungen geraten, und eine Stunde, nachdem sie aus dem Wasser gezogen worden waren, ertranken sie.

Arch röchelte und bekam keine Luft. Er hechelte wild, ehe er bewußtlos wurde. Ich stürzte rückwärts aus dem Lieferwagen und rannte schreiend zu Schulz zurück, um Hilfe zu holen.

Nach anfänglicher Verwirrung zog ein Sanitäter Arch aus dem Lieferwagen und bearbeitete ihn auf der Einfahrt. Er reinigte die Luftröhre, während ein zweiter Sanitäter über Funk im Lutheran Hospital die Erlaubnis zum Intubieren einholte. Sobald er die Erlaubnis hatte, schaute er mit einem Kehlkopfspiegel hinein und legte einen Endotrachealschlauch. *Atme, atme,* betete ich. Das Notarztteam schloß Arch an ein Sauerstoffgerät in ihrem Wagen an und scheuchte mich weg.

Ich sagte jemandem, er solle Dr. John Richard Korman anrufen. Ich kniete am Rand der Einfahrt nieder und merkte zum ersten Mal seit einer Stunde, daß kalte, nasse Kleider an meiner Haut klebten. Überall um mich herum waren Leute; ich ignorierte sie. Alle bis auf Schulz, der sich schwerfällig neben mich setzte und mir zwei saubere Jogginganzüge in die Hände drückte.

Ich sagte: »Ich bin eine grauenhafte Mutter.«

Schulz sagt: »Du bist eine wunderbare Mutter. Jetzt, wo ich mein Leben riskiert habe, um trockene Kleidung für Arch und dich zu besorgen, könntest du vielleicht einen Ort finden, wo du sie anziehen kannst.«

Meine Arme streckten sich nach Schulz' stattlichem Körper aus. Während ich meinen Kopf an seiner Schulter vergrub, murmelte er: »Schau mal, wer da ist.«

Ich ruckte zurück, fuhr herum und sah einen völlig zerrauften Julian Teller im Tarnanzug vor mir. Er ließ sich neben uns sinken. Nach einem Augenblick sagte er: »Ich war auf dem Rückweg hierher, als ich die Explosion gesehen habe.«

Mir fiel nichts ein, was ich hätte sagen können. Ich merkte, daß ich am ganzen Leib zitterte. In diesem Augenblick kam ein Sanitäter zu uns. Er machte ein ernstes Gesicht. Ich wappnete mich.

Er sagte: »Ihr Sohn hat das Bewußtsein wiedererlangt. Er hat den Schlauch herausgezogen! Er atmet jetzt wieder ganz gut, aber wir müssen ihn ins Krankenhaus bringen und vierundzwanzig Stunden beobachten.« Ich nickte und gab ihm den Jogginganzug in Kindergröße.

Schulz sagte: »Gehen wir.«

Ich riß mich so weit zusammen, daß ich den Einsatzleiter darum bitten konnte, er solle Marla Korman anrufen und ihr sagen, was ihrer Schwester zugestoßen war. Dann fragte ich Schulz, ob er so weit in Ordnung sei, daß er fahren könne. Er lächelte und murmelte eine Machobemerkung, von der ich froh war, daß ich sie nicht mitbekam. Ich stieg hinten ein, um mich umzuziehen. Anstelle von Sissy setzte sich Julian auf den Beifahrersitz, und wir drei fuhren im Lieferwagen hinter dem Notarztwagen her.

Im Krankenhaus gab es den üblichen Wirbel. Trotz der trockenen Kleidung hatte Arch immer noch Schüttelfrost, deshalb bat ich um Decken aus dem Wärmefach und bekam sie. Die Sanitäter hatten ihm einen Tropf gelegt, für den Fall, daß er Antibiotika, Medikamente gegen die Atemnot oder Schock bekommen mußte. Ich wußte, daß ich John Richard anrufen mußte, aber ich brachte es noch nicht über mich, von Archs Seite zu weichen. Nachdem sie die Brust geröntgt und das Blut auf Sauerstoff untersucht hatten, brachten sie ihn schließlich in einem Einzelzimmer auf der Intensivstation für Kinder unter. Die Rechnung würde ich John Richard überlassen.

Trotz heftiger Proteste von Arch packten Julian und ich ihn in einen Kokon aus Decken. Tom Schulz holte Stühle für uns alle herein und machte sich dann auf die Suche nach einem Automaten. Nach zehn Minuten war er mit einem Papptablett zurück, auf dem vier Becher standen: einer mit Wasser und drei mit dampfendem heißen Kakao. Schulz murmelte Arch entschuldigend zu, die Schwester habe ihm nur klare Flüssigkeit erlaubt. Arch lächelte und sagte, Schulz dürfe ihm einen Milchshake spendieren, wenn er wieder hier draußen sei. Dann warf er den Deckenstapel ab und setzte sich auf, um das Wasser aus Schulz' großen Händen zu nehmen.

»Du solltest dich in der Ambulanz mit Kohle behandeln lassen, um den Rest von dem Kantharidin loszuwerden«, schimpfte ich mit Schulz.

Er hob die wunderbaren zeltartigen Augenbrauen, griff in die Tasche und holte wie Aspirin geformte Tabletten heraus. »Apropos«, sagte er, »eine Schwester in der Ambulanz hat mir die gegeben, als ich mich ausgewiesen und ihr gesagt habe, was passiert ist. Wir können sie gemeinsam nehmen.«

Ich stöhnte, nahm aber meine Arznei. Alles schmeckt gut, wenn man es mit Kakao hinunterspült.

Dann reichte Schulz Julian einen Becher und wollte wissen: »Was war denn mit Ihnen los?«

Julian trank einen Schluck. Er sagte: »Als ich Akten für den General abgelegt habe, habe ich diesen Brief vom Standesamt in Utah gefunden. Es war ein Schock. Ich bin abgehauen ... um nachzudenken.« Er berichtete uns kurz, er habe die Explosion des Arsenals auf dem Rückweg von Flicker Ridge gesehen. Dort sei er gewesen, um die Campingkünste zu vertiefen, die ihm der General an dem Abend, an dem er eigentlich mit Sissy verabredet gewesen war, beigebracht hatte. »Niemand sollte wissen, daß ich möglicherweise ganz abhaue«, sagte er. »Aber ich habe beschlossen, zurückzukommen. Als ich die Explosion gesehen habe, wußte ich, das kann nur das Lager sein ...«

Ich sagte ihm, daß Adele nicht mehr unter uns war. Ich sagte: »Das mit Adele und Brian tut mir leid. Ihre ... Eltern –«

Er sagte: »Meine Eltern sind in Utah.« Er machte eine Pause. Dreck verkrustete seinen Haaransatz; er sah eingefallen aus. Arch schenkte Julian seine anbetungsvolle Aufmerksamkeit. Julian sagte: »Wo ist Bo?«

Ich sagte es ihm. Er seufzte müde. Er sagte: »Ich habe den General wirklich gemocht. Ich möchte ihm gern helfen. Sie wissen schon, ich möchte ihn seelisch unterstützen, wenn ihm der Prozeß gemacht wird. Das hat Dr. Miller immer zu mir gesagt. Jeder braucht Hilfe.«

Ich sagte nichts. Ich hatte versucht, Julian zu helfen, aber es war nichts daraus geworden. Und vielleicht hatte Philip Miller versucht, mir zu helfen. Daraus war auch nichts geworden, obwohl er vielleicht die besten Absichten gehabt hatte. Ich beschwor Philips Gesicht herauf. Mit einiger Mühe zwang ich mich, ihm zu verzeihen.

Nach einer Weile wandte sich Julian mir zu. Er sagte: »Mein Stipendium in Elk Park geht noch bis zum nächsten Jahr. Ich möchte meinen Abschluß dort machen. Aber ich brauche ein Zimmer und einen Teilzeitjob.« Er musterte mich. Die Kopfhaut unter dem gebleichten, gestutzten Haar war mit trockenem Schlamm überzogen, wie Erde zwischen ausgetrockneten Maisreihen. Unter den Augen waren dunkle Flecken. Er stellte den Becher ab. Ich schaute Schulz an, der die Augenbrauen hob.

Julian fuhr fort: »Sie hatten schon mal eine Untermieterin, Sissy hat es mir erzählt. Ich weiß, daß ich nicht gerade . . . weltgewandt bin.«

»Julian –«

»Lassen Sie mich ausreden. Ich frage Sie, ob Sie mich einstellen könnten, damit ich Ihnen beim Partyservice helfen kann. Damit ich bei Ihnen lerne. Ich möchte ein Zimmer in Ihrem Haus mieten. Bitte!« Ehe ich antworten konnte, schaute er Arch an und grinste. »Ich könnte Ihnen auch helfen, wenn es um Arch geht. Er mag mich.«

Wir alle schwiegen.

Nach einer Weile sagte Schulz: »Wenn sie nein sagt, können Sie bei mir wohnen.«

Ich sagte: »Sie sagt nicht nein.«

Arch deutete an, er brauche Hilfe, um aufs Klo zu gehen, und Julian war sofort auf den Beinen. Ich schaute auf die Uhr. Zeit, John Richard anzurufen.

Ich war fast so überrascht, John Richard zu Hause

anzutreffen, wie er überrascht war, als er hörte, ich sei im Krankenhaus. Ich sagte ihm, Arch gehe es gut, aber das Haus der Farquhars sei explodiert. Er wollte wissen, was zum Teufel los sei, was die hysterischen Anrufe sollten, Arch sei verschwunden, bewußtlos, warum zum Teufel könne ich nicht –.

Ich sagte: »Du bist mir was schuldig.«

Er war so verblüfft, daß er schwieg. »Was bin ich dir schuldig?«

»Hör zu. Warum mußte ich überhaupt erst zu den Farquhars ziehen? Deinetwegen. Du warst eifersüchtig auf Philip Miller. Du hast versucht, mich einzuschüchtern.«

Der Kotzbrocken fing an: »Wie kommst du –«

»Und du kannst es jetzt entweder mit Geld wiedergutmachen oder darauf warten, daß ich dich blödes Arschloch vor Gericht zitiere, weil du Blumentöpfe zerdeppert hast. Das wäre eine tolle Publicity für deine Praxis.«

Der Kotzbrocken zögerte. Ich spürte seine Wut durch die Telefonleitung. Er sagte: »Was willst du?«

Um das auszurechnen, brauchte ich keinen Buchhalter.

Ich sagte: »Ich brauche Geld für zwei Dinge. Erstens lasse ich eine Alarmanlage einbauen. Die kannst du bezahlen. Zweitens muß ich meinen Namen ändern.«

Er sagte: »Schon wieder?«

Ich berichtete ihm kurz von George Pettigrew und dem Partyservice ›Drei Bären‹, daß ich Geld für den Anwalt und die Gebühren brauchte.

»Wieviel?«

Ich sagte: »Ich schick' dir die Rechnung«, und legte auf.

Arch kam aus dem Bad. Julian half ihm ins Bett und hängte den Tropf wieder auf. Dann prosteten sie sich schweigend mit dem Wasser- und dem Kakaobecher zu. Schulz nahm meine Hand und hielt sie mit Nachdruck fest. Ich fragte ihn, wie er sich fühle, und er sagte, bestens.

Er sagte: »Sag' mir bloß eins. Wie kommt es, daß dein Exmann auf mich nicht eifersüchtig ist?«

Ich konnte nichts dafür. Ich brach in Gelächter aus.

Schulz sagte: »Und was für einen Namen wirst du jetzt annehmen? Könntest du Schulz in Erwägung ziehen?«

Großer Gott. Julian verschluckte sich am Kakao. Ich schaute Arch an, der den Kopf schieflegte und mich gelassen anlächelte. Ich war wie vom Donner gerührt. Ausnahmsweise einmal sprachlos.

Schließlich sagte ich: »Das kann ich nicht sofort beantworten. Laß mich darüber nachdenken. Danke. So was! Ich weiß gar nicht, was ich sagen soll.«

»Schön«, fuhr Schulz fort, »wie wär's denn fürs erste mit B-a-e-r? Klingt genauso, ohne daß man gleich an einen Grizzlybären denkt. Aber Schulz klingt besser.«

Ich lächelte.

»Ich will das Thema nicht übers Knie brechen«, sagte er.

Wir schwiegen alle eine Weile. Ich dachte über die Menschen nach, die im letzten Monat zu meinem Leben gehört hatten. Das war es, was alle wollten: das Thema Liebe übers Knie brechen. Adele und Weezie vergötterten Brian und hatten versucht, eine gegenseitige Vergötterung daraus zu machen. Mir war die Illusion lieb gewesen, Adele sei meine Freundin und Vertraute. Julian war vernarrt in Sissy. Sissy ihrerseits hegte große Zärtlichkeit für den Gedanken, mit einem Arzt verheiratet zu sein. Und ich wollte, daß Arch mich liebte, damit er sich für ein Leben bei mir statt bei seinem Vater entschied.

»Mom«, sagte Arch, als läse er meine Gedanken. Er stellte den Becher ab. »Es tut mir leid, daß ich gesagt habe, ich will bei Dad leben. Ich möchte bei dir bleiben. Ich meine, wenn du das möchtest.« Ich stand auf, um ihn zu umarmen. Schulz schloß sich uns an. Julian hielt sich zurück, aber einen Augenblick später legte er eine Hand auf meine Schulter und die andere auf Archs Rücken.

Als wir uns alle in den Armen hielten, sagte Arch: »Kann Julian in mein Zimmer ziehen?«